本書相關評論：

這本書價值非凡，
如果你相信文學自有其高貴價值的話；
如果你相信「高貴」此一觀念在智識生活中仍然有效的話。

——The Boston Globe

威猛英勇，學識懾人……
《西方正典》熱切地展現了
為什麼有些作家在幾乎埋葬了所有人類作為的時間流程裡，
成功地逃脫了遭到遺忘的命運。
它讓我們覺得……
前人所珍視的也將為後人所珍愛。

——The New York Times Book Review

《西方正典》博聞多識、引人入勝、激盪心智……
此乃一靈魂於各傑作之間悠遊闖蕩的江湖歷險。

此靈魂實不可小覷也。

——Eric Bentley

哈洛・卜倫此一氣象恢宏的大作，
熱切地讚頌他喜愛的文學傑作，
他在這些作品中所看到的，
有許多正是這本書本身所擁有的美好特質。

——Christopher Ricks, The Washington Times

這份書單廣受注目，
但之前的論述才是趣味所在。

——Entertainment Weekly

膽識過人的哈洛・卜倫二話不說，
便在整個從「創世記」到艾虛貝里(John Ashbery, b.1927)的文學頭上動土，
其廣度可與聖慈貝里（Saintsbury）或柯鐵斯（Curtius）
或奧爾巴赫（Auerbach）相比擬，

且更為勇猛與眩目……
和他其他所有的書一樣，這本書的主角可以說是卜倫自己，
大膽飆烈有餘，溫潤和悅亦足，
固執地拒斥種種固執成見，腦袋裡裝了太多太多的東西，
而且隨時能夠說出個所以然來。

——Frank Kermode, The London Review of Books

豐富浩瀚、咄咄逼人、博學多識，有如醍醐灌頂，
為一個本是不辯自明的觀念強力辯護——
自有可長可久的文學傑作行走人間，
內在質素與影響力是唯一的標竿……
卜倫先生這本書實乃一座里程碑，可以預期的是，
它將一直挺立下去，
而在憎恨份子如同馬爾薩斯的人口論一般繁衍滋生的當兒，
它也是我們所需要的。

——Richard Bernstein, The Forward

當我們閱讀他的文章時，
我們會被他對主題的喜愛所感動，
我們會等不及要去重讀奧斯汀或貝克特或莎士比亞。
不贊同卜倫的人或許聰明伶俐，
但他們之中有誰能為我們增添文學的喜悅？

——The San Diego Union-Tribune

博學多識，迭有創見，熱情不曾稍褪。

——The Economist

這份評論針對時下有關正典的學院教條而發，
熱情有勁，破壞力強，實為善事一樁。
卜倫撻伐當前欲以政治取代美學價值的種種教條，
攻勢凌厲，絕不手軟，貢獻卓著……

——Robert Alter, The New Republic

在別人眼看著歐陸後結構理論和社會工程學的魅惑，
搶盡了文學的光彩而鴉雀無聲時，
卜倫提供了幾近六百頁（英文版）擲地有聲的論述，
環繞著有關正典唯一重要的問題：
「在歷史走了這麼一大段路之後，
還想要讀書的人會去讀什麼書呢？」

——Sanford Pinsker, The Philadelphia Inquirer

哈洛・卜倫為西方正典的概念注入了嶄新的活力，
一連串正典大作令人目眩神迷。
在閱讀文化幾近消失之際，這本書將會是智識讀者的珍寶。

——Richard Poirier

這本書會讓一些人跳腳，但也會讓更多人感到滿足。
哈洛・卜倫聰穎、狂飆、倔強、機智、
離經叛道、充滿魅力、學識廣博、熱情無限。

——Anthony Hecht

哈洛・卜倫已經教育了我們那麼久，
所以我們不免要感到些許驚訝，
原來我們一直僅止於淺塘戲水而已：
他也是我們的百科全書作者。

——Richard Howard

讀卜倫的評論
（如哈茲里特〔Hazlitt〕形容傑出的悲劇演員
艾德蒙・金〔Edmund Kean〕所說的），
就如同於靈光乍閃之際閱讀經典作者一般。

——M. H. Abrams

希望讀者、教師、學者們能豎耳聆聽，
然後拋開漫佈於暢銷書單和課堂上閃閃發光、華而不實的東西。

——Michael Dirda, The Washington Post Book World

令人印象深刻……
對過去的偉大作品一往情深。

——Michael Dirda, The Washington Post Book World

新世紀叢書

當代重要思潮・人文心靈・宗教・社會文化關懷

正典作者	正典作品
莎士比亞（英）	主要劇作
但丁（義大利）	《神曲》
喬賽（英）	《坎特伯里故事集》（巴斯婦人和賣贖罪券者的故事）
賽萬提斯（西班牙）	《唐吉訶德》
蒙田（法）	《文論集》
莫里哀（法）	《恨世生》
米爾頓（英）	《失樂園》
約翰生博士（英）	《詩人傳》、〈莎士比亞作品集序言〉及其他批評文字
歌德（德）	《浮士德，第二部》
渥茲華斯（英）	〈康柏藍的老乞丐〉，《荒屋》，〈麥可〉
珍・奧斯汀（英）	《勸說》
惠特曼（美）	《草葉集》（《自我之歌》、〈睡人〉、〈越過布魯克林渡口〉、〈我與生命之海一同退潮〉、〈從那不停搖動的搖籃〉、〈當紫丁香最後一次於前庭綻放〉

狄津生（美）　《狄津生詩集》（第七六一、一一〇九、四一九、一一五三、二五八、六二七號詩作）

狄更斯（英）　《蕭齋》

喬治・艾略特（英）　《米多馬齊》

托爾斯泰（俄）　《哈吉・穆拉》

易卜生（挪威）　《培爾・甘特》

弗洛依德（奧地利）　作品集

普魯斯特（法）　《追尋逝去的時光》

喬哀思（愛爾蘭）　《尤利西斯》，《芬尼根守靈》

吳爾芙（英）　《歐蘭多》

卡夫卡（捷克）　格言，短篇故事〈鄉村醫生〉

波赫士（阿根廷）　短篇故事〈死亡與羅盤〉、〈不死者〉

聶魯達（智利）　《詩集》

裴索（葡萄牙）　詩集

貝克特（愛爾蘭）　《等待果陀》，《終局》，《克拉普的最後一卷錄音帶》

西方正典

【目錄】上冊總頁數448頁　下冊總頁數416頁

上

第二部｜貴族制時期

第三部｜民主制時期

〈序〉① 期待多元的世界文學經典論集

彭鏡禧
（台灣大學外文系教授）

吾人生也有涯，而學也無涯。想要博覽古今浩瀚的典籍，總得有所挑選檢擇吧？《西方正典》（*The Western Canon: The Books and School of the Ages*, 1994）一書是美國著名文學教授兼批評家哈洛．卜倫（Harold Bloom）針對這個問題而提出的答案。

卜倫曾任哈佛大學講座教授，現任耶魯大學及紐約大學講座教授、獲得麥克阿瑟獎，又是美國學術院院士，學術聲望崇隆，影響力極大。一九五〇年代「新批評」理論鼎盛時期，卜倫在該學派的大本營耶魯大學接受洗禮。但是這位曾經以「影響的焦慮」（the anxiety of influence）解釋文壇遞嬗原理的大師，本人似乎也難免同樣的焦慮，經常跟他的師長唱反調：在英國浪漫文學方面，他高舉雪萊便是一例。卜倫的文學理論及批評鮮少跟著潮流走；

他對文學的評價一貫以知性與美學為標準。這本《西方正典》也不例外。

正典者，歷代「公認」的經典著作是也。這原本似乎天經地義的觀念，近年受到學術界嚴格的質疑和批判。因為經典的形成，有太多政治、種族、性別、權力等因素介入。反對者認為，所謂西方的經典只能代表歷史上白種歐洲男人的偏見：所謂美學，不過是特定階層人士的喜好。然而，對傳統的挑戰，其實正說明了傳統的根深蒂固，以及它在文化演進發展中的關鍵地位。想要真正了解一種文化，認識其重要思想或人文特色，閱讀他們的經典著作、分辨其背景脈絡，仍舊是不二法門。

卜倫這本將近六百頁（原文）的大作力排眾議，堅持經典的價值。他甚至點名批判多元文化論者和女性主義、馬克思主義、拉岡學派、新歷史主義、解構主義、符號學派等六種學說，統稱之為「憎恨學派」，認為它們會置文學於絕境。本書首篇題為〈正典輓歌〉，末篇題為〈最後的輓歌〉，足見卜倫深知自己的不符時尚、違反潮流，卻也同時顯示出他知其不可而為的勇氣，展現了雖千萬人吾往矣的學術良知。

正典的選擇是一大難題。西洋文學從古代希臘算起，已有兩千多年歷史。其間希臘文、拉丁文曾經是歐洲學術的共同語言；文藝復興之後國別文學興起，作家開始大量使用本國語文創作，各國各代都有輝煌的成就，重要作家與作品不知凡幾。卜倫從其中選擇了二十六家。撇開難以避免的個人偏見不提，這本《西方正典》作家作品的挑選，顯然深受語言的影響。其中英語作家佔了十二席；非以英文寫作的作家，必須先有好的英文翻譯，才有可能對英語世界產生影響。令人費解的是希臘羅馬——西方文化文學的源頭——居然沒有代表；弗洛依德搖身一變而為文學大師也頗出人意表。

這本書旗幟鮮明，出版以來貶褒不一。褒揚者讚嘆卜倫的勇氣與博識之餘，也有人指出，它的出現更加凸顯提倡西方以外文學經典的必要——西方人固然應該了解他自己的文學傳統，也許更應該祛除自大與無知，進而了解世界上其他的重要傳統。而這也正是本書翻譯成中文的重大意義：《西方正典》是一塊很好的敲門磚，可以讓我們透過經典作品的討論，一窺西方文學堂奧。——雖然跟多半的書籍一樣，這本書也是「一人之見」，但卜倫的意見絕對值得重視，值得用心思考。

閱讀這本書，也使我們反思，大量的中國文學經典，是否該有人來整理出類似的導讀或評論？其他的文學傳統——近如日本、韓國，稍遠如印度、伊斯蘭——我們有沒有能力，有沒有心思，認真研究、介紹？還是說，我們以翻譯西方為滿足？（而就連西方，我們翻譯的質與量也還遠遠不及理想！）僅僅列出五十大或一百大書目是不夠的；我們要有詳盡的評論。選材的公平反而不必太在意，因為絕無可能盡如人意。

希望《西方正典》的中譯本，不但可以引起中文讀者對西洋文學傳統的興趣，也可以加速我們學術界對自己，以及對其他文學傳統的研究與反省。然則志仁學弟翻譯這本學術巨著的艱辛，就有了最大的報償了。

民國八十七年七月五日於台灣大學外文系

〈序〉② 強勢批評家卜倫和他的《西方正典》

吳潛誠
（東華大學英美文學系教授）

莎士比亞的魚游在大海，遠離陸地；
浪漫時代的魚游在拉到手邊的網中；
躺在沙灘上喘氣的那些是什麼樣的魚？

——葉慈，〈三個運動〉

從後結構批評的立場來看，《西方正典》的立論不免嫌偏執，但這本書精彩的地方就在於作者有所偏執，才能筆鋒含帶感情，充分表露他對文學的熱愛，他的博學多識和真知灼見；也才能在數以千計的西方作家中挑出二十六位代表，比評其成就，並串連／編構成一張龐大而緜密的文學經典之網。

在後結構批評甚囂塵上，亟欲從族群、性別、階級和其他政治立場，打開或徹底剷除「經典」觀念的時候，膽敢奢談經典的，大概只有兩種人了。一種是對當代批評趨勢毫無所悉的外行人，另一種則是像哈洛・卜倫這一類對西方批評理論瞭若指掌而且地位崇高的大師級人物。

卜倫（b. 1930）可以說是二十世紀後半葉美國最具影響力的批評家之一。著作十分豐碩，迄今已出版評論專書達二十種，編纂書籍三十種，此外，主編「契爾西書房現代批評」（The Chelsea House Modern Critical Views）系列，並逐冊撰寫批評導論，共計二百冊，幾乎涵概了西方文學所有的主要作品。（這可以說是在仿做他最推崇的批評家約翰生博士，也可以看做是在為《西方正典》作熱身。）卜倫以博學強記，記憶力驚人而著稱。立論向來大膽，論述風格經常引起爭辯，他本人並不諱言自己是個「聳動聽聞的」（outrageous）批評家。他曾主編並參與撰寫《解構與批評》（1979），一度被歸為解構學派，但他矢口否認。

卜倫最常被討論而且與正典觀念有關的理論要算「影響詩學」，他在《影響的焦慮》（1973）、《誤讀之地圖》（1975）、《玄秘哲學與批評》（1975）、《詩與壓抑》（1976）等書中，嘗試證明：詩人全都在回應先行的大詩人；任何一首詩都採併、挪用先驅作品。後起的詩人必須追隨那些成就已獲得承認而被納入正典中的先驅詩人，但自己出道太晚，如何能夠面對自己奉為典範的先驅詩人，建立可以相提並論甚或凌駕超越水準的詩名和成就呢？因此，強勢詩人設法藉由焦慮、反抗、嫉妒、壓抑和啟示等方式，去「誤讀」強勢的先驅詩人，加以修正、併吞、否定、壓抑、依賴、崇拜、漠視——也就是透過「創造性的矯正」，企圖在早已過分擁擠的文學傳統中爭得一席之地，其成就端看他擺脫／修正先驅詩人的程度而定。舉例來說，渥茲華斯的《序曲》便應看成《失樂園》的強勢誤讀(strong misreading or mis-prison)。在卜倫看來，「沒有文本，只有文本之間的關係而已」，(there are *no* texts, but only relationships *between* texts)。

在《西方正典》(1994)一書中，卜倫尊奉莎士比亞為西方正典的核心，並以他作為評判標竿，考量他和其他作家的關係，包括那些影響他(例如喬賽、蒙田)以及受他影響的大文豪(例如米爾頓、約翰生、歌德、易卜生、喬哀思、貝克特)，也同樣包括那些企圖拒斥他的作家(例如托爾斯泰、弗洛依德)，依照個別作者的雄渾崇高(Sublimity)和代表性，排定他們在正典中的位置。

卜倫對莎士比亞推崇備至，在本書中一再反覆伸述，莎士比亞即是西方正典，就認知之敏銳、語言精力和創造發明而言，古今第一；他立下了文學的標準，地位無可取代。舉個例子來看，本書最後一章〈輓歌中的結論〉(編按：內文譯為〈最後的輓歌〉)說：

> 西方文學中的偉大以莎士比亞為核心，他已經變成他生前和身後所有作家的試金石……在角色創造方面，他沒有真正的先驅，除了喬賽式的間接提示，在他之後，無人不受到他如何呈現人性的感染。他的獨創性過去和現在都這麼容易吸收，以致於我們渾然不知，看不出它大大改變了我們，而且繼續在改變我們。大部分莎士比亞之後的西方文學，程度容或有別，多少都是一種對莎士比亞的防衛，他的

影響如此彌天蓋地，以致於淹沒了所有被迫做他學生的人。

卜倫認為「沒有莎士比亞就沒有正典」，因為莎士比亞大幅度地發明了我們，教給我們認知能力，他在書中說：「沒有莎士比亞，我們身上就沒有可資辨認的自我……我們虧欠莎士比亞的，不僅是我們對認知的呈現，還包括我們大部分的認知能力。」因此，他一再強調：「西方正典就是莎士比亞」，「莎士比亞就是西方正典」。

卜倫繼續發揚他的「影響之焦慮」觀念，判定正典即是「在眾多相互博鬪以求存留下去的文本當中作選擇」，因此，「正典」(the canonical)總是一直就是「互為正典」(the"intercanonical")；正典不只是一次競爭博鬪造成的，它本身即是一個在持續進行的競爭。誰致使米爾頓具有正典地位呢？始作俑者是米爾頓本人，其次便是其他強勢詩人，從他同時代的作家到十八世紀和浪漫時期所有的重要詩人：卓來登、波普、庫波、柯林斯、布雷克、渥茲華斯、柯立芝、拜倫、雪萊、濟慈等。正典化的考驗在於作家能否從內部輕輕推擠，逼迫文學傳統讓出空間來。作家所憑藉的是藝術尺度或者說美學力量——在卜倫的分析下，那是對比喻語言的駕馭、原創性、認知力、知識、詞藻豐富的混合體。

卜倫十分清楚：正典本質上是永不封閉的。隨著讀者視野的擴展，文本之間的激蕩關係會愈來令人煩擾。然而，構成西方正典之本質的正好就是巨大的繁複和矛盾，「絕無統一性或穩定結構可言」。有鑑於此，卜倫承認：西方正典並不是，也不可能正好就是他所提供的名單，或其他任何人可能提供的名單。否則，那名單便僅僅只是一種物神崇拜，另一種商品而已。至於他所提供的這一份三千年之久的宇宙演化戰爭下的倖存名單是否係一種物神崇拜，就聽候讀者自行判斷了。

卜倫在肯定「正典是文化思考真正的基礎」之際，也明白指出：閱讀優秀作品是菁英現象；（絕少工人階級的讀者會在乎正典，或有人要幫他們打破正典；）閱讀純粹是個人的行為，只能在孤立狀態中進行，滿足自己渴想有所不同和「置身他方」(to be elsewhere)的欲望，教導我們在自言自語的時候，無意中聽見自己的話語，如此而已。到頭來，也許可以幫助我們接受改變——包括終極的改變，死滅。用卜倫自己的話來說：「西方正典所能帶給人的，充其量是適當使用自己的孤獨，那孤獨的最終形式是人面對自己的死滅。」（在文學藝術中，死亡恐懼會變成一種驅動力，希望轉化為正典，進入族群記憶，永垂不朽。）卜倫認為閱讀經典不會造就更善良、更有用的公民，也無益於社會和政治改革。易言之，卜倫的正典觀念一味強調藝術價值的自主性，而把階級意識、族群中心思想、性別差異、社會進步等等考量摒除在外。

卜倫在闡述西方正典時，清楚知道自己的處境是四面楚歌——或者仿照本書首尾兩章的標題來說，四面輓歌，不能不隨時有所回應或辯護。他把那些亟欲「打開」正典的後結構批評，包括女性主義、（新）馬克思主義、傅柯所啟發的新歷史主義、解構批評、拉岡的心理分析學派、符號學派等，統統歸入「憎恨學派」，把女性主義者戲稱做「啦啦隊員」，把某些憎惡文學踐踏批評的學者比喻做縱身跳下懸崖的「烏合旅鼠」。卜倫並不掩飾他對那些捨棄文學的藝術價值而不談的批評家感到不耐，批駁往往簡潔扼要，不嘗試作系統性的析辯。他在結論一章中表示：「本書的對象不是學術界，因為學界中只剩下一小撮人還因為喜愛閱讀而閱讀。」

卜倫恃才傲物，論述的口氣有時顯得專斷而跋扈，他動輒訴諸自己一生四、五十年以上閱讀和教授文學的心得——他的閱讀之廣泛和深入的確令人歎為觀止，油然佩服。不過，他在結尾一章表示，他在《西方正典》中，「不想告訴讀者該讀什麼，怎麼讀，只想談論自己讀過，而且認為值得再讀的書。」後結構批評的信徒大概不會全盤接受卜倫「創造性的誤讀」，但至少應該體會這位強勢批評家的焦慮，尊重他在輓歌聲中力挽狂瀾，企圖讓他建構的正典作家倖存下去的嘗試。

本文一開始，為了配合卜倫心目中的西方正典構圖，引錄了葉慈的一首短詩〈三個運動〉，讀者若覺得這樣的看法貴古賤今，太悲觀，容筆者以緬懷過去、策勵來茲的心情，再引述一首葉慈的短詩〈十九世紀及其後〉：

雖然偉大的歌將不再復返
我們仍有深切的歡愉：
海岸上的小卵石喀啦喀啦
響在倒退的波浪裡。

〈推薦〉① 西方正典之外

劉紀蕙
（輔仁大學比較文學研究所教授）

面對當今「分崩離析、中心瓦解」的學術界，面對「正典」的覆亡，屹立於學術界四十年的卜倫晚年奮力一擊，企圖重建「正典」論述。卜倫寫作《西方正典》一書，除了重新回顧西方文化中二十六位被他納入「正典」的作家之外，亦側面駁斥了被他稱呼為「憎恨學派」的意識形態服膺者，如女性主義者、馬克思主義者、拉岡主義者、新歷史主義者、解構主義者與符號學者，以及批評為「打造身分認同」寫作而無法與「正典」作家相媲美的「憎恨」作家，例如女性、非裔、拉丁美洲裔與亞裔作家。卜倫的立場正凸顯了傳統學院與今日學術研究發展的衝突點。

我們姑且不論卜倫對於「憎恨學派」與「憎恨」作家的批判是否合理，他將這些不同的理論家、思考家與作家一併歸類於「正向思考」的啦啦隊，已經犯了過於簡約之嫌，而陷入他自己曾經討論過的以「遮蔽」與「逃逸」來抗拒面對閹割的焦慮。

換個角度來看卜倫的作品，從他以莎士比亞開始討論的二十六位西方作家來觀察，我們可以看出他所要尋找的西方文化議題：神性與人性之間的競爭，也就是卜倫指稱「原創性」的起點。我們也發現，無論是莎士比亞、但丁、米爾頓、歌德、卡夫卡、艾略特或是弗洛依德，吸引卜倫的場景，以及反覆在文藝復興以降西方文學與藝術中出現的，是人與神的對抗，是梅弗斯托菲里斯與天使的對話，是浮士德式的靈魂爭奪戰，是「子」對於「父」與「傳統」的挑戰。或者，我們也可以說，是卜倫承襲浪漫傳統的「影響的焦慮」。

對於卜倫而言，這些傑出的作家都是以「負面思考」來挑戰極限，抗拒影響，以致於他歸結出一個論點：「西方正典唯一的貢獻是它適切地運用了個人自我的孤獨，這份孤獨終歸是一個人與自身有限宿命的相遇。」

卜倫對於西方正典的討論方式的確揭露出西方文化史中相互引用、對話、競爭的一個延續脈絡，但絕對不是唯一的脈絡，這也是為什麼當代思想家嘗試以各種不同角度切入，揭露不同社會地層與不同性別的聲音，而使歷史與書寫複雜化。

承接於中國文字傳統的讀者要如何閱讀此書呢？我們是否可透過「孤獨的閱讀」與中文傳統重新相遇，檢驗古典作家如何將傳統「疏離化」，而展露個人與宿命的抗爭？或者，所謂「述而不作」的脈絡之下其實卻有「原創性」與「個人」的聲音？至少，卜倫「正典」論述的建構以及其盲點使我們得以藉由反向思考的方式，檢視中文傳統內銜接數千年的「正典」文化議題與問題意識，以及此傳統之外的狂狷或是「憎恨」聲音。

對應思考之下，我們會發現與「西方」以及所謂傳統中文「正典」都截然不同的文化史。

〈推薦〉②

一部充滿焦慮的美學傳道書

林玉珍

（中山大學外文系教授）

在本書中，作者以原創性和疏異性為準則，就二十六位西方作家，編出文學正典族譜；在這部族譜中，莎士比亞和但丁為核心，其餘各家則依作者聞名的「影響焦慮」之說，各就其位。在做文本分析之時，作者不僅跨越文化疆界，貫通古今，同時鞭辟入裏，展現深厚的文學素養，不愧當今學術界罕見的全方位「文藝復興人」（Renaissance man）。作者在學養上頗有古風，同時也深具古代騎士的使命感。原來他有感於西方文學正典在所謂「憎恨學派」的煽風點火之下，岌岌可危，因而寫成此書，以捍衛他所珍愛的文學寶藏。

作者所設定的讀者並非學術界，而是喜好閱讀的一般讀者；因為在他看來，如今的學術界在女性主義、多元文化論、以傅柯為首的新歷史主義、新馬克思主義、解構主義、拉岡所領導的心理分析、符號學等邪教的妖言惑眾之下，已經沒有多少人因喜好閱讀而閱讀了。作者因而在以精闢的文本分析吸引讀者回歸美學正信之餘，同時細數「憎恨學派」的罪狀，以帶領讀者繞過罪惡的深淵；其循循善誘的殷切口吻，不容置疑的權威，不下於聖經中的傳道人。本書也因而不只是西方正典的導讀，而是作者在正典論爭幾近尾聲之際，對新興理論再次隔空叫陣。

在作者看來，「憎恨學派」之所以規避美學的領域，強調意識型態，正是因為他們必須紓解其錯置的罪惡感。他們打著創造社會和諧、打破歷史不公的口號，罔顧美學標準，擴充正典；其所納入新正典的作家，往往只長於培養憎恨情緒，以打造身分認同，而拙於經營寫作技巧，更缺乏原創。此外，作者偶而也會直搗敵營，企圖搶攻已淪陷的地盤。如女性主義學者所鍾愛的狄津生與吳爾芙，在作者的詮釋之下，成為無性別的、須與莎士比亞一較長短的人本主義者與美學家。

有趣的是，作者雖聲稱其所鎖定的讀者為「通識讀者」，並認為閱讀是孤獨、無法教導的行為，卻又不甘像最近美國現代文庫票選本世紀百本小說一樣，只提供讀者書單，讓他們自行咀嚼帶有痛苦的閱讀快感。相反地，他一方面強調正典的形塑，非關抱持政治理想的學者之功，而是源自作家內發的互動關係，因此西方正典永不會閉合，但也不會因學術界的勢力介入而開啟；一方面卻又無法讓正典直接與讀者對話，而不時炮轟和他同樣洞悉正典複雜性與矛盾性的「憎恨學派」，顯然承認正典已在對方「非正統」的暴力介入之下開啟。

在自許為正典作家的正統發言人，從事以美學觀點開啟正典的聖戰之時，他卻又和他所鄙視的對手採取相同的策略，以專業的詮釋介入，將他所收納的二十六位作家化約為莎士比亞或但丁的先驅或傳人；其結果，固然有令人拍案叫絕的精彩之作，但有時不免難以自圓其說，甚或見樹不見林。作者尤其無法解釋為何他只顧撻伐艾略特與他相左的文學批評觀點（而艾略特應不隸屬「憎恨學派」），卻因人廢言，對其可輕易納入他理論架構的創作置之不理；為何同樣是以他認為永恆不變的美學價值為唯一考量，李維斯（F. R. Leavis）以喬哀思的《尤利西斯》為小說創作的死胡同，而將之由英國小說大傳承（the great tradition）中除名，對吳爾芙更是不屑一提，而這兩位作家在本書中卻各居正典要津。面對這些發人深省的曠缺，筆者不禁想套用作者一貫的分析技巧，去發掘作者的（影響）焦慮與錯置的罪惡感。

在這層焦慮的掩映之下，正典論爭的核心已變得模糊，「憎恨學派」真正的訴求、內部的個別差異，甚至與作者理念可能相容之處，也被抹除。一般讀者或許並不需要深入了解這些學術背景，仍能藉由作者權威性的解析欣賞正典優美之處；但對於與作者同樣出身學術界，而還稱得上喜好閱讀的筆者而言，除了讚佩作者的學養與道德勇氣之外，所面臨的課題，已不再是誰來制定正典準則、這些準則又為誰而定、意識型態可否與美學價值並行不悖，而是試著相信本書是一個執著的孤獨心靈所唱的正典最後輓歌，而不是一部充滿焦慮的美學傳道書。

〈推薦〉③激情年代的一泓清泉

呂健忠
（東吳大學英文系兼任講師）

美國耶魯大學教授哈洛·卜倫（Harold Bloom）博古通今，閱讀功力根深蔭廣，藉維科的歷史分期（眾神、貴族、民主，歌頌的對象依次為神祇、英雄與平民）為架構，檢視以莎士比亞為核心的西洋文學正典，探究其餘二十五位作家的承傳譜系，重訂自聖經以降的西洋文學史觀。

《西方正典》強調文學的個人性與自主性，肯定經典的特性在於打破神聖與世俗寫作的分野。釐清天才的奧秘之餘，本書從作品透視作家，從作家連繫歷史，又從歷史引出想像網路的秘密通道，以之為引領讀者觸類旁通的竅門。

在美學轉向的激情年代，在或新或後的眾主義喧囂聲中，本書提供沁人心脾的一泓清泉。有感於文學可能在聲光電化的虛擬幻境成為廢墟，作者本著一生的閱讀和四十年的教學經驗，以典雅的隨筆風格在想像世界的蒼茫暮色中點燃烽炮，毅然吹響向文化政治觀宣戰的號角。

展讀本書有如懷著秉燭夜遊的雅興，翱翔於西方文學高原的上空。避開速食文化的洪流與顛覆傳統的風尚，如此則可望免於維科所預言的混亂時期的浩劫。

〈譯者序〉

談談文學

高志仁

談談文學。

對於文學，有人一本正經，有人閃爍其詞，有人畏畏縮縮，總也無法讓人滿意。不管是對文學阿諛奉承，還是對文學缺乏信心，有太多太多的言論讓文學無所棲身。如今在卜倫的正典論說中，似乎有了點溫暖親切的感覺。

這是一種欲拒還迎的感覺。作者說：「弗洛依德式的心靈圖樣為莎士比亞所有；弗洛依德似乎只不過是讓它變得白話一些罷了。」此一論調對所謂的「白話」似乎有點鄙夷，而所有的論述文字皆為詮釋性質的「白話」（但作者仍對弗洛依德推崇備至，認為他「很可能是本世紀最卓越的心靈」，此一疑慮遂得稍解）。再者，作者所力斥的憎恨學派六大支系（女性主義者、馬克思主義者、拉岡主義者、新歷史主義者、解構主義者、符號學者）又都是筆者同情的對象。尤其卜倫質疑法國批評家羅蘭・巴特所謂的「文本的快感」最是莫明所以；他說：「和某些巴黎人的想法不同的是，文本給的不是快感，而是高度的非快感，或者是較微小的文本所無法提供的較艱辛的快感。」筆者在巴特《文本的快感》這本書裡卻怎麼也找不到較便捷、較不艱辛的快感。

然而，卜倫終究是反對現代文學理論中最有現代文學理論風味的人。而他也因此成為反對現代文學理論的陣營中最能為現代文學理論服務的學者（卜倫可能打死都不會承認這一點，正如他矢口否認自己是解構派一樣）。所謂「服務」可以是厲聲痛斥、冷嘲熱諷（卜倫的精彩嘲諷包括：「我們的學校所鼓吹的一種最古怪的幻象是：不要讀莎士比亞，你要讀的是和受迫害者同樣出身的作家的作品，這樣你就可以造福他們！」「在我試著閱讀憎恨學派所指定的許多另類正典作品時，我不禁百感交集；那些滿懷抱負的人想必是認為他們每天所說的話都是一篇篇的故事和小說，或者他們誠懇熱切的心意就是一首首的詩作，只消再稍加潤飾即可。」）事實上，正是這股得理不饒人的氣焰造就了當今憎恨學派霸道風行的場面。

卜倫反對「作者之死」的觀念，然而，他最推崇的「冷漠淡然」的莎士比亞是什麼樣子呢：誰都不是、誰也都是，什麼都不是，什麼也都是，既不相信什麼，也沒有不相信什麼。且容我說一句比較粗俗的話，卜倫的莎士比亞就是一副「死人」樣子，雖然這副死人樣所涵納的可能是最豐厚盛美的生命。作者或角色的性格或意識是卜倫關注的焦點所在，他會說：「但丁在《神曲》的每一行烙下了自己的印記」以及「喬賽其人的性格在他的每一行詩句中烙下了深刻的印記」以及「歌德所有的作品無論彼此之間有多大的差異都帶有他那獨特而撼人的性格標記」以及「愛絲特・蘇莫生」以其無邊無際的默然旁觀的特性成為狄更斯所創造的、甚至是民主制時期英國的所有文學作品中最深不可測的意識體」以及「喬哀思《尤利西斯》裡的波迪非常具有說服力，因為他是一個極為完整的人，堪稱喬哀思最宏大的意識體。」等等。此等強勢且包納一切的性格或意識其實是沒有什麼實質內容的，而主要是做為卜倫在建構文學家庭羅曼史時據以羅列家庭成員的功能屬項。準此觀之，卜倫的執念和傅柯或巴特讓「作者」退隱山林的做法——套句卜倫自己常用的詞兒——只有程度上的差別，本質上並無不同。

或許，卜倫最教人印象深刻的，是他將文學視為一種宗教式的經驗。卜倫所指稱的良善的權威（李爾王）、不信神和神一般的人（尤利西斯、唐吉訶德）、永生論述（the rhetoric of immortality）等等都承載著明顯的宗教意涵。文學絕不隸屬於宗教（所以宗教文學是不存在的），但文學藝術卻可以成為一門宗教。

最後要附帶說明的是，書中莎士比亞劇作的翻譯係採用梁實秋先生的譯本。

一九九八年七月於台北

序文與序曲
Preface And Prelude

本書討論二十六個作家；這必然夾帶著若干思古情懷，因為我試圖析離出這些作者藉以進入正典的特質，也就是要找出是什麼使這些人得以在西方文化之中坐擁作者的權威。在人們的觀念中，「美學價值」有時不過是康德 (Immanuel Kant, 1724-1804) 的一個念頭，而非真實的存在；但這和我一生的閱讀經驗全然不符。如今事物率皆分崩離析，中心已然瓦解，全然的無政府狀態正逐漸籠罩昔時所謂的「學識界」(the learned world)。我對模擬文化戰不太感興趣；在第一章和最後一章我會就眼前穢亂不堪的景象發表看法。此處我想要說明的是本書的架構，以及我如何在昔時眾所公認的西方正典中，從千百個作家裡挑出二十六個代表人物。

是什麼將作者與其作品推上正典之階？

吉安巴提斯塔・維科（Giambattista Vico, 1668-1744）曾於其《新科學》（*New Science*, 1725, 1730, 1744）一書中定出三階段——神制、貴族制、民主制——循環週期，接著的是一段混亂期，而新的神制時期終將由此而起。維科此說經喬哀思（Joyce, 1882-1941）亦莊亦諧地巧妙運用而成為《芬尼根守靈》（*Finnegans Wake*, 1939），我也謹守《守靈》之道，不一樣的地方是，我略去了神制時期的文學。我的歷史序列始於但丁（Dante, 1265-1321），終於貝克特（Samuel Beckett, 1906-89），不過我並未嚴格遵照時間的先後順序。於是我將莎士比亞（Shakespeare, 1564-1616）置於貴族制時期之初，因為他是西方正典的中心人物；接下來的作家我幾乎都放在他們與莎士比亞之間的關係脈絡中予以檢視，從影響他的喬賽（Chaucer, 1340-1400）和蒙田（Montaigne, 1533-92），一直到受他影響的米爾頓（Milton, 1608-74）、約翰生博士（Dr. Johnson, 1709-84）、歌德（Goethe, 1749-1832）、易卜生（Ibsen, 1828-1906）、喬哀思和貝克特等，以及那些試圖拒斥他的人：尤其是托爾斯泰（Tolstoy, 1828-1910）和弗洛依德（Freud, 1856-1939），後者在利用莎士比亞之餘，還要堅稱牛津伯爵（Earl of Oxford, 1550-1604）才是那「斯翠津人」（the man from Stratford）名下作品的真實作者。

此處對作者的選定乍看之下似乎非常主觀，其實不然。他們的獲選源自其崇偉壯麗

(sublimity）與深具代表性的特質：寫一本書討論二十六個作家是可行的，而如果要在一本書裡容納四百個作家則大有問題。在此可以看到西方自但丁以降的主要作家——喬賽，賽萬提斯（Cervantes, 1547-1616），蒙田，莎士比亞，歌德，渥茲華斯（Wordsworth, 1770-1850），狄更斯（Dickens, 1812-70），托爾斯泰，喬哀思，普魯斯特（Proust, 1871-1922）。但是，佩脫拉克（Petrarch, 1304-74）、哈伯來（Rabelais, 1495-1553）、阿里歐斯托（Ariosto, 1474-1533）、史賓賽（Spenser, 1552?-99）、班・強生（Ben Jonson, 1572-1637）、哈辛（Racine, 1639-99）、史威弗特（Swift, 1667-1745）、盧梭（Rousseau, 1712-78）、布雷克（Blake, 1757-1827）、普希金（Pushkin, 1799-1837）、梅爾維爾（Melville, 1819-91）、嘉可摩・雷歐帕迪（Giacomo Leopardi, 1798-1837）、亨利・詹姆斯（Henry James, 1843-1916）、杜斯托也夫斯基（Dostoevsky, 1821-81）、雨果（Hugo, 1802-85）、巴爾札克（Balzac, 1799-1850）、尼采（Nietzsche, 1844-1900）、福樓拜（Flaubert, 1821-80）、波特萊爾（Baudelaire, 1821-67）、布朗寧（Browning, 1812-89）、契柯夫（Chekhov, 1860-1904）、葉慈（Yeats, 1865-1939）、勞倫斯（D. H. Lawrence, 1885-1930）以及其他許多人在哪裡？

為了建構國族正典（national canon），我試著挑出各代表人物：英格蘭的喬賽、莎士比亞、米爾頓、渥茲華斯、狄更斯；法蘭西的蒙田和莫里哀（Molière, 1622-73）；義大利的但丁；西班牙的賽萬提斯；俄羅斯的托爾斯泰；德國的歌德；拉丁美洲的波赫士（Borges, 1899-1986）和聶魯達（Neruda, 1904-73）；美國的惠特曼（Whitman, 1819-92）和狄津生（Dickinson,

1830–86）。

主要劇作家序列：莎士比亞、莫里哀、易卜生、貝克特；主要小說家：奧斯汀（Austen, 1775–1817）、狄更斯、喬治・艾略特（George Eliot, 1819–80）、托爾斯泰、普魯斯特、喬哀思、吳爾芙（Woolf, 1882–1941）。約翰生博士於此是為西方最偉大的文學批評家；其他人難望其項背。

維科並未於第二個神制時期重臨之前定出一段混亂期；然而，現在這時代雖然還偽裝成民主制時期的延續，稱其為混亂時期卻是再恰當不過了。其主要作家為弗洛依德、普魯斯特、喬哀思、卡夫卡：他們具體呈現出此一時期的文藝精神，不管那是什麼。弗洛依德自稱為科學家，但是他往後的名聲將建立在文論大家（great essayist）這個身份上，如同蒙田或愛默生（Emerson, 1803–82）一般，而非某一種治療方法的開山祖師；如今，那種治療法已被譏斥為（或者提升為）原始巫教（shamanism）漫長歷史中新添的一段插曲。在聶魯達與裴索（Pessoa, 1888–1935）之外，我本希望能納入更多的現代詩人，但是我們這時代的詩人沒有一個及得上《追尋逝去的時光》（*In Search of Lost Time*, 1913–27）、《尤利西斯》（*Ulysses*, 1922）、《芬尼根守靈》、弗洛依德的文論或者卡夫卡的寓言與故事。

對於這二十六個作家，我盡量直接訴諸其偉大之處：是什麼將作者與其作品推上正典之階的？答案通常都會指向某種疏異性（strangeness），它是一種若非無法予以融合，便是深深將我們融入其中，使得它在我們眼中不再顯得奇異與疏隔的原創性。佩特（Walter Pater,

1839-94）給浪漫主義的定義是：為美感添加疏異性：我認為他點出的是所有正典之作的特性，非僅限於所謂的浪漫派而已。從《神曲》（*The Divine Comedy*, 1321）到《終局》（*Endgame*, 1957），從疏異性到疏異性，傑出的作品便是如此循環著。當你第一次閱讀某正典作品時，你遇見的是一個陌生人，你得到的是一種詭譎的驚奇感而非期望的實現。當你初次接觸《神曲》、《失樂園》（*Paradise Lost*, 1667）、《浮士德第二部》（*Faust Part Two*, 1832）、《哈吉・穆拉》（*Hadji Murad*, 1904）、《培爾・甘特》（*Peer Gynt*, 1867）、《尤利西斯》、《詩集》（*Canto general*, 1950）等作品時，它們所共同煥發出來的是一種詭譎之奇，能教你在熟悉的境域中生出一種疏異感。

我們所知最偉大的作家莎士比亞給我們的印象則經常是相反的：讓我們在異域或外地擁有一份熟悉感。他那吸融與漬染的力量是獨一無二的，對全世界的演出與評論皆構成恆久的挑戰。時下的莎士比亞評論——「文化唯物論者」（新馬克思主義者）；「新歷史論者」（傅柯〔Foucault, 1926-84〕）；「女性主義者」——放棄了迎向此一挑戰的使命，令我感到非常荒謬，也十分遺憾。莎士比亞評論已完全從他那至高的美學價值跳脫開來，並試圖將他化約成英國文藝復興時期的「社會能量」，彷彿李爾（Lear）、哈姆雷特（Hamlet）、依阿高（Iago）、孚斯塔夫（Falstaff）的創造者與其門徒約翰・韋伯斯特（John Webster, 1580?-1625?）和湯瑪斯・米多登（Thomas Middleton, 1570-1627）之間在美學價值上並沒有真正的差別。有關正典的命運——最主要的也就是莎士比亞的命運——英國現今最好的批評家法蘭克・柯默德（Sir Frank Kermode, b. 1919）於其《關注的形式》（*Forms of Attention*, 1985）說出了就我所知最清楚的警告：

正典泯除了知識學理與一般見解之間的分野，是為了存續下去而打造的器具，具抗時間性，而不具抗理智性，因此當然有可能崩垮傾頹；如果人們認為不應該有這種東西，他們自然會想辦法予以摧毀。捍衛正典無法再由中心體制的力量來執行；它們再也不是必修課，雖然還很難想像學識機構的運行——包括招收新生在內——如果沒有了它們該如何運作。

如同柯默德所指出的，摧毀正典的方法俯拾即是，而如今也正進行得轟轟烈烈。本書不只一次表明，那些著眼於正典所預設的（不存在的）道德價值而試圖予以保存的右翼護衛者，以及那些想要推翻正典以便遂行其預設的（不存在的）社會改造計劃的學院—新聞傳播網絡（academic-journalistic network）——我名之為「憎恨學派」（School of Resentment）——兩造之間目前的爭辯並不是我要討論的。我希望本書不會成為西方正典的輓歌，也希望未來會出現反轉，屆時成群結隊亂哄哄的旅鼠將不再把自己拋下懸崖。在末尾羅列的正典作者中——特別是屬於我們這個世紀的——我將對存續的可能性試做小小的預言。

能為一部文學作品贏得正典地位的原創性其指標之一是一種疏異性，此疏異性若非教我們無從完全吸融，便是化為天然既成之貌（a given），使得我們感覺不到其特異之處。但丁是第一種可能性最顯著的例子，莎士比亞是第二種可能性的超級範例，總是充滿矛盾的惠特曼則兼執此弔詭之兩端。除了莎士比亞以外，化為天然既成之貌最具代表性的例子是希伯來聖經（Hebrew Bible）的第一作者：十九世紀聖經學界喚為「耶威者」（the Yahwist,按：稱上帝為Yahweh的希伯來聖經作者，以別於另一稱上帝為Elohim的作者）或J的人物（「J」來自Yahweh希伯來文的德文拼法或者英文的Jehovah，係某時期拼字錯誤所致）。J和荷馬（Homer, 8th cent.B.C.）一樣失陷於黑暗的時間幽谷之中，而J這（幾）個人似乎早在荷馬在世或被創造出來之前、約三千年前左右就住在耶路撒冷或其附近的地方。J的真實身份為何，我們無從知曉。純粹就文本內部證據以及主觀的文學立場而言，我推測J很可能是廁身於文化高度發展、宗教懷疑論盛行、心理層次複雜的所羅門王（King Solomon）宮廷中的一個女子。

一位優秀的評論者責備我，說我在《J書》（*Book of J*, 1990）裡缺乏為J驗明正身的勇氣，不敢直截了當地指出J就是母后拔示巴（Bathsheba）：她是希泰族人（Hittite），大衛王（David the king）把她的丈夫烏列（Uriah）送上戰場當砲灰後就將她納為己有。我很樂意接納這項遲來的建議：所羅門的母親拔示巴是很理想的候選人。如此，「耶威者」的文本中瀰漫於所羅門之子與繼位者——災難重重的羅波安（Rehoboam）——周遭的暗鬱氛圍就得到了非常可信的解釋：她對希伯來諸長老們極盡譏諷的描繪，以及她對他們的妻子與哈嘉（Hagar）、塔瑪（Tamar）等化外女子的喜愛也是一樣。再者，首先寫出終至成為猶太聖典（Torah）的文字的作者壓根兒不是以色列人，而是一個希泰族女子，這正是極具J風的最佳反諷。以下我間以J或拔示巴來稱呼耶威者。

名為J的寫作者是我們現在稱為「創世記」（Genesis）、「出埃及記」（Exodus）、「民數記」（Numbers）等文字的原始作者，但是她的作品在五個世紀之中，歷經眾多編訂者不斷的查察、修訂、撤廢、扭曲，最後終於來到巴比倫流亡歸來時代的以斯拉（Ezra，按：聖經中有「以斯拉記」）或其追隨者手中。這些修訂者是僧侶和信仰熱切的抄寫人，他們似乎對拔示巴頗為反諷、自由不羈地描繪上帝耶威甚感不悅。J的上帝耶威極具人性——太人性化了：他又吃又喝，常常發脾氣，喜歡惡作劇，嫉妒心重且報復心強，自詡公義卻又一直偏袒循私；而在他將祝福從一位菁英移轉至整個以色列族群時，一股神經性焦慮實昭然若揭。到了他引領著那群惶亂憂苦的人來到西奈（Sinai）曠野的時候，不管對自己或對別人，他都顯得如此瘋狂與危險，因此我們可以說，名為J的寫作者是所有作者之中最最瀆神的。

就我們所知，J的傳奇故事止於上帝耶威親手將其先知摩西（Moses）葬於一無名塚，而在這位多災多難的以色列人領導者臨死之前，上帝耶威也只不過讓他看了一眼「許諾之地」而已。拔示巴的傑作便是上帝耶威與摩西之間的故事，此一敘述超越了譏諷或悲劇的意涵，從上帝耶威出人意表地召選那不甚情願的先知，一直進展到他毫無原由地想要殺害摩西，接著更鋪陳出上帝與其挑選的工具皆不能免的憂惱與煩愁。

神性與人性的糾葛夾纏是J的一項偉大發明，是原創性的另一個標記，這份原創性如此持續與恆久，教我們難以察覺，因為拔示巴所講的故事已經吸納了我們。這份原創性立下了正典，而隱含其中的最大驚奇便是我們發覺到，西方世界對上帝的崇仰——猶太人，基督徒，穆斯林——是對J的上帝耶威此一文學角色的崇仰，不管虔誠的修訂者如何將他東修西補。就我所知，可與之比擬的大驚奇唯有當我們發覺，基督徒所敬愛的耶穌主要是由「馬可福音」(Gospel of Mark) 的作者所創造出來的文學角色，以及當我們讀著可蘭經並聽聞唯一的聲音——安拉的聲音——透過其先知默罕穆德鉅細靡遺的大膽錄述源源傳來。或許，到了二十一世紀的某一天，當摩門教 (Mormonism) 成為至少是美國西方的主要宗教時，我們之後的人會在他們於真正的美國先知約瑟夫・史密斯 (Joseph Smith, 1805-44) 的確切預示——《高價珍珠》(*The Pearl of Great Price*)、《教則與規約》(*Doctrines and Covenants*)——之中見識到他的桀驁不馴時，體驗到第四個驚奇。

世世代代的書本與學校

正典的疏異性並不一定會伴隨著這種因大膽作風而引發的驚奇感，但是對任何一部在與傳統的競賽中獨佔鰲頭並躋身正典的作品而言，原創性的特殊風味必定會率先散發出來。這些日子以來，我們的教育機構充滿了許多對文學和生活中的競爭加以責難的理想派憎恨人士，但是美學與競賽是一體的，所有的古希臘人都這麼認為，重新發現此一真理的柏可哈特（Burckhardt, 1818-97，按：瑞士藝術史家）和尼采也這麼認為。荷馬所教的是衝突詩學，他的對手赫希歐德（Hesiod, 8th cent. B.C.）首先學到了這一課。在批評家龍吉納斯（Longinus, 213?-273）眼中，柏拉圖（Plato, 428-347 B.C.）和荷馬之間無止盡的衝突就是這位哲學家的全部：《共和國》（*The Republic*）將荷馬放逐，但徒勞無功，因為希臘人在學校裡唸的是荷馬，不是柏拉圖。史提分•喬治（Stefan George, 1868-1933）說但丁的《神曲》是「世世代代的書本與學校」，雖然，這句話拿來形容詩人比較真切，而下文也將證實用這句話形容莎士比亞的劇作也比較恰當。

當代作家不喜歡聽人家說自己必須和莎士比亞與但丁競爭，但這種抗爭是讓喬哀思成為大家的誘因，使他得以獲致在現代西方作者之中唯有貝克特、普魯斯特、卡夫卡可與之比擬的崇高地位。品達（Pindar, 518-438 B.C.）將永遠是文學成就的根本原型，他在歌頌那些貴族運動員們擬神格化的勝利時，也同時暗示著他的勝利頌歌本身就是打敗所有競爭對手的勝利者。但丁、米爾頓、渥茲華斯重複著品達的重要隱喻，在賽跑中贏得優勝，大獎便是一種凡俗性的永生不朽，與虔誠的理想主義有著奇異的扞格。（盡量不語帶譏諷）「理想主義」是目前學校與學院中的風潮，打著創造社會和諧、打破歷史不公的名號，將所有的美學標準與大多數的智識標準都予以拋棄。就實際情形來看，「正典的擴充」就是正典的覆亡，因為被納入教材的絕非正巧是女性、非裔、拉丁美洲裔、亞裔的最優秀作家；這些作家最大的本領不過是培養一種憎恨的情緒以便打造其身份認同感。在這種憎恨的情緒之中，看不到疏異性，也沒有原創性；即使有，也不足以創造出耶威者、荷馬、但丁、莎士比亞、賽萬提斯、喬哀思的傳人。

影響的焦慮

我曾將我提出的一個批評觀念喚為「影響的焦慮」（the anxiety of influence）；我很高興憎恨學派一次又一次地堅持這個概念只適用於「死去的歐洲男性白人」（Dead White European Males），而不適用於女性以及擁有「多元文化者」（multiculturalists）此一怪異封號的人。於是，女性主義的啦啦隊長聲稱，女性作家好比身處縫製被褥的聚會，彼此親愛合作；非裔和墨西哥裔的美籍文學積極份子更斷言其未曾蒙受任何漬染之苦：每一個人都是晨曦中的亞當。他們所知道的就是自己現在的樣子——自古以來未曾改變；自我創造，自我生成，擁有自己的力量。這些主張如果是出自詩人、劇作家、小說家之口，是很健康也很可以理解的，不管它們是多麼的自欺與自溺。然而如果是來自所謂的文學批評家，這種樂觀的宣言就顯得既不真實也不有趣，與人類天性和想像文學的本質皆不相符。沒有文學影響此一惱人且難於理解的過程，有實力的正典作品便無由產生。在我的影響理論遭到攻擊時，我已完全認不出它來，因為人們根本從未公平地解讀它。正如本書論弗洛依德的章節所表明的，我喜歡的是對弗洛依德的莎士比亞式解讀，而不是對莎士比亞或其他任何作家的弗洛依德式解讀。影響的焦慮非關父親，不管是真實的父親還是文學的父親；它是一種由詩、小說、戲劇形式所展現的焦慮。任何一部有實力的文學作品都會對先前的文本予以創造性地誤讀（misread）與誤解（misinterpret）。真正的正典作家可能會、也可能不會將其作品中的焦慮予以內化，但這實在無關緊要：實力雄厚的作品本身就是那份焦慮。彼得・德・波拉（Peter de Bolla, b. 1957）於其《歷史修辭學展望》（*Towards Historical Rhetorics*, 1988）一書中很清楚地說出了這一點：

> 弗洛依德的家庭羅曼史只能很牽強地解讀影響此一現象。對卜倫（Bloom，按：即本書作者）而言，「影響」既是語言象徵系統中的屬項，一個界定詩學傳統的譬喻，也是精神、歷史、意象關係的叢結……影響描述文本之間的關係，它是橫跨文本

之間的現象……內部的精神防禦——指詩人的焦慮經驗——以及文本之間外部的歷史關係都是誤讀或詩學疏失（poetic misprision）的結果，而非成因。

對那些不熟悉我在文學影響此一問題上思考脈絡的人而言，以上精確的摘要無疑會顯得有些晦澀，然而德・波拉給了我一個很好的起點——我正開始要檢視目前飽受威脅的西方正典。如果要在西方文學傳統的豐富資產中不斷開發出夠份量的原創性，就必須把影響這個擔子擔下來。傳統不僅僅是一脈相承或是和樂融融的遞送過程而已，同時也是以前的天才與現在的野心之間的衝撞，而獎賞就是文學上的存續權或是進入正典。社會議題、任何缺乏耐性的理想主義者所下的評判、高呼「讓死者埋葬死者」的馬克思主義者、試圖以書庫替代正典並以檔案資料（archive）取代鑑別精神的言智學者（sophist）都不能消弭此一衝突。詩、故事、小說、戲劇是對先前的詩、故事、小說、戲劇的回應；此一回應取決於後代作家解讀與詮釋的行為，這種行為與新的作品並無二致。

這些對前人作品的解讀必然都帶著點戒心；如果只是一味褒揚讚賞，新的開創便會遭到遏制，這其中不只是心理上的因素而已。這不是伊底帕斯式的對抗，而是直指厚實、原創的文學想像的本質：象徵語言（figurative language）及其種種變化。創新的隱喻或者別出心裁的譬喻法，總免不了會從先前的隱喻逸離開來，而此一逸離至少有一部分取決於對先前象徵手法的疏遠或棄絕。莎士比亞以馬婁（Marlowe, 1564–93）為起點；《泰特斯・安莊尼克斯》(*Titus Andronicus*, 1593-94) 裡的摩爾人亞倫 (Aaron the Moor) 以及李查三世 (Richard III) 等莎士比亞早期的反派英雄與馬婁的馬爾它猶太人 (Jew of Malta) 巴拉巴斯 (Barabas) 是再相似不過的。當莎士比亞創造出威尼斯猶太人夏洛克 (Shylock) 的時候，鬧劇反派英雄的談吐已經在隱喻象徵的基礎上起了根本的變化；夏洛克是對巴拉巴斯的強力誤讀或創造性誤解，而摩爾人亞倫則比較像是巴拉巴斯的複製品，尤其是就象徵語言的層次而言。當莎士比亞在寫《奧賽羅》(*Othello*,1604) 的時候，馬婁的遺痕已然褪去：依阿高悠然自得的邪惡況味比巴拉巴斯自鳴得意的誇張突梯在認知上要細緻得多，在意象上也精巧千萬倍。在依阿高與巴拉巴斯的關係之中，可以窺見莎士比亞對先驅馬婁的誤讀已經得到全面的勝利。

莎士比亞是一個獨特的案例，在他面前，先人前輩們無不矮了一截。就《馬爾它的猶太人》(*The Jew of Malta*, 1591)和《帖木兒》(*Tamburlaine*, 1587-88)而言，《李查三世》(*Richard III*, 1592-93) 表現出了影響的焦慮，但莎士比亞仍在摸索。等到《亨利四世(上)》(*Henry IV, Part One*, 1596-97) 裡的孚斯塔夫出現以後，摸索即告完成，馬婁則成了舞台上與生命中不該走的路，如此而已。

英雄惜英雄，英雄也是英雄的陰影

莎士比亞之後，只有幾個人比較不受影響的焦慮所左右：米爾頓、莫里哀、歌德、托爾斯泰、易卜生、弗洛依德、喬哀思；對這些人——莫里哀除外——而言，莎士比亞是唯一的問題所在，本書將試著論證這一點。英雄惜英雄，英雄也是英雄的陰影。莎士比亞寫出了西方傳統中最好的詩與文，走在他的後面可說是一種錯綜複雜的命運，因為原創性之中所有最關鍵的要素都難以模仿：人物的呈現，記憶在認知中所扮演的角色，隱喻象徵如何能為語言創造新的可能等等。這些都是莎士比亞最拿手的本領，做為一個心理學家、思想家、修辭學家，沒有人比得上他。維根斯坦（Wittgenstein, 1889-1951）憎惡弗洛依德，但就他對莎士比亞的猜疑與戒慎的態度看來，他與弗洛依德倒是心有戚戚；對哲學家與精神分析大師而言，莎士比亞實若芒刺在背。莎士比亞於認知上的原創性在整個哲學史上是無有匹敵的，而當我們竊聞維根斯坦苦苦尋思著，莎士比亞所表現的思考與思考本身是否真有差別時，當會感到反諷，也會覺得很過癮。誠如澳洲詩人與批評家凱文•哈特（Kevin Hart, b. 1954）所說的，「西方文化其共通觀念的語彙取自希臘哲學，我們一切有關生與死、形式與構造的言說都脫不開與此一傳統的關聯。」然而，共通觀念實際上會超越其語彙，而我們也必須提醒自己，鮮少訴諸哲學的莎士比亞比柏拉圖、亞里斯多德（Aristotle, 384-322 B.

C.）、康德、黑格爾（Hegel, 1770–1831）、海德格（Heidegger, 1884–1976）、維根斯坦還要接近西方文化的核心。

在今天，想要防衛美學價值的自主性令人備覺孤單，然而最好的防衛便是閱讀《李爾王》（*King Lear*, 1605）然後觀看此劇於舞台上的優秀演出。《李爾王》並非源自哲學上的什麼危機，它的力量也不能被解釋成資產階級體制以某種方式所鼓動的故做神秘（mystification）。一個人如果因為主張文學不必倚賴哲學，以及美學價值無法化約成意識形態或形上學就被當成怪物的話，文學研究的墮落程度便昭然在目了。美學評論將我們拉回到想像文學的自主性與孤獨靈魂的至高權威，讀者將不再是社會中的一員，而是深邃的自我，我們的終極內在。一位實力派作家的內在深度是一種力量，可以抵禦前人成就的沉重壓力，以免原創性還沒冒出頭來便被壓垮。偉大的作品總不外是重寫或重新檢視的行為，它以解讀為基礎，此一解讀為自我闢出空間，或是將舊作重新開啟以承接我們新的苦楚。沒有真正的原創，而此一愛默生式的反諷必須讓位給愛默生式的實際觀：發明者知道如何挪借。

影響焦慮壓扁了小才，但卻激發出正典之大才。混亂期美國最有活力的三個小說家——海明威（Hemingway, 1898–1961）、費茲傑羅（Fitzgerald, 1896–1940）、福克納（Faulkner, 1897-1962）——之間最親近之處在於，他們皆於約瑟夫・康拉德（Joseph Conrad, 1857–1924）的影響之下展露頭角，同時各自將康拉德與另一位美國先輩融混起來，使這份影響得到巧妙的調和——海明威與馬克・吐溫（Mark Twain, 1835–1910）、費茲傑羅與亨利・詹姆斯、福克納與赫曼・梅爾維爾。類似的巧妙調和也表現在艾略特(T. S. Eliot, 1888-1965)融合了惠特曼與丁尼生(Tennyson, 1809-92)、艾茲惹・龐德(Ezra Pound, 1885-1972)混合了惠特曼與布朗寧、哈特・柯瑞恩(Hart Crane, 1899-1932)於艾略特和惠特曼之間擺盪。實力派作家不挑選先驅;是先驅們要來挑選他們,但他們卻能施展才情,將先人轉化為具合成性且因此帶有虛構成份的人物。

我在本書中並未直接就二十六位作者之間的跨文本關係予以探討;我主要是以之做為整個西方正典的代表,但毫無疑問地,我對有關影響的諸多問題的興趣幾乎隨處可見,有時候可能我自己也沒有察覺。實力派文學作品無法擺脫它對相關作品的優先性與權威性的焦慮,不管它想不想與之一爭高下。大部分的批評家不願意去瞭解文學影響的過程,或者設法美化此一過程,把它描繪得既寬容又和善;縱然如此,隨著正典歷史的延展,競爭與漬染的陰暗事實卻不斷擴大。一首詩、一齣劇或一本小說的生成總免不了會受到先前作品的推磨擠壓,不管它是多麼熱切地想要直接縱身躍入社會議題之中。相屬性(contingency)主宰著文學,如同它主宰每一種認知事務一般,而由西方文學正典所構成的相屬性所顯現的,便是對每一部想要及於不朽的新進作品予以「形塑與刑肅」(form and malform)的影響焦慮。

文學不只是語言而已;它也是一份企求建立象徵體系的意志,一種對隱喻的追逐,尼采曾予以定義為求取差異、置身他方的欲望。這多少意謂著想要和自己有所不同,但我認為主要還是指想要和自己相屬與繼承的作品的隱喻與意象有所不同：成為偉大作家的欲望就是在自己的時空裡、在原創和傳承和影響焦慮必得相濡以沫的情形下，動身前往他方的欲望。

〈第一部〉

論正典
On the Canon

1 正典輓歌

An Elegy for the Canon

黑夜的大地上，暗影正逐漸延伸

正典（canon）原本是指教學機構的選書；雖然近來多元文化主義蔚然成風，有關正典之大哉問仍然是：在歷史走了這麼一大段之後，還想要讀書的人會去讀什麼書呢？聖經上所說的七十年歲也只夠去選讀所謂西方傳統中的偉大作家，更別提世界上的所有傳統了。讀書人必須有所選擇，因為實在沒有足夠的時間，可以讓我們讀完每一本書，即使除了讀書以外什麼事都不做也讀不完。馬拉美（Mallarmé, 1842-98）的豪語「我身傷悲，啊呀，我已經讀完所有的書」已成為誇大之詞。馬爾薩斯（Malthus, 1766-1834）人口論一般的書滿為患是正典焦慮的真正背景。這些日子以來，一批又一批言必稱批評家政治責任的學界旅鼠，前仆後繼地縱身跳下懸崖，一刻也不曾停歇，但是這一切的道德教化終將止息。教學機構將普遍設立文化研究部門，這是一頭刺激不得的蠻牛，而美學的伏流也將活潑湧動，重拾幾許閱讀的浪漫。

歐登（W. H. Auden, 1907-73）曾言，評論劣書對人品有不好的影響。歐登具有一種不由自主的理想化傾向，也許他在現今的年代中也能適應得很好；今天，新的人民委員告訴我們，讀好書對人品有不好的影響，我想這或許不假。閱讀最好的作家——且說是荷馬、但丁、莎士比亞、托爾斯泰——不會讓我們成為更好的公民。鐵口直斷的奧斯卡•王爾德（Oscar Wilde, 1854-1900）認為，藝術是百無一用的。他也告訴我們劣詩都是誠摯的。如果我有權這麼做的話，我會通令各大學把這些話刻在校門上，讓每一個學生好好思索一下這份真知灼見。

《紐約時報》（*New York Times*）社論稱許由馬雅•安杰盧（Maya Angelou, b. 1928）執筆的柯林頓（Clinton）總統就職詩具有惠特曼的偉岸氣度，而其誠摯懇切的確不同凡響；它和其他充斥學術圈的大作一樣一夜成名。教人難過的是，我們身不由己；我們可以在一定的範圍內進行抗拒，但是如果超過了這個範圍，即使我們自己的大學也免不了要指控我們種族歧視與性別歧視。我記得我們學界中有一個人——當然帶著點譏諷的味道——曾經告訴《紐約時報》的記者說：「我們都是女性主義批評家。」以此來描述一個從解放中得不到解放的佔領地是很恰當的，各機構想來或許會聽從藍培督撒（Lampedusa, 1896-1957）的《豹》（*The Leopard*, 1958）其中的王子勸他朋友的話：「把所有事情都稍稍做一點改變，好讓所有事情都保持不變。」

不幸的是，沒有東西會保持不變，因為良好且深入的閱讀藝術與熱情——這是我們的基業——所倚靠的，是那些在孩提時代就成了狂熱讀者的人。即使是投入且孤獨的讀者，如今也免不了要苦惱不已，因為他們無法確定新的一代興起後會不會將莎士比亞和但丁擺在其他所有作家之前。在我們黑夜的大地上，暗影正逐漸延伸，而在我們迫近第二個千禧年的同時，更大的暗影也款款而來。

文學批評是古老的藝術；文化批評是沈鬱的社會科學

對於這一切，我並不覺悲痛；在我眼裡，美學從來就不是社會性的議題；它是屬於個人的。沒有人該負任何罪責，但是，如果不會有人跑過來說我們缺少後輩的自由、寬容、開放的社會視野的話，我們還是會非常感激的。文學批評是一項古老的藝術；卜魯諾・司內爾（Bruno Snell, 1896-1986）說阿里斯多法尼斯（Aristophanes, 450-385B.C.）為其創始者，我也頗能贊同罕里希・海涅（Heinrich Heine, 1797-1856）所說的「有一個上帝，他的名字是阿里斯多法尼斯。」文化批評是另一門沉鬱的社會科學，而做為一種藝術的文學批評一直是，也將永遠是具菁英屬性的活動。相信文學批評可成為民主教育或社會改革的基礎是錯誤的。如果我們的英語系或其他文學系能夠縮小版圖，著力於我們現今古典學系的領域，把一些較為龐雜的任務轉交給文化研究兵團，或許我們的研究就可以回歸那無可規避之事，回到莎士比亞和極少數能與之匹敵的作家：畢竟，他們創造了我們每一個人。

一旦我們視正典為個別讀者、作家和那些從過去所有的作品之中被保留下來的精品彼此之間的關係，而不把它當成必修課程的書單，如此正典將視同文學的「憶術」(Art of Memory)，其宗教意涵便得以消解。記憶一直是一種藝術，即使在它不自覺地運作時也是如此。愛默生讓「記憶」與「希望」成為兩個對立的陣營，但那是在一個非常不一樣的美國。如今「記憶」的一方即為「希望」的一方，雖然希望已然減縮。但是，將希望體制化總是危險之舉，而將記憶體制化也不再見容於我們當今的社會。我們的教導必須更有選擇性，去尋找具備能力與意願成為高度個人化的讀者與作者的少數份子。其他嗜好政治化課程的就隨它去吧。實際上，美學價值可以辨識或體驗，但卻無法傳達給那些掌握不了其感受與知覺的人。盡繞著它爭執不休總是大錯特錯的。

我比較感興趣的是，我的許多同業們忙不迭地避開美學的領域，而其中有些人至少在開始的時候是能夠體驗美學價值的。根據弗洛依德的說法，逃避是壓抑的隱喻，是不自覺卻有意遺忘的隱喻。我的同業們之所以逃避，其意圖非常明顯：舒解錯置的罪惡感(displaced guilt)。就美學的脈絡而言，遺忘是具毀滅性的，因為批評認知活動總是要倚靠記憶。龍吉納斯想來會說，憎恨人士所遺忘的東西正是快感所在。尼采或許會稱之為痛楚；然而他們所指的很可能都是高居頂峰所獲得的相同體驗。那些如旅鼠般自高處跳下的人綿綿唱禱著，將文學描述為資產階級體制所鼓動的故做神祕，並以之為最佳詮釋。

這種說法將美學化約成了意識形態，頂多也只是化約成了形上學。一首詩不能當**一首詩**來讀，因為它主要是一份社會文件或是——較為罕見但仍屬可能——某種想要征服哲學的意圖。針對此一取向，我力主頑強抵抗，唯一的目標是盡可能保存詩的完整與純粹。那業已丟盔棄甲的兵團，代表了我們的傳統中總在規避美學領域的一股勢力：柏拉圖門派的道德論與亞里斯多德門派的社會科學。以詩為標的的攻擊言論，若非控以損害社會福祉之罪意欲驅逐之，便是要它在新興多元文化論的大纛下執行社會淨化的任務，以此做為接納其存在的交換條件。在學界的馬克思主義、女性主義、新歷史主義的表象底下，柏拉圖主義的古老論辯以及同樣古老的亞里斯多德門派的社會醫學正持續進展著。我認為這些論調與那些一直飽受折磨的美學支持者之間的衝突，絕不會有止息的一天。我們正節節敗退，而且無疑將持續敗退；說起來教人傷心，因為許多最好的學生將會棄我們而就其他的學門與事業，這在目前已如滔滔江水之東流。他們有權利這樣做，因為如今在我們的學門中，成就與價值的智識與美學標準正不斷流失，而我們卻無力保護他們不受其侵擾。如今我們能做的便是維繫住與美學領域的若干連結，同時拒絕屈服於那些說我們是不願冒險、不敢創新之徒的謊言。

弗洛依德對焦慮所下的著名定義是Angst vor etwas，即焦躁的預期。我們所焦躁疑慮的總是在前頭的什麼東西，或許那終歸是一些我們將會被要求去實現的預期。愛欲（Eros）大概是最富享樂意味的一種預期，它把自身的焦慮帶到反思意識之中，成為弗洛依德的研究主題。一部文學作品也會引發預期，而這部作品必須實現這份預期，否則便將失去所有的讀者。文學最深沉的焦慮是屬於文學性的；在我眼裡，這份焦慮充分定義出文學的屬性，兩者之間幾乎是等同的。一首詩、一本小說、一齣戲劇涵納了人性所有的騷動與混亂，其中包括對死亡的恐懼；在文學的藝術中，這份恐懼被轉化成一種追求——盼望躋身正典、參與團體或社會的記憶。即便莎士比亞在他最好的十四行詩之中，也是環繞著此一執拗的欲望或動力翻飛不已。永生論述（the rhetoric of immortality）也是一種生存心理學，一種宇宙觀。

正典的打造

會有一部文學作品讓世界不甘心任其死滅，這種想法是打哪兒來的？希伯來人並未如此看待聖經，根據他們的說法，碰觸正典作品的手會遭到污染，大概是因為凡人的手不適合持有神聖之作。耶穌為基督徒重拾猶太聖典，而有關耶穌最重要的一件事情便是復生。在世俗寫作的歷史上，人們是從什麼時候開始指稱詩作或故事為永恆不朽的？佩脫拉克曾有此說，莎士比亞的十四行詩更予以發揚光大；且已然潛伏於但丁對自家《神曲》的稱許中。我們不能說但丁將永生觀念加以世俗化，因為他廣納萬事萬物，所以就某種意義而言，他並沒有將任何事物世俗化。對他而言，他的詩是預言，如同「以賽亞書」（Isaiah）是預言一般，因此我們或許可以說但丁創造了有關正典的現代觀念。

研究中世紀的著名學者恩斯特·羅伯特·柯鐵斯（Ernst Robert Curtius, 1886-1956）強調，但丁認為在他之前的超越凡世之旅只有兩次是貨真價實的：魏吉爾（Virgil, 70-19B.C.）的史詩中第六卷的伊尼亞斯（Aeneas），以及「哥林多後書」（2 Corinthians）第十二章第二節所記載的聖保羅（St. Paul）。繼伊尼亞斯之後有羅馬；繼保羅之後有非猶太系基督教（Gentile Christianity）；繼但丁之後——如果他能活到八十一歲的話——隱藏於《神曲》中的奧祕預言可望獲得實現，可是但丁只活了五十六年。

對正典隱喻的運用一直非常注意的柯鐵斯在〈詩之不朽〉（"Poetry as Perpetuation"）的附記中將永恆詩名之源溯至《伊里亞德》（*Iliad*〔6.359〕）以及侯瑞西（Horace, 65-8B.C.）的《頌詩》（*Odes*〔4.8, 28〕），其中，繆思（Muse）的美言和情意被視為英雄不死之由。雅各·柏可哈特在柯鐵斯所引述的一篇討論文學名聲的文字中表示，但丁——義大利文藝復興時期詩人與文獻學者——「非常深刻地意識到他實在是名聲與永生的傳播者，」柯鐵斯認為法蘭西的拉丁詩人早在一一〇〇年就有了這種意識。然而此一意識與世俗正典性（secular canonicity）的概念在某一點上連結了起來，因此被冠以永生不朽之名的，並不是接受稱頌的英雄，而是稱頌本身。世俗正典——意指一系列受認可的作者——的觀念一直要到十八世紀中葉所謂感知、感觸、崇偉（Sensibility, Sentimentality, the Sublime）的文學時代才正式興起。威廉．柯林斯（William Collins, 1721-59）的《頌詩》（*Odes*）在感知時代的先驅英雄之中——從古希臘人到米爾頓——追溯崇偉的正典，是英語世界中最早提出世俗正典傳統的詩作之一。

正典本是一個具宗教意義的字眼，如今已成為在眾多為了生存而彼此爭鬥的文本之間所做的選擇，不管你以為做此一選擇的是主流社會團體、教育機構、批評傳統，或者像我一樣認為是那些覺得自己被某位先賢選中的後起作者。近來有些自以為是學術激進派的人甚至主張，作品之所以進入正典是因為有成功的廣告與宣傳策略。這些懷疑論者的同伴們有時更進而質疑莎士比亞，覺得他的赫赫威名像是一種加工製造出來的東西。如果你崇仰歷史過程此一合成神祇，你就必定要否認莎士比亞那清楚明朗且無以倫比的美學價值，那存在於他的劇作中至為棘手的原創性。原創性與個人事業、自恃、競爭等語彙成了同義詞，這些詞彙不太討女性主義者、非洲中心論者、馬克思主義者、師法傅柯的新歷史論者或解構論者的歡心；這些人我稱之為憎恨學派的成員。

關於正典的形塑有一個頗具見地的理論。阿拉斯太爾．夫敖勒（Alastair Fowler, b. 1930）於《文學類型》（*Kinds of Literature*, 1982）一書中討論「文類階層與文學正典」（Hierarchies of Genres and Canons of Literature）的章節裡表示，「文學風尚的改變常可以關聯到對正典作品所代表的文類的重新評價。」每一個世代都會有較為接近正典的文類。在我們這一代稍早時，美國散文故事（prose romance）被拔擢為一種文類，使得福克納、海明威、費茲傑羅成為二十世紀主流小說（prose fiction）作家，是霍桑（Hawthorne, 1804-64）、梅爾維爾、馬克・吐溫以及亨利・詹姆斯的《金缽》（*The Golden Bowl*, 1904）和《鴿翼》（*The Wings of the Dove*, 1902）的適當繼承人；故事（romance）的地位比「寫實」小說來得高，於是諸如福克納的《我之將死》（*As I Lay Dying*, 1930）、奈瑟乃爾・韋斯特（Nathanael West, 1903-40）的《寂寞芳心》（*Miss Lonelyhearts*, 1933）、湯瑪斯・品瓊（Thomas Pynchon, b. 1937）的《四十九番貨之叫賣》（*The Crying of Lot 49*, 1966）等帶有奇幻意味的敘事體（visionary narrative）便要比席爾多・卓來瑟（Theodore Dreiser, 1871-1945）的《凱莉姐妹》（*Sister Carrie*, 1900）和《美國悲劇》（*An American Tragedy*, 1925）獲得了更多的好評。如今，突魯門・凱波特（Truman Capote, 1924-84）的《冷血》（*In Cold Blood*, 1966）、諾曼・梅勒（Norman Mailer, b. 1923）的《劊子手之歌》（*The Executioner's Song*, 1979）、湯姆・吳爾夫（Tom Wolfe, b. 1931）的《浮華盛火》（*The Bonfire of the Vanities*, 1987）等新聞體小說興起，文類正經歷著另一波的調整；《美國悲劇》在這些作品的襯托之下回復了不少的榮光。

歷史小說似乎一直都無法受到很高的評價。勾爾・維答（Gore Vidal, b. 1925）曾向我大吐苦水，說他露骨的性傾向讓他被拒於正典之外。比較有可能的情況是，維答最好的作品（除了偉麗狂烈的《麥拉・伯瑞肯里居》〔*Myra Breckenridge*, 1968〕之外）都是典型的歷史小說——《林肯》（*Lincoln*, 1984）、《伯爾》（*Burr*, 1973）等等——而此一次文類（subgenre）已無法再進入正典，這也多少說明了諾曼・梅勒極富創意的《古夜》（*Ancient Evenings*, 1983）

這一部剖析欺詐的精彩作品，為何會因其背景選於古埃及《亡者書》（*The Book of the Dead*）的世界中而備受冷落的淒涼命運了。歷史寫作和敘事小說已經分了家，我們的感知習性也不再能將兩者彼此交融。

夫赦勒曾就為什麼不是在任何時代都找得到所有文類提出詳盡的說明：

要知道，文類在任何時期都無法做到平均的——更別提完整的——分佈。在每一個年代之中，可供讀者和批評家熱情回應的文類類目其規模實在不大，而可供作家隨時取用的類目就更有限了：除了對最傑出、最有實力或是最神秘莫測的作家之外，正典是相當固定的。每一個年代都會從類目中再做一些刪減。我們或許可以勉強地說，每一種文類在每一個年代中都存在著，會在一些稀奇古怪的罕例中隱約現身，然而活躍的文類類目一直都是有限的，必須依照適當比例大幅增刪……有些批評家試圖以幾乎等同於流體靜力學的模態來看待文類體系——其總量不變，但必須重新分配。

不過此一推測並無紮實的立論根據。我們最好還是將文類的流動視為美學性的選擇就可以了。

我自己也很願意附和夫赦勒的說法，主張美學性的選擇一直是世俗性的正典形塑的一貫指導準則，但是在對文學正典的護衛和攻擊都已高度政治化的今天，要維持此一主張誠屬不易。捍衛西方正典如果從意識形態出發的話，對美學價值所造成的傷害，與那些試圖摧毀正典或如其宣稱想要「敲開它」的攻擊者不斷的窮追猛打實在是不相上下。對西方正典而言，評選原則是其中最根本的一環，如其植基於嚴格的藝術規範，這些原則便合當具有菁英屬性。反對正典的人堅持正典的形塑必有意識形態牽連其中；他們更進而提出正典形塑的意識形態，認為創造正典（或使其長存）**本身**就是一種意識形態的作為。

反正典的風潮

安東尼歐・葛蘭西（Antonio Gramsci, 1891-1937）是這些反正典人士的英雄。他在其《獄中札記選》（*Selections from the Prison Notebooks*, 1947）一書中表示，一個知識份子若只憑靠與同儕們（如其他文學批評家）所共同擁有的「特殊資格」（special qualification），就絕對無法不受主流社會團體的牽制：「這些不同類型的傳統知識份子經由『團隊精神』，體驗了其不受挑戰的歷史資格，於是他們便打扮成一副獨立自主，不受主流社會團體控制的樣子。」

在如今我覺得是對文學批評最為不利的時刻裡，做為一個文學批評家我認為葛蘭西的批判並不合宜。專業人士結黨組派的團隊精神是許多反正典陣營的名嘴關心的焦點，對我而言則完全無關緊要，我也不承認和西方學院派有什麼「不受挑戰的歷史連繫」。我所想要與主張的，是與本世紀以前的若干批評家和前三代另一些批評家之間的連繫。至於我自己的「特殊資格」則純粹屬於個人的層面，和葛蘭西大相逕庭。即使「主流社會團體」指的是耶魯大學法人組織（Yale Corporation）、紐約大學或一般美國大學的理事會（trustees of New York University），在我一輩子閱讀、記誦、評斷、詮釋那曾被稱之為「想像文學」的東西的個別經驗中，我也找不出和任何社會團體有什麼內在的關聯。如果要找為某種社會意識形態服務的批評家，那些想要為正典解祕或敲開正典的人，或者另一批與之對立卻蹈其覆轍的人就是你要尋找的對象。但是這些團體沒有一個具備真正的**文學性**。

在仍以高等教育為業的機構中，從美學領域脫逃或予以壓抑已成了一種固有習性。擁有無上美學價值並歷經四個世紀的公評確認無誤的莎士比亞，如今在「歷史化」的現實風潮下身價已然大跌，而原因說穿了，就是他那詭譎的美學力量是每一位意識形態份子的眼中釘。現今憎恨學派的最高指導原則可以用以下唐突而粗糙的主張一語道破：名之為美學價值者皆源自階級鬥爭。此一原則涵蓋層面甚為寬廣，要全面否定它是不可能的。

我本人堅持，個人的自我是捕捉美學價值的唯一方法與標準。然而，我必須承認，要定義「個人的自我」必得以社會為對照項，其與群體之彼此競逐也無可避免地會牽涉到各個社會與經濟階級之間的衝突。我是製衣工人的兒子，而我得到了無窮無盡的時間來閱讀並思索我所閱讀的東西。我工作的機構耶魯大學無疑是美國體制的一部分，因此我對文學持續的思索，就成了最傳統的馬克思主義階級利益分析非常顯著的攻擊標的。我那一切對孤隔自我的美學價值的熱切宣揚勢必要冷卻一下，提醒自己那諸多思索的閒情逸致可是向公眾社區買來的。

美學價值係來自藝術家之間的互動

沒有一位批評家——包括眼前這位在內——可以像隱者普洛斯帕羅（Prospero）一樣於奇幻之島上施展妙麗的魔法。批評和詩一樣（就其隱義而言）是一種向公有資產行竊之舉。如果主流階級在我年輕的時候，會放任一個人成為美學價值的喉舌，在看待此一喉舌的功能時，這個階級必然有其本身利益的考量。然而，就算認知到了這一點也實在沒有什麼大不了的。能夠自由捕捉美學價值或許是階級鬥爭的產物，但價值無法等同於自由，儘管如果少了自由捕捉的動作，價值也無由生成。美學價值就其基本定義而言，係來自藝術家之間的互動，彼此影響，也不斷彼此詮釋。成為藝術家或批評家的自由，必然是源起於社會的矛盾與衝突，但此一自由領會的根源或由來雖然與美學價值脫不了干係，兩者之間卻絕無法等同。個體性的達成總帶著一份罪惡感；這份罪惡感與做為一個存活者和不製造美學價值有關。

對於競技的三種可能結果——優於，劣於，同於？——如果找不出一點解答，美學價值就不會存在。這個以經濟概念問出的問題，其答案應該與弗洛依德所提的「經濟原則」

(Economic Principle) 無關。沒有任何一首詩可以單獨而自足地存在，然而確實有某些無法化約的東西在美學的範疇中兀自挺立。那些無法完全加以化約的價值，藉由藝術之間相互影響的過程建立了起來。此一影響包含心理、精神、社會的成份，但其主要元素仍要歸諸美學。馬克思主義者或師法傅柯的歷史論者大可以永無休止地堅持，美學價值的生產是有關歷史推力的問題，但是生產本就不是此處要討論的議題。我欣然同意約翰生博士的箴言──「只有笨瓜才不是為了錢而寫作」──然而，從品達一直到現在，那無可否認的文學經濟並不能決定有關美學優越性的問題。而正典敲開者以及傳統論者對何處尋找優越性可說是所見略同：莎士比亞。莎士比亞就是世俗的正典，甚至是世俗的聖經；在正典的考量之下，前人和遺產受贈人都一樣要透過他才能有所定評。這是憎恨黨人所要面對的兩難：不是得否定莎士比亞的卓越特質（這很辛苦，也很困難），便是必須解釋歷史與階級鬥爭為什麼以及用什麼方式，恰好生產出他劇作中的那些讓他穩居西方正典核心的元素。

在這裡，莎士比亞最為詭奇的力量給了他／她們一道解不開的難題：無論你是誰，無論你身處何時，無論在觀念上或意象上，他總是跑在你前頭。他教你恍然不知今夕是何夕，因為他**包納**了你；你無法含納他。你無法拿新的學理來闡明他，不管是馬克思主義、弗洛依德主義或是德曼式的（Demanian）（按：指Paul de Man, 1919–83）語言懷疑主義。相反的，他將闡明學理，所憑藉的不是先見之明（prefiguration），而是後見之知（postfiguration）：弗洛依德所有最重要的東西皆已在莎士比亞之中，還附帶對弗洛依德的有力批評。弗洛依德式的心靈圖樣為莎士比亞所有，弗洛依德似乎只不過是讓它變得白話一些（prosify）罷了。或者也可以這麼說，對弗洛依德的莎士比亞式解讀闡明且壓倒了弗洛依德之作，對莎士比亞的弗洛依德式解讀則化約了莎士比亞，或者將會化約他，如果我們對這種已然成為荒謬誤失的過度化約可以忍受的話。比起任何對《考利歐雷諾斯》（*Coriolanus*, 1607-8）的馬克思主義式解讀，《考利歐雷諾斯》對馬克思《路易．拿破崙之二月十八》（*Eighteenth Brumaire of Louis Napoleon*, 1852）的解讀要來得紮實太多了。

我確信，莎士比亞之超卓崇偉是終將絆倒憎恨學派的堅石。他們怎能兩邊通吃？如果莎士比亞成為正典核心純屬偶然的話，那麼他們就必須說明為何社會主流階級會選他，而不選——比方說——班．強生來偶然一番？或者，如果褒揚莎士比亞的是歷史而非強勢階級的話，那麼莎士比亞究竟有何特質能對那偉大的造物主（Demiurge）——經濟和社會歷史——構成如許的吸引力？顯然，這樣的思考路線真有點像是在水中撈月了；只消承認莎士比亞和包括喬賽、托爾斯泰或者不管是誰的其他每一個作家之間存有**質**的差異，一種基本性質上的不同，一切就簡單得很。原創性是憎恨者無法消受的大醜聞，而莎士比亞正是我們所知最具原創性的作家。

米爾頓的《失樂園》

所有實實在在的文學原創性都登上了正典之位階。若干年前，在新港市（New Haven）的一個風雨之夜，我坐下來再一次重讀約翰·米爾頓的《失樂園》。我必須為即將在哈佛大學發表的一系列演說寫一篇討論米爾頓的講稿，但是我想從頭開始：重新閱讀詩作，就好像我從來沒有讀過，甚至在我之前從來沒有一個人讀過一樣。這表示我必須將我的腦袋裡汗牛充棟的米爾頓評論全部甩開，而事實上這是不可能的。但我仍然試著這麼做，因為我想重溫大約四十年前第一次讀《失樂園》的經驗。我一直讀到深夜才睡覺，在這段時間內，詩作原先熟悉的面貌開始褪去，並在往後幾天持續消褪，直至我讀畢全詩：我感到一陣奇異的震顫，覺得有點生疏，但卻完全陷溺其中。我讀的是什麼？

雖然這是一部聖經史詩，形式亦屬古典，它給我的奇特印象令我聯想到的是文學幻想曲或科幻小說，而不是英雄史詩。離奇詭異（weirdness）是它最特出的效果。兩種相關卻不盡相同的感受教我頗為震動：作者面對其他每一位作者和每一部作品——包括聖經——進行暗中和明白的爭逐時，皇皇展現出來的競技與勝利的力量，以及所展佈的景象中那時而教人驚懼不已的疏異性。直至讀畢全詩，我方才（有意識地）記起威廉·安普生（William Empson, 1906-84）烈性十足的著作《米爾頓的上帝》（*Milton's God*, 1981），就安普生的批評觀點而言，《失樂園》和某些非洲原始雕塑一樣深具狂野之美。安普生將米爾頓的狂野不馴歸咎於基督信仰此一令他深感厭惡的教則。雖然安普生在政治立場上是一個馬克思主義者，對中國共產黨深表認同，但他可不是憎恨學派的先驅。他自由不拘的歷史化論述非常能夠切中要害，對社會階級之間的衝突也一直有所認知，但是他並未進一步將《失樂園》化約成經濟力量的相互作用來看待。他主要的關注對象仍是美學，此乃文學批評家之正業，而且他並沒有把他在道德上對基督教（以及米爾頓的上帝）的憎惡感轉嫁到對詩作的美學評價上。我和安普生一樣對詩作的狂野面印象深刻；其競爭勝利觀（agonistic triumphalism）則讓我更感興趣。

我想，在西方正典中只有少數幾部作品比《失樂園》還要有份量——莎士比亞的主要悲劇，喬賽的《坎特伯里故事集》（*Canterbury Tales*），但丁的《神曲》，猶太聖典，福音書（Gospels），賽萬提斯的《唐吉訶德》（*Don Quixote*），荷馬的史詩。或許除了但丁的詩作外，這些作品沒有一部比得上米爾頓的陰鬱之作那麼勇於爭戰。莎士比亞毫無疑問從其他劇作家的作品中得到了啟發；喬賽巧言引述虛構的權威資料，而按下不談其受惠於但丁與薄伽丘（Boccaccio, 1313-75）的事實；「希伯來聖經」與「希臘新約」幾經修訂成為現在的面貌，而修訂者與原作者之間可能沒什麼交集；賽萬提斯以絕倫妙趣大肆嘲仿前人的騎士故事；荷馬的先輩則尚未見有任何文字資料流傳下來。

米爾頓與但丁是西方最傑出的作家之中最好鬥的。學者輒轉迴避了兩位詩人的兇悍暴烈，甚至指其為虔信誠敬之人。於是，魯易斯（C. S. Lewis, 1898-1963）在《失樂園》中找得到他自己的「純粹基督教」（mere Christianity），約翰．弗瑞伽洛（John Freccero, b. 1931）認為但丁是一個忠實的奧古斯汀（Saint Augustine, 354-430）信徒，在其「自我小說」中甘於亦步亦趨地跟隨《懺悔錄》（*Confessions*）。近來我漸漸認知到，但丁以創造性的方式深入修訂了魏吉爾（僅舉其一），正如米爾頓以自己的創作修訂了他之前的每一個人（包括但丁）。然而，在爭鋒的過程中，不管作家是像喬賽、賽萬提斯、莎士比亞一樣趣味橫生或者像但丁和米爾頓一樣咄咄逼人，競賽的意味總是存在著。

以下的馬克思主義評論對我似乎特別有價值：在實力派作品之中，總是可以見到主題與結構之間的衝突、分歧、矛盾。我和馬克思主義者不一樣的地方是在衝突的源起上。從品達一直到現在，為躋身正典而奮戰的作家或許是某個社會階級的代表，如品達代表貴族階層；然而，每一個雄心勃勃的作家主要還是為自己一個人出頭，為了增進自己的利益──**個人化**（individuation）為其最重要的核心──常常會背叛或者忽略了本身代表的階級。但丁和米爾頓為了在自己心目中擁有豐富與健全之精神意義的政治活動做了很大的犧牲，但是他們都不會願意為任何運動犧牲自己的主要詩作。他們的做法是將運動等同於詩作，而不是將詩作等同於運動。這些日子以來，學院裡老有人嚷嚷著要把文學研究和追求社會變革連結起來，上述前人走過的路，他／她們是不會太在意的。而在適當的地方我們也會發現，現代美國仍有人追隨著但丁與米爾頓為自己而戰的精神：自惠特曼與狄津生以來美國最具實力的詩人，即社會反動派瓦里斯・史帝文斯（Wallace Stevens, 1879-1955）和羅伯・佛洛斯特（Robert Frost, 1874-1963）。

偉大的文學會堅守其自足性

在那些寫得出正典作品的人眼裡，自己的著作比任何社會計劃——不管多麼具有典範性——都要顯赫一些。重點在於牽制作用（containment），而偉大的文學在最有價值的運動面前仍會堅守其自足性，不管那是女性主義、非裔美國文化主義，還是時下其他任何具備政治正確性的事業。被牽制住的東西或有不同，而實力派詩作就其定義而言，本就是拒絕被牽制的，即使是但丁或米爾頓的上帝也牽制不了。最有智慧的文學批評家山謬・約翰生博士有一個非常正確的論斷：和詩的奉獻（poetic devotion）相比，奉獻式的詩（devotional poetry）根本是不可能的：「恆常的善與惡太過厚重，智慧之翼無能承載。」「厚重」（ponderous）是「牽制不了」（uncontainable, 按：另一義為「裝不下去」）的隱喻，而後者也是一個隱喻。當前的正典開啟者對顯明的宗教大加撻伐，但他們卻在召喚奉獻式的詩作（與奉獻式的批評！），即使奉獻的目標換成了女性、黑人或者那個最最不為人知的神祇——美國的階級鬥爭——地位的提昇。這完全繫乎你個人的價值觀，但我總覺得訥悶，馬克思主義者在別的地方尋找競爭的氣味非常在行，卻怎麼老是看不出競爭本就內蘊於精緻藝術之中。對總是追求本身私益的想像文學而言，這是同時予以過度理想化與低度評價的奇特組合。

《失樂園》在世俗正典於米爾頓之後的下一個世紀建立起來之前就已成為正典。「誰讓米爾頓進入正典？」這個問題的第一解答是約翰・米爾頓自己，但其他大詩人亦堪為第一解答，從他的朋友安祖魯・馬維爾（Andrew Marvell, 1621-78）、約翰・卓來登（John Dryden, 1631-1700）一直到十八世紀和浪漫時期中幾乎每一個重要詩人：波普（Pope, 1688-1744）、湯生（Thomson, 1700-48）、庫波（Cowper, 1731-1800）、柯林斯、布雷克、渥茲華斯、柯立芝（Coleridge, 1772-1834）、拜倫（Byron, 1788-1824）、雪萊（Shelley, 1792-1822）、濟慈（Keats, 1795-1821）。約翰生博士和哈慈里特（William Hazlitt, 1788-1830）等批評家對此一正典化工程當然有其貢獻；米爾頓和之前的喬賽、史賓賽、莎士比亞以及之後的渥茲華斯一樣，都不客氣地將傳統壓倒並吸納之。這是正典質素最有力的檢驗標準。能夠壓倒並吸納傳統的人寥寥無幾，現在或許更已成為絕響。所以今天的問題是：你能夠從傳統的內部推擠它以便為自己創造空間，而不是像多元文化主義者一味想從外面擠壓它嗎？

自傳統內部著手的行動不會以意識形態為主導，也不會為任何社會目的服務，不管這目的多麼崇高。唯有美學上的力量才能穿透正典，這主要是一份綜合的力量：對象徵語言的掌握、原創性、認知能力、知識、豐美的文采。歷史不公終歸是：因之受難者可能除了一份受難意識以外什麼也沒得到。不管西方正典是什麼東西，它絕不會是拯救社會的計劃。

捍衛西方正典最愚蠢的方法是堅持它具現了那七個要命的美德，無一遺漏，我們所劃定的標準價值與民主原則的疆域便據此成形。這很明顯不是真的。《伊里亞德》教授赫赫戰功之輝煌榮耀；但丁為其加諸私敵之恆久磨難而欣喜不已。托爾斯泰自己的基督教版本把一般人的觀念幾乎完全拋開；杜斯托也夫斯基宣揚反猶太主義、反啟蒙主義以及人類枷鎖的必要。莎士比亞的政治觀——就我們目前所知——似乎和他筆下的考利歐雷諾斯（Coriolanus）沒有太大的不同；米爾頓言論自由和新聞自由的想法抵擋不了各種社會禁制的設立。愛爾蘭叛民大屠殺令史賓賽欣喜不已；自我中心狂的渥茲華斯把自己的詩心看得比其他任何光源還要輝煌燦亮。

西方最偉大的作家顛覆一切價值，不管是我們的還是他／她們自己的。那些要我們在柏拉圖或「以賽亞書」之中為我們的道德感與政治觀尋根溯源的學者，實在是與我們身處的社會現實脫了節。如果閱讀西方正典是為了要養成我們的社會、政治或私人的道德價值，我相信我們都會變成自私自利的惡魔。在我看來，閱讀如果是為了某種意識形態，那根本不算是閱讀。領受了美學的力量，我們便能學習怎麼和自己說話、怎麼承受自己。莎士比亞或賽萬提斯、荷馬或但丁、喬賽或哈伯來真正的功用是促進一個人內在自我的成長。廁身正典深入閱讀不會讓一個人更好或更壞，也不會讓一個公民更有用或更有害。心靈與自己的對話本不是一樁社會現實。西方正典唯一的貢獻是它適切地運用了個人自我的孤獨，這份孤獨終歸是一個人與自身有限宿命的相遇。

與時間競賽

我們擁有正典，因為我們的生命有限，而且來得相當晚。時間就只有那麼多，時間也總得停歇，而要讀的書卻比以前任何一個時候都要多。從耶威者、荷馬到弗洛依德、卡夫卡、貝克特的迢迢旅程，已歷經幾近三千年的時光。這趟旅程經過了但丁、喬賽、蒙田、莎士比亞、托爾斯泰等無限深邃的港口，而每一個港口都值得在一生中再三逗留，所以每一次當我們專注於閱讀或重讀的時候，我們必然要排除某些作品，這是現實情況下的兩難。正典作品必須通過一項精準無比的古老考驗：除非需要重讀，否則難擔正典之名。這免不了帶著點情愛的意味。如果你是唐・喬凡尼（Don Giovanni）而由隨從雷波瑞拉（Leporello）列名單的話，寒暄兩句也就夠了。

和某些巴黎人的想法不同的是，文本給的不是快感，而是高度的非快感，或者是較微小的文本所無法提供的較艱辛的快感。我不準備和喜愛艾莉斯・渦可（Alice Walker, b. 1944）所著《馬莉迪恩》（*Meridian*, 1977）的讀者鬥嘴：這本書我勉力讀了兩次，而在重讀時，我獲得了一次極不尋常的文學體驗。我突然靈光一閃，清楚地看到了那些宣稱要敲開正典的人提出的口號中所隱含的新原則。檢驗新式正典作品的準則既簡單又清晰，而且對社會變革極有幫助：不可以重讀它，也沒有必要重讀它，因為它對社會進展的貢獻就是它慷慨地獻出自己，任自己成為用後即丟的便利品。從品達、何德林（Hölderlin, 1770-1843）到葉慈，自我正典化的偉大頌詩已然宣示其禁得起試煉的永恆與不朽。未來能為社會接受的頌詩無疑地將為我們省卻這一切繁文縟節，而在共同的姐妹情誼之中注入適度的謙卑，在縫製被褥的同時展示新款的崇高與宏偉，這是女性主義批評如今偏愛的譬喻。

然而，我們必須要做選擇：時間就只有這麼多，我們是要重讀伊利莎白・畢舍（Elizabeth Bishop, 1911-79）還是艾茲里安・里奇（Adrienne Rich, b. 1929）？我是要和馬榭・普魯斯特一起再一次追尋逝去的時光，還是要把艾莉斯・渦可對所有黑白男人的大肆指責拿來再溫習一遍？我以前的學生很多現在已成了憎恨學派的明星，他們聲稱自己所教授的是社會性的無我無私，第一課便是學習如何無我無私地閱讀。作者沒有自我，文學角色沒有自我，讀者沒有自我。我們是不是要在擺脫了過去那自我宣示的罪惡之後，無罪一身輕地和這些寬大為懷的鬼魂一起聚集在河邊接受忘川（Lethe）之水的洗禮？我們要怎樣才能得救？無論方向為何，文學研究救不了任何人，也改善不了任何社會。莎士比亞不會讓我們變得更好，也不會讓我們變得更壞，但是他會在我們跟自己說話的時候，教我們如何竊聞自己的聲音（overhear ourselves）。接著，他可能會教我們如何接受我們自己和別人的改變，或者甚至是最終形式的改變。哈姆雷特是死亡的大使，也可能是死亡曾派出來給我們的少數幾位大使之一，對於我們與那未知國度之間無可逭逃的關係，他從來不向我們說謊。儘管傳統上總有許多想要將這份關係予以社會化的骯髒企圖，它仍舊是徹頭徹尾地獨立與孤寂。

我那已過世的朋友保羅・德・曼喜歡把每一部文學作品的孤獨狀態，類比成每一個人的死亡，我曾對此一類比表示抗議。我向他建議，較反諷的譬喻是將每個人的誕生類比成一首詩的產生；如同各個嬰孩被連結起來一般，此一類比把各個作品連結起來，無言無語和過去的言語產生了聯繫，無法說出的話語和死者曾經說過的——如死者曾經向我們每一個人說過的——話語產生了聯繫。我並未贏得這場批評上的論辯，因為我無法說服他接受那較為恢宏的類比；他偏好的是較典型的海德格式反諷的辯證權威。一部作品——比如說悲劇《哈姆雷特》——只有其孤獨狀態是與死亡所共有的。但是當作品與我們共存時，它的聲音是以死亡權威之名發出的嗎？無論答案是什麼，我要指出的是，文學上和存在上的死亡的權威，主要都不是社會性的權威。正典絕非主流社會階級的奴僕，而是死亡的差使。如果想要敲開它，你就得讓讀者相信在那擠滿了死者的空間裡，另有一塊空地被清了出來。死去的詩人們請同意為我們站到一邊去吧，亞陶（Artaud, 1896-1948）叫道；但這正是詩人們無論如何不會同意的。

如果我們真能永生不死，甚至只要我們的壽命加倍——比方說一百四十歲——我們就可以不必管什麼正典不正典的。然而我們的時間配額就那麼多，且人世終將遠離；對我而言，不管打著哪一種社會公義的旗號，拿低劣的作品來塡塞這一段有限的時間並不是文學批評家的職責。深信透過學院的意識形態可以引發社會變革的虔誠使徒法蘭可・林慈里基亞（Frank Lentricchia）教授，將瓦里斯・史帝文斯的〈壺之軼事〉（"Anecdote of the Jar", 1923）

解讀成了一首為主流社會階級利益喉舌的政治詩。對史帝文斯而言，擺置水壺的藝術和插花藝術是相通的，我不懂林慈里基亞為何不好好出版一本討論插花政治學的著作，並以《愛麗兒與我們這時代的花》（*Ariel and the Flowers of Our Climate*）為名（按：林慈里基亞著有*Ariel and the Police: Michel Foucault, William James, Wallace Stevens,* 1990）。我仍記得大約三十五年前的一次驚奇之旅，當時我第一次在耶路撒冷觀看足球比賽，在比賽現場，西葡系猶太觀眾歡迎著來自海法（Haifa）的客隊，因其代表政治右派，而耶路撒冷隊則代表勞工黨派。何必為了要將文學研究政治化而在此蹉跎？讓我們把運動作家換成政治學者，以此為重組棒球運動的第一步，共和黨聯盟和民主黨聯盟將在冠軍錦標賽中對壘。這種棒球型態無法和現在一樣為我們提供一個充滿田園逸趣的隱遁之所。棒球選手該負多少政治責任，文學批評家就該扛起多少現在正被人大肆鼓吹的政治責任，兩者恆等是也。

文化上的遲來晚到，幾乎是跨宇宙的現象，但是在美國特別深刻。美國是西方傳統最後的繼承者。以《伊里亞德》、聖經、柏拉圖、莎士比亞為基石的教育仍不失為我們的理想，雖然這些文化紀念碑與我們內在城市的生活之間，不消說是扯不上什麼關係的。那些憎恨所有正典的人深為一種菁英式的罪惡感所苦，他們覺察到，不管哪一代，正典總是間接地為西方社會中較富有階級的社會、政治甚至是精神利益與目標服務的；這毋寧是再正確不過的觀察，而罪惡感也由此而生。看來，打造美學價值是需要資金的。品達這位古典抒情詩的最後一員超級大將，把他的藝術能量傾注於撰寫頌詩、換取重酬的儀禮操練之中，其中一方是慷慨支助的富貴人家，另一方則慷慨頌揚其神仙血緣以為回報。崇偉、金錢與政治力量的串連未曾停歇，往後可能不會也無法停止。

當然會有先知——從阿摩司（Amos，按：西元前八世紀的希伯來先知，聖經中有「阿摩司書」）、布雷克一直到惠特曼——起來反對此一串連，而且將來有一天，一個媲美布雷克的大人物必將再度出現；但是，成為正典標尺的是品達，不是布雷克。連但丁和米爾頓這兩位先知都做了布雷克不想做，或者做不出來的妥協與折衷，因為《神曲》和《失樂園》的詩人似乎都還帶著點實際的文化意圖。我花了大半輩子的時間進行詩的研究才得以明瞭布雷克和惠特曼為什麼會成為真正的神秘、奇奧的詩人。如果你切斷了資財和文化之間的關聯——此一斷裂是米爾頓與布雷克、但丁與惠特曼之間的差異所在——你就是在替那些試圖摧毀正典連續性的人推波助瀾。你成了一個遲到的神祕論知者（Gnostic），把自己對傳統的誤讀化為一則神話並據此對荷馬、柏拉圖、聖經施以抗爭。此一抗爭可能會得到一些有限的成果；布雷克的《四活物》（*Four Zoas*）或惠特曼的《自我之歌》（*Song of Myself*）之所以被我視為有限的成果，是因為它們把它們的繼承人徹底逼進了扭曲的創作欲望的絕決之境。在惠特曼的開放大道上走得最成功的是那些氣韻與之深切契合、而絕非泛泛相類的人，如瓦里斯．史帝文斯、艾略特、哈特．柯瑞恩等在形式上極為嚴密的詩人。那些試圖摹倣他那看似開放的形式的人，都相繼在荒野中死去，那些不成熟的狂熱作家和學院騙徒全都狼狽地倒臥在他們那飄忽神秘的父親的身影之中。天下沒有白吃的午餐，惠特曼可不會替你做你份內的事。次等的布雷克或是學藝未成的惠特曼終究是冒牌先知，誰也無法從中撈到什麼便宜。

詩必須仰賴世俗的力量，對此我一點都不感到開心。我說的只不過是威廉・哈茲里特這位在眾多大批評家之中如假包換的左派份子的觀點。在《莎士比亞劇戲角色》(*Characters of Shakespeare's Plays*, 1817) 一書中，哈茲里特對考利歐雷諾斯做了一段精彩的討論；他首先便不得不承認：「人們發起的運動實在不太能成為詩的主題：它也有自己的修辭規律，能引發議論與詮釋，但是它無法為心靈帶來立即或清晰的意象。」哈茲里特發現，此種意象在暴君及其幫凶那兒倒是隨處可見。

哈茲里特清楚地意識到，修辭規律的力量與力量的修辭規律兩者之間，存在著起伏動盪的相互作用；此一認知在時下一片曚昧幽暗之中頗有醍醐灌頂之效。考利歐雷諾斯和莎士比亞自己的政治觀可能相同，也可能不同，就好像莎士比亞與哈姆雷特或李爾王的焦慮可能相同，也可能不同。莎士比亞也不是悲劇性的馬婁；這位仁兄的工作與生活似乎都在教莎士比亞什麼是不該走的路。莎士比亞心裡很明白哈茲里特清楚道出的不愉快的事實：不管是悲劇性的還是喜劇性的繆思都與菁英同在。無論在什麼社會，有一個雪萊或一位布雷希特 (Brecht, 1898–1956) 就會有更多更有實力的詩人自然而然地奔向主流階級的懷抱。文學想像為社會競爭的熱度與縱恣所漬染，因為在整個西方歷史上，開創性的想像總自認為最具競爭力，像是一位孤獨的跑者，為自己的榮耀疾奔。

大詩人之中最具實力的女性莎否（Sappho, b. 615B.C.）和艾蜜利・狄津生戰鬥力比男人還要猛烈。出生於埃摩斯特（Amherst）的狄津生小姐並沒有出手幫忙伊利莎白・巴雷特・布朗寧（Elizabeth Barrett Browning, 1806-61）縫製被褥。狄津生把布朗寧女士遠遠抛在塵土飛揚的後方，雖然這份勝利的傳達方式比〈當紫丁香最後一次於前庭綻放〉（"When Lilacs Last in the Dooryard Bloom'd"）傳送出惠特曼壓倒丁尼生的訊息要細緻一些；這首詩明白回應了桂冠詩人的〈威靈頓公爵輓詩〉（"Ode on the Death of the Duke of Wellington"），好讓警醒的讀者確切認知到林肯輓詩是如何大大勝過了對那位鋼鐵公爵（Iron Duke）的哀悼。我不知道女性主義批評想要轉變人類天性的訴求會不會成功，但是如果說有任何理想主義——不管到得多麼晚——有能耐把從赫希歐德與荷馬的競技一路延伸到狄津生和伊利莎白・畢舍之間的賽事、那涵括了男人與女人的一整套西方創造力心理學的深廣根基加以轉化與改變，我是非常懷疑的。

在寫下這幾行文字的時候，我看了一眼報紙，上頭有一則記事，敘述眾女性主義者為了參議院席次的提名，必須在伊利莎白・侯茲曼（Elizabeth Holtzman）和潔若丁・費拉羅（Geraldine Ferraro）之間作一抉擇而大感苦惱；她們的處境就好像一個批評家必須就現實要求在頗具實力的梅・史文生（May Swenson, 1919-89）與烈性十足的艾茲里安・里奇之間評斷揀選一般。一首雄心萬丈的詩可能擁有最經典的情感與最崇高的政治觀，同時也可能不太像是一首詩。一個批評家可能負有政治責任，但其首要任務是把競技者那古老的、同時相當嚴厲的三合一問題再次提出來：比較好、比較差、不相上下？我們正打著社會公義的旗號摧毀人文學與社會科學裡所有智識和美學的標準。在此，我們的機構信譽不佳：腦科醫師或數學家儘可不受限制地為所欲為。遭到貶損的是學習本身，好像真才實學與正確和錯誤的評斷完全不相干似的。

閱讀是為了自己與未會謀面的人

儘管有那些想要敲開正典的人所服膺的無限制理想主義，西方正典存在的目的正是要設立限制、訂定無關政治或道德的評鑑標準。我知道，如今通俗文化與自稱「文化批評」的東西兩者之間有一種私密的連結，而在此一連結的名號底下，連認知本身都可能會擔上不正確（the incorrect）之惡名。認知必得與記憶同行，而正典正是真正的「憶術」，是文化思考確切的根基。用最簡單的話講，正典就是柏拉圖與莎士比亞；它是個別思考的意象，不管那是蘇格拉底（Socrates, 470-400B.C.）垂死之思，抑或哈姆雷特對那未知國度的思忖。正典引發了檢驗現實（reality-testing）的意識，而死亡宿命就在其中與記憶接合。就其本質以觀，西方正典永不會閉合，但我們現在的啦啦隊長是沒辦法強行將它敲開的。只有一貫持續其負向認知（cognitive negation）的某個弗洛依德或某個卡夫卡的實力才有敲開它的能耐。

啦啦隊是正向思考（positive thinking）轉進到學術界裡的勢力代表。西方正典的入門弟子尊崇內蘊於認知中的負向力量，他們享受美感的領悟中艱辛的快感，習步於真才實學帶我們走的隱秘道路，甚至得放棄較便捷的快感；有些人主張某種政治價值能超越我們對個別美感經驗的所有記憶，他／她們無止盡的喊話慫恿即屬此類便捷的快感。

便捷的永生如今正在我們身旁盤旋繚繞，因為目前通俗文化的大熱門已不是搖滾演唱會，而代之以搖滾影像帶，其基本元素為即時的永生，或者也可以說是即時永生之或然率。永生的觀念在宗教與文學範疇裡的相互關係總是擾攘不定，即使在古代希臘羅馬時期也是如此，詩的不朽與奧林帕斯諸神的不朽，在那時候彼此之間是頗為混雜的。此一擾攘在古典文學裡是可以被接受的，甚至是良善的，在歐洲基督教世界裡則變得比較不祥。天主教會根據基本教義神學在神聖永生與人類聲名之間所劃定的界線，直到但丁出現之前一直相當明確；但丁自視為先知，因此暗暗給了他的《神曲》一個新聖經的地位。但丁事實上抹消了正典形塑的世俗與神聖之別，此一分別自此一去不返，這是我們對力量與權威感到困擾不安的另一個原因。

實際上，「力量」（power）與「權威」（authority）這兩個名辭在政治上與我們最好還是稱之為「想像文學」的領域中有非常不一樣的意義。如果我們看不出此一差異，原因可能出在那號稱為「精神性」（spiritual）的中介領域上。精神性力量和精神性權威老是鬼鬼祟祟地裝扮成政治與詩的模樣。因此我們必須就何者是西方正典的美學力量與權威，何者是可能自其中衍生出來的許多精神、政治甚至道德上五花八門的效應加以判別。雖然閱讀、寫作、教學必然是屬於社會行為，但即使是教學也有它孤隔的一面，用瓦里斯・史帝文斯的話說，這是一份唯兩人可共有的孤獨。葛楚德・史坦（Gertrude Stein, 1874-1946）認為，寫作是為了自己與未曾謀面的人；此一絕妙洞見我在此將之引申為一則互相呼應的短諺：閱讀是為了自己與未曾謀面的人。西方正典的存在不是為了要放大先前社會菁英的身形。它是為了讓你和未曾謀面的人閱讀的，好讓你和那些與你將永無一面之緣的人，能夠感受到真正的美學力量以及波特萊爾（及其後的艾里希・奧爾巴赫（Erich Auerbach, 1892-1957））所稱「美學尊榮」（aesthetic dignity）的權威。美學的尊榮是正典身上明明白白的烙痕之一，它是不出租的。

美學權威和美學的力量一樣是某些能量的譬喻或象徵，這種能量本質上就是孤隔而不具社會性的。海登・懷特（Hayden White, 1928-）許久以前就發現，傅柯有一個很大的缺點，就是他對自己所使用的隱喻認識不清，這對一個宣稱是尼采信徒的人而言，是個很反諷的弱點。傅柯將萊究依（Arthur O. Lovejoy, 1873-1962）觀念史的譬喻換成他自己的譬喻，然後不時會忘記他的「檔案庫」（archives）係屬反諷——有意的和無意的。新歷史論者的「社會能量」也是一樣；「社會能量」和弗洛依德的原慾（libido）皆無法量化，這些論者似乎老是記不住這一點。美學權威與創造力也都是譬喻，但是它們所替代的——且稱之為「正典性」（the canonical）——卻大略可以量化，也就是說，威廉・莎士比亞寫了三十八部劇作，其中的二十四部極為傑出，而社會能量卻連一景戲也沒寫過。作者之死是一個譬喻，還是很不懷善意的那一種；作者的一生則是一個可以量化的實體。

所有的正典，包括時下流行的反正典（counter-canons）皆屬菁英，而由於世俗正典未曾蓋棺論定，提出「敲開正典」之議實在是多此一舉。雖然正典和所有的名單及目錄一樣都具有收納——而非排除——的傾向，到了我們這個時候，窮盡一生的閱讀與重讀也難以盡覽西方正典。在今天，想要掌握西方正典事實上是不可能的。這不僅要精研三千本以上的書，其中有許多——如果不能說大部分的話——在認知與想像的難度上實令人仰之彌高，而且這些書彼此之間的關係，隨著我們視界的延展並未愈益穩定，反而更加騷動不安。

再者，西方正典本就具有高度的複雜性與矛盾性，而絕不是一個諧和或穩定的結構。沒有人有權認定西方正典是什麼，從大約一八〇〇年一直到現在皆然。它不會也不該和我或其他任何人所列的名單完全相同。如果真是這樣的話，這份名單也不過成了一個崇拜物（fetish）與另一種商品而已。馬克思主義者認為西方正典可歸類於他們稱為「文化資本」的東西，這點我可無意贊同。像美利堅合眾國這樣一個矛盾四伏的國家會不會是累積「文化資本」的園地，我不是很清楚，不過倒可以見到精緻文化的一些畸零斷片為大眾文化推波助瀾。從大約一八〇〇年以來，美國革命之後的世代從來沒有正式的精緻文化。文化統合是法國的產物，也稱得上是德國的東西，但是不管在十九世紀或二十世紀，它都和美國不太相干。從我們的處境與觀點來看，西方正典可稱做存活者清單。詩人查爾斯·歐生

(Charles Olson, 1910-70)指出，在美國的相關事實中，空間居於中心的地位，但是歐生此說出現的地方是在討論梅爾維爾也就是有關十九世紀的一本著作的開頭。在二十世紀即將結束之際，時間才是中心所在，因為黑夜的大地現在正是西方的夜晚時分。三千年環宇大戰的存活者清單會被稱為崇拜物嗎？

正典是競爭與實力的產物

重點在於文學作品的朽或不朽。躋身正典的作品在社會關係脈絡之中經歷了大規模的鬥爭才得以存活，但是這些關係脈絡與階級鬥爭實在沒有什麼關聯。美學價值源起於文本之間的鬥爭：於讀者、於語言、於課堂、於社會議論皆然。工人階級讀者很少能夠決定文本的存續權，左翼批評家也不能為此而替工人階級讀書。美學價值源自記憶，也（如尼采所見）源自痛楚——放棄較便捷的快感，執意追求遠較艱辛的快感。工人自有其諸般焦慮，他們轉向宗教尋求某種型式的解脫。他們確切地感受到，美學對他們而言只不過是另一種焦慮而已，這讓我們認識到，成功的文學作品是焦慮的完成，而非焦慮的舒解。正典也是焦慮的完成，而非道德論的制式道具。如果我們能設想一種既包納多元文化且富含多元價值的普遍性正典，其基本書籍不會是某一部聖典——不管是聖經、可蘭經還是東方典籍——而應該是在全世界每一個角落，以每一種語言，於每一種環境之中不斷地被演出與閱讀的莎士比亞。在時下新歷史論者的眼中，莎士比亞不過是代表英國文藝復興時期社會能量的符徵而已，但是不管這些論者的信念為何，對千千萬萬非白種歐洲人而言，莎士比亞都是其自身悲情的符徵，莎士比亞用語言捏塑出來的角色提供了他們自己的身份認同感。對他們而言，他的普遍性非關歷史，而具有最根本的意涵；莎士比亞把他們的生活搬上他的舞台。在他的角色之中，他們所看見與面對的是自己的痛苦與奇想，不是剛剛商業化的倫敦所展示的社會能量。

憶術擁有修辭規律上的前行項和魔幻般的新生項，是想像的所在或轉化成視覺意象的真實所在。從我小的時候開始，對文學我一直享有一份奇詭的記憶，但這純粹是語言性的記憶，沒有一丁點視覺性的成份。近來年過六十以後我才明白，我的文學記憶實以正典此一記憶體系為倚靠。如果我的情形有任何特別之處，也只不過是我心目中正典的主要實際功能，在我的經驗中有較為極致的發揮：終生閱讀的記憶與安排。在正典的記憶劇場中，「所在」的角色由最傑出的作者來扮演，而其傑作所佔有的則是憶術中「意象」的位置。莎士比亞與《哈姆雷特》——中心作者和世界級劇作——要我們記得的不只是《哈姆雷特》裡發生了什麼事情，更重要的是在文學之中發生了什麼事情使得它堪值記憶，從而展延了作者的生命。

由傅柯、巴特（Roland Barthes, 1915-80）以及許許多多在他們之後無性生殖出來的徒子徒孫所宣告的作者之死，是另一種反正典的迷思，類似那想要罷黜「所有死去的歐洲男性白人」的憎恨戰囂，這些死人如果以麵包店的行規湊個一打的話，就是荷馬、魏吉爾、但丁、喬賽、莎士比亞、賽萬提斯、蒙田、米爾頓、歌德、托爾斯泰、易卜生、卡夫卡、普魯斯特。這些比你——不管你是哪號人物——還要活靈活現的作者毫無疑問都是男的，而且我想也都是「白人」。但是他們沒死，不管和哪一個活著的作者放在一起看都是如此。我們這時代有加西亞‧馬奎茲（García Márquez, b. 1928）、品瓊、艾虛貝里（John Ashbery, b. 1927）和其他人有機會取得和波赫士、貝克特等去世不久的作家相等的正典地位，但莎士比亞和賽萬提斯的活力屬於另一層次。正典的確是活力的衡準，試圖標定那些沒有通則的事物。作家不死永生的古老隱喻在此頗為相關，也為我們重振了正典的力量。柯鐵斯在其〈詩之不朽〉一文的附記中引述柏可哈特對「文學名聲」（Fame in Literature）所做的名聲等同於不死永生的遐想。但是柏可哈特和柯鐵斯的時代是在渥侯（Andy Warhol, 1930?-87）之前；在渥侯的時代中，許多人都出了十五分鐘的名。四分之一個小時的不死永生如今盡可免費自由大方送，足堪列入「敲開正典」的行動中較喜慶歡娛的效果之一。

我們全身上下都是莎士比亞和正典所創造的

捍衛西方正典絕不是要捍衛西方或某國族企業。如果多元文化主義指的是賽萬提斯，誰會有意見呢？美學與認知標準最大的敵人是那些絮絮叨叨地對我們大談文學中道德與政治價值等廢話的衛道人士。《伊里亞德》的倫理和柏拉圖的政治觀不是我們生活的憑藉。如果和辭辯哲理家（Sophist）以及蘇格拉底比較，那些教授詮釋法則的人與前者有較多的共通點。莎士比亞悲劇所具備的功能既然與公共美德或社會正義扯不上什麼關係，我們豈能期望莎士比亞對我們已廢墟處處的社會做出任何貢獻？我們現在的新歷史論者挾其傅柯與馬克思的奇特混合體，只不過是柏拉圖主義漫漫無盡的歷史中一段小小的插曲。柏拉圖想要放逐詩人，希望能藉此一併放逐暴君。放逐莎士比亞、或者將他化約成他所處的環境背景並不能替我們甩掉暴君。我們怎樣也甩不掉莎士比亞，怎樣也甩不掉以他為核心的正典。我們有一大部份是莎士比亞所創造的，而我們一向樂於忘記這一點；如果加上正典其餘的部分，那麼我們全身上下便都是莎士比亞和正典所創造的。愛默生於《代表人》（*Representative Men*）之中說得好極了：「莎士比亞不與名作者同類，正如他不與眾人同階一般。他的才智教人無法理解；其他人則可以理解。一個好讀者多少可以挨進柏拉圖的腦子、從那兒思考；莎士比亞則否。我們仍舊不得其門而入。就活動力、創造力而言，莎士比亞是獨一無二的。」

有關莎士比亞我們現在所能說的恐怕都比不上愛默生的領悟來得重要。沒有莎士比亞就沒有正典，因為，沒有莎士比亞，我們的內裡就不會有任何自我可供辨視，不管我們是誰。莎士比亞給我們的不只是一種認知的代表形式，我們認知的能力也大多源自於他。莎士比亞和最接近他的對手之間的差別是性質上的也是程度上的不同，而此一雙重差異即定義出正典的現實與必要。沒有正典，我們的思考便告中止。你可以永無休止地構建以種族中心和性別考量來替代美學標準的理想，而你的社會目標也可能無限美好。然而，唯實力方可與實力相連結，正如尼采不斷向我們證明的。

〈第二部〉

貴族制時期
The Aristocratic Age

2 莎士比亞，正典的核心
Shakespeare, Center of the Canon

天才莎士比亞

在法律地位上，伊利莎白時期英格蘭的演員和乞丐以及其他身份卑微的人是頗為接近的，這無疑地是莎士比亞心頭的一塊沉鐵，藉由勤奮的工作，他努力地想要以紳士（gentleman）的身份重回斯翠津。除了這份意圖以外，我們對莎士比亞的社會觀點實在所知無多；在劇作中偶或可見些許零星的訊息，但也終歸是模糊而曖昧的。演員兼劇作家的莎士比亞必須倚賴貴族的贊助與保護，他的政治版圖——如果他實際上真有的話——適足做為歷時甚久的貴族制時期（取維科之義）的主要代表人物；在我的設定中，此時期自但丁始，其間歷經文藝復興與啟蒙時期，終止於歌德。少年渥茲華斯和威廉・布雷克的政治版圖宜乎為法國大革命，也是接下來的民主制時期的前導，此時期於惠特曼與美國正典達到最高峰，而由托爾斯泰和易卜生完成最後的演出。我們在莎士比亞藝術的源頭，得到了一份貴族式的文化意涵，並成為一基本定則，不過莎士比亞超越了那份意涵，就像他之於其他任何事物一樣。

莎士比亞與但丁是正典的核心，因為他們倆在認知的敏銳度、語言活力以及開創力上勝過了其他所有的西方作者。或許這三種稟賦皆可融入一份源於存在本體的激情，那是喜悅之能，或是如布雷克在「旺盛飽滿是為美」（Exuberance is beauty）此一「地獄箴言」（Proverb of Hell）裡所指陳的。社會能量每一個年代都有，但它寫不出劇作、詩篇、故事。原創力是一種個別的才能，每一個時代皆有之，但某些特殊的環境，顯然於其有絕大的激勵作用。諸多國事的風風雨雨我們仍然只能在各個片斷中加以研究，因為所謂完整統合的偉大時代一般而言皆屬幻覺。

莎士比亞是否純屬意外？文學想像以及使其具體化的形式模態，是不是就像莫札特旋風一樣飄忽不定？馬婁、布雷克、韓波（Rimbaud, 1854-91）、柯瑞恩等少數幾個詩人不需經歷發展的過程，像是從一開始就詩才完滿，莎士比亞並非其中一員。這些人甚至不必開始：《帖木兒，第一部》（*Tamburlaine Part One*, 1587）、《詩草集》（*Poetical Sketches*, 1783）、《光照》（*Illuminations*, 1871）、《白色建築》（*White Buildings*, 1926）已是登頂之作。然而，早期的歷史劇、喧鬧喜劇以及《泰特斯·安莊尼克斯》（1593-94）時期的莎士比亞和《哈姆雷特》、《奧賽羅》、《李爾王》、《馬克白》（*Macbeth*, 1606）的作者，實在看不出有什麼直接而緊密的關係。

如果把《羅密歐與朱麗葉》(*Romeo and Juliet*, 1595-96) 和《安東尼與克利歐佩特拉》(*Antony and Cleopatra*, 1606-7) 擺在一塊，有時候我還真不太能說服我自己那寫下前者的抒情劇作家，就是創造出後者恢宏神采的人。

莎士比亞什麼時候才成為莎士比亞的？哪些劇作首先進入正典？一五九二年當莎士比亞二十八歲的時候，他已經寫了《亨利六世》(*Henry VI*) 的三個部分及其於《李查三世》裡的後續發展，此外還有《錯中錯》(*The Comedy of Errors*)。《泰特斯·安莊尼克斯》、《馴悍記》(*The Taming of the Shrew*)、《維洛那二紳士》(*The Two Gentlemen of Verona*) 將在不到一年的時間內完成。令人驚嘆的《空愛一場》(*Love's Labour's Lost*) 是他第一個確切的成就，可能寫於一五九四年。比莎士比亞大了半歲的馬婁，於一五九三年五月三十號在一家酒店裡遭人殺害，時年二十九歲。莎士比亞如果也在那時死去的話，他和馬婁大概就沒什麼好比的了。《馬爾它的猶太人》、《帖木兒》的兩個部分、《愛德華二世》(*Edward II*)，即便是未完成的《浮士德博士》(*Doctor Faustus*) 都比《空愛一場》之前的莎士比亞作品優秀許多。馬婁死後五年，莎士比亞就以《仲夏夜之夢》(*A Midsummer Night's Dream*)、《威尼斯商人》(*The Merchant of Venice*)、《亨利四世》的兩個部分等一連串鉅作超越了其先驅兼對手的成就。線團 (Bottom)、夏洛克 (Shylock)、孚斯塔夫在《約翰王》的孚康布瑞吉 (Faulconbridge) 和《羅密歐與朱麗葉》的墨枯修 (Mercutio) 之外添加了一種新的舞台人格，與馬婁的文才或關注相距何止千里。儘管形式主義者不太高興，這五個角色仍舊走出了個別的劇作而踏進納投（A. D. Nuttall）稱之為「新式摹擬」（a new mimesis，按：納投一九八三年書名）的領域之中。

莎士比亞的孚斯塔夫

孚斯塔夫誕生之後的十三或十四年間，我們得到了一連串足與其爭輝的角色：羅薩蘭（Rosalind）、哈姆雷特、奧賽羅、依阿高、李爾、哀德蒙（Edmund）、馬克白、克利歐佩特拉、安東尼、考利歐雷諾斯、泰蒙（Timon）、伊慕貞（Imogen）、普洛斯帕羅、卡力班（Caliban）以及其他許許多多的角色。莎士比亞之名於一五九八年已然確立，孚斯塔夫則是確立此一詩名的天使。莎士比亞的語言才華沒有一個作家可以比擬，這份才華在《空愛一場》中表現得如此燦然豐美，不禁讓我們覺得語言上的諸多極致之境已然達到，且是一勞永逸。不過，莎士比亞最具原創性的地方在於人物的呈現方式：線團是曚曨想望的最佳典範；夏洛克，在我們所有人心目中永遠都是個曖昧渾沌的棘手人物；而在深具原創性且光采眩目的約翰・孚斯塔夫爵士身上，我們看到莎士比亞徹底改變了所謂運筆造人的含義。

莎士比亞的孚斯塔夫其文學傳承僅得一源，這當然非關馬婁，亦非中世紀道德劇（morality play）裡的「罪惡」（Vice），也不是古喜劇中愛吹牛皮的士卒，而是莎士比亞最真確的——因兩者之內裡聯繫最是深切——先驅，也就是寫下《坎特伯里故事集》的喬賽。孚斯塔夫與同樣狂烈的巴斯婦人（the Wife of Bath）愛莉斯（Alys）之間有著細微但生動的連結，遠比《亨利四世》裡的道爾・蒂爾席特（Doll Tearsheet）或魁格來夫人（Mistress Quickly）更有資格和約翰爵士一同馳騁舞台。巴斯婦人用掉了五個丈夫，但有誰用得掉孚斯塔夫呢？有學者在孚斯塔夫身上注意到對喬賽的影射：約翰爵士早先也曾出現在往坎特伯里的路上，而且他和愛莉斯都曾對哥林多前書中，聖保羅敦促基督信眾堅持其使命的章節予以戲仿。巴斯婦人宣示她對婚姻的使命感：「上帝召喚時我是什麼身份，我將堅守：我並不頑固。」

孚斯塔夫仿傚她來為自己的攔路劫盜申辯：「噫，哈爾，一個人在他本分內努力，不算是罪過。」這一對大譏諷家兼活力論者，皆疾力鼓吹磅礡的先天內蘊，以生命證諸生命，於此時此地。倆人都是剽悍的個人主義者與享樂主義者，對否定凡俗的道德觀有志一同，也都預告了布雷克傑出的「地獄箴言」：「獅與牛同遵一法是為壓迫。」這兩頭情感激切且唯我是觀的獅子——正如孚斯塔夫提起亨利四世的叛軍所說的——是專門找有德者麻煩的。約翰爵士和愛莉斯教給我們的是狂野不羈的智能和恣意奔竄的機智。自稱「我不僅是本身機智，而且是別人的機智的根源」的孚斯塔夫和巴斯婦人正相匹配，她顛覆男性的權威，於言語上、性事上皆然。塔伯・唐納德生（Talbot Donaldson, b. 1910）於《泉邊天鵝：莎士比亞讀喬賽》（*The Swan at the Well: Shakespeare Reading Chaucer*）之中捕捉到這些永遠的獨白者和自語者之間最顯著的類同處，唐吉訶德也擁有此一特質，亦即如孩童一般浸淫在戲耍之道（the order of play）中：「巴斯婦人告訴我們她只想要戲耍一番，而孚斯塔夫很多時候或許也是如此。不過就像巴斯婦人的情形一樣，我們常常無法確知他的戲耍是在哪裡開始，又是在哪裡結束的。」沒錯，我們是不確定，但愛莉斯和約翰爵士可篤定得很。孚斯塔夫大可和她一樣宣告說「我已及時行樂」，但是他甚至比她還要豐富靈動得多，所以莎士比亞也就不必多此一說了。人物呈現的奧妙秘法由喬賽初試身手，使得巴斯婦人成為孚斯塔夫的先驅，賣贖罪券（Pardoner）者成了依阿高與哀德蒙最重要的前輩，並將戲耍之道同時和角色、語言連結了起來。我們看到愛莉斯與賣贖罪券者竊聞自己的聲音，並藉由此一竊聞各自開始脫離戲耍與欺謊之道。莎士比亞機巧地捕捉到此一暗示，從孚斯塔夫開始便在他的主要角色身上，尤其是在這些角色的改變趨向上，大加拓展自我竊聞（self-overhearing）的效果。

生命對文學之必然趨向的回應：怎麼和自己說話

我認為，莎士比亞之所以能穩居正典的核心，關鍵就在這裡。但丁關注的是我們每個人內裡無所改變的終極固性，一個我們在永久恆常之中必得佔有的一定位置，在這方面他勝過了古往今來的任何作家；而莎士比亞則在變易心理學（psychology of mutability）的證驗上秀冠群倫。這只是莎士比亞璀璨成就之一端；他不僅超越了所有對手，同時也在自我竊聞的基礎上，開創出描繪自我改變之道，所根據的不過是來自喬賽的暗示，便引發了這一項最為顯赫的文學革新。我們可以如此推測：對喬賽顯然非常熟習的莎士比亞，在孚斯塔夫誕生的那一個非凡的時刻裡正惦記著巴斯婦人。哈姆雷特這位文學上最主要的自我竊聞者跟自己說話的時間並不比孚斯塔夫多多少。如今我們每一個人不時都在和自己說話，竊聞自己所說的，然後加以思量，並就我們所學到的發為行動。與其說這是心靈與自己的對話，甚至是精神之中內部交戰的反映，還不如說它是生命對文學之必然趨向的回應。在指導我們怎麼和別人說話的舊功課之外，想像文學自孚斯塔夫以降，藉莎士比亞之力增加了一門詩的課程；如今它已成為主課，即使它添加了一些憂鬱的況味：怎麼和自己說話。

孚斯塔夫在他極為特出的舞台運途中激發了無數道德評議合唱齊鳴。有一些最優秀的批評家和理論家特別不留情；奉送給他的名號包括「寄生蟲」、「懦夫」、「吹牛大王」、「腐敗份子」、「煽惑者」以及還頗為適切的「老饕」、「酒鬼」、「嫖客」。我最喜歡的評斷是由蕭伯納（George Bernard Shaw, 1856-1950）所下的：「昏愚、可憎的老怪物」，此一反應我大要歸之於老蕭因私底下自覺無法和孚斯塔夫鬥智，所以沒辦法本其一貫的從容與自信於莎士比亞跟前敝帚自珍。蕭伯納和我們每一個人一樣，在面對莎士比亞時都免不了要產生一種矛盾混雜的體悟，感覺到疏異性與熟悉感同時迎面襲來。

莎士比亞的普遍性與永恆性

在討論了浪漫時期與現代的詩人以及影響和原創性等議題之後，莎士比亞便令我備感「驚異」（shock of difference），這是一種性質上與程度上的差異，為莎士比亞所獨有。此一差異與劇作本身沒有太大關係。一齣編導差勁、演員拙於誦詩的莎士比亞作品舞台演出，以及易卜生和莫里哀的劇作不管是好是壞的演出，兩者之間也有性質上與程度上的差異。宏大確切、無與倫比的語言藝術令人驚異；它讓人信服的程度，使得它完全不像是一門藝術，而像是一直都在那兒存在著的東西。

走筆至此，當無庸置疑：莎士比亞即為正典。他為文學設下了標準與極限。但是他的極限在哪裡？他有沒有任何盲點與壓抑？在想像或思考上有沒有弱點？但丁可能是實力和莎士比亞最接近的對手，在他身上我們無法設定詩的極限，但人的界限倒是清晰可見。詩人但丁對其他以前和當代的詩人毫不留情。詩人們群聚《神曲》，每一個人就在但丁指定的地方各就其位。吉多・卡瓦坎提（Quido Cavalcanti）奇異地缺席了，他曾是但丁最好的朋友，但是被但丁逐出佛羅倫斯，這是但丁自己流亡生涯的反諷序曲。卡瓦坎提的生父與岳父——可畏的法里那塔（Farinata）——鮮活地出現在《地獄》（*Inferno*）之中，在那兒，這位父親對擁有永恆朝聖者之榮耀的是但丁，而不是自己的兒子吉多深表遺憾。但丁在《煉獄》

(*Purgatorio*) 第二曲中暗示，他已取代吉多的位置成為「吾族語文的光榮」。柯里斯托弗・馬婁和班・強生兩人的組合大概就是莎士比亞的吉多・卡瓦坎提。莎士比亞在他那世俗喜劇中不太可能直接描寫他們，不過因為我並非莎士比亞學者，我大可以猜測《第十二夜》(*Twelfth Night*) 裡的馬孚利歐 (Malvolio)，是對強生的若干道德立場的諷刺，而在《李爾王》裡的哀德蒙身上所呈現出來的虛無觀所依據的，不僅是馬婁筆下的英雄，同時還有馬婁自己。這兩個角色都很吸引人；馬孚利歐是《第十二夜》裡的喜劇犧牲者，不過我們會覺得他跑錯了地方。在別齣劇裡他可能會飛黃騰達，保住尊嚴與自信。哀德蒙則適得其所，是李爾的殘破宇宙裡較依阿高更勝一籌的依阿高。你必須是剛乃綺 (Goneril) 或瑞干 (Regan) 才會愛上他，但是我們可能都會覺得他散發出一股危險的魅力，他絕不虛偽，不管我們成為什麼模樣，都要點明他自己和我們的責任。

哀德蒙動力足，智巧與智能皆是上上之選，還有一種冰冷的愉悅情懷。他不具任何溫情，可能是類似《罪與罰》(*Crime and Punishment*, 1866) 裡的史威德里該洛夫 (Svidrigailov) 和《附魔者》(*The Possessed*, 1871) 裡的史塔夫洛金 (Stavrogin) 等杜斯托也夫斯基的虛無主義者，首度在文學上初試啼聲。哀德蒙自《馬爾它的猶太人》裡的巴拉巴斯往前邁進了一大步，將馬婁的馬基維 (Machiavel) 提昇到一個新的高度（按：馬基維是《馬爾它的猶太人》開場白的敘述者，其名影射《君王論》作者馬基維里〔Machiavelli, 1469-1527〕），他是對馬婁反諷的讚詞，同時也是壓倒這位過激者的勝利宣言。哀德蒙和馬孚利歐一樣都是曖昧的讚詞，但終歸是見證莎士比亞傑出成就的寬厚深廣的證言，雖然這是帶著反諷意味的。

我們對莎士比亞傑出成就的內心世界所知甚少，但是如果你年復一年不斷地閱讀他，你會逐漸明白他不是什麼。考得隆（Calderón, 1600-81）是宗教戲劇家，喬治・何伯特（George Herbert, 1593-1633）是信仰虔誠的詩人；莎士比亞兩者皆非。虛無主義者馬婁也不免要表現出宗教意識，《浮士德博士》可以倒過來讀。莎士比亞最陰鬱的悲劇《李爾王》和《馬克白》並未歸結到基督信仰，《哈姆雷特》和《惡有惡報》（*Measure for Measure*）等頗富歧義的劇作亦然。諾斯洛普・弗萊（Northrop Frye, 1912-91）認為《威尼斯商人》是基督教論證的嚴謹範例——新約的慈悲相對於舊約所強調的承己擔、報己仇。《威尼斯商人》裡的猶太人夏洛克是喜劇裡的反派角色，因為莎士比亞顯然帶有當時的反猶太主義思想；但是我看不出這部劇作有弗萊所指稱的神學寓意。安圖尼歐（Antonio）的基督徒氣質在他唾罵夏洛克時表露無遺，是他主張說猶太人得以存活的條件之一是必須立刻變成基督徒，而這種強迫改宗，夏洛克是不太可能會同意的。安圖尼歐的提議是莎士比亞自己的發明，不是「一磅肉」傳統故事中的一部分。無論如何，我是很不願意稱其為基督教論證的。即使其道德立場多麼渾沌不明，莎士比亞仍不免會混淆我們的預期，但他的普遍性卻未曾稍減，這顯然是一種危險的魅力。

但丁是詩人的詩人，莎士比亞則是人民的詩人

我有一個在保加利亞出生、現於耶路撒冷的希伯來大學（Hebrew University）任教的朋友，她告訴我前不久在索菲亞（Sofia）看了一齣《暴風雨》（*The Tempest*）的演出，演出所本是培特洛夫（Petrov）的保加利亞文版本。她認為那次鬧劇形式的演出很成功，觀眾卻不甚滿意，她說這是因為莎士比亞在保加利亞人心目中具有古典與正典的形象。看過以日語、俄語、西班牙語、馬來語或義大利語演出的學生和朋友向我描述他們看到的莎士比亞，而一般的看法是，觀眾都覺得莎士比亞在舞台上所呈現的就是**他們**自己。但丁是詩人的詩人，莎士比亞則是人民的詩人；倆人皆具普遍性，雖然但丁並不適合村野俗夫。我還沒發現有任何的文化批評或唯物辯證，能夠詮釋莎士比亞不分階級的或但丁菁英式的普遍特性。兩者都不能算是意外，也都不是歐洲中心主義的產物。顯然，像這種歷經翻譯與移置仍能成功地吸引每一種文化的卓越文學成就，這種強大的思想、角色塑造、隱喻象徵的力量確實是存在的。

但丁和米爾頓都是高度自覺的詩人；倆人都試圖於身後留下足以傳世的先知立說。莎士比亞對《李爾王》的身後命運顯然並不在意，這讓我們頗為不解；此劇有兩種差異很大的版本，把它們湊在一起混合成我們一般讀到和觀看的版本也不是很令人滿意。莎士比亞

做過校樣並背書的作品只有《維諾斯與阿都尼斯》（*Venus and Adonis*）和《露克利斯》（*The Rape of Lucrece*），而這兩部作品都配不上十四行詩的詩人，更別提《李爾王》、《哈姆雷特》、《奧賽羅》、《馬克白》的作者了。怎麼會有這種對《李爾王》的最後定本如此漠不關心的作家呢？莎士比亞像是瓦里斯・史帝文斯那「把他的星子撒在地上」的阿拉伯月亮，彷彿莎士比亞的才華太過浩瀚，實在不用斤斤計較。莎士比亞的飽滿生氣是能夠突破語言與文化藩籬的特質之一。你不能把莎士比亞套在英國文藝復興的框框裡，正如你無法將孚斯塔夫局限在《亨利四世》之中，或者把丹麥王子限制在劇情裡。

莎士比亞之於世界文學，正如哈姆雷特之於文學角色的想像領域：一種廣佈流行、無以框限的神氣。此一神氣飄逸靈動、來去自如，不受任何教條與簡約道德觀的束縛，雖然這份自由自在讓約翰生博士覺得緊張，讓托爾斯泰憤恨不已。莎士比亞的恢宏壯闊發乎自然本身，而透過此一恢宏氣象，他感覺到自然的冷漠與淡然。此一恢宏壯闊無關文化與性別。如果你不斷地反覆閱讀莎士比亞，你可能還是摸不清他的個性或人格，但是你必然會逐漸覺察到他的性情、感懷與認知。

憎恨學派的教條將美學上的優越性——特別是莎士比亞——解釋成從十八世紀至今的長期文化陰謀，其目的是要保護大不列顛商業體制的政治與經濟利益。在美國，莎士比亞則被視為歐洲中心主義的核心力量，有心人士利用他來扼阻各種少數團體合法的文化追求，這些少數團體包括學院派女性主義者，現在她們也很難算是少數了。傅柯贏得了憎恨份子的高度認同，原因很簡單；他將正典換成了他稱之為書庫的隱喻，將階層體系予以瓦解。但是如果沒有正典，一直在莎士比亞的陰影底下寫作的約翰・韋伯斯特也大可以取代莎士比亞在我們書單上的位置；果真如此的話，韋伯斯特也要大吃一驚了。

莎士比亞是無可取代的，即使是那些可以和他做伴的少數幾個古代或現代劇作家也無法替代他。有什麼堪與莎士比亞所呈現的人物是讀不完、看不盡的，同時也意謂著那三的豐富與廣博，這意謂著莎士比亞四大悲劇比擬？喬哀思坦承，即使是但丁也不及莎士比亞十八本劇作外加十四行詩組成了一部不相連的《世曲》(*Earthly Comedy*)，規模比但丁的作品還要大得多，也能免於但丁神學寓意的牽扯。就豐富與多樣而言，莎士比亞遠遠勝過但丁與喬賽。哈姆雷特、孚斯塔夫、羅薩蘭、克利歐佩特拉、依阿高與李爾的創造者在程度上和性質上，都和其他作者有所差別。如果此一差別可以釐清的話，我們就會比較明白為什麼莎士比亞必定要再度凝聚西方正典，而且會一直持續下去，不管西方正典在政治意圖的搬弄下已成了什麼模樣。

米爾頓二十來歲時所寫的第一首付梓的詩作，不具名收錄於莎士比亞第二對折本 (Second Folio (1632)) 的序首頌辭裡。莎士比亞去世已經十六年了，雖然光彩未褪，但整個十八世紀從卓來登、波普、約翰生博士一直到浪漫主義早期的正典化過程尚未啟動，莎士比亞神化運動還沒有開始。年輕的米爾頓逕自稱呼他的前輩為「我的莎士比亞」，當他是一位男繆思——「記憶的愛子」，並巧妙地暗示「偉大的名聲繼承者」莎士比亞將會是米爾頓自身遺產的一部分。米爾頓將會：

自你無價之書的天庭裡，
取得這些帶有深刻印記的神喻般的詩句，
然後你把我們的奇想全都奪走，
教我們在太多的懷想裡成了大理石。

在一六三二年，「無價之書」(unvalued book) 意為「珍貴無比的書」(invaluable book)，但這並不能抹去這些詩句的曖昧性。米爾頓和其他慧眼識英雄的讀者全成了莎士比亞的紀念碑。他們變成了大理石，一切的奇思幻想都不再為自己所有，而全然臣服於莎士比亞「懷想」的力量。但是，在米爾頓的鬼才之下，莎士比亞也是一樣的處境。米爾頓猶如波赫士之先聲，給了我們一個誰都是、誰也都不是的莎士比亞，與自然一般無姓無名（按：參閱本書第二十一章專論波赫士的部分）。如果你的讀者和觀眾以及你的角色和演員全成了你的作品和你的書，那麼你就只能活在他們之中了。莎士比亞這位來自自然本身的藝術家，成為米爾頓獲賜之無名秉賦，這份才情就像米爾頓自己的一樣，連具名引用都顯得多餘。莎士比亞是米爾頓的力量，而米爾頓又回過頭來把這份力量大方地獻給莎士比亞，後者本在他之前，但也會在他之後到來。米爾頓在他第一次公開獻藝時，已經預示了他的正典終局：另一方無墓紀念碑，他的生命將存在於他的讀者之中。莎士比亞擁有龐大的觀眾群，其中什麼樣的人都有。而米爾頓則焦慮地暗示說他自己的觀眾——至少在比較上——量少而質精。這首獻給莎士比亞的詩乃正典之交會，實際上也是自我正典化之作。

莎士比亞的獨特

就某種意義而言，「正典」必定是「互為正典」的（intercanonical），因為正典不僅是由競賽而起，正典本身就是一場永無休止的競賽。文學實力便在這場競賽的勝利中產生，但這並不是全面性的勝利，即使是米爾頓這麼一位實力雄厚的詩人，他的實力也只有在競技的過程中才能突顯，因此無法完全歸諸米爾頓一個人。在我看來，較具完整自足之獨立性格的特例要屬但丁和莎士比亞，而後者尤其顯著。但丁就某方面而言是實力較強的米爾頓，他勝過了古代和當代的所有對手，比米爾頓的勝利還要具有說服力，而這或許是因為莎士比亞總在米爾頓身旁縈繞不去的緣故。但丁影響了我們閱讀魏吉爾的方式，莎士比亞會讓我們對米爾頓的看法大大改變。但是魏吉爾難得會影響我們對但丁的瞭解，因為真正的享樂主義派（Epicurean）的魏吉爾已經被但丁撤銷了。米爾頓對莎士比亞作品分析沒有什麼幫助，因為米爾頓將莎士比亞化為無姓無名的作法，只不過是重複並扭曲了莎士比亞自己把他的自我沒入他的作品之中的策略。

莎士比亞之成為正典比古往今來任何公然自我正典化的行動都要有力得多，這讓我們再次見識到莎士比亞處於正典核心的中性氣質。傳記資料顯示，威廉・莎士比亞其人無半點特異之處，和但丁、米爾頓、托爾斯泰等無比鮮明的性格正好是個對比。他的朋友與舊識所描述的是一個和善，看來極為平凡的人：開通，親切，機智，溫和，直率，可以和你輕鬆適意地喝上一杯。大家都同意他是一個心地善良、謙沖為懷的人，雖然在事業的經營上顯得有點刁鑽。創造出數十個主角和數百個生動配角的作者，似乎沒有為創造自己個人的形象花費半點精神，儼然波赫士之風。位居正典中心的是一個我們所見過最無所自覺、最沒有逼人氣焰的大作家。

莎士比亞實際生活的平淡無彩和他那超乎尋常的萬鈞劇力誠相對反，不過這有點超出了我們分析能力的範圍。同時代差可與他比擬的兩個對手，皆屬狂飆激越的性格人物：班・強生烈性十足、大而化之，馬婁是個雙面間諜、如浮士德一般放縱不羈。他們是傑出的詩人，其生活故事幾與其作品齊名。莎士比亞和不得志的賽萬提斯在性格上頗有共通之處，但是賽萬提斯的生活卻在外界局勢的撥弄下，充滿了激烈的活動與巨大的不幸。莎士比亞與蒙田的個性也有類似的地方，但是蒙田創作不懈的退休生活，間雜著高居要津的公職與內戰。莫里哀的性情和喜劇天才與莎士比亞如出一轍，但是莎士比亞只是個小牌職業演員，莫里哀卻是個主要演員，而且除了《唐璜》（*Don Juan*, 1665）以外，莫里哀是不碰悲劇的，就好像哈辛不碰喜劇一樣。因此，雖然莎士比亞待人親切和藹，他在所有傑出的作家之中卻顯得如此孤傲不群。他的**領會**比任何一位作家都要多，他的**思想**比任何一個作家都要深入且富有創意，他對語言的掌握渾然天成，幾乎不露任何鑿痕，遠勝過其他作家，包括但丁在內。

莎士比亞之所以能穩居正典中心，個中奧妙有一部分係得之於其淡然與冷漠（disinterestedness）；雖有新歷史論者和其他憎恨人士對他大肆鞭笞，莎士比亞幾乎就和他筆下擁有不凡智慧的人物——哈姆雷特、羅薩蘭、孚斯塔夫——一樣，不受意識形態的束縛。他沒有神學、沒有形上學、沒有倫理學，政治理論也比他當前的批評家發派給他的要少得多。他的十四行詩顯示他不像孚斯塔夫可以不受超我（superego）的制約；不像哈姆雷特最後的幡然超脫；不像羅薩蘭總是可以全面掌控自己的生活。但是，由於這些人全來自他的想像，我們或可假設，他拒絕跨越自身的界限。他神清氣爽，不似尼采，亦不類李爾王；他拒絕瘋狂，雖然他可以想像瘋狂，如同他可以想像任何事物一般。他的智慧於眾賢士間——從歌德到弗洛依德——不停地改頭換面，而莎士比亞自己則從來不願意跳出來當一位賢士。

尼采曾發表過一個教人難忘的看法，他說我們是為了心裡面已經死去的東西才說話的，因此說話這種行為總是帶著點輕蔑的意味。這位警語格言家想必知道他是在轉述哈姆雷特和扮演國王者（Player King）倆人的對話，正如愛默生也一定知道他的報償法則「天下沒有白吃的午餐」是在重述李爾的話。齊克果（Kierkegaard, 1813-55）為其舉世無雙的先驅憂鬱的丹麥王子所縈繞，他也發現不當後莎士比亞者是不可能的，而王子與奧菲里亞

(Ophelia) 的關係也預告了齊克果與瑞吉娜 (Regina) 之間的關係。「他大肆摧毀了我們的原創性」，這是愛默生對柏拉圖的看法，但是愛默生自己想必會承認，第一個教他就原創性的問題發出摧毀令的是莎士比亞。

誤解與攻擊

里歐·尼可拉葉維奇·托爾斯泰伯爵 (Count Leo Nikolayevich Tolstoy) 是最著名的莎士比亞憎恨者，是憎恨學派尚未列入宗譜的祖先之一。以下是其惡名昭彰的《藝術是什麼？》(*What Is Art?*, 1898) 的終曲：尖酸刻薄的〈莎士比亞與戲劇〉("Shakespeare and the Drama", 1906)。

> 照那些莎士比亞迷所示範的看來，他的作品係以最低劣、最鄙俗的生命觀為主題，將世界上權貴人士外表上的尊顯崇高，視為真正的榮耀，蔑視群眾，亦即勞工階級，不僅摒棄了所有的宗教，也摒棄了為改善生存景況所做的一切人道努力。
>
> 莎士比亞得享大名的基本內在因素如下，古今皆然——他的戲劇符合當時和現今上層階級非宗教、不道德的心態。

擺脫了這種催眠狀態以後，人們將會瞭解，莎士比亞及其模仿者的那些只為了娛樂和取悅觀眾的不道德作品，是不可能代表生命之教誨的，而由於沒有真正的宗教戲劇，生命的教誨應該要去別的地方找尋。（V. Tchertfoff譯）

托爾斯泰於此主要在撻伐《李爾王》，這是一個可悲的反諷，因為當托爾斯泰抵達其人生使命的最後一站時，他已經在不知不覺間成了李爾王。老練的憎恨人士不會把伯托特・布萊希特搬出來奉為正牌馬克思主義戲碼，或者把保羅・柯勞代爾（Paul Claudel, 1868-1955）請出來尊為正宗基督教戲碼，然後聲稱他們比莎士比亞更討人喜愛。然而，托爾斯泰的叫囂具有真正的道德狂熱的深刻意涵，和他自己的美學成就的閃耀榮光。

托爾斯泰如《藝術是什麼？》一類的文字實為一場災難；一位如此偉大的作家竟會遭到如此深的誤解，令人不禁想要一窺個中緣由。托爾斯泰列出一串響亮的名號，指其為莎士比亞崇拜者，其中包括歌德、雪萊、維可多・雨果、屠格涅夫（Turgenev, 1818-83）。他大可以再加上黑格爾、史湯達爾（Stendhal, 1783-1842）、普希金、曼佐尼（Manzoni, 1785-1873）、海涅以及其他一票人，事實上除了伏爾泰（Voltaire, 1694-1778）等若干平淡無味的例子之外，每一個懂得如何閱讀的主要作家都可上榜。托爾斯泰對美學價值的反動態度，不免要牽連到瑜亮情節，這是比較無趣的部分。托爾斯泰特別不能忍受且亟欲否認的是，莎士比亞和荷馬共同享有的赫赫威名，而托爾斯泰認為唯有其《戰爭與和平》(*War and Peace*, 1862-69)才能和荷馬共享此一威名。比較有趣的地方是，托爾斯泰對《李爾王》不道德、非宗教的悲劇由衷地厭惡。和那些想要將莎士比亞細心營造的前基督教戲劇世界，披上基督教外衣的意圖比起來，我還比較喜歡這種厭惡感，而托爾斯泰看出莎士比亞這位戲劇作者，既非基督徒也不是道德家，這也是相當正確的。

我還記得在華盛頓特區的一場展覽中站在提香（Titian, 1490?-1576）描繪阿波羅（Apollo）將吹笛聖手馬希亞斯（Marsyas）活活剝皮的畫作之前。我深受撼動，只能對我的同伴美國畫家拉里・戴依（Larry Day）的評語一逕點頭稱是，同意他所說的這幅畫有類似《李爾王》最後一幕的力量與效果。提香的畫作也曾在聖彼得堡（St. Petersburg）供托爾斯泰觀賞；我不記得他做過什麼相關的評語，然而他或許也領會到了提香那驚惶悚懼、那世界末日(promised end）的意象。《藝術是什麼？》所丟棄的不只莎士比亞而已，還有但丁、貝多芬(Beethoven, 1770-1827)、拉斐爾（Raphael, 1483-1520)。

如果你是托爾斯泰，你或許就可以不去理會莎士比亞，但托爾斯泰也為我們點明了莎士比亞的力量所在和他惹人厭的地方：不受道德與宗教意識的束縛。托爾斯泰顯然不是以其一般的意義來看待這個層面的，因為希臘悲劇、米爾頓、巴哈（Bach, 1685-1750）也在托爾斯泰的平易度測驗中被當掉了，通過測驗的是維可多・雨果和狄更斯的若干作品、哈里特・比且・司多（Harriet Beecher Stowe, 1811-96）、杜斯托也夫斯基的一些次等作品，以及喬治‧艾略特的《亞當‧畢德》（*Adam Bede*, 1859）。這些是基督教與道德藝術的例子，雖然「具普遍性的好藝術」也是可以接受的，此一奇特的次級類組包括了賽萬提斯和莫里哀。托爾斯泰冀求「真理」，而在他眼裡，莎士比亞的問題就在他對真理不感興趣。

這就牽涉到一個議題：托爾斯泰的怨尤究竟有幾分道理？西方正典的核心可是謊言紛飛之地？蕭伯納非常喜歡《藝術是什麼？》，對班揚（Bunyan, 1628-88）《天路歷程》（*Pilgrim's Progress*, 1678）的喜愛，想必也更甚於莎士比亞，有點像托爾斯泰認為哈里特‧比且‧司多的《湯姆叔叔的小屋》（*Uncle Tom's Cabin*, 1851）比《李爾王》出色一樣。但是這種論調如今卻成了街談巷議，人人朗朗上口；一個年紀較輕的同事跟我說，她認為艾莉斯‧渦可的《馬莉迪恩》比湯瑪斯‧品瓊的《重力之虹》（*Gravity's Rainbow*, 1973）出色，因為品瓊說謊，而渦可體現了真理。在這裡，宗教真確性換成了政治正確性，而我們又回到了托爾斯泰對艱深藝術的批駁。然而，莎士比亞事實上同時表現了艱深與流行的藝術，此一特點托爾斯泰卻不願意去體會。我認為這或許就是莎士比亞惹人厭的地方，也是莎士比亞為何以及如何成為正典中心的最終解答。一直到今天，莎士比亞在各種文化環境之下，幾乎都能抓住每一位不管是上層或下層階級的觀眾。讓他得以暢行無阻直達正典中心的，是一種極具普遍性的表現模式，不過這種普遍性大概是無法及於某些法國的拒絕者的。

這種表現男人與女人的方式是真實的嗎？《湯姆叔叔的小屋》是否比《神曲》更誠心誠意，且先不論此意何指？或許渦可的《馬莉迪恩》比《重力之虹》誠懇一些。托爾斯泰的後半生絕對比莎士比亞或其他任何一個人都要誠懇。誠懇不是通往真理的康莊大道，而想像文學安身立命之所，是介於真理與意義之間的某一個地方；這個地方我曾比擬為神祕論知者（Gnostics）所謂的kenoma——宇宙中的茫茫虛空，我們於其中踟躕飲泣，如威廉·布雷克所言。

天才的奧秘

莎士比亞所表現出來的kenoma最教人信服，尤其是當他為《李爾王》和《馬克白》擬定背景的時候。在這裡，莎士比亞在正典裡的中心地位再次獲得確認，因為如果你想尋找比莎士比亞更讓人信服的表現方式的話，你可能會上窮碧落下黃泉而仍一無所獲，即使你求助於荷馬、但丁、托爾斯泰亦屬徒勞。在修辭技巧上，無人可與莎士比亞相比；再也看不到另外一場如此光彩奪目的隱喻象徵大會串。如果你要找的是不論修辭的真理，或許你應該去研究政治經濟學或系統分析，把莎士比亞留給審美人士和村野俗夫，是他們首先合力將他拔擢出來的。

我不斷兜回到莎士比亞天才的奧秘，心裡很清楚「莎士比亞的天才」這個詞彙意謂著我就像憎恨學派所說的已被它排除在外。而傅柯所謂「作者之死」其問題所在是它僅只於更動修辭用語，卻沒有創造新的方法。如果是「社會能量」寫出了《李爾王》和《哈姆雷特》，那麼到底為什麼社會能量在斯翠津工匠的兒子身上，就會比在粗礪的磚匠班．強生身上更具有生產力？憤恨塡膺的新歷史論者或女性主義批評家和主張《李爾王》真正的作者是法蘭西斯．培根爵士（Sir Francis Bacon, 1561-1626）或牛津伯爵的憎恨情緒似乎頗為契合。弗洛依德到死都還堅稱摩西是埃及人，以及牛津伯爵才是莎士比亞作品的作者。牛津伯爵說的創始者魯尼(Looney)名字取得甚妙(按：looney為瘋狂之意)，《夢的解析》(*The Interpretation of Dreams*, 1900) 和《性學三論》(*Three Essays on the Theory of Sexuality*, 1905) 的作者成了他的信徒。如果弗洛依德主張地球是平的，我們也不會更為遺憾，至少我們應該感謝弗洛依德在魯尼的假說上只寫了幾句話而已。

對弗洛依德而言，相信他的先驅莎士比亞並非平凡普通的斯翠津人，而是一個謎樣的權貴人士是頗能讓他感到寬心的。這不只是雅癖心態而已。對弗洛依德和歌德而言，莎士比亞的作品是世俗的文化中心，是人類未來理性光輝的希望所寄。在某個層面上，弗洛依德明白，莎士比亞發明了精神分析，因為他開發出精神的領域（psyche），其中已然包含弗洛依德所能領會與描繪的範圍。這可不是什麼令人雀躍的發現，因為這推翻了弗洛依德所宣稱的「我發明了精神分析，因為它尚無文可考。」當復仇的時刻來臨，莎士比亞被描寫成一個騙徒，以宣洩弗洛依德的憤怒，雖然在理性的層面上，那些劇作仍舊穩居先驅的地位。莎士比亞大肆破壞了弗洛依德的原創性；現在，莎士比亞的面具被摘了下來然後被羞辱了一番。我們應該感謝弗洛依德未著手撰寫《牛津與莎士比亞論》（*Oxford and Shakespear-*

eanism, 1939）來和我們書架上的《摩西與一神論》（*Moses and Monotheism*, 1939）以及新歷史論者、馬克思主義者、女性主義者有關莎士比亞的各類經典名著作伴。法國的弗洛依德已經很蠢了；如今又出現了法國的喬哀思，實在教人難以忍受。然而最矛盾的莫過於法國的莎士比亞，這是新歷史主義該得的稱號。

真實世界裡的斯翠津人在二十四年間寫了三十八部劇作，接著返鄉以終。四十九歲時，他和約翰・弗雷切（John Fletcher, 1579-1625）共同創作了《兩個貴親戚》（*The Two Noble Kinsmen*）。三年後他便去世了，與他五十二歲的生日只有數日之隔。李爾和哈姆雷特的創造者在過了無波無瀾的一生後淡然死去。莎士比亞沒有優秀的傳記傳世，原因不是我們知道得不夠多，而是因為可以知道的本就太少。今天，在最優秀的作家之中，大概只有瓦里斯・史帝文斯的一生和莎士比亞一樣缺乏光彩、平靜無波。我們知道史帝文斯痛恨所得稅累進稅制，而莎士比亞為了保護其產業投資立刻就上法庭興訟。我們也多少知道，莎士比亞和史帝文斯的婚姻在初期的熱度過後都有點趨於冷卻。除此之外，我們知道的便是劇作，以及史帝文斯於其靜思的狂喜上所做的複雜變化。

當作者本身波瀾不興，回頭投入作品之中是唯一的選擇，想像卻也因此可以盡情舒展。馬婁教我思忖其人，因其人著實費思量，而其作則否；韓波教我思索其人與其作，不過這男孩實在比詩還像個謎團。史帝文斯其人如此徹底迴避了自己，我們實在不太需要去尋訪他；我們不能說莎士比亞其人在迴避什麼，給他別的形容詞似乎也不太適合。他在劇作中沒有公認的代言人：不是哈姆雷特，不是普洛斯帕羅，當然也不是哈姆雷特父親的鬼魂，莎士比亞據說曾經扮演此一鬼魂的角色。即使是最細心的學者也無法在他的十四行詩當中，確切地指出傳統成見和個人想法之間的分野。幾乎是從上演的第一天開始，那些偉大劇作不滅的榮光便是我們想要瞭解其人其作時，必定要歸依的方向。

處理莎士比亞卓越成就的方法之一便是否定它。從卓來登直到如今，選這條路走的人竟然如此稀少著實令人驚奇。時下新歷史主義的新奇主張或蓄意中傷好像另有深義，事實上是以此一否定為根本，一般是隱約透露，有時也明白宣示。

如果英國文藝復興時期的社會能量（假設這不只是一個歷史化的隱喻，而我是不太相信的）用某種方式寫出了《李爾王》，那麼莎士比亞的獨特性便很可以質疑了。或許，在某個世代，「社會能量」做為《李爾王》的作者，就和牛津伯爵或法蘭西斯．培根爵士寫出了那些悲劇的臆測同樣地啟迪人心。兩者動機大致相仿。但是把莎士比亞化約成他當時的環境——不管是什麼環境——就像把但丁化約成當時的佛羅倫斯和義大利一樣簡單。在美國或是在義大利都不會有人挺身而出，宣稱卡瓦坎提在美學成就上可以和但丁媲美，而宣稱班．強生或馬婁是莎士比亞的強勁對手，也是一樣徒勞無功。在非常不一樣的意義上，強生與馬婁的確也是傑出的詩人，有時也稱得上是令人贊歎的劇作家，然而讀者或演員在《李爾王》之中所見到的，是另一番不同層次的藝術風光。

豐富性與開放性

莎士比亞殊異之處何在，使得但丁、賽萬提斯、托爾斯泰以及其他極少數人才，能在美學成就上稍稍與之爭鋒？提出這個問題便是在追尋文學研究的最終標的，也就是要尋覓一種能夠超越某特定時空裡特殊的社會成見與需求的普遍價值。若根據現今流行的意識形態來看，此一追尋終歸是虛幻的；但是本書的目的之一，正是要向左翼和右翼的文化政治觀宣戰，因為文學批評正遭到破壞，而文學本身也可能跟著成為廢墟。一種貫穿莎士比亞作品的質素已然確立其多元文化的寬廣度，誠可跨越語言、周行四海，環球多元文化主義於焉實地開展，比我們笨手笨腳地想要實現相同理想的政治操弄，還要更勝一籌。莎士比亞是萌發中的世界正典的核心，而非專屬西方或東方，與西方中心論更是八竿子扯不上關係；於是我又回頭栽進此一大哉問之中：莎士比亞獨特的優越性，使得他在性質上與程度上，皆與其他任何一位作家有所區隔的殊異之處何在？

莎士比亞對語言的掌控雖屬超高水準，但並不是那麼特殊，同時也是可以模仿的。用英文寫成的詩文經常有莎士比亞的影子，足以驗證其修辭風格之高度感染力。莎士比亞在呈現人物的個性或人格及其變動時所展現出來的力量，是他最輝煌與特出的成就。山謬・約翰生於一七六五年版的〈莎士比亞作品集序言〉中對此一成就做了正典性的讚譽，很有啟發性，也有誤導之嫌：「莎士比亞凌駕了所有作家，至少凌駕了所有現代作家，他是自然的詩人，為他的讀者舉起了一面意態與生命的忠實明鏡。」

約翰生對莎士比亞的褒崇呼應了哈姆雷特對演員的讚美。對這一番話，歐斯卡·王爾德的一席話足資反制：「或謂藝術朝自然舉起了一面鏡子，此一不幸的格諺刻意藉哈姆雷特之口說出，好讓旁邊的人確信，他在一切與藝術相關的看法上是百分之百的瘋子。」

事實上，哈姆雷特是說演員朝著自然舉起鏡子，但是約翰生和王爾德卻將演員併入詩人／劇作家。王爾德的「自然」是一個障礙因，想要防堵藝術卻力有未逮；約翰生則視「自然」為一去異存同的現實原則，保留了「共通人性的結果」。莎士比亞比這兩位深具智慧的批評家更有智慧，他透過互相衝突的觀點觀視「自然」——最崇偉的悲劇中的李爾和哀德蒙，另一齣悲劇裡的哈姆雷特和克勞底阿斯（Claudius），及另一齣裡的奧賽羅與依阿高。你無法朝其中任何一個自然舉起鏡子，你也不會相信，你自己的現實感會比莎士比亞悲劇所展現的還要開闊。沒有一部文學著作能夠像莎士比亞的作品一樣那麼深刻地提醒你，只有另一部劇作才能與一部劇作相比，同時也暗示著，一個悲劇的意念不只可以和另一個悲劇意念相比而已（雖然這是可能的），也可以比之為一個人，或一個人的改變，或個人改變的最終形式，也就是死亡。

一個字的意義必定指向另一個字，因為和人或物相比，文字還是比較類似其他文字，然而莎士比亞經常隱約透露，字與人比字與物的相似處要多一些。莎士比亞呈現人物的方式具有一種不可思議的豐華，因為在他之前或之後的作家，沒有一個能像他一樣讓我們強烈感受到每一個角色都是以和其他角色不一樣的聲音說著話。約翰生將此一特色歸因於莎士比亞對一般自然本質的正確描繪，但是莎士比亞可能會起而質疑這種自然本質的真實性。他讓那些想像的人物發出擬似現實的一貫且各具特色的聲音，這種不可思議的能力係來自文學中所僅見的豐潤現實感。

如果想要析離出莎士比亞的現實意識（也可以說是劇作中的現實造型，且隨君便），我們可能會深感迷惘。當我們退一步看《神曲》時，詩的疏異性令人吃驚，而莎士比亞的戲劇則顯得再熟悉不過，但同時又豐厚得教人無法一次消受。但丁為你解讀角色；如果你不接受他的評斷，他的詩作便棄你而去。莎士比亞把他的角色完全開放給各色各樣的解讀觀點，以至於他們全成了評斷你的分析工具。如果你是個道德家，孚斯塔夫將令你大為震怒；如果你有腐臭味，羅薩蘭會揭穿你；如果你死守教條，哈姆雷特對你將永遠是一個謎。如果你是個解說者，莎士比亞的大反派會讓你沮喪不已。依阿高、哀德蒙、馬克白並不缺少動因；他們有太多動因了，而其中大部分都是他們自己創造或想像出來的。這些邪魔般的惡徒和孚斯塔夫、羅薩蘭、哈姆雷特等大才子一樣，都是自我藝術家或自主的自由藝術家，如黑格爾所說的（按：參閱本章稍後的討論）。

哈姆雷特是其中最豐實的人物，莎士比亞給了他一種非常類似作者意識的東西，而這份意識並不是來自莎士比亞自己。詮釋哈姆雷特就和詮釋愛默生、尼采、齊克果等格言家一樣困難。「他們活著、寫著」，那是一種我們想要擁有的內在特質，而莎士比亞已經找到法子給了我們哈姆雷特，這位仁兄多加了幾句台詞便把《岡雜苦謀殺案》（*The Murder of Gonzago*）改編成了《補鼠機》（*The Mousetrap*）。莎士比亞最令人目眩的成就是，在他的劇作中，可供我們分析自己的機會，比我們能提供角色分析的場合還要多。

《李爾王》

對許多讀者而言，《李爾王》已觸及人類藝術的極致，似可與《哈姆雷特》並列莎士比亞正典的高峰。我個人則偏愛《馬克白》，直到今天，我還沒有從此劇的冷峻寒酷與字字見血所帶給我的震動中恢復過來。不過，《馬克白》只有一個主要人物，即便《哈姆雷特》也在主角的超絕亮光下，教其他次要角色統統沒入暗影（我們也一樣）。莎士比亞塑造人物的能力在《李爾王》和——奇怪得很——《惡有惡報》之中表現得最為突出；在這兩齣劇作裡，沒有一個角色是次要的。《李爾王》讓我們進到了正典優越性的中心的中心，就像我們讀著《地獄》或《煉獄》的某些章節，或托爾斯泰的《哈吉．穆拉》時一樣。在這裡，創造之火燒掉了文本外圍的一切東西，讓那或可名之為至高美學價值的東西，逕自展現光采，不受歷史與意識形態的羈絆，只要你願意接受閱讀與觀賞的教育，你就可以感受得到。

憎恨份子或許會強調只有菁英才會接受這樣的教育。真實情況顯示，當本世紀逐漸老去，深入的閱讀益發難得。不管原因是媒體或是混亂時期中其他讓人分心的東西，即便菁英也正失去讀者的專注。精讀到了我這一代或許不會宣告中止，不過在我之後的世代間顯然已經漸漸衰頹。我一直要到快四十歲才擁有第一台電視機，這是不是有點關係？我不確定，但是我有時候會想，文學批評之偏向文本外圍（context）而忽略文本（text），這豈非宜乎不耐深入閱讀的一代？李爾和考地利亞（Cordelia）的悲劇即使是才疏識淺的觀眾或讀者也能領會，因為莎士比亞的特異功能在於不管眾看倌心思如何流轉飄飛，他幾乎都能關照得宜。但是，如果想要好好演出、好好閱讀的話，只憑簡單的反應思維是不夠的。

約翰生博士受不了考地利亞的死，博士此番感懷甚為知名：「多年以前，考地利亞的死令我震驚不已，此後一直到我以編輯的身份予以修訂之時，我不知道是否曾鼓起勇氣再次展讀劇末數景。」

正如約翰生所說的，《李爾王的悲劇》的最後一景呈現出可怕的荒蕪，其萬鈞劇力超越了莎士比亞或其他作家所成就的任何類似效果。約翰生也許是認為考地利亞之死象徵了這份荒蕪，以及那因悲傷再度發狂且手抱已死之考地利亞走進舞台的老國王眼中的世間景象。這場景觀的有力意象扭轉了所有自然的預期，弗洛依德於其〈三副棺木的主題〉（"Theme of the Three Caskets", 1913）中有一段著名的誤讀：

「李爾手抱已死之考地利亞上。」

考地利亞就是死亡。如果倒過來看，情況就變得熟悉而容易理解了——死亡女神將死去的英雄從戰場帶走，就像德國神話中的花姬女（Valkyr）一樣。永恆的智慧以原始神話之貌囑咐老人棄愛就死，與死亡交好。

弗洛依德時年五十七歲，還有二十六年可活，但是當他說起「英雄」的時候，自己卻總也要扮演此一角色。棄愛、就死以及與死亡交好頗有哈姆雷特王子之風，和李爾王卻是格格不入。國王死得轟轟烈烈，在莎士比亞和真實生活中都是如此，而在所有的國王造型中，李爾是最為突出的。他的先驅不是文學作品裡的君王，而是所有統治者的典範：上帝耶威，除非上帝耶威在你的心目中屬於文學人物，莎士比亞在日內瓦聖經（Geneva Bible）裡和他會了面。作者J的上帝耶威是「創世記」、「出埃及記」、「民數記」之中最主要的人物，他和李爾一樣暴躁易怒，有時甚且一樣瘋狂。象徵父權的李爾可不是女性主義批評家的最愛，這些批評家隨手就將他歸類為父系威權的原型。他的力量就算只餘殘骸也是他們無法容忍的，因為按照他們的解釋，這種力量代表了神、王、父一體急躁不耐的性格。他們忽略了此劇的根本立論：李爾不只被劇中的每一個人所衷心敬畏著，考地利亞、弄臣、格勞斯特（Gloucester）、愛德加（Edgar）、坎特（Kent）、阿班尼（Albany）還有他的人民顯然也都愛著他。他和上帝耶威在個性上有許多近似之處，但他比後者要良善得多。就考地利亞而言，他最大的錯誤是一種必得過度回報的過度的愛。在莎士比亞的眾多人物中，李爾的情感是最狂烈的，此一特質本身或許很迷人，但是與其年齡、地位皆不相宜。

即使是對李爾最具憎恨意味的解讀——把國王能引發社會同情的迷思予以破除——亦未觸及他情感的濃烈與激切，他的女兒剛乃綺和瑞干也擁有此一特質，但缺乏他對愛的狂亂求索。如非她們的父親同時具有另一個女兒考地利亞的特質，他就會變得和她們兩個人一樣。對於考地利亞和兩位姐姐的相異之處，以及愛德加與哀德蒙之間同樣顯著的對比，莎士比亞並未多所著墨。但他很有技巧地賦予考地利亞和愛德加倆人以頑強抵抗的性格，此一性格比倆人共有的謹愼特質要強勁得多。這兩個眞正可愛的角色有某種不平之氣，某種頑固的力量，骨子裡就是倨傲不馴。考地利亞很清楚她的父親和姐姐是什麼樣的人，她大可略施外交手腕來阻止這場悲劇，但是她不肯。愛德加自我懲罰的偽裝比實際情況所要求的程度要卑微低賤得多，而他在這些偽裝早就可以丟棄的時候，卻仍然還繼續偽裝。他一直到匿名出現並挺身擊斃哀德蒙之前不久，都不願意向格勞斯特透露自己的眞實身份，這和莎士比亞不願意把父子相認和解的場景呈現出來一樣地奇特。我們聽到愛德加描述此一場景，但是我們看不到這段演出。我們或許會感覺到愛德加是莎士比亞在劇中的個人代表，他和馬婁式的哀德蒙正是個對比。哀德蒙是個天才，與依阿高一般聰慧，但更冷酷些，是莎士比亞的人物之中最冷酷的。哀德蒙和李爾的對比是此劇強大的美學力量的來源之一。

這種對比直指莎士比亞的精髓，是看戲者和讀者所無法忘情的，也使得此劇既祝福不了別人，也祝福不了自己。這是我所見過最強而有力的文學作品，在它的核心處有一條可怕的裂縫在等著你，一片我們全都栽了進去的宇宙虛空。如能細心體會，《李爾王的悲劇》將會讓我們感覺到自己被向外、向下拋了出去，直至一切價值率皆失落，只餘一片洪荒。

李爾之死

《李爾王》的結尾沒有任何超脫的意涵，而哈姆雷特死時似乎還有那麼一點味道。李爾之死對他是一種解脫，對活下來的人則否：愛德加，阿班尼，坎特。對我們也不是解脫。李爾體現了太多的東西，使得他的子民無法承受其死狀，而我們在李爾的痛楚上也已投入太深，實非弗洛依德的「與死亡交好」所能形容。或許莎士比亞不在舞台上演出格勞斯特伯爵的死，是為了讓垂死的李爾與垂死的哀德蒙之間的對比更顯突出。哀德蒙為了讓自己死得有意義一些，曾試圖撤銷處死考地利亞和李爾的命令。這份最後的努力終歸是太遲了，而我們和哀德蒙都不知道他在被抬下去等死時，會是什麼樣的光景。

此劇雄偉處在在與李爾的父系威權緊緊相繫；在女性主義、文學馬克思主義，以及各式各樣從巴黎進口的反資產階級聖戰相關思想風行一時的批評時代裡，人類的這個面向如今遭到了嚴厲的貶謫。然而，莎士比亞太機靈，他不會把他的劇作寫成了父權政治、基督教或甚至是其贊助人國王詹姆斯一世的皇家專制論（absolutism），而李爾在今天所遭到的嫉恨是沒有什麼根據的。這位困惑的老國王代表著一種自然，和摧枯拉朽的哀德蒙以女神之名召喚的自然完全不同。在這部恢宏劇作中，李爾和哀德蒙從來沒有講過一句話，雖然他們曾經在兩個主要場景中同台出現。他們能說什麼？莎士比亞最熱情和最冷酷、太在意和一點都不在意的兩個人物之間能有什麼對話？

以李爾對自然的感受而言，剛乃綺和瑞干是不自然的女妖，是地底惡魔，而她們也的確不枉此名。然而，就哀德蒙的自然觀而言，他的兩個兇煞愛人是再自然不過的。莎士比亞的戲劇沒有中間地帶。從美學的角度來看，拒絕李爾是不可能的，不管你怎樣武裝自己來抵擋他那決絕與詭譎的力量。在這裡，莎士比亞和作者J重新建立了聯繫，後者那極具人性的上帝耶威既和我們合不來，但又教我們無法迴避。如果我們要的是一種不會反噬自己的自然人性，李爾的權威是我們必然的選擇，不管它多麼不完美，不管它的力量多麼傷人。李爾無法治療我們，無法治療自己，考地利亞死後他也無法存活。但是劇中沒有任何東西能夠在他死後存活：坎特只希望能在死後與他的主人重聚；阿班尼模仿李爾放棄權位；愛德加這位先知般的存活者，則為莎士比亞也為觀眾說出了此劇最終的話語：

我們遭受了這悲慘的風波，
且放聲哀慟有話留著慢說。
年最老最能忍：我們年青力壯，

將見不到這樣多，活不到這樣長。

自然和國家皆遭重創，幾致滅亡，而三位存活者則在喪事進行曲聲中退場。此處最值一提的是自然的支解，而我們也不再能夠確定自己的生活中什麼是自然的，什麼是不自然的。此劇末尾具有如此震撼的效果，使得一切似乎都亂了章法。為什麼李爾的死會同時給我們如此強烈和如此矛盾的震動呢？

莎士比亞角色的奧秘：自主的自由藝術家

一八一五年，六十六歲的歌德寫了一篇談論莎士比亞的文章，試圖調和他自己和這位最偉大的西方詩人的敵對心態。他一開始是莎士比亞的崇拜者，接著發展出一種所謂的「古典主義」，莎士比亞在其中顯得有些不足，然後以《羅密歐與朱麗葉》的極簡化版來「糾正」莎士比亞。雖然歌德最終的評價是肯定莎士比亞的，這篇文章卻教人困惑，同時也多所閃避。這篇文章提高了莎士比亞在德國的地位，但是歌德對這一位詩與戲劇的成就高過自己的天才所抱持的矛盾心態，使他無法就莎士比亞一貫而獨特的內涵做清楚的陳述。直到黑格爾的演講錄在他死後集結為《美學》（*The Philosophy of Fine Arts*, 1835,1838）出版以後，有關莎士比亞人物呈現的奧秘才算有了精闢的分析，如果我們想要獲得和他相配的評論，就必須繼續發展此一見解。

最主要地，黑格爾試圖將莎士比亞的人物和索弗克里斯（Sophocles, 496-406B.C.）、哈辛、洛培・德・維加（Lope de Vega, 1562-1635）、考得隆等劇作家的人物區分開來。希臘的悲劇英雄必須以一己之身，亦即一種倫理的情致（ethical pathos）來抵抗一股更高的倫理的力量，那份情致融入了與悲劇英雄相對的力量，因為它本身就是那份更高情致的一部分。黑格爾發現，哈辛在刻畫人物時表現出一種抽象的風格，特殊的激情在其中被高度擬人化，個人與更高力量之間的對峙便因而顯得抽象。黑格爾對洛培・德・維加和考得隆的評價似乎要高一些，倆人在刻畫人物時，也表現出抽象的風格，但同時也表現出某種實質性與人格感，不管多麼僵硬。德國悲劇得到的評價則沒有這麼高：歌德雖然在早期甚為崇拜莎士比亞，但是卻棄人物之刻畫而就激情之崇揚，席勒（Schiller, 1759-1805）更因為以狂暴激越取代現實而遭貶抑。黑格爾以推崇的口吻將莎士比亞置於這些劇作家之上，以下是有關莎士比亞呈現手法的評論文字中最好的一段：

> 莎士比亞在其無限廣闊的世界舞台中，愈是把醜惡和荒謬推到極限……他呈現這些人物便愈以其局限為著眼點。然而，他也同時賦予這些人物以智力和想像力；他們運用這份智力把自己當作一件藝術品，對自己進行客觀的思量，藉由此一形象，他讓他們成了自主的自由藝術家。通過這種活力充沛的與真實的性格描繪，

莎士比亞使我們觀眾對罪犯們乃至極鄙俗平庸的二楞子和傻瓜也感到津津有味。

（重點為另加）

（F. P. B. Osmaston譯）

依阿高、哀德蒙、哈姆雷特在由自己的智力所編就的形象中，對自己進行客觀的思量，遂得以自視為戲劇角色和美學工藝品。於是他們成了自主的自由藝術家，這意謂著他們可以自由撰寫自己，企求自我的改變。他們竊聞自己說的話並予以思索，於是他們有了改變，更進而思量自我之中的異質性，或是這種異質性的可能。

黑格爾看到了我們在莎士比亞中必須看到的，但是黑格爾精簡的講演風格，需要進一步的解說。試以壞蛋哀德蒙——李爾王悲劇裡類似馬婁的馬基維的人物——為例，說明黑格爾的論點。哀德蒙是極端的惡魔，是西方文學史上第一個絕對的虛無主義者，至今也仍舊是最偉大的。梅爾維爾和杜斯托也夫斯基的虛無主義者正是來自哀德蒙，他們與哀德蒙的關係比他們和依阿高的關係更加密切。正如黑格爾說的，哀德蒙在想像力和智力上都出類拔萃；他遠比依阿高更有資格來挑戰最偉大的反馬基維者（counter-Machiavel）哈姆雷特的地位。哀德蒙憑藉其過人的智力——總是那麼豐沛、敏捷、冰冷、精確——為自己投射出一個追隨大自然女神的壞蛋形象，並透過此一形象把自己當作一件藝術品，對自己進行客觀的思量。他之前的依阿高也是如此，不過依阿高想像出負面的情愫，然後感覺此一情愫、甚至因此受苦。哀德蒙是一個更自主的自由藝術家：他沒有任何感覺。

我已經提過，悲劇英雄李爾和大壞蛋哀德蒙倆人，未曾於任何時刻講過任何一句話。他們在兩個主要場景中共立於舞台，一景於開頭，一景接近劇終，但他們彼此之間沒有話說。他們也的確講不上話，因為倆人都無法引起對方須臾片刻的注意。李爾的感覺太過強烈，哀德蒙沒有感覺。當李爾向他那「不自然」的女兒發脾氣時，絕頂聰明的哀德蒙卻無法理解，因為在哀德蒙看來，他對格勞斯特以及剛乃綺和瑞干對李爾所做的事情都是很「自然」的。最自然的壞蛋哀德蒙不可避免地成了剛乃綺與瑞干可怕貪婪的熱情傾注的標的，倆人也都在他的身上得到了滿足，但她們倆並不能夠打動他一絲一毫，直到他看見倆人的屍體被抬上台來，這時他已被他的哥哥愛德加刺成重傷，正躺在地上奄奄一息。

哀德蒙想著死去的地底惡魔，遂得以面對自己真實的形象，一個絕對的自我藝術家也因此被釋放了出來：「我和她們兩個都訂了婚：現在我們三個同時結合在一處了。」語調極其冰冷，反諷極為獨特，雖然韋伯斯特及其他詹姆斯一世時代的人（Jacobeans）想要加以模仿。哀德蒙的思量跨過了反諷，達到一種我可以體會卻難以歸類的調調：「哀德蒙總還是可愛的：一個為了我的緣故而毒殺了那一個，隨後她又自戕。」他這番話不是講給阿班尼公爵和愛德加聽的，他講得那麼大聲，為的是要讓自己竊聞到自己的聲音。莎士比亞的語言為這個最精彩的反派角色所傳達的苦楚，是從他自己口中發出來的，他要把自己的形象磨得更清晰，以便擴展自我藝術的自由版圖。我們聽不到高傲或讚嘆的語氣，但聞一種深沉專注的聯想，雖然想的可能只是那對可怕的姐妹。

哈慈里特和我一樣對哀德蒙存有一份驚悸的同情，他強調，哀德蒙行事清朗，完全沒有偽善氣息。哀德蒙也不曾刻意假裝或故作姿態。他竊聞自己的聲音，並回應以一股企求改變的意志，他明白這將是正面的道德轉化，但他堅稱自己的秉性並未改變：「我現在是最後的喘息著。我雖然秉性兇殘，我還想做一件善事。」莎士比亞的悲劇反諷使得此一逆轉必定要來不及營救考地利亞。我們於是要問：那麼莎士比亞為何還要呈現出哀德蒙這一番極不尋常的變化？不管這個問題有沒有答案，且讓我們著眼於改變本身，即使哀德蒙到最後一刻還是堅信大自然是他的女神。

莎士比亞的語言力量

一個虛構的角色被稱為「自主的自由藝術家」，這是怎麼回事？這是什麼意思？在莎士比亞之前的西方文學裡，我並未發現此一現象。阿基里斯（Achilles）、伊尼亞斯（Aeneas）、朝聖者但丁（Dante the Pilgrim）、唐吉訶德並未因為竊聞他們自己所說的話而有所改變，並以此為基礎，憑著自己的智力與想像力，讓自己換個方向。哀德蒙、哈姆雷特、孚斯塔夫及其他許多人物似可起身走出劇作，即使這並非莎士比亞自己的期望。這份天真但具有重大美學意義的想法，和他們是自主的自由藝術家有密切的關聯。做為戲劇與文學的幻象以及象徵語言的效果，莎士比亞的這種力量是無與倫比的，雖然它已經在全世界被模仿了幾近四個世紀之久了。

如果沒有莎士比亞的獨白，是不可能產生這種力量的，法國的批評傳統不允許悲劇演員直接向自己或觀眾說話，哈辛便無緣使用此一技巧。西班牙黃金時期的劇作家，特別是洛培・德・維加發展出十四行詩形式的獨白，充滿巴洛克式的輝煌神氣，但和內在性無以契合，人物如果欠缺內在性的話，自主的自由藝術家便不會出現。莎士比亞是絕對不適合巴洛克型式的；悲劇的自由合當是屬於莎士比亞的矛盾語，而非洛培或哈辛或歌德所能獲致的。

於是我們知道為什麼賽萬提斯是一個失敗的劇作家與成功的《唐吉訶德》作者了。賽萬提斯與莎士比亞之間有一份神秘的親密關係：老唐和桑秋（Sancho）倆人都不是自主的自由藝術家；他們一頭栽進了戲耍之道裡。莎士比亞有一種特殊的本領，他的悲劇主角不管是正派還是反派，都抹去了戲耍之道與自然之道其間的分界。哈姆雷特獨特的權威，他那充分令人信服，完全屬於他自己的作者意識，不只是表現在他把《岡雜苦謀殺案》改編成《補鼠機》而已。哈姆雷特的心靈無時無刻不是戲中之戲，因為哈姆雷特比莎士比亞其他所有的人物，更像是一個自主的自由藝術家。他的昂揚與淒苦皆源起於他對自身形象的持續反思。莎士比亞之所以為正典核心，部分原因是哈姆雷特處於此核心地位。這份可隨時自我反思的內省意識，是最菁英式的西方形象。但是，如果沒有它，正典不可能存在，不客氣地說，我們自己也將不復存在。

持續不絕的影響力

莫里哀在莎士比亞剛去世六年後出生，其寫作與演出所在的法國，還沒有受到莎士比亞的影響。到了大約十八世紀中葉，莎士比亞在法國浮沉不定的命運才開始有了譜，此時距離莫里哀去世，已有三個世代的時間。然而，莎士比亞和莫里哀確實頗有相似之處，雖然莫里哀可能連莎士比亞的名字都沒聽說過。他們倆人的性情近似，皆不受意識形態束縛，即使倆人的喜劇形式傳統並不完全一致。伏爾泰以新古典主義和哈辛悲劇之名開啟了法國排拒莎士比亞的傳統。遲來的法國浪漫主義使莎士比亞對法國文學產生了很大的影響，在史湯達爾和維可多・雨果身上特別顯著；但是到了十九世紀後期，莎士比亞熱已經消退了一大半。雖然如今他在法國的演出機會並不下於莫里哀和哈辛，但笛卡爾傳統已重執牛耳，法國文壇仍是比較非莎士比亞的。

莎士比亞在德國持續的影響力可謂難以估計，即便是對這份影響一直存有戒心的歌德也不例外。十九世紀義大利主要小說家曼佐尼，是具有濃厚莎士比亞色彩的作家，雷歐帕迪亦同。托爾斯泰雖然大肆抨擊莎士比亞，他自己的藝術卻依憑著一種莎士比亞的人物感，這在他那兩部傑出的小說以及《哈吉・穆拉》這一部晚期的短篇小說傑作中，都可以察覺出來。杜斯托也夫斯基的虛無主義者，顯然來自莎士比亞的依阿高和哀德蒙，普希金和屠格涅夫則是十九世紀最重要的莎士比亞批評家之一。易卜生以其卓越之才，試圖迴避莎士比亞，但卻沒有成功，而這對他可是好事一樁。或許培爾・甘特（Peer Gynt）和海達・嘉柏樂（Hedda Gabler）的共同點，就是他們那莎士比亞式的濃烈情感，他們藉由自我竊聞而有所改變的知覺向度。

西班牙一直到現代都不太需要莎士比亞。西班牙黃金時期的大家——賽萬提斯、洛培・德・維加、考得隆、提爾索・德・摩里納（Tirso de Molina, 1584-1648）、羅哈斯（Rojas, 1475?-1541?）、宮果拉（Góngora, 1561-1627）——已為西班牙文學帶來了頗具莎士比亞與浪漫主義色彩的巴洛克風格。歐提佳（Ortega, 1883-1955）談夏洛克的著名論文和馬達里亞加（Madariaga, 1886-1978）論《哈姆雷特》的著作是重要的開始；倆人的結論皆為，莎士比亞的年代也就是西班牙的年代。不幸的是，莎士比亞和弗雷切根據賽萬提斯的一篇故事所合力譯寫、以供英國觀眾欣賞的劇作《卡迪尼歐》（*Cardenio*）已經失傳；但許多批評家都能感覺到賽萬提斯和莎士比亞之間的相似處，而我永恆的期望之一，便是看到新的天才劇作家讓老唐、桑秋、孚斯塔夫同台演出。

莎士比亞在目前混亂時期的影響力仍然無遠弗屆，在喬哀思和貝克特身上尤其顯著。《尤利西斯》和《終局》實質上皆屬莎士比亞的表現手法，各自以不一樣的方式援引哈姆雷特。美國文藝復興期間，莎士比亞在《白鯨記》（*Moby-Dick*, 1851）和愛默生的《代表人》

之中最是顯著，對霍桑的影響則較為細緻。莎士比亞的影響力無遠弗屆，但促使西方正典以他為中心的並不是這份影響力。如果我們說賽萬提斯發明了文學的曖昧反諷，而卡夫卡將此一反諷帶到了另一個高峰，那麼我們就可以說莎士比亞發明了情感與認知的矛盾反諷，此一反諷是弗洛依德的主要內涵。弗洛依德在莎士比亞面前正迅速失去他的原創性，這讓我愈來愈覺震驚，但莎士比亞並不會為此感到驚訝，他知道文學和剽竊是難以區分的。剽竊是法律屬項，不是文學屬項，正如神聖與世俗具政治與宗教屬性，而完全不具文學屬性一般。

誰都不是，誰也都是，什麼都不是，什麼也都是

真正具有普遍性的西方作家寥若晨星：莎士比亞、但丁、賽萬提斯，或許還有托爾斯泰。文化上的變動使得歌德和米爾頓失去了昔日的光彩；表面上極受歡迎的惠特曼本質上神秘而深奧；莫里哀和易卜生仍舊在舞台上活躍，但總是在莎士比亞之後；狄津生認知上的原創性使其艱澀無比，聶魯達想要當一個布萊希特和莎士比亞式的大眾作家，卻不太成功。但丁貴族式的普遍性開啟了從佩脫拉克到何德林的西方最傑出作家的年代；但是只有賽萬提斯和莎士比亞達到了完全的普遍性，是貴族年代中最傑出的大眾作家。托爾斯泰不完美的奇蹟是民主制時期最具普遍性的作家，既有貴族氣韻又兼具大眾品味。在現今的混

亂時代裡，喬哀思和貝克特是最佳候選人，但是前者巴洛克式的繁麗縟采和後者巴洛克式的解離零落，都讓普遍性打了折扣。普魯斯特和卡夫卡在感受風格上，有著但丁的疏異性。我同意安東尼歐・加西亞-貝里歐（Antonio García-Berrio）將普遍性視為詩的價值的基本成分。在詩人之間居於正典核心是但丁所扮演的獨特角色。莎士比亞則和《唐吉訶德》在一般讀者間處於正典的中心。或許我們可以更進一步；除了普遍性之外，我們需要一個更具波赫士之風的詞彙。誰都不是，誰也都是，什麼都不是，什麼也都是，莎士比亞誠乃西方正典。

3 但丁的疏異性：尤利西斯與碧翠思

The Strangeness of Dante: Ulysses and Beatrice

《神曲》：虛構的真理

新歷史論者和志同道合的憎恨人士一直想要化約驅散莎士比亞，意圖於瓦解正典的核心之後，一舉將其擊破。奇怪的是，堪稱正典第二中心的但丁，於美國或義大利都未遭到類似的襲擊。毫無疑問，攻擊將不日掩至，因為來自四面八方的多元文化主義者，將很難找到比但丁更討人厭的大詩人，其狂野與強大的精神力量，在政治上的不正確性屬於最高級。在主要的西方作家之中，但丁是最咄咄逼人與雄辯滔滔的，米爾頓在這方面也要自嘆弗如。他和米爾頓一樣都是政治黨派的成員。他的異端成份為學術評論所遮掩，這些評論即使在最精彩的時候，也經常把他的《神曲》當做詩化的聖奧古斯汀。然而，我們最好還是從他那超乎尋常的大膽作風開始講起；在整個所謂基督教文學的傳統當中，但丁的大膽作風無人能比，連米爾頓也望塵莫及。

西方文學從耶威者與荷馬一直到喬哀思和貝克特的長久歷程當中，再也沒有什麼比但丁對碧翠思的頌揚更加偉麗激昂；這位女子本是欲望的象徵，但丁將她提昇至天使的位階，此一身份使她成為教會救贖體系中，不可或缺的一環。因為碧翠思一開始只是但丁意志的工具，她的神格化必然也牽涉到但丁自己的選擇。他的詩是個預言，儼然成為第三約，且絕不從屬於舊約與新約。但丁不會承認《神曲》本是虛構的、**他的**最佳虛構。相反地，此詩是真理，是普遍的，而不限於一時一地。朝聖者但丁在詩人但丁的敘述中所看、所說的一切，都是為了要讓我們永遠信服，但丁在詩和宗教上無可逃避的必然性。但丁學者注意到的，是朝聖者和詩人在詩中表現出來的謙恭遜讓，但此詩更令人信服的表現是它對其他所有詩人的顛覆，以及將但丁自己的先知潛能引領出來的一貫堅持。

必須附帶說明的是，我這些主張所針對的是許多有關但丁的學術研究，絕不是衝著但丁來的。我看不出我們如何能夠將但丁的詩，那動人心魄的力量從他的精神熱望分離出來。這份熱望必然是獨特而奇異的，若非但丁在他死後的一個世代之內贏得了與未來的賭注，這份熱望一定會被冠上瀆神之名的。如果《神曲》不是唯一可與莎士比亞匹敵的真正對手，想必教會、甚至宗教文學都容不下碧翠思的。這部詩作太過強勢，教人無從輕忽；對一個像艾略特一樣的新基督教詩人而言，《神曲》成了另一部聖經，一部補充正典基督教聖經的更新的新約。查爾斯・威廉斯（Charles Williams, 1886-1945）——艾略特、路易斯、歐登、陶樂希・賽爾斯（Dorothy L. Sayers, 1893-1957）、托金（J. R. R. Tolkien, 1892-1973）等新基督教徒的導師——甚至認為阿薩納修斯（Athanasius, 300?-373）的信條「人性之入神」（the taking of the Manhood into God）一直要到但丁才算有了完滿的表達。教會必須等待但丁，也必須等待碧翠思的身影。

碧翠思的身影

威廉斯於其《碧翠思的身影》（*The Figure of Beatrice*, 1943）所不斷強調的是有關但丁成就的秘辛：碧翠思是詩人最可觀的成就。莎士比亞的人物，即使是深具魅力的哈姆雷特，或天神一般的李爾，都不能和碧翠思這個大膽激越的發明相比擬。只有作者J的上帝耶威和馬可福音的耶穌比她還要驚人與高揚。碧翠思是但丁原創性的標記，在她被順利嵌入基督教救贖機制的那一刻起，詩人展現了他最大膽的作為，將他所傳承的信仰，轉化為具濃厚個人色彩的東西。

研究但丁的學者必定要將我這些主張斥為無稽之談，但是，這些學者長期為其研究標的陰影所籠罩，已不太能意識到《神曲》的疏異性。這是有野心的讀者所能見到的最詭譎奇異的文學作品，雖然必須經過翻譯，且其中學理龐雜，仍能長久流傳。《神曲》吸引一般讀者的地方在於但丁的精神特質，而此一特質絕非許多人所謂的虔信與敬誠。但丁對任何一位他之前或當代的詩人，終究沒有什麼正面的話可說，而除了「詩篇」(Psalms) 以外，聖經對他也派不上什麼用場。或許，在他的心目中，只有耶穌先祖大衛王這位除了他之外，唯一能一貫傳達真理的詩人才配稱他的先驅。

剛剛接觸但丁的讀者很快就會發現，沒有一位俗家作者像他一樣，如此確信自己的作品即為真理、一切最富深義的真理。米爾頓，或許還有較晚期的托爾斯泰曾表現出類似但丁的強悍信念，但是他們也都反映出了矛盾衝突的現實，同時他們的想像與觀視也較為孤隔。但丁不受神學控制，神學只是他援用的資源之一。無人可以否認但丁是一位超自然論者、基督徒、神學家或者至少是個神學寓意家。但是所有既定的觀念與意象到了但丁手中都起了極大的變化，也唯有他的原創力和不可思議的豐富想像力，可以和莎士比亞一較高下。第一次接觸但丁的讀者，在閱讀羅倫斯・賓洋 (Laurence Binyon, 1869-1943) 優秀的三韻詩體 (terza rima) 翻譯或約翰・辛可萊 (John Sinclair) 清朗的散文體翻譯時，雖然比起閱讀義大利原文要損失掉很多東西，但一整個世界還是在那裡，而存留下來的疏異性與崇偉性才是最要緊的，若不論莎士比亞，但丁的這股力量是獨一無二的。莎士比亞與但丁都擁有超卓的認知力量和一種超越實際界限的原創性。

當你閱讀但丁或莎士比亞時，你感受到藝術的界限，然後你會發現，這些界限不是已然擴展便是已被打破。但丁突破一切限制的方式，比莎士比亞要個人化與顯眼得多，如果他比莎士比亞更像是一個超自然主義者，他的超越自然和莎士比亞獨特奇詭的自然主義都一樣專屬於自己。兩位詩人彼此競爭最激烈的地方是他們表現愛情的方式——這使得我們回到了但丁的愛情初始與完結之所：碧翠思的身影。

《神曲》裡的碧翠思在天堂層級中所佔有的位置是難於理解的。我們找不到任何解說或指導，對這位但丁恆久摯愛的佛羅倫斯姑娘的讚頌與崇揚，在教理中沒有蛛絲馬跡可循。對這份愛，波赫士在《其他的審問》裡的〈夢裡相遇〉("The Meeting in a Dream" *in Other Inquisitions,* 1937-1952) 中有一段最反諷的評語：

墜入情網便是開創一種神會犯錯的宗教。但丁對碧翠思表現出來的崇拜熱情是一樁不容辯駁的事實；她曾經嘲笑他，曾經斷然拒絕他，這都是《新生》(*Vita nuova*)裡不爭的事實。有人認為這些事實是其他事實的象徵。如果這是真的，我們就會更堅定地確認那份不快樂與迷信的愛。(Ruth L. C. Simms譯)

波赫士至少把碧翠思帶回到了她的源起：「虛幻的邂逅」，也帶回到了她在每一位但丁的讀者眼中的神秘異質性：「碧翠思的存在完完全全是為了但丁；但丁的存在鮮少是——或許完全不是——為了碧翠思。我們的虔信與敬誠，教我們忘了這份可憫的失調，而但丁是忘不了的。」

有多少個莎士比亞，就有多少個但丁

波赫士其實是在投射他自己對碧翠思‧維特波（Beatrice Viterbo）反諷的荒謬熱情（參閱其猶太神秘故事〈第一個字母〉（"The Aleph"）），不過這都無關緊要。不管但丁和碧翠思共同經歷了什麼（幾乎等於零），它和但丁在《天堂》中所臆想的倆人彼此提攜、共登神境的圖象實在是非常不協調，這就是波赫士所強調的。不協調是但丁通往偉麗之境（the sublime）的康莊大道。他和莎士比亞一樣可以盡拋一切，因為兩位詩人都超越了其他詩人的界限。在但丁的作品中，最常見的反諷（或寓意）是他在僭越界限的同時，還聲稱自己接受界限的存在。但丁之中所有充滿活力和原創性的東西都是獨斷的，具有濃厚的個人色彩，但卻是以真理之姿出現，與傳統、信仰、理性協同一致。誤讀幾乎是無可避免的，直到正統規範與之融合，最後我們面對的便是但丁不會喜歡看到的景象。現代美國學術界裡神學化的但丁是奧古斯汀、湯瑪斯‧阿奎納（Thomas Aquinas, 1225-74）及其友伴的混合體。這是一個教義化的但丁，滿腹深奧的經綸，滿腦子虔誠的信仰，只有他的美國教授們才有可能完全瞭解他。

但丁的徒子徒孫是那些將他推上正典位階的作家，而他們並非隨時隨地都表現得那麼忠誠：佩脫拉克、薄伽丘、喬賽、雪萊、羅賽提（Rossetti, 1828-82）、葉慈、喬哀思、龐德、艾略特、波赫士、史帝文斯、貝克特。這一打作家的共通點大概就是但丁，不過在詩的來生中，他已然化身為十二個不同的但丁。對一位實力如此雄厚的作家而言，這毋寧是極為適切的：有多少個莎士比亞，大約就有多少個但丁。我自己的但丁和現代美國批評與學術界中由艾略特、法蘭西斯・佛格生（Francis Fergusson）、艾里希・奧爾巴赫、查爾斯・辛格騰（Charles Singleton, 1909-85）、約翰・弗瑞伽洛所代表的正統名牌但丁相距愈來愈遙遠。從那不勒斯（Naples）的思想家維科開始，經由浪漫派詩人佛斯可羅（Foscolo, 1778-1827）與浪漫派批評家法蘭西斯可・德・桑提斯（Francesco de Sanctis, 1817-83），直到二十世紀早期的美學家班尼德托・柯羅齊（Benedetto Croce, 1866-1952）時臻至全盛的義大利傳統走的是另一條路線。如果將此一義大利傳統和著名的現代德國文學史家恩斯特・羅伯特・柯鐵斯的一些見解綜合起來，一個異於艾略特-辛格騰-弗瑞伽洛的但丁就出現了，那是一個先知詩人，不是一個神學寓言家。

對於但丁，維科曾做過美得過火的評斷：「如果他不懂拉丁文和士林哲學（scholastic philosophy）的話，他將會是一個更偉大的詩人，或許塔斯卡尼語（Tuscan tongue）就足以讓他與荷馬齊名。」然而，當你在神學寓意的暗鬱森林中流連迴旋時，維科的評論就很具啟發性了，在這座森林中，《神曲》所有顯著的特點都指向了但丁遵循奧古斯汀的腳步，從詩藝轉進到信仰的改宗過程，而想像便被此一信仰吸納與壓制。在奧古斯汀和阿奎納眼中，詩只不過是兒戲，應該和其他幼稚的玩意兒擱在一邊。他們會如何看待《神曲》中的碧翠思?柯鐵斯曾敏銳地指出，但丁的碧翠思不只是他得救的依憑，也是每一個好心人的共同嚮導。但丁改宗的對象是碧翠思，不是奧古斯汀，而碧翠思派給但丁當嚮導的是魏吉爾，不是奧古斯汀。

和其他神學家的寓意相比，但丁顯然比較喜歡碧翠思或他自己的創作，他並不想超越自己的詩作，這點同樣非常明顯。奧古斯汀與阿奎納和但丁神學的關係，就和魏吉爾與卡瓦坎提和但丁詩作的關係一樣:詩人神學家，先知但丁，最終之約《神曲》的作者壓倒了所有前人。如果你想要將《神曲》當做神學家的寓言故事來讀的話，那麼請從唯一對但丁有實質影響的神學家開始:但丁自己。《神曲》和其他最傑出的正典作品一樣打破了神聖與世俗寫作的分別。而碧翠思如今對我們而言，是神聖與世俗水乳交融的寓言故事，是預言與詩的結合。

但丁做為詩人與一個人所擁有的突出特質是傲氣，而不是謙遜;是原創性，而非固守傳統;是豐茂華美、活力四射，而不是含蓄節制。包羅・瓦雷休（Paolo Valesio, b. 1939）著重《神曲》神秘或深奧的一面，根據他的看法，但丁的先知氣質宜乎啟蒙（initiation），不宜改宗。你不會因為碧翠思而改宗;走向她的旅程是一種啟蒙，因為正如柯鐵斯首先指出的，她是私密靈知的核心，不是共同教會的中心。因為碧翠思畢竟是受露西（Lucia）之命來找但丁的，這是一位身份幾不可考的西西里（Sicilian）聖徒，但丁學者也說不出來為什麼但丁會選上她。當今最優秀的但丁批評家約翰・弗瑞伽洛告訴我們，「整個旅程的目的可以說就是要寫詩，要達到露西與諸神的高度。」

是的，但為什麼是露西？答案當然不會是：為什麼不是她呢？西洛庫斯（Syracuse，按：於今西西里）的露西在世和殉教的時間比但丁早了一千年，若非她對詩人與其詩作具有隱秘的意涵，想必如今已完全被人遺忘。但是我們對此意涵一無所知；我們甚至不知道那囑咐露西去找碧翠思的更高階的女子是誰。這位「天堂之女」通常被指為聖母瑪利亞（Virgin Mary），不過但丁並未指名道姓。露西被稱為「一切殘酷之事的敵人」，這大約是天堂女子共有的特質。「光明大德」（illuminating Grace）是註釋者送給但丁的露西的通稱；但是對一個其名原意為「光」的西西里殉道者而言，這也沒什麼特別之處。

我花了這些篇幅做此說明，是為了強調但丁是如何大剌剌地堅持其主觀與獨斷。《神曲》中隱藏著某些東西；這部詩作不可否認有其神秘的一面，而此一面向的重要性絕不容小覷，因為碧翠思正是其核心元素。閱讀《神曲》總不免要不斷回到碧翠思的身影，不是因為她是某種基督的形象，而是因為但丁昇華的欲望以她為理想標的。我們甚至不知道，但丁的碧翠思在歷史上是否有具體的存在事實。如果有，而且她就是那位佛羅倫斯銀行家的女兒的話，和這部詩作也沒有什麼瓜葛。《神曲》的碧翠思之所以重要，不是因為她代表某種基督的暗示，而是因為她是但丁自身特質理想化的投射，是他的作品裡的作者觀點。

此處且容我大膽冒犯，將賽萬提斯與但丁相提並論，好來比較他們筆下的兩個主要角色：唐吉訶德和朝聖者但丁。唐吉訶德的碧翠思便是被施了魔咒的答西尼亞・德・托柏沙（Dulcinea del Tobosa）——農家女阿東茶・羅倫綢（Aldonza Lorenzo）在他眼中的變貌。銀行家的女兒碧翠思・波提納里（Beatrice Portinari）和但丁的碧翠思之間的關係，就和阿東茶與答西尼亞之間的關係一樣。沒錯，唐吉訶德所創造的是世俗的體系：答西尼亞置身於高盧的阿瑪迪斯（Amadis of Gaul）、英格蘭的帕梅林（Palmerin of England）、太陽騎士（Knight of the Sun）以及其他神話傳奇騎士的世界裡，而碧翠思則登上了聖伯納（Saint Bernard, 1090-1153）、聖芳濟（Saint Francis, 1182-1226）、聖多米尼（Saint Dominic, 1170-1221）之境。如果你喜歡詩藝甚於教理的話，兩者並沒有什麼不同。遊俠騎士和聖徒一樣都是詩的隱喻，而就體制上和歷史上的天主教信仰而言，天堂裡的碧翠思和著了魔咒的答西尼亞倆人的地位和份量是完全一樣的。不過但丁的輝煌勝利讓我的比喻看起來有點冒瀆就是了。

或許但丁的信仰確實既虔誠且正統，但是碧翠思屬於但丁，不屬於教會；她是私密靈知（gnosis）——經詩人更動過的救贖體制——的一部分。「改宗」碧翠思可能頗具奧古斯汀之風，但這可不是改宗聖奧古斯汀，就像效忠答西尼亞・德・托柏沙，不是在向擁有潔白雙手的伊索特（Iseult of the White Hands）致敬一樣。但丁比古往今來的所有作家都更不客氣、咄咄逼人、高傲、大膽。他為永生加註一己之見，和他那夥虔誠博學的詮釋者很不一樣。如果該說的奧古斯汀或湯瑪斯・阿奎納都已經說了，那麼我們唸奧古斯汀或湯瑪斯・阿奎納也就是了。然而但丁要我們唸的是但丁。他寫詩不是為了要闡釋前代傳承下來的真理。《神曲》意欲成為真理，而在我看來，將但丁去神學化和把他神學化都一樣無關緊要。

唐吉訶德臨死前對自己充當英雄的瘋狂行徑感到懊悔，此時，他又掉回了好好先生阿龍叟・吉哈諾（Alonso Quixano the Good）的原始身份，同時他也感謝上帝的眷寵使他得以轉向誠敬清明的理智。每一位讀者都和桑秋一起抗議著：「不要死！聽我的勸好好活下去……我們也許會發現答西尼亞女士就在某一叢樹籬後面，她的魔咒已經解除，美得就跟一幅畫一樣。」當但丁的詩結束時，我們看不到桑秋來和讀者一同期盼詩人的力量，不要從基督教天堂的奇域幻境中撤離。我想，有些人閱讀《神曲》是想要透過它，接觸到能夠轉動太陽與其他星球的神聖的愛，但是我們大多是為了但丁本人才去讀它，為了一個連約翰・米爾頓猶未可媲美的詩魂與戲角。沒有人想要把《神曲》變成《唐吉訶德》，不過，加上幾許桑秋的味兒，也許會讓永恆的朝聖者輕柔一些，或許也會提醒他的學者：虛構的故事終究是虛構的故事，即使故事本身並不這麼認為。

但是，碧翠思是那一類的虛構故事？如果她像柯鐵斯所強調的是上帝所發散出來的，那麼但丁所揣想的便是我們無法解讀的東西，即使我們能感覺到它的存在。但丁的揭示不像威廉・布雷克的那麼具有私密性，但這不是因為但丁較布雷克缺乏原創力。他的揭示更富原創性，而且是公共的，因為它太成功；除了成熟期的莎士比亞之外，西方文學之中找不到表達得如此痛快淋漓的東西。但丁這個最奇特、最狂野的細緻心靈，並非藉著吸收傳統來建立普遍性，而是彎折傳統使其合乎他的本性。但丁篡奪傳統權威的強大力量卻使得他遭受到各式各樣貧弱的誤讀，這是我知道的所有類似的反諷之中最突出的。如果《神曲》是一則真實的預言，學者們便想要透過奧古斯汀的傳統來瞭解它。基督教啟示的適切詮釋還能去哪裡找呢？連約翰・弗瑞伽洛這麼細緻的詮釋者，有時也不免掉入改宗的框框，好像只有奧古斯汀才是駕馭自我的唯一典範。

像《神曲》一樣的「自我小說」因此必須到奧古斯汀的《懺悔錄》裡尋根。但丁遠比那些崇拜他、模仿他的浪漫派作家更有力量，他以自己的改宗目標碧翠思，創造了自己的根源、駕馭了自己的自我，而在我看來，碧翠思並不是一個奧古斯汀型的人物。在奧古斯汀的改宗故事裡，碧翠思可不可能成為欲望的對象，無論這是一份如何昇華的欲望？弗瑞伽洛說得很清楚，在奧古斯汀心目中，歷史是上帝的一首詩。碧翠思的歷史是不是上帝所寫的一首抒情詩呢？因為我個人喜歡根據自己的需要，在莎士比亞或愛默生或弗洛依德之中探尋上帝的聲音，但丁《神曲》的神聖性在我眼裡是顯而易見的。但我不願去談神聖的《懺悔錄》，在奧古斯汀之中，我也沒聽見上帝的聲音。我也不相信但丁會在他自己以外的聲音裡聽聞上帝。就基本定義而言，一首喜愛自己甚於聖經的詩作，當然也可以說它喜歡自己更甚於奧古斯汀。

根據對神秘論知教義（Gnosticism）並無偏好的查爾斯·威廉斯所言，碧翠思是但丁之**知**（knowing）。此處之知係指自「知者」（the knower）但丁至「已知者」（the known）上帝之道。然而但丁無意教碧翠思成為其私人之知。他的詩並沒有要我們每一個人都去找一份孤獨之知，而是要讓碧翠思為所有找得到她的人，扮演一般而普遍的角色，因為她以魏吉爾為媒介親近但丁的過程是自成一格的。碧翠思的神話只存在於但丁的詩作裡，雖然這則神話是但丁最主要的創作。它的疏異性無法確實釐清，因為我們找不到可以和碧翠思相比擬的人物。米爾頓在《失樂園》裡的天堂繆思尤瑞尼亞（Urania）不是一個人，米爾頓還告戒我們說，他所稱呼的是一份意涵，不是一個名字，使得她的身形益顯渺小。雪萊模仿但丁在《我心之外》（*Epipsychidion*, 1822）之中讚頌艾米利亞·微微安尼（Emilia Viviani），但是浪漫派鼎盛的熱情並未貫徹始終，微微安尼女士最後成了她那幻滅的愛人眼中的「棕色小魔鬼」。

但丁筆下的尤利西斯

如欲尋回但丁之疏異性於一二，我們必須觀察他如何描繪一個永恆普遍的角色。在西方文學中，沒有一個人如荷馬筆下的英雄奧狄修斯（Odysseus）——其拉丁名字尤利西斯較為人所熟悉——一般如此歷久不衰。從荷馬到尼可斯・卡贊札基斯（Nikos Kazantzakis, 1883-1957），奧狄修斯／尤利西斯的身影在品達、索弗克里斯、尤里皮迪斯（Euripides, 480–407B.C.）、侯瑞西、魏吉爾、歐維德（Ovid, 43B.C.–A.D.17）、希尼卡（Seneca, 4B.C.–A.D.65, 按：羅馬文論家與劇作家）、但丁、查普曼（Chapman, 1559–1634, 按：荷馬英譯者）、考得隆、莎士比亞、歌德、丁尼生、喬哀思、龐德、瓦里斯・史帝文斯以及其他諸多作家之間百轉千迴。史丹佛（W. B. Stanford）在《尤利西斯主題研究》（*Ulysses Theme*, 1963）此一佳作中將魏吉爾筆下沉默而負面的人物，與歐維德正面認同的尤利西斯做一對比，這兩種立場或許會在這位英雄或梟雄的各式變貌中，不斷地相互較勁。魏吉爾的尤利西斯將為但丁所用，但已是大大變了樣，使得魏吉爾的描繪都要悄然隱去。魏吉爾不願意直接譴責尤利西斯，便將此一工作交由他的其他人物來做，後者稱這位《奧狄賽》的英雄為狡猾欺詐之徒。歐維德這位風流的流亡者把他自己和尤利西斯融混起來，造出了一個合成的身份，於是便留給我們一個時下廣為流傳的尤利西斯的形象：第一個偉大的流浪情聖。

但丁在《地獄》（*Inferno*）的第二十六曲，為尤利西斯塑造出最具原創性的形象：他不回伊色佳（Ithaca）的家與妻子相聚，離開女巫色西（Circe）原是為了打破所有界限，探索未知險境。在急急奔向宿命終局的眾家英雄之中，他最是教人印象深刻，而哈姆雷特那從未有人自其境回返的未知國度，也成為尤利西斯實際的目的地。《地獄》第二十六曲有一段文字頗不尋常，令人難以捉摸。尤利西斯與但丁之間存有一種辯證的關係（dialectical relationship），因為但丁覺得他自己做為詩人（非朝聖者）和做為越界旅者的尤利西斯太過相像而感到恐懼。這份恐懼也許是不自覺的，不過但丁一定會在某個層面上有所體驗，因為他的尤利西斯是由傲氣所驅動，而再也沒有比但丁更高傲的詩人了，即使品達或米爾頓或維可多・雨果或史提分・喬治或葉慈也無法相比。學者們想要聽碧翠思或諸聖徒們代表但丁說話，然而但丁的聲調與她和他們皆不相同。尤利西斯的聲音和但丁的聲音極為近似，而魏吉爾所說的希臘人可能不喜歡聽到義大利詩人的聲音，實在是不怎麼充分的解釋。但丁也沒有對他為尤利西斯所寫的一席精彩的談話做出任何的回應，那是從火焰之中發出的聲音（在這裡和別的地方我用的都是約翰・辛可萊的散文體翻譯）：

色西在後來伊尼亞斯稱為加艾塔（Gaeta）附近的地方，幽禁了我一年多，當我離開她的時候，稚子承膝之樂、老父奉養之責，還有我對嬌妻琵內樂琵（Penelope）的愛——這會讓她多麼歡喜！——都無法抑止我浪遊世界、歷覽人間善惡的熱望；於是我乘著一只孤帆，和寥寥數個未曾棄我而去的同伴，向無邊的大海出發。我眼見的海岸遠及西班牙、摩洛哥，也見到了撒丁尼亞（Sardinia）和海中其他各島。我們來到一處狹窄的海峽，大力士赫庫力茲（Hercules）在那兒設立界標，要人類別再前行，那時我和我的同伴已經年老力衰。在我的右手邊，我駛離了希維利（Seville），在另一邊我離開了賽搭（Ceuta）。「兄弟們，」我說，「你們歷盡千萬的危險，現在到了西方，到了守候我們僅存的短暫時光，我們不可放棄，應當追逐太陽，一探杳無人跡的地方。想想你們是何等的起源。你們不該活得像走獸一般，應當追尋美德與知識。」我簡短說了幾句，我的伴侶就渴望著繼續航行，連我也阻擋不了；於是將船尾轉向晨光，把我們的槳打得彷彿翅膀一般向前狂奔，並且總是偏向左方。晚上，我看見另一極的眾星，而我們的星子如此低落，已然沉入海面。自從我們踏上這段艱苦的旅程，月兒已有五次圓缺，那時我們在遠處隱約望見一座山，高度是我生平所僅見。我們都樂得很，可是一忽兒就轉為哀悽了，因為從新的陸地起了一陣風暴，擊打著船頭。巨浪滔天，我們的船在風暴裡轉了三次，船尾在第四次被舉了起來，船頭栽入水中，此乃祂之所願，直到海水將我們吞沒。

即使英譯散文比不上義大利三韻句式不可思議的力量，一般讀者對這一段極不尋常的話，會像最頂尖的但丁評論家一樣做出如下的回應嗎？「尤利西斯決絕之溺亡和但丁赴死之洗禮與其後之復生，兩者之別便是歷史中的基督事件或恩寵，個人靈魂中的基督事件。」坦白講，如果另外找一段力道完全無法相比的文字來，同樣可以引發一模一樣言之成理的回應。教理或虔誠信仰的一言堂和一部無與倫比的詩作實在是不搭軋。以基督教條為最高指導原則的但丁閱讀法顯然不太對勁，雖然對於此一化約傾向，但丁自己也要負一部分責任。在但丁的地獄層級中，我們來到第八圈的第八層，與撒旦已相距不遠。尤利西斯是一個狡詐的獻策者，主要的原因是他巧施智謀計陷特洛伊，魏吉爾曾特別提到，特洛伊正是羅馬也就是義大利的先祖。但丁並未與尤利西斯交談，因為他可以說就是尤利西斯；撰寫《神曲》便是朝那未知的海洋進發。但丁很清楚地告訴我們，他不想讓尤利西斯講哪些事情：阿基里斯之死、特洛伊的木馬、雅典娜神像（Palladium）的被竊，這些都是這位流浪者受詛下獄的原因。

最後一段旅程則不在此列，無論其結局為何。自己也是烈火焚身的但丁滿懷欲念——追求知識的渴望——想要靠近尤利西斯的火燄。他所得到的知識係關乎那純粹探求之道，兒子、愛妻、父親都要遠離。在眾多象徵意義之外，此一探求也代表了但丁自己的高傲與執拗，他拒絕接受回返家園的交換條件，使其流亡生涯持續展延。啃別人的鹹麵包，走下別人家的樓梯，這是獻身探求的代價。尤利西斯願意付出更極致的代價。誰的經驗更接近但丁——奧古斯汀成功的改宗？還是尤利西斯的最後一段旅程？傳說中，但丁曾在街上被指為是用了某種方法自地獄之旅歸來的人，彷彿他是一個巫師一般。我們可以假設他對自己所思所見深信不疑；一位擁有如許力量並自視為真實先知的詩人，是不會把他的地獄之行，只當做隱喻象徵來看待的。他的尤利西斯說話極具威嚴，字字鞭辟入裡：不是受到詛咒的悲情，而是洞悉高傲與勇氣之不足的傲氣。

魏吉爾的伊尼亞斯有點像個正經八百的老學究，許多研究但丁的學者也把但丁弄成了那個模樣，或者心裡面就是這麼盤算。但他並非伊尼亞斯；他充滿野性、自我中心，和他的尤利西斯一樣老是不安於室，也如他的尤利西斯一般燃燒著欲往他方、不與人同的熾烈想望。他和他的替身差異最大的地方，大概是在他讓尤利西斯說出感人肺腑的「守候我們僅存的短暫時光」之時。在這裡我們也要記住，享年五十六歲的但丁是希望能再多活四分之一個世紀的，因為在《宴會》（*Convivio*）中他將理想壽命定為八十一歲。唯有到了那個時候他才得以臻於完滿，他的預言或許也才得以實現。由於尤利西斯所欲揚帆前往的是「杳無人跡的地方」，而但丁的環宇之旅卻是要到充滿死者的境域，是以這兩位探求者當有相異之處，而尤利西斯顯然較為極端。但丁的這位探求者至少是一位梟雄，與梅爾維爾的阿哈（Ahab）類似，是另一個不信神與神一般的人。神祕論知教派或新柏拉圖學派的英雄和基督教的英雄是截然不同的，而但丁的想像並非總是以基督教英雄觀為出發點，除非他是在頌揚他自己的十字軍祖先卡夏蓋達（Cassiaguida），後者則在《神曲》中對他的後代的大膽與勇敢大加讚揚以為回報。這就是但丁所吟唱的尤利西斯之歌的基調：讚嘆、惺惺相惜、本家榮光，頌揚著一種親切相知的情誼，即使尤利西斯身處第八圈地獄之中。尤利西斯將自己的最後一段旅程評為「狂奔」，和魏吉爾引導但丁之行或許正好是個對比。

純就一首詩而言，比《神曲》更狂野的恐怕是沒有了，而但丁並不希望我們只把它當成一首詩。這是但丁的特權，但不是但丁研究者的特權，他的讀者也不應該站在這樣的立場。如果我們想要知道是什麼讓但丁得以進入正典，是什麼讓他成為繼莎士比亞之後的正典核心，我們就必須尋回他那完足的疏異性，他永恆的原創性。此一特質和述說舊日自我之死、今日自我之生的奧古斯汀故事沒有什麼關係。尤利西斯或許是舊日自我，碧翠思或許是今日自我，然而但丁的尤利西斯是屬於他自己的，碧翠思也是一樣。奧古斯汀做過的，但丁可以做得更好，而但丁也確信《神曲》既不像奧古斯汀也不像魏吉爾。它像的是他要它像的：但丁。

美妙的「德訓篇」(Ecclesiasticus)一向歸於非正典的「疑偽經」(Apocrypha)，作者耶穌・班・希拉(Jesus Ben Sira)說他是跟在名人——我們之所從來的祖先們——之後的撿拾者。或許這就是為什麼他是首位堅持以己之正名為書籍作者的希伯來作家。但丁絕不是以撿拾者的身份來讚頌先前名人的作家。他根據自己的評判讓他們在地獄邊境(Limbo)、地獄、煉獄、天堂各就各位，因為他是真正的先知，並且期望在他的時代就能實現他的預言。他的評判是絕對的、不留情的，有時在道德上是無法令人接受的，至少對現在許多人是如此。

他已經斷然結論，而當你讀著他的時候，你並不想和他爭論，這大半是因為你想要專心聆聽，想要看看他幫你看到了什麼。他活著的時候不可能是一個在爭辯時容易對付的人，他的兇悍往後也一直流傳著。

雖然但丁已死去、是白人、男性，而且還是歐洲人，他仍然是書頁上最富活力的性格人物，在這方面，他和唯一勝過他的莎士比亞恰成兩極，後者即使在十四行詩裡，也同樣教人摸不透他的性格。莎士比亞誰都是，誰也都不是；但丁就是但丁。語言中的存在不是幻象，和所有巴黎派的教條正相對反。但丁在《神曲》的每一行烙下了自己的印記。他的主要人物是朝聖者但丁，接著是碧翠思，她不再是《新生》裡的女孩，而是天庭要角。但丁沒有提到的是碧翠思的昇天；我們或許會感到納悶，以但丁的大膽行徑，他何不順便說明一下她獲選的奧秘。這可能是因為他所有的先例不僅全都神秘莫測，而且皆屬神祕論知教派此一異端中的異端。自魔法師西門（Simon Magus）以降，異端教主們紛紛把他們最親近的女性追隨者送上了天庭，像狂傲的西門——史上第一個浮士德——便選了泰雷（Tyre，按：於今黎巴嫩西南）的妓女海倫娜（Helena），並宣稱她的前世之一是特洛伊的海倫（Helen of Troy）。但丁的愛欲已經昇華，同時也恆久如斯，是無人可與之比擬的。

為神所祝福的容顏

如果從詩的角度來看，而不從神學意義出發的話，神祕論知教義可以說比正統基督教理更接近但丁的碧翠思神話。所有碧翠思被神格化的相關事實不只極具個人色彩（此誠屬必然），同時也是來自與第二世紀的神祕論知教義頗為契合的想像世界。碧翠思必定是神聖之境永恆的閃光或上帝發散的芬芳，也是一個在二十五歲時香消玉殞的佛羅倫斯女孩。她並未經歷屬於宗教範疇的審判或藉此得到祝福然後成為聖徒，而似乎是在死後直接通達救贖體系。《新生》或《神曲》都沒有提到碧翠思有犯罪甚或犯錯的可能。她從一開始就是她的名字所指稱的：「給予祝福的女子」。但丁說她九歲時是「最年輕的天使」，是上帝的女兒，而在她死後，她的詩人便說著「那得到祝福的碧翠思，如今她持續注視著祂的容顏，那歲歲年年祝福無限的容顏。」

可別以為但丁是被情愛給沖昏了頭，若非碧翠思總是高高在上，欣然接受永恆的祝福，《神曲》便不會存在。佩脫拉克為了要和但丁這位與他父親同輩的可畏詩人保持距離，便以其摯愛的羅拉（Laura）創造了（他是這麼認為的）詩的偶像崇拜，然而，在但丁自己惡名昭著的權威之外，是什麼讓我們看不出但丁對碧翠思的崇仰就是最顯著的詩的偶像崇拜？但丁以其權威將碧翠思融入基督教象徵體系之中，或者更正確地說，他將基督教象徵體系融入了他所見的碧翠思之中。是碧翠思而非耶穌成就了這部詩作；是但丁而非奧古斯汀創造了一切。這不是要否定但丁的精神性，只是要指出原創性本非基督教美德，而但丁正是因原創性方成其大。除了莎士比亞之外，但丁是最配得上「前無古人」此一稱號的詩人，即使他宣稱魏吉爾是他的先驅。然而，在《煉獄》最後幾節裡，被碧翠思召來的魏吉爾於碧翠思翩然回返詩中時便消逝無蹤。

永恆的美麗詩句

此一回返自是妙不可言，在此之前，但丁的另一個創作——於再造之人間天堂（earthly paradise）採集花朵的馬蒂答（Matilda）——同樣是美不勝收。馬蒂答的出現對雪萊的詩是非常重要的，而由雪萊來翻譯但丁的這一段詩句，毋寧是非常適當的，這可能是《神曲》英文版中最好的一部分。以下是雪萊所譯段落的高潮，而他後來繼續在他極具但丁風格的死亡之詩《生命凱旋式》（*The Triumph of Life*, 1824）中做了一次鬼魅般的諷擬：

> 我停下腳步，在蔭影之間
> 極目顧盼，看著
> 五月初始的豐美繁花。

如星子點綴那個夜晚，這時，就像某個東西
突然，令人完全驚呆地，
攫住所有感覺，教一切思緒全都飛走——

一位孤單的女子！她
唱著歌，花兒一朵一朵地採，
花朵五顏六色滿佈她的腳旁。

「美麗的女士，如果外觀足以
見證內心，
那妳便是沐浴在愛的光芒之中，請下來
到這岸邊。我請求妳讓我
一償所願，來吧，讓我可以聽見
妳的歌聲：像是普洛希皮尼（Proserpine），在恩納（Enna）之谷，
妳在我眼裡彷彿是她，在這兒唱著歌

採著花，像是那漂亮的姑娘，當時，

她失去了春天，而希利茲（Ceres）失去了最親愛的女兒。」

（按：希臘神話中，普洛希皮尼於西西里的恩納採花時，為冥神所誘拐，其母希利茲誓言找回女兒）

在前一節裡，但丁夢見一位「穿越一片草地採著花唱著歌的年輕美麗女子」，但她自稱是利亞（Leah）——聖經裡雅各（Jacob）的大太太，並自述與妹妹拉結（Rachel）——那位以色列先祖的二太太——的不同。利亞預告了馬蒂答的出現，而拉結是碧翠思的先導，不過在她們之間看不太出來有活動型與靜思型生活的對比：

誰要問我的名字，請你知道，我是利亞，我用我美麗的手辛勤地四處採花，為自己做一個花環；我在此裝扮自己，好教我看了鏡子感到開心；而我的妹妹拉結未曾離開她的鏡子，成天就那麼坐著。她喜歡看著自己美麗的眼睛，就像我喜歡用我的手裝飾自己一樣：她滿足於觀看，我則滿足於行動。

時間把這些隱喻都給毀了嗎？它們隨著女性主義批評的到來而消聲匿跡了嗎？或是我們在後弗洛依德的年代中，不再對自戀加以頌揚了呢？常有犀利見解的查爾斯·威廉斯所做的評語，在今天顯然有點教人感到不自在：「但丁最後一次夢著：利亞，她採著花——還能有什麼樣的活動呢？以及拉結，她看著鏡子——還能有什麼樣的默思呢？如今靈魂可以在愛與美之中，好好自我愉悅一番了。」

利亞或馬蒂答摘採花朵的畫面，做為活動或行動的象徵，很不幸讓我想起了詹姆斯・舍柏（James Thurber, 1894-1961）的漫畫：兩個女人看見另一個女人正在摘花，其中一個女人對她的同伴說道，「她很有艾蜜利・狄津生的精神，只是她時而會感到厭倦。」拉結或碧翠思對著鏡子自我端詳的畫面，不時會教人想起弗洛依德將女人的自戀比擬為貓的自戀此一不幸比喻。我的聯想當然是很主觀的，而象徵意義不管加上多少學術性的解釋，不是都能和但丁合得來的。如果說《神曲》在他心目中是一首「有關」改宗的詩，「有關」他如何成為基督徒的詩，我實在是無法苟同。如果他真是這麼想，那麼也只能以「有關」（about）這個英文字的字源意義來理解：於某物之外。於《神曲》之內，它是有關但丁的先知使命的。

你不用接受先知以利亞（Elijah）的外衣（按：參閱聖經「列王紀下」二）也可以成為基督徒，但丁則不然。馬蒂答取代普洛希皮娜（Proserpina）（按：即稍前之普洛希皮尼）出現於再造之人間天堂的畫面，並不是由一個剛剛改宗的基督徒所描繪的，而是由一位已有確切使命的先知／詩人的想像。雪萊不是基督徒，而是一位魯可萊休斯（Lucretius, 99-55B.C.，按：羅馬詩人與哲學家）派的詩人／先知，馬蒂答這一段轉化了他，因為它為他點明了詩的熱切使命，使他得以重拾他傑出的先驅渥茲華斯不再擁有的天堂質素。馬蒂答是碧翠思的先導，因為重新活躍的普洛希皮娜使繆思的回返成為可能。碧翠思不是基督的模擬，而是但丁的創造力為了和一份舊日的愛融合為一的奮力一擊，無論這份愛是真實的或者大半都是想像的。

愛的昇華

將失落的愛在理想中昇華大抵是人同此心的，歲歲年年憶之念之的不是伊人已杳，而是自我的一部分已然失落。拉結和碧翠思的聯結是如此美麗，這不是因為倆人都各自代表一種靜思型的生活，而是因為倆人都是失落之愛的熱切意象。拉結對教會的意義是視她為默想的象徵，而她對詩人與其讀者的意義則是，耶威者或作者J這位傑出的敘述者使她的難產早逝成為雅各生命中絕大的悲傷。在詩的象徵體系中，拉結和之後的碧翠思代表心愛女子的早逝，而利亞和馬蒂答則同為願望延宕的象徵。雅各服侍拉班（Laban），為的是要娶其次女拉結為妻，但卻先娶到了長女利亞。但丁期盼碧翠思的歸來，但是，經過煉獄前往碧翠思的途中，他卻先遇到了馬蒂答。這是晨星金星（Venus）的時刻，而但丁見到的不是碧翠思，而是馬蒂答。馬蒂答像個戀愛中的女人唱著歌兒，但丁與之同行，但這只是熱身運動而已，就好像利亞在為拉結的到來預做準備一樣。

詩人遇上了一列凱旋遊行隊伍，其驚人意象取自先知以西結（Ezekiel）所見的「輪子及其構造」、凱旋車、寶座上的人。但丁迴避了此一驚奇之景，他告訴讀者，如果想要知道更多誇張的細節就請翻閱「以西結書」，而他是追隨聖徒約翰（Saint John the Divine）的「啟示錄」（Revelation）將以西結所稱的人視為基督的。對但丁而言，凱旋車代表教會的勝利，此非若然，而是其所當然：他以新舊兩約的內容環繞此一理想化的戰鬥形象，同樣也不是為了要倚賴這兩約，而是意欲揚棄之。這一切，包括象徵基督的半鷹半獅獸（Griffon），都要於其引領的美麗之中方才得以彰顯意義，那是昔日之愛的回返，永遠不再、永不復得的愛。

碧翠思於《煉獄》第二十曲正式現身，魏吉爾遂不再出現。她讓魏吉爾顯得多餘，原因並非神學取代了詩藝，而是因為但丁的《神曲》如今已完全取代魏吉爾的《伊尼德》（*Aeneid*）。雖然表面上另有堅持，但丁（這時碧翠思本人在但丁的詩裡，第一次也是唯一一次直呼其名）將碧翠思推上了王座，藉此崇揚他自己做為詩人的力量。事實上，他還能怎麼做呢？即使是在主要的但丁解說者之中最具神學傾向的查爾斯・辛格騰，也強調碧翠思的美麗「據說超越了自然或藝術所創造的任何東西。」如果你想要將但丁融入神學寓意之中（辛格騰一直都在這麼做），那麼只有上帝經由教會才能創造並保持那超越自然與藝術的光輝。但是我們必須時時提醒自己，碧翠思完全是但丁創造出來的，正如答西尼亞是唐吉訶德創造出來的一樣。如果碧翠思是文學上或歷史上最美麗的女子，那麼但丁所頌揚的正是他自己的文字表現力量。

但丁在《煉獄》中顯然是要探討一個天主教的觀念：對上帝的渴望如遭誤導，則必得藉贖罪予以挽回。但丁在他的作品中最大膽的主張，便是他對碧翠思的渴望並未遭到誤導，而總是對上帝形象的追求。《神曲》是項勝利，因此想必是西方最好的宗教詩。這是一部徹頭徹尾的個人化詩作，但卻讓許多讀者相信他們見到的是終極永恆的真理，在這方面它當然也是最好的例子。於是，提多琳答・巴洛里尼（Teodolinda Barolini, b. 1951）在一部著意要將但丁去神學化的著作中，竟會說「《神曲》可能比其他任何一部作品，都更想要摹擬人生與人類生存的狀況。」

此一評語教人困惑。《地獄》和《煉獄》——更別提《天堂》了——會比《李爾王》、甚至是受但丁影響的《坎特伯里故事集》更想要「摹擬人生」嗎？無論但丁的寫實手法為何，其中並不包括喬賽和莎士比亞給予我們的：會改變的人物，就像真人會改變一樣。在《神曲》中，只有但丁有所改變、有所進展；其餘每一個人都是固定的、無可變易的。他們理當如此，因為他們已接受了最後的審判。至於碧翠思，做為詩裡的一個角色——老實講她也只能是這個角色——她和摹擬人生就更搭不上邊了，因為她和人類生存的狀況何干？查爾斯・威廉斯雖然老是一副導師的模樣，在此一議題上的看法倒是比許多但丁學者都要周全些，他提及神曲時說，「就算這首詩也必然是有其局限的。它並不想處理有關碧翠思本人的得救，和但丁在其中的功能等問題。」

我覺得這個看法有些瘋狂，但瘋狂一些總比拿教條當但丁的緊箍咒，或者誤以為他的詩是在模擬人生要好得多。從詩人但丁的角度來看，碧翠思本人的得救是絕不成問題的。她拯救了但丁，因為她給了他最宏大的詩的意象，而他也拯救了她，使她免遭遺忘，雖然她不見得想要這種拯救。當她來到《煉獄》時，她不是以愛人或媽媽的身份，和她的詩人講話，而是以神祇的身份和一個凡人說話，雖然她和這位凡人有非常特殊的關係。就但丁而言，她對他疾言厲色是另一種反面的自我稱讚，因為她是他的原創性的鮮明標記，是他的預言。事實上，是他自己的天才在責罵他，因為，這位天底下最高傲的詩人，還能接受什麼樣的叱責？我猜想他並不排斥讓基督直接降臨，不過就算是但丁，也不會冒險使用此一表達方式。

在一片廢墟中建立起依靠

繆思現身了，但他稱她為「福惠」(blessedness)，而且給了她一個人人皆可從中受益的角色。她的降臨不為別的，除非是為了他的詩，否則不願現身；而他是她的先知，此一職掌他自《新生》起即已開始預習。雖然但丁和許多傳統——詩、哲學、神學、政治——都有複雜的關係，他的碧翠思和它們都沒有牽連。她可以和基督區隔開來，卻無法和《神曲》分開，因為她就是但丁的詩，是意象中的意象，象徵的不是上帝，而是但丁自己的成就。

常有學者告訴我說，但丁將他個人的成就視為通往上帝之道，這些話我聽得多了，但從來沒有相信過。但丁是被他自己的城市驅逐的流亡者，眼見他寄予厚望的皇帝失敗以後，在一片廢墟之中只有詩是他最終的依靠。

哲學家喬治・桑塔亞納（George Santayana, 1863-1952）於其《三位哲學詩人》（*Three Philosophical Poets*, 1910）中將魯可萊休斯、但丁、哥德分別歸諸享樂哲學的自然主義（Epicurean naturalism）、柏拉圖哲學的超自然主義、浪漫或康德哲學的理想主義。桑塔亞納論及但丁時表示，「他對柏拉圖主義與基督教的意義，正如荷馬對異教信仰的意義一樣。」但他接著補充說，但丁「所感覺與呈現的愛不是正常或健康的愛。」只因為但丁對碧翠思的熱望如此輕易地讓愛人神秘地轉化為神聖救贖機制的一部分，只因為這樣，就將這份愛評為不正常和不健康，這似乎有點冒瀆。不過，桑塔亞納在此一論點上仍屬精到與清新，如他反諷地讚美但丁，指其以一貫自我中心的態度超越了他的時代。

當桑塔亞納進一步表示，但丁與其他所有柏拉圖學派人士皆有不同時，他大可以再繼續發展一個更重要的論證：但丁與其他所有的基督信徒亦有不同，而碧翠思就是此一不同的標記，她標示出但丁為教會信仰添加了哪些東西。事實上，《神曲》已成為費悠雷的約金（Joachim of Fiore, 1145-1202, 按：義大利神祕神學家，但丁將其列於天堂之中）所預言的第三約，至少對詩人和批評家是如此。在與此一實際評準相對立的論調之中，最難纏的不是奧爾巴赫、辛格騰、弗瑞伽洛的學派，而是柴洛提（A. C. Charity）研究基督教象徵系統的著作《事件及其來生》(*Events and Their Afterlife*, 1966)，以及柴洛提視為先驅的里歐・史比策(Leo Spitzer)。

柴洛提堅稱，碧翠思是基督的一個形象，但她不是基督或教會，同時引述柯內姆・佛斯特(Kenelm Foster, 1910-86)的話說「她無法取代基督，她映現他、傳導他。」此誠為虔信之語，但並不能代表《神曲》，當但丁看著碧翠思的時候，他看到的是碧翠思，不是基督。她不是一面鏡子，而是一個人，里歐・史比策在其一九八八年的《代表文集》(*Representative Essays*)中也沒有確實碰觸到她的個人地位，也就是她的獨特性此一深奧難解之處：

> 碧翠思是一則寓言，不只是啟示的寓言，也是私人啟示的寓言，這一點可由這個人物的生平資料及其在超越之境的地位得到證明：她不是天使，而是一個受到祝福的聖靈，這個聖靈影響了但丁在這世上的生活，同時也被召來在但丁的朝聖之旅中，為他做唯有她才能做的工作；她不是聖徒，而是碧翠思，不是殉道者，而是一個早逝的人，她能夠留在世上，只是為了要讓但丁瞧瞧奇蹟的可能。但丁獨斷獨行的自由程度，並不如乍看起來那麼大膽，只要我們想想，基督徒的啟示可能會以獨獨適合某一個人的特殊形式到來……她相當於……早生於救贖者並預示救贖者來臨的歷史人物。

史比策誠屬上智，但此處所論非當，但丁的「大膽」也不會因此減少一分。在但丁的心目中，碧翠思絕對不僅僅是私人或個別的啟示而已。她首先走向她的詩人但丁，然而透過他，她也走向了他的讀者。魏吉爾在《地獄》裡向她說，「美善的女士啊，由於妳一個人（sola），人類成了萬物之靈。」柯鐵斯解釋為「透過碧翠思一個人，人類凌駕了俗世萬物，無論這是什麼意思：碧翠思對每一個人都具有一種形上的威嚴——唯碧翠思一人。」史比策在基督的**預顯**與基督的**模擬**兩者之間做了太快的跳躍。如果碧翠思是在基督之前，你可能會說她是另一位先人，但是她顯然是在基督之後，而但丁在她之內和對她本人的愛並非基督的模擬。她至少也應是如桑塔亞納所謂的柏拉圖化的基督信仰，而基督教在但丁之前和之後都不斷地被柏拉圖化。她的至高形象便是柯鐵斯所強調的：詩之靈知與但丁視見的核心。

但丁的原創性

於是我們又在她身上看到但丁的原創性，眼見她處於他的力量與疏異性的核心。高傲不是基督教美德，但是對最傑出的詩人而言，此一德行卻總是位居要角。莎士比亞是顯著的例外，就像他在許許多多的事情上一樣。我們從來不知道他寫《哈姆雷特》或《李爾王》或《安東尼與克利歐佩特拉》（*Antony and Cleopatra*）時所持態度為何。或許他根本不需要什麼態度，因其認知層面廣泛，在商業上也一直有很好的成績。他必定能意識到他那深具原創性的巨大成就，但是我們在劇作中找不到一點他對自己的稱讚，十四行詩裡雖然有一些，卻也是謙虛得很。莎士比亞會不會不帶反諷意味地說起某一個對手的詩才或潛能？他相不相信喬治·查普曼的「偉大詩篇」的「傲然啟航」？但丁傲然航向天堂，讚頌著碧翠思，也讚頌著自己。在《失樂園》裡，撒旦的傲氣——且不管其與米爾頓的關聯——使他沉淪。在《神曲》裡，但丁的傲氣使他高飛，飛向碧翠思與超越之境。

碧翠思源自但丁的傲氣，也源起於他的需求。學者們眾口解釋著她代表誰、她喻示了什麼；我的建議是，我們應該開始想想，碧翠思讓但丁可以在他的詩裡省卻哪些東西。維科為但丁的神學知識太過廣博感到遺憾，此誠屬妙論。但豐富的精神識見，對但丁並不構成問題；到了他的解說者身上才成了問題。如果把碧翠思請出《神曲》的話，魏吉爾就必須讓某個聖徒繼續帶領但丁自人間天堂上達天庭玫瑰。那些英美的但丁學者們或許不太願意承認，但是，如果聖奧古斯汀取代了碧翠思的話，讀者對宗教的排斥感一定會增加的。更重要的是，但丁對既定教條的排斥感也一定會增加的。但丁之見與天主教信仰之間多的是表面上的牽連，而鮮少真正的協同關係，而但丁專注於碧翠思的原因之一，便是不想浪費他的想像力和正統教義做無止盡的爭辯。

碧翠思的存在與功能，將奧古斯汀與阿奎納轉化成了一種在象徵層次上豐富許多的東西，為真理（如果你當它是真理）或虛構的故事（假使你這麼認為）增添疏異性。我是靈知的學徒——且不管是在詩藝上還是宗教上——就我的評斷，這部詩作既非真理，也不是虛構的故事，而是但丁之**知**，他稱之為碧翠思。當你全然知曉，你不必在意真實與虛構之辯；你已知曉此知真是你知。有時我們稱此知為「愛」，幾乎總以此為一份恆久不滅的經驗。它經常離我們而去，留下我們迷惘不已，但我們不是但丁，寫不出《神曲》，於是最終只知失落。碧翠思構成了正典永生與失落之別，因為如果沒有她的話，如今但丁也不過是一個死於流亡生涯的前佩脫拉克義大利作家，為自己的高傲與熱情所燃盡。

不管查爾斯・威廉斯寫的是基督教幻想曲、奇詭無比的詩篇或是像《祂來自天堂》（*He Came down from Heaven*, 1938）與《鴿之降臨》（*The Descent of the Dove*, 1939）等毫無保留擁護基督教的作品，我對他都沒有什麼好感。我也不認為威廉斯是一個公正客觀的文學批評家。他也如新女性主義者、偽馬克思主義者、崇拜法國的簡化者等等組成當今憎恨學派的人士一般地意識形態掛帥。不過威廉斯主要是將但丁視為碧翠思此一人物的創造者，在這一點上他倒是頗有獨到之處：

> 碧翠思的形象存在於他的思緒中；它留駐彼處，並且被細心更新著。形象（image）這個字在此有兩層實在的意思。首先，他內在的主觀憶念實係有關他外在的客觀事物，它是外在事實而非內在欲望的形象。它是視象，不是創見。但丁的主張是，碧翠思是不可能被創造出來的。

細心的角色營造

詩人的主張就是詩，但丁不是第一個，也不是最後一個強調其創見係視象之清除的大詩人。或許莎士比亞也會對《辛伯林》（*Cymbeline*）裡的伊慕貞說同樣的話。威廉斯將碧翠思比為伊慕貞，但是碧翠思和朝聖者但丁、引導者魏吉爾（Virgil the Guide）、《地獄》裡的尤利西斯不同；她似乎算不上是一個文學角色。她擁有戲劇的特質，包括她曾做過幾次強烈的叱責；但由於她本身就好似整首詩一般，而不太像是詩中的一個人物，讀者如果想要瞭解她，唯一的途徑便是遍讀並吸收整部《神曲》，這或許就是碧翠思的身形老是有些隱約混濁的原因（這絕不構成美學上的缺陷）。她的遙不可及——即使對其詩人／愛人亦然——比威廉斯所看到的還要厲害得多，而這是但丁細心營造的效果，於《天堂》中他遠遠見到她的那個關鍵時刻臻於極致：

> 我抬眼看見一只冠冕環繞著她，永恆的光芒從她身上映射出來。就算一隻沉陷海底的眼睛，仰望那發出雷閃的至高天際，也沒有像我的眼光達於碧翠思那麼遙遠；但是這於我實無關緊要，因為她和我之間沒有任何阻隔，她的形象便無比清晰地

下降於我。

「女士啊！妳是我熱切希望之所寄，妳為拯救我，不惜留足跡於地獄；在我眼見的一切事物當中，我瞭解，我之得以擺脫束縛而獲得自由，這份恩寵與大能，全都是來自妳權力範圍之內的一切路徑與一切方法。請妳保持對我的厚愛，好讓我那被妳醫好了的靈魂在離開肉體以後，還能討妳的歡心！」我這樣禱告著；而她雖然和我相隔如此遙遠，卻仍然微笑地看著我，接著她便又轉向那永恆之泉了。

先前在一本書裡論及這段極為特出的文字時，我曾表示但丁拒絕從任何人手中接受治療，不管他是何方神聖；唯一能讓他接納的是他自己所創造的碧翠思的手。一位天主教文學批評家指責我不瞭解這種信仰，至少也有一名但丁學者說我的見解非常的浪漫與撒旦式(Romantic-Satanic)(在這麼晚的歷史世代中，真不知這是什麼意思)。我很明顯是在引述弗洛依德聲聲悲鳴的〈有盡與無盡的分析〉("Analysis Terminable and Interminable")，精神分析的創建者於其中哀嘆著他的病患不肯接受他的治療。比我們任何一個人都要高傲的但丁，只肯接受碧翠思的治療，而碧翠思也是他的祈禱對象。他大膽的先知氣質和奧古斯汀無關，正如他的帝國政治觀不會同意奧古斯汀所認為的教會已經取代了羅馬帝國。《神曲》是一部天啟詩作，而只有一個在死前便盼望其預言能夠實現的詩人，才有可能創造出碧翠思。奧古斯汀對但丁的詩會有什麼看法？我猜想碧翠思可能是他最反對的，那是一則隨身攜帶天堂的私密神話，而但丁就像要將上帝的國度整個移開一樣。

以前有沒有類似碧翠思的人存在？這位基督教的繆思進到詩中並融入其中，使得她與詩再也難解難分。但丁欽定的先驅是魏吉爾，如果《伊尼德》裡有相當於碧翠思的人物，那一定是維納斯（Venus）。正如柯鐵斯所強調的，魏吉爾的愛神維納斯不像是阿夫洛黛提（Aphrodite）（按：維納斯和阿夫洛黛提本是同一人，前為羅馬名，後為希臘名），和貞潔女神阿特米斯（Artemis）或黛安娜（Diana）倒是像得多。她極端自制，擁有女先知希珀（Sibyl）一般的奇異氣質，合當是半神伊尼亞斯的母親，而幾乎不像是愛神（Eros）的媽媽。魏吉爾自己既是享樂主義者也是禁慾主義者（Stoic），他事實上（相對於但丁的強力誤讀）並不渴求恩寵和救贖，只希望在看盡苦痛與其之了無意義後得以歇息。如果但丁再精確一些，魏吉爾應該是要和極為特出的法里納塔（Farinata），一起待在為享樂哲學信奉者和其他異教徒保留的第六圈地獄裡。

魏吉爾自己的先驅是魯可萊休斯；他是所有唯物派與自然派詩人之中最有力量的，而且非常享樂派。但丁沒讀過魯可萊休斯，後者要到十五世紀末才被重新發掘出來。對此我深感遺憾，因為但丁失去了和一位實力絕不下於他的對手碰頭的機會。我們不會知道魯可萊休斯會不會嚇到但丁，不過但丁如果知道魏吉爾在精神上——若非在感知上——遠較接近魯可萊休斯而非但丁的話，他一定會抓狂的。魏吉爾的愛神維納斯顯然是刻意要和魯可萊休斯的維納斯有所不同，於是魯可萊休斯便反諷地成為但丁的祖師爺，如果我所臆測的魏吉爾的維納斯是碧翠思的直系祖先果然不假的話。喬治・桑塔亞納對魯可萊休斯的《事物的本質》（*On the Nature of Things*）裡的維納斯有很適切的描述，他喻之為恩皮多可里斯（Empedocles, 490-430B.C., 按：希臘哲學家）的愛力（Love），和戰神馬斯（Mars）在辯證性的張力之中，一同存在著：

> 魯可萊休斯的馬斯與維納斯不是道德力，後者與分子機制（mechanism of atoms）（按：魯可萊休斯認為事物是由分子組成的）是不相容的；他們就是此一機制本身，只見它一忽兒製造生命、一忽兒又毀掉生命或其他任何一種珍貴的事物，比如魯可萊休斯所創作的救援詩。互擁入懷的馬斯和維納斯一起統治著宇宙；除非一物消亡，否則另一物無以得生。

「死者他人之生，生者他人之死」此一恩皮多可里斯／魯可萊休斯式的法則很能討葉慈這位異教祕法家的歡心，不過但丁可就要輕蔑地予以拒斥了。魏吉爾以他自己的維納斯為本所做的明確反應是頗為矛盾的。他顯然曾詳細研讀魯可萊休斯的詩作，並從中獲得一個概念：維納斯透過她的兒子伊尼亞斯——羅馬人的祖先與創建者——把最真切的生命給了羅馬人。但他的維納斯並沒有和馬斯永相依偎。很詭異的是——因為她終究是愛的女神

——魏吉爾的維納斯和碧翠思一樣地貞潔。魏吉爾和但丁不同，他自己對女人並不怎麼熱衷，（以但丁的安排）可能不只要和《地獄》第十曲的享樂主義者法里納塔在一起，還應該在第十五曲中和但丁的恩師雞姦者卜魯內托‧拉提尼（Brunetto Latini the sodomite）在一塊。

說起來是一個巧妙的反諷：碧翠思這位最崇高的基督教繆思可能是源自於一個像是黛安娜的維納斯，而這一部分是對享樂的情慾維納斯的反動，一部分是因為但丁的先驅不喜歡女人。在魏吉爾的史詩中，最強勢的女性角色是可怕的朱諾（Juno），一個夢魘般的女神，正是魏吉爾的維納斯的反襯（counterpoise），也是維納斯的反繆思（countermuse）。但丁有反繆思嗎？弗瑞伽洛說她是《地獄》第九曲裡的美杜莎（Medusa），並且認為她和但丁在「堅石詩韻」（stony rhymes）中所描述的石女士（Lady Petra）有關，羅塞提翻譯過其中的一首六節詩（sestina）〈詠黯光與大塊陰影〉（"To the dim light and the large circle of shade"）。弗瑞伽洛將但丁與其下一世代的叛異繼承人佩脫拉克做一對照，後者的羅拉實際上既是繆思也是反繆思，既是碧翠思也是美杜莎，既是維納斯也是朱諾。弗瑞伽洛的對照是比較認同但丁的，因為碧翠思指向了她自身以外的地方，想必是指向了基督和上帝，而羅拉總是留駐於詩裡。事實上，我認為此一差別誠非差別，僅管弗瑞伽洛堅持以非常奧古斯汀式嚴格的口吻宣稱：

> 佩脫拉克如皮戈馬里翁（Pygmalion）一般愛上了自己的創作，然後回過頭來變成她

的俘虜：雙關語Lauro／Laura點出了此一自給自足的過程，直指其創作的精髓。他以詩創造了羅拉女士，此女也回過頭來創造了他桂冠（laureate）詩人的榮耀。因此她並非指向自身之外的中介者，而是被限定在他的詩人身份之內，換句話說，也就是被限定在詩作之內。這正是佩脫拉克在其最後的禱告中，所坦承的偶像崇拜之罪，愛慕己作之罪。

如果但丁的神學不具說服力——對我們大多數人都是如此——那麼又能拿什麼來佐證弗瑞伽洛所說的，但丁可以跳脫佩脫拉克那無可避免的美學困局呢？佩脫拉克這位文藝復興、浪漫派詩作因此也是現代詩的祖先，是不是必須和那些在中古統合之境（medieval synthesis）已然消解之後才來到這世上的人，共同揹負起傳說的罪名呢？但丁和佩脫拉克一樣愛上了自己的創作。碧翠思還能是什麼呢？而且因為她集《神曲》原創性之大成，她不是也回過頭來創造了但丁？如果碧翠思真能指向自身之外，但丁也是創造此一指向的唯一權威，而她當然是被限定在《神曲》之內的，除非你認為，但丁的私密靈知不僅是對他自己是真實的，對其他每一個人也都如此。

文學的個人性和詩的自足性

除了邁向永恆的朝聖者但丁以外，還有沒有人會向碧翠思祈禱？佩脫拉克樂於承認其自我崇拜的傾向，因為正如弗瑞伽洛自己的精彩論點，如此自承有助於將他與其仰之彌高的先驅分隔開來。然而，但丁難道不崇拜《神曲》這部出自一己之手的驚人作品嗎？偶像崇拜屬於神學的範疇，同時也是詩的隱喻；但丁和佩脫拉克一樣是個詩人，不是神學家。但丁是比那位羅拉的犧牲品更傑出的詩人，這點佩脫拉克一定很清楚；但在這兩人之中，對後起的詩人影響較大的卻是佩脫拉克。但丁一直要到十九世紀才再度現身；他在文藝復興和啟蒙時期，並未得到多少掌聲。佩脫拉克取代了他的位置，實現了他執意自我崇拜或發明抒情詩的精巧計劃。但丁於一三二一年去世，佩脫拉克時年十七。當佩脫拉克於大約一三四九年準備著他第一本十四行詩集時，他似乎已經知道自己正在開創一種超越了十四行詩體的型式，六個半世紀以後，此一型式仍然沒有衰頹的跡象。第二部《神曲》已不可得，就像悲劇在莎士比亞不再創作以後，已不可得一樣。我再重述最後一次，但丁偉大的正典性和聖奧古斯汀或基督教真理——假設其為真理——都沒有關係。在現在的險惡年代裡，我們首先必須重新感覺文學的個人性和詩的自足性。但丁和莎士比亞一樣終究是此一努力的永恆依恃，如果我們能避開向我們唱著神學寓意之歌的海妖的話。

4 喬賽・巴斯婦人，賣贖罪券者，莎士比亞的角色

Chaucer: The Wife of Bath, The Pardoner, and Shakespearean Character

莎士比亞之外的第一把交椅

在英語作家中，喬賽是莎士比亞之外的第一把交椅。此一論斷只是重複了傳統的見解而已，但在我們接近世紀末的當兒卻顯得很有價值。如今，三分鐘速食傑作成群湧至，令我們備感威脅，文化正義之聲震天價響，美學考量已經被迫流亡，我們在一波又一波的誘惑當中，如果想要尋回那些正在散失的觀感，閱讀喬賽或自古以來他在文學上的少數幾個對手——但丁、賽萬提斯、莎士比亞——是很好的選擇。如果要從被過度讚美的轉往那些再怎麼讚美也不為過的作品，《坎特伯里故事集》是個大補帖。你將見到的不是書頁上的名字，而是我不得不稱之為文學角色之虛擬真實（virtual reality）的東西，一些個能讓你充分信服的男女。是什麼給了喬賽如此堅實的力量，使他所呈現的人物得以永恆不朽呢？

一九八七年出版、由已故的唐納德・豪爾德（Donald R. Howard, 1927-87）撰寫的精彩傳記，試圖為這個幾乎完全無法回答的問題尋找答案。豪爾德承認，我們除了喬賽的作品之外對他所知無多，不過他接著便提醒我們喬賽所處時代的人文狀況：

在中世紀晚期，尤其是在喬賽一家所屬的商賈階級之間，財產與遺產是人們關心的焦點——事實上是著了迷；持械搶奪、綁架、誣告是得到它們的慣常手法。喬賽那時的英國人不似現代緊抿上唇的刻板形象，後者是啟蒙時代與帝國時代的子嗣；當時的英國人比較像他們的諾曼人祖先——脾氣火爆，在同等級的人之間舉止激狂（在較劣者和較優者跟前則較為節制）。他們當眾哭泣，突然間就暴跳如雷，立誓內容豐富且極富想像力，進行歌劇般的血腥爭鬥以及永不休止的法律戰。中古時期死亡率很高，生活較不穩定；我們會發現較多的魯莽與恐怖、較多的認命與絕望、以及較多和命運的豪賭。暴力也較多，或是較具復仇性質赤裸裸的暴力：在長釘上展示的人頭或是在絞首台上懸掛的屍體是他們的風格，郵局裡的臉部特寫照片則是我們的風格。

我們的時代風格變得可真快！郵件炸彈在大學裡爆炸，回教基本教義派恐怖活動於紐約市爆發，就在我坐這裡寫字的時候，新港市正遍地槍聲。豪爾德說喬賽的生活充滿了戰爭、瘟疫、暴動，而今日美國對這些似乎並不陌生，豪爾德在他的書出版之前不久，即死於當今的瘟疫。他總體的論點仍屬精闢：喬賽的時代不甚安寧，那時候的人不甚溫和，他的坎特伯里朝聖者在到了聖湯瑪斯・貝克特（Saint Thomas à Becket, 1118?-70）祠堂之後要祈禱的事情實在不少。喬賽其人——不只是以反諷形象出之的朝聖者喬賽——的性格，在他的每一行詩句中烙下了深刻的印記。如同他的直系先驅但丁與薄伽丘一般，他豐沛的原創性在他的角色和他自己的聲音，以及他對語氣與象徵譬喻的掌握上表現得最為突出。他和但丁一樣開創出了呈現自我的新模式，而他與莎士比亞的關係有些類似但丁與佩脫拉克的關係，不同的地方是莎士比亞實在太過博大精深，即使約翰・卓來登評《坎特伯里故事集》時所說的「上帝之豐富多彩在此」（Here is God's plenty）也無以形容。歐維德也好，「英國的歐維德」馬婁也罷，沒有一位作家能像喬賽一樣，給莎士比亞如此關鍵性的影響。喬賽自己所未發展完全的隱義與暗示，是莎士比亞最傑出的原創性所在——呈現人類性格之道——的起始點。在討論喬賽與莎士比亞的傳承關係之前，我們必須先來強調並解釋喬賽的特出之處。

喬賽的譏諷

我最喜歡的喬賽批評家闕斯特騰（G. K. Chesterton, 1874-1936）曾說，「喬賽的譏諷有時候實在太大，大得讓人看不見。」他並且就此一譏諷之精髓予以說明：

> 其中隱約含藏著那些巨大和悠悠無盡的意念，與天地萬物和現實世界的本質相連結。其中蘊涵某種現象世界的哲學，將哲人——絕非悲觀者——所說的道理盡納其中，這些哲人說，一個人的世界由自己的陰影組成，而當他身處某一層面時，他會發現自己也同樣是團陰影。其中有造物者與所造之物其間關係的無窮奧秘。

闕斯特騰以其典型的弔詭意味，將喬賽那極不尋常的寫實手法和心理洞察力歸諸一種反諷的意識，意識到失落的時光，意識到有一個更大的現實已然逃逸，徒留殘存者滿腔的悔恨與思憶。善意是有的，但喬賽總要減它幾分，騎士精神的寬大包容也多所傾毀。闕斯特騰對逝去的傳奇世界的懸念——他從喬賽那裡學來的——正是唐納德・豪爾德所謂《坎特伯里故事集》的主導「意念」。這些故事給我們「一幅荒蕪、衰頹、不確定、失序的基督教社會的圖畫；我們不知道它要走到哪裡去。」唯譏諷家始能繪出此一圖畫。

豪爾德於其傳記中將喬賽的疏離或矛盾，歸因於其成長過程的商業經驗，以及他後來成為一位年輕的廷臣詩人時所接受的貴族式訓練兩者之間的緊張關係。但丁開啟了文學的貴族制時期，雖然他和神制時期的寓意型式（allegory）一直有所連結。但喬賽和但丁不同，他連一個小貴族都不是。面對這樣一位氣質與活潑的風格絕非多重決定論（Overdetermination）所能涵括的傑出詩人，如果要從社會的角度來解釋他的反諷立場總是會教我提高警覺。喬賽的意識如此宏大，他的反諷具有如此的滲透力與個人性，光拿環境一個因素是很難解釋得來的。喬賽的英國先驅是他的詩人朋友約翰・高爾（John Gower），他比喬賽大十二歲，和這位崛起中的作家相比顯然較為遜色。英語是喬賽孩提時代的語言，但他也講英境法語（Anglo-French）（先前的諾曼語），在接受宮廷教育時，他學習說、讀、寫巴黎法語和義大利語。

喬賽很早就感覺到英語世界沒有夠份量的先驅，於是他首先轉向當時法國首屈一指的詩人（和作曲家）居友姆・馬休（Guillaume Machaut, 1300-77）。當此一早期階段隨著喬賽那傑出的輓歌《公爵夫人書》（*The Book of the Duchess*, 1369）而達到高峰後，他被國王派往義大利，於一三七三年二月抵達文藝復興前的佛羅倫斯，雖然當地的文學興盛期已然退潮。被放逐的但丁死了有半個多世紀了，他下一代的繼承人佩脫拉克與薄伽丘也垂垂老矣，兩年內便相繼謝世。對喬賽這麼一個有力與博大的詩人而言，這些作家——或者說是但丁與薄伽丘——必然是啟發、因此也是焦慮之源。佩脫拉克對喬賽的意義在於其代表人物的身份，而非一個有血有肉的作家。三十歲時，詩人喬賽已經知道自己要的是什麼，那東西在佩脫拉克身上找不到，但丁也只能提供一些。喬賽於其作品中未曾指名道姓的薄伽丘成了喬賽必需的泉源。

但丁精神上的傲氣沛然莫之能禦，他寫下了第三約，此係真理之想像，與喬賽的譏諷性格完全不符。永恆的朝聖者但丁和坎特伯里朝聖者喬賽兩人之間有絕大的差異，而喬賽顯然有意如此。《聲名殿》（*The House of Fame*, 1379）得自《神曲》的啟發，亦是其溫和的諷擬，而《坎特伯里故事集》在某個層面上，對但丁提出了懷疑主義式的批評，特別是針對但丁和他自己的想像之間的關係。不同的性情將喬賽與但丁分隔開來；兩人的詩人性格互不相容。

以說故事為說故事的主題

傑出的但丁崇仰者與詮釋者薄伽丘則大異其趣；寄身詩人樂園的他如果聽到有人叫他「義大利的喬賽」恐怕不會很高興，而連薄伽丘的名字都不提的喬賽，想必也會害怕被冠上「英國的薄伽丘」此一封號。但是撇開喬賽神乎其技的大規模挪借手段不談，他們倆人之間的近似處仍舊是昭然若揭，而且幾乎是無可避免的。《十日譚》（*Decameron*, 1348-53）是此處最重要的作品，喬賽從來沒提過這本書，或許也從來沒有好好讀過，但《坎特伯里故事集》可能是以它為範例。其特點是以說故事為說故事的主題，這種反諷模式可說是薄伽丘的發明，此一突破是為了要讓故事跳脫說教與道德的窠臼，促使聽者或讀者——而非說故事者——為他們自己的使用方式負責，不管這方式是好是壞。薄伽丘給了喬賽一個觀念：故事不必是真的，也不必闡釋真理；故事是「新的東西」，就是那些個新鮮的玩意兒。因為喬賽比薄伽丘更具反諷詩才、也更有實力，從《十日譚》到《坎特伯里故事集》遂起了根本的變化，是薄伽丘原本架構的全盤改換。把兩部作品擺在一起來看，其間的相似處並不太多；但是喬賽成熟的說故事模式，如果沒有薄伽丘的中介是發展不出來的，雖然喬賽並未說出他的名字。

喬賽心目中的得意之作是《慈洛勒斯與柯蕊希德》(*Troilus and Criseyde*, 1372-84)；在少數以相同語言所寫成的優秀長篇詩作中，這是其中之一，但與《坎特伯里故事集》相較之下已鮮少有人閱讀，而後者也確實較富原創性與正典性。或許喬賽會低估了他最驚人的成就正是因為其原創性，雖然我實在不太喜歡這個假設。這是一部未完成之作，而且實際上是由若干大塊片斷組合而成；然而讀者鮮少會留下它尚未完成的印象。的確，這或許就是那些個作者從來沒想過要寫完的著作之一，因為它已和作者的生命合而為一。生命是走向最終審判——而不必然是耶路撒冷——的朝聖之旅，此一意象和喬賽貫串故事的坎特伯里朝聖之旅融合起來，三十個朝聖者在旅程途中講著故事。不過這完全是一部世俗詩作，幾乎無一處不透著反諷的意味。

敘述者是已被極度化約的喬賽本人：他興致勃勃，是個無可救藥的好好先生，聽到什麼就相信什麼，即使他那二十九位同伴有人顯露出某些可怖的特質，他也能衷心讚佩。塔伯·唐納德生 (E. Talbot Donaldson) 這位最具世俗智慧與人道情懷的喬賽批評家強調，朝聖者喬賽似乎「完全沒有察覺到所見事物的意涵，不管他是多麼清楚地看見了它，」而他同時也對「高效率的竊盜行為」表示其一貫的「衷心讚佩」。或許朝聖者喬賽並非如唐納德生所說的像是史威弗特的雷木爾・格列佛（Lemuel Gulliver），而是對朝聖者但丁的黑色嘲仿，後者強悍、武斷、時而憤恨滿懷，是一個先知型的道德家，完全能清清楚楚地察覺到他所見事物的意涵。對這樣一位其想像力之孤傲與決絕，必定要讓《聲名殿》的作者震懾不已的詩人施以如此微妙的嘲仿，正是喬賽式譏諷的正字標記。

真實的喬賽，這位富有喜感的反諷家，操弄著一趟看似平淡無奇的朝聖之旅，他表現出來的是一種疏隔，一種順受一切的淡然與冷漠，此誠乃莎士比亞之風，如果我們可以析離出莎士比亞的人生態度的話。兩位詩人共有的疏隔傾向催生出一種排除的藝術：我們常感迷惑，不知如何解釋朝聖者喬賽為何在描述一個人的時候，會記得某部分細節，卻又忘掉或者壓下了其他的部分。在巴斯婦人和賣贖罪券者這兩個最有趣的人物身上，這種選擇性記憶的藝術增加了莎士比亞的風味。豪爾德敏銳地指出，喬賽看出「每個人所說的故事也是有關說故事者本身的故事」，這是他更動薄伽丘的地方，而後面那則故事或許可以填補朝聖者喬賽所留下的一些空隙。我們——至少在某些時候——可以信賴的是故事而非說故事的人，當說故事者一如巴斯婦人與賣贖罪券者之深不可測時尤然。然而朝聖者喬賽顯然更加深不可測，因為我們從來無法確定他是否真像他一心想要讓旁人看到的模樣那般天真無邪。有些批評家指稱這位敘述者世故得令人心驚，認為他本人確實就是詩人喬賽，在他的同伴面前老奸巨滑地戴上溫吞馴良的危險面具，事實上全部都看在眼裡，沒有半點遺漏。

想要找一個和喬賽同樣完滿、同樣讓人著迷的反諷家，我想只有往前回到耶威者或往後尋訪強納申・史威弗特。因《J書》而對我加以攻擊的許多言論當中，一位聖經學者的質問可列入我的最愛：「卜倫教授憑什麼認為三千年前會有反諷的存在？」像坎特伯里朝聖者故事集的作者，這麼一個具有普遍性的說故事能手寫出來的東西，竟然鮮少沒有譏諷的意味，如此難堪的事實因為喬賽寫的並非神聖之作而比較容易接受。或許，喬賽真正的文學先祖是耶威者，而他真正的後代是珍・奥斯汀。三位作家皆利用其反諷做為發現或創造的主要工具，驅使讀者自己去發現到底他們創造了些什麼。和史威弗特的譏諷之兇悍猛烈與尖酸刻薄不同的是，喬賽的譏諷絕少顯露人道情懷，雖然我們無法確定賣贖罪券者的墮落腐化有何用意，而每一個似乎是在前往聖地途中的人，事實上都不是什麼朝聖者。「誠實的依阿高」(honest Iago) 這個在《奥賽羅》之中一再出現的可怕詞兒，便是喬賽式的反諷，莎士比亞想必是知道的。「誠實的依阿高」的直系先祖是「溫良的賣贖罪券者」(the gentle Pardoner)。吉爾・曼 (Jill Mann, b. 1943) 對喬賽式反諷所做的分析是我見過最好的，他著眼於其曖昧性之變動不居，總是喜劇式地跳躍至另一種對事物的觀點上，因此也不斷跳開了道德判斷的可能，因為幻象之中還有幻象。這又回到了我的論點：喬賽的反諷是對但丁以先知立場為己任的沖天傲氣的反動。

如果但丁碰上了巴斯婦人和賣贖罪券者，以及許許多多其他的坎特伯里朝聖者，他（如果可以麻煩他一下的話）當會毫不猶豫地為這些人，在各圈地獄裡安排好適當的位置。有關他們的一切必須交代的是，他們被放在永恆之境的哪個角落以及個中因由，因為唯有最終的真實才是但丁所關心的。對喬賽而言，虛構的故事不是呈現或表達最終真理的媒介；故事可以美妙地描繪出感情以及其他所有與幻象交通的事物。喬賽對我們一般都將他視為一個譏諷家或許會感到驚訝；但丁只愛他自己創造的碧翠思，喬賽卻似乎對整齣創造的喜劇皆謹懷關愛。最後要注意的是，我們不應該把喬賽本人、詩人喬賽、朝聖者喬賽分隔開來：他們全都集結成了一個慈愛的譏諷家，其遺留下來最豐富的資產便是一系列在英語世界中僅次於莎士比亞所創造的文學人物。在這些角色身上，我們可以看到莎士比亞最富原創性的想像力已然萌芽：呈現出特定戲劇人格的內在變化。

喬賽的內在性

我們常將某種內向性（inwardness）與文藝復興和宗教改革連結在一起，而喬賽在數世紀之前即已發其先聲：他的男人和女人開始發展出自我意識，並由獨一無二的莎士比亞催化成自我竊聞和隨之而來的驚異與震動、以至於尋求改變的意志之皇皇勃興。自弗洛依德之後，我們為了和道德心理學有所區隔而稱之為深度心理學的東西於《坎特伯里故事集》初試啼聲，並由莎士比亞集其大成，而弗洛依德就像我講過的除了把它散文化、規格化以外，實在未做什麼貢獻。於是我們又回到豪爾德的問題，雖然他感興趣的是故事，而我的心思則在人物上：是什麼力量讓喬賽得以超越自己製造的譏諷，從而賦予他的人物一種躍動的活力，唯莎士比亞更勝一籌，而且還有賴喬賽的幫忙？此一難題頗費思量，不過我仍要試圖將答案勾勒出來。

喬賽的兩個最具內向性與個性的角色是巴斯婦人和賣贖罪券者，兩人的風貌非常不同，一個是出色的活力論者，一個則類似全然的虛無論者。道德取向的批評家不喜歡巴斯婦人，同樣也不喜歡她的獨生子約翰・孚斯塔夫爵士；而賣贖罪券者——就像他兩位子孫依阿高和哀德蒙一樣——是無從付諸道德考量的，這恰又與杜斯托也夫斯基的史威德里該洛夫和史塔夫洛金等，頗有莎士比亞之風的虛無論者若合符節，而賣贖罪券者的這兩個嫡系子孫的特質或係得自莎士比亞依阿高個人的真傳。顯然，與其往喬賽之前的首席中古詩作《玫瑰的故事》(*Roman de la Rose*) 裡去尋根溯源，還不如讓巴斯婦人和賣贖罪券者與孚斯塔夫和依阿高彼此輝映，這會讓我們更加透徹瞭解這兩號人物，並在兩人身上獲得更大的快感。學者們將巴斯婦人的性格上溯至《玫瑰的故事》裡的老鴇拉萎葉 (La Vieille)，將賣贖罪券者溯至《玫瑰的故事》活力來源的偽善者似錯 (False-Seeming)。但是拉萎葉有別於巴斯婦人和孚斯塔夫，她的活力比不上她的酸腐味；似錯則沒有溫良的賣贖罪券者和誠實的依阿高兩人所擁有的危險智能。

喬賽與莎士比亞的學院派批評家們為何會較他們的詩人多出如此嚴峻的道德意識，這實在是個不討喜的謎題，我懷疑它和目前正以社會經濟正義之名，大肆摧殘文學研究的道德潔癖有關。不管是傳統學者還是憎恨學派成員，柏拉圖主義的傳人即使對柏拉圖一無所知，仍是巧使心思想要將詩質（the poetic）逐出詩的國度（poetry）。喬賽最偉大的創作是巴斯婦人和賣贖罪券者，莎士比亞顯然看到了這一點並引為己用，從中擷取到的養份比其他任何文學上的啟發都要可觀得多。如能瞭解什麼觸發了莎士比亞，便是回到了真確的正典化過程，主要作家在這個過程中各自選定其必然的先驅。史賓賽稱喬賽為「英語的純淨甘泉」，而正如塔伯・唐納德生所巧喻的，莎士比亞是「泉邊天鵝」，深深汲飲喬賽之獨特質素，亦即一種新的文學人物，或是刻畫舊式人物的新手法，不管那是巴斯婦人強烈生存意志的道德曖昧感，還是賣贖罪券者強烈地想要欺騙別人與被人揭發的那種模稜兩可的不道德。

巴斯婦人

從喬賽晚年寫給朋友巴可登（Bukton）的一首短詩中，我們看得出來他對自己創造了這位婦人頗為自得，這首詩談到「婚姻中的悲傷與苦惱」，並引述巴斯婦人以為依據：

> 我請你看看巴斯婦人，
> 做為我們談論這件事的參考。

上帝要你自由自在地活著，
因為受到束縛是很難過的。

我們在《坎特伯里故事集》的楔子中第一次碰到「好婦人」（good Wife）的時候，已對她有了相當的印象，但是對於她在說故事之前所做的開場白中火力十足的演出，卻沒有什麼心理準備，雖然敘述者早已對她旺盛的性趣有所暗示。她的耳朵不太靈光，原因等一會便會揭曉；腳登大紅長襪；臉蛋鮮潤而秀麗，和她的長襪頗為搭配；她牙齒缺漏，擁有此一多慾之相的她曾有過五個丈夫，其他伴侶更是不在話下，在國內和國際間都是個浪名昭著的朝聖者，而朝聖之旅實係今日隳墮時代中，愛之船巡航遊曳的同義詞。但這些只告訴我們她是一個精於「行旅遊走」的愛情「技藝」專家。她那孚斯塔夫式的巧智、其女性主義高論（我們現在或許可以如此形容）、尤其是她那出奇旺盛的生存意志都還隱而未顯。

豪爾德提醒我們，喬賽在創造出巴斯婦人的時候是一個鰥夫，他還觀察入微地補充說，自古以來從沒有一個作家能對女性心理學展現出如此透徹的洞察力，或者曾對女性做過如此感同身受的描繪。不管什麼樣的道德耳語的吱吱啐啐，我和豪爾德一樣都覺得這位婦人絕對討喜，雖然我總掛心著她最剽悍的敵手威廉・布雷克；在她身上，他發現了女性意志（Female Will）之具體呈顯（他是這麼稱呼的）。他對坎特伯里朝聖者眾生相所做的評語，對這位婦人是相當不客氣的，然而她顯然教他頗為震驚：「她也是個麻煩與禍害。對她我將不再置評，也不想再揭露喬賽所秘而不宣的東西；且讓年輕的讀者去研究他對她說了些什麼：它的用處就和嚇唬鳥兒的稻草人一樣。如蹦出太多這類人物出來，世界和平恐將不保。」

然而，如果沒有這些人物，文學裡就會少點生命，生命裡也會少點文學。巴斯婦人的開場白是一種告白，但卻更像是吹響勝利號角的答辯或辯護。而且和賣贖罪券者的開場白不同的是，她那如意識流一般的遐思臆想，盡是她自己在抒發情懷，我們對她的瞭解並沒有因此增加多少。「經驗」是她的開場白的頭一個字，她引之為其權威的根據。無論是六百年前還是今天，身為接連五個丈夫的遺孀不免會讓一個女人冒出些許光環，這位婦人一定很清楚這一點；而她還大肆宣稱自己正熱切渴盼第六位丈夫的到來，並且非常欣羨睿智的所羅門王擁有一千個枕邊伴侶（七百個太太，三百個情婦）。這位婦女教人敬畏之處，在於其不曾降溫的熱情與活力：性慾上的，言語上的，論辯上的。她那旺盛飽滿的生存勁道在文學上前無古人，爾後也只有等到莎士比亞的孚斯塔夫現身，才算有了足與其匹敵的人物。設想婦人與這位胖騎士碰頭的場合，可說是合法合情的文學奇想。孚斯塔夫比婦人來得聰明與機智些，但是精力過人的他也無法教她安靜下來。非常有趣的是，在喬賽的詩作中打斷她的是令人不勝驚懼的賣贖罪券者，但是他大多是在敲邊鼓，而她也樂得繼續口沫橫飛。莎士比亞在《亨利五世》（*Henry V*）之中為孚斯塔夫寫了一場經人傳報的（非實際演出的）死亡之景；而喬賽恐怕是沒辦法為婦人弄出個類似場景的。這是我們應該獻給她的最高聲的頌讚，且將衛道學者的齊唱合鳴推到一旁：在她身上唯見生命，唯見更豐沛的生命活力的永恆祝福。

正如那位僧侶（Friar）所說的，婦人在說故事之前發表了一篇長長的序言：它持續了有八百多行，而故事本身也不過四百行而已，而且和婦人濃烈的自我表白比起來，這故事（天啊）在美學上簡直沒有什麼可取之處。讀者除非是以道德說教為天職，否則都會希望她的開場白再長一些，故事講得再短一些。喬賽顯然為她著迷，正如在另一個場合他為賣贖罪券者所魅惑一般：他曉得這兩號人物已然跳脫框限，機靈狡黠地在自己的路子上蹦跳闖蕩，於呈現自然之奇詭特質之餘展現了藝術的奇蹟。這位婦人在抗議男人幾乎寫遍了所有書籍所造成的後果時，我在西方文學中還不曾遇見過比她更叫人辭窮的女性角色：

老天，如果女人曾寫下歷史，
如同僧侶寫下喻示，
她們定會寫下男人的無數罪狀，
所有亞當的後代都補償不完。

她表白坦率，性趣濃烈，兩者強勢結合使得許多男性學者驚駭不已，於是便對這位婦人惡言相向。她暗中純粹就現實層面對教會衡度完美的道德標尺所做的批判，既細緻又滑稽，提前揭示了許多即使在我寫這些字的當兒，都還在教會和天主教女性主義者之間爭論不休的議題。這位婦人之所以惹惱了道德派人士，部分原因就是為了她的性格極為強勢，而喬賽和所有偉大的詩人一樣是很相信性格的。因為婦人同時也是既成秩序的顛覆者，許多人便將她歸入奇詭一類，賣贖罪券者亦為其中的合法居民。婦人雖然接受了教會的道德思想結構，在她身上實有一股深沉的脈動在抗拒著教會的思維。在衡度完美的標尺之下如聖徒耶羅米（Saint Jerome, 347–420）一般視守寡優於婚配的認知對她而言是沒有意義的；如謂夫妻之間的性關係完全是為了要製造子嗣才得以獲致認可，對於此一法則她也不予苟同。

雖然有過五個丈夫，她似乎沒有小孩，也未曾談及這件事。她腳踢中古教會意識形態的決定性一擊，是在婚姻中誰掌大權此一議題上。她堅持女方的權威，此乃其叛逆成份之核心；我不同意豪爾德所說她講的故事「削弱了她的女權觀點，揭露了有關她的一些我們本來只能疑猜臆測的事情，一些她自己不知道的事情。」準此觀之，妻子要的只是丈夫外表或言語上的順服，然而這實在低估了喬賽式譏諷在這位婦人身上所展現的風情。區區兩行詩句講不成一個故事，八百行熱力四射的開場白也不會因之失去光彩：「而她對他百依百順，全就他的快意與喜好是遵。」

我以為婦人所說的「百依百順」完全是就性愛而言。在這兩行之前，丈夫剛剛才連續親吻了妻子一千次，而巴斯婦人所認定可以給男人快感的就是那檔子事而已。她是想要獲取權威沒錯，但床上是唯一的例外，她那命定的第六位丈夫將會學到這一點。她告訴我們，她頭三個丈夫人很好、富有、年紀較大，第四和第五個丈夫則年紀較輕、但麻煩得很。第四位膽大包天，結交情婦，結果被她折磨至死，也算是得了報應；第五位只有她一半年紀，有一次在她把他堅持要唸給她聽的反女權的書撕破以後，一拳把她的耳朵揍聾了。他最後讓了步，把書燒了，讓她重掌威權，倆人便快快樂樂地一起生活，但可不是一直都這樣。喬賽譏諷地暗示道，這位如虎似狼的婦人把可愛的第五任丈夫給榨乾了，而前面四任都已讓她耗損淨盡。

我會在屬於我的時間裡擁有自己的世界

婦人的朝聖夥伴們很清楚她在說些什麼。不管讀者是男是女，只有音癡或是厭棄生命的人才會對婦人展露其熱切渴求與自我頌讚時那無比崇偉的時刻無動於衷。在描述第四任丈夫的時候，她想到自己嗜好喝酒及其與自己嗜好情愛的密切關聯，接著她突然放聲高呼：

但是啊，老天！想起
我的年輕歲月與歡樂時光，
我便打從心底發癢。

直到今天我仍覺得滿心快慰，
因為我曾在屬於我的時間裡擁有自己的世界。
可是，啊！時間毒害了一切，
剝奪了我的美貌與精華。
算了，再會吧！讓魔鬼跟著吧！
麵粉已經飛散了，再也無法收集：
現在我只有把糠麩賣個好價錢；
雖然如此，我還是要及時行樂。

這裡面沒有什麼新鮮的揭示；《坎特伯里故事集》的規模與架構並未因之得到任何補強。這十一行詩句摻雜了婦人的記憶和欲望，同時她也體認到時間已經使她走了樣。在喬賽的作品中如果有哪個地方衝破了他自己的譏諷，當是此處無疑，在這裡，一切譏諷全都臣屬於時間，那是所有英雄般的活力論者永遠打不倒的死敵。對於此一譏諷，仍具英雄之姿的巴斯婦人撂下了她所說過最有氣勢的一句話：「我曾在屬於我的時間裡擁有自己的世界。」「屬於我的時間」是勝利的冠冕，她的活力如今可能只餘糠麩，但此女特質之精華卻長存其孚斯塔夫式的勃勃生氣之中。悲嘆之情溢於言表，也驗證了她實際的失落感：老去的欲望或許即將散發陳腐味，但是她明白，唯有理直氣壯的嬉遊戲耍對自己才是合宜，這是一份世俗或經驗的智慧，而她對那些可能會對她加以責難的教會理念的批判，便在其中完滿達成。喬賽當時已近六十高齡，在深感老朽之餘給了她一口伶牙俐齒，對此一角色與其創造者而言皆頗為匹配。

巴斯婦人在開場白裡發表長篇告白期間，可曾有任何改變？喬賽式的譏諷模態絕不適合拿來做呈現改變的工具。我們聽聞巴斯婦人的獨白；諸朝聖者們也聽見了。她可曾竊聞到自己的聲音？當我們聽聞她在屬於自己的時間裡曾擁有自己的世界時深受感動。她是否也有所感動？她沒有賣贖罪券者的那種訓練有素的自我意識，後者大概只差看不到他對自己產生的影響。婦人與孚斯塔夫最近似的地方，在於她很欣賞她對自己的賞識。她不想改變，於是在其開場白中不斷大力抗拒著老化的過程以及改變的最終形式——死亡。的確有所改變的是她那勃勃生氣的性質：從自然的旺盛飽滿轉變為高度自覺的活力論。

巴斯婦人和孚斯塔夫的相似

就我的體會而言，喬賽並未以譏諷的方式來呈現此一改變，這或許是因為喬賽不像研究他的那許多學者，他對自己創造的妙品有極為深厚的感情，且讓她有機會直接面對讀者。她那理直氣壯的嬉遊戲耍和造作牽強的熱情赤忱不同：與之最為類似的當屬約翰・孚斯塔夫爵士的輕盈靈動，學院派批評家罵他罵得更兇。孚斯塔夫的巧智在《亨利四世（下）》裡未見遜色，但是當他為哈爾所拒的一刻逐漸接近時，我們感覺到他身上有一股陰鬱之氣正在凝聚。孚斯塔夫式的躍動活力還是在的，但是歡娛鑲上了刀口，就好像生存的意志感染了些許活力論的意識形態。巴斯婦人和孚斯塔夫變得比較不像哈伯來的巴紐吉（Panurge）了。兩人仍然承載著祝福，也都還在大聲呼喚著更豐盛的生命，然而他們已體認到，所有的時間都是有其界限的，於是他們便接下新的角色，以競賽者的身份去爭取那愈來愈稀少的祝福。雖然婦人齒尖舌利、雄辯滔滔、巧智險奇，在這方面她較孚斯塔夫尚略遜一籌。她和莎士比亞最偉大的喜劇人物比較貼近的地方，是她察覺到活力正日益衰退的那一份莽意識，以及她決心維持其勃勃生氣的強烈意志。

婦人和孚斯塔夫這兩個譏諷家一個在前，一個在後，如唐納德生指出的，兩人自信的性格奠定了其權威的地位，和唐吉訶德、桑秋・潘札（Sancho Panza）、巴紐吉等人組成了執著於戲耍之道的同盟或家族，與社會或法則之道判然二分。戲耍之道於其明確的界限之內授予自由，不再為個人的超我所煩擾的內在自由。我認為這就是為什麼人們會去讀喬賽、哈伯來、莎士比亞、賽萬提斯的原因。此時此刻，超我不再頻頻無端向一個人催迫進逼。婦人和孚斯塔夫的姿態說來也是咄咄逼人，但其實際標的是自由：不再受制於世界、時間、國家與教會之道德觀，以及所有於自我內部對成功的自我表達橫加阻撓的力量。即使是欣賞巴斯婦人和孚斯塔夫的人，有些也總說這兩人是唯我論者（solipsist）；然而自我中心和唯我主義不同。婦人和孚斯塔夫把周遭的人事物全看在眼裡，但是和這兩位天賦異秉的活力論者比起來，旁邊的人是引不起我們太大興趣的。

許多學者曾指出，婦人和孚斯塔夫與「哥林多前書」（First Corinthians）裡保羅呼籲基督徒堅持其使命的章節存有某種關聯。婦人的部分是「上帝召喚時我是什麼身份，我將堅守：我並不頑固。」而孚斯塔夫呼應她也壓過了她：「噫，哈爾，這是我的本分，哈爾，一個人在他本分內努力，不算是罪過。」雖說是在嘲仿保羅，婦人與孚斯塔夫倒沒有什麼輕薄不敬之意。倆人的巧智使其成為解魅者，但也仍舊是信仰者。婦人不斷機靈地提醒眾虔誠信徒們，不必要求她十全十美，而孚斯塔夫則老是想著那位貪心財主（Dives）的命運（按：參閱聖經「路加福音」十六19—31）。孚斯塔夫究竟是莎士比亞、而非喬賽的人物，他在受將未來的亨利五世視若養子的不幸。孚斯塔夫較婦人有更多的焦慮，而且她並未承內化的過程中比婦人所能體驗的經歷了更大的改變。兩個角色都聽到了自己的聲音，但只有孚斯塔夫持續地自我竊聞。我個人以為，對莎士比亞而言，喬賽最重要的人物不是巴斯婦人，而是賣贖罪券者這一位所有陷溺於虛無主義的西方文學人物的先祖。擱下巴斯婦人和孚斯塔夫非我所願，然而放下這兩個人走向賣贖罪券者和他在莎士比亞作品裡的子孫，也不過是棄正向活力論而就負向活力論罷了。沒有人會喜愛賣贖罪券者或依阿高；但是他們那負面的旺盛氣息卻讓人難以抗拒。

賣牘罪券者

將巴斯婦人和孚斯塔夫相提並論在批評上屢見不鮮，但是卻不見有人提起《奧賽羅》裡的依阿高和《李爾王》裡的哀德蒙這兩位莎士比亞的大反派，與賣牘罪券者之間極有可能的傳承關係。馬婁的反派英雄帖木兒和狡猾的馬爾它猶太人巴拉巴斯——尤其是後者——和莎士比亞的第一齣好似納骨堂的悲劇《泰特斯・安莊尼克斯》裡的摩爾人亞倫以及李查三世有很明顯的關聯。如果把亞倫與李查放在一邊，依阿高和哀德蒙放在另一邊，中間便會有一團陰影，而它似乎是屬於《坎特伯里故事集》裡像個外人一樣的賣牘罪券者。就連他的開場白和故事也和喬賽這部未曾完結的重要詩作的外表結構不甚契合。賣牘罪券者的故事像個飄浮體自成一個世界，和喬賽作品的其他部分都不相同，而我認為它不啻為詩人生涯的高峰，立於藝術極致之一端顧盼風華、無可超越。唐納德・豪爾德觀察賣牘罪券者及其故事和《坎特伯里故事集》其他部分的差異，將賣牘罪券者的闖入比擬為「中古美學觀裡的邊緣世界，如同繪於正經手稿邊緣的淫猥或日常生活的圖樣」，儼然希拉尼穆斯・包斯（Hieronymus Bosch, 1450?-1516，按：荷蘭畫家）的先驅。賣牘罪券者的身形與其陳述是如此厲烈尖刻，使得邊緣成了喬賽的中心，引進了尼采所謂「最奇異的訪客」（the uncanniest guest）那歐洲虛無主義的代表。在我看來，賣牘罪券者和依阿高與哀德蒙這兩位莎士比亞偉大的負向人物之間的連結，就和杜斯托也夫斯基以莎士比亞的智慧型惡徒為其史威德里該洛夫和史塔夫洛金之典範同樣地深刻入微。

賣贖罪券者在序曲末尾和他那可怕的同伴——詭異的教會法庭傳票官（Summoner）——一起出現。教會法庭傳票官相當於今天橫行伊朗的思想警察；他不屬於宗教體系，專門拉精神思想嫌疑犯進宗教法庭。他窺伺人們的性關係，轄區內每一個妓女的收入都要讓他抽成，並對她們的顧客進行勒索。序曲的敘述人朝聖者喬賽對傳票官的勒索額度之低頗為欣賞：每年只要一夸特烈紅酒就可以獲得維持性關係的許可。對於傳票官的道德污點喬賽不太願意置評，使得譏諷之意在此似乎難得地被壓了下去，而這不過是為更有看頭的賣贖罪券者上場暖戲而已。傳票官只是個溫吞的不義狂徒，是賣贖罪券者的好夥伴，而後者把我們拋進了意識的牢獄（inferno of consciousness）之中，由於這份意識絕對地變動不居，莎士比亞的色彩便要比但丁濃得多。喬賽自當時的文學與現實生活中，承繼了諸賣贖罪券者與眾招搖撞騙之徒的形態樣貌，我覺得這位賣贖罪券者與眾不同的性格，實屬喬賽最傑出的創作。

賣贖罪券者不按律例巡迴各地販售贖罪券，但顯然得到了教會的默許。賣贖罪券者不屬於教會體系，本無傳教之權，但他們仍然為人傳教，而喬賽的賣贖罪券者就是個極為出色的傳教家，把美國今天的電視佈道家都給比了下去。對於賣贖罪券者的性傾向，批評家們眾說紛紜：他是個娘娘腔、同性戀、還是陰陽人？我敢說，以上皆非；而且不管怎樣，喬賽之意就是教我們無從知道真相。或許賣贖罪券者自己知道，連這一點我們也無法肯定。在二十九個朝聖者之中，他是最最啟人疑竇、但也是最最聰明的，在這方面他和第三十個朝聖者喬賽幾乎是不相上下。賣贖罪券者的才能是如此深不可測，令我們不禁要好奇他以前的經歷，但他什麼也沒講。他是個鬼頭鬼腦的宗教郎中，專門拿假冒品充當聖徒遺物出售，甚至還經營耶穌超度的買賣，雖然如此，他卻是個具有強大宗教想像力的不折不扣的精神意識體。

黑暗之心是約瑟夫・康拉德的一個隱喻，含神秘晦澀之意，拿來形容惡魔般的賣贖罪券者真是再恰當不過；他像是一個充滿問號的深淵，墮落卑污卻具有最高遠的想像力，與他在後世作品裡的子孫一樣精彩。喬賽批評家休弗（R. A. Shoaf, b. 1948）對賣贖罪券者有極為深刻的觀察，「他的職業使得他每天都在販賣自己和自己的舉止；然而，從他的執著之道看來，他心裡清楚得很，因為他悲嘆著不能把自己買回來。」他心裡很清楚，他的表演再怎麼驚天動地也沒辦法把他自己給贖回來，而我們在思索其講道與故事之餘不禁要懷疑，在貪婪與自得於自己強大的傳教力量之外，是不是有什麼東西正推著他迎向職業騙徒的生活使命。我們不會知道是什麼因緣，讓喬賽創造出了這麼一個至少是文學上的頭一個虛無主義者，但我覺得闕斯特騰所提及的一種典型的弔詭頗發人省思：

> 爵弗瑞・喬賽正是那「溫良的赦罪者」的反面——他是一個溫良的赦罪者。然而，

在那奇特且極為複雜的社會中，人們的古古怪怪就某方面而言都可以牽連到一個共同的核心，如果我們不明瞭這一點，對這些人我們便要產生誤解。壞赦罪者官式的貪婪習性以及好赦罪者非官式的溫煦和善，都來自同一宗教體系的奇異蠱惑與繁難策略。兩者的出現是因為那不是——就新教的意義而言——一個簡單的體系。它習於注視（可以這麼說）罪惡的兩面，即使比喬賽嚴肅許多也不免如此；在此，可寬恕之罪和不可寬恕之罪在其最終的進程上有著完完全全且無以言詮的差異。這種區分的濫用引發了歪曲與墮落，這在賣贖罪券者此一惡名昭彰的人物身上生動表現了出來；赦罪的行為係得自赦罪理論的變質。但正是這種區分的運用，使得像喬賽這樣的人，培育出了均衡和纖細的心性，一種全面觀照事物的習性；一種洞察力，洞悉即便罪惡也有權在罪惡的階層體系中佔有一席之地，至少察覺到，在地獄和煉獄悠悠無盡的相對關係中，還有比賣贖罪券者更不可寬恕的東西。

賣贖罪券者和依阿高

闕斯特騰認為，喬賽所具有的全視觀點只有在中古天主教信仰的迫人現實之下，才有可能產生。無論其根源為何，在詩學上，此全視觀點比信仰重要得多。全視觀點的矛盾疑義使得賣牘罪券者脫開了束縛，成為一個為喬賽式譏諷劃分領域的人物。一般來講，就我們對喜劇的定義而言（莎士比亞式的），喬賽是一個真正的喜劇詩人。賣牘罪券者的開場白與故事無喜劇感，而有肅殺之氣。他就像自己所說的是「一個百分之百的惡徒」，但他也是個天才——其他較卑微的詞彙無法形容他或他之後的依阿高——賣牘罪券者和依阿高一樣結合了戲劇家或說書人、演員、導演的技能；而且，他也和依阿高一樣，是個極為優秀的道德心理學家，也是深度心理學家的先驅。賣牘罪券者、依阿高、哀德蒙在他們的犧牲者身上撒下了魔咒，也包括我們在內。他們全都明白地展示出自己欺瞞矇騙的嘴臉，但我們或——就賣牘罪券者的情形而言——我們的代理人坎特伯里朝聖者是唯一的觀眾。他們對自己的智識能力與邪惡資質的大肆宣揚令我們著迷，而所有文學上的偉麗狂狷莫不如此。賣牘罪券者、依阿高、哀德蒙的負向盛氣和巴斯婦人、巴紐吉、孚斯塔夫的正向盛氣一樣地吸引人。我們感受到一股飽足的能量並加以回應，就像威廉・哈慈里特在他的文章〈詩之通論〉（"On Poetry in General"）所強調的：

> 我們自己觀看事情，並以我們感受其存在以及我們不得不設想的模樣，展示予其他人。想像力讓心坎裡纏擾不休的隱微渴望具體成形，於是這些渴望便有了明晰的輪廓。——我們並不希望事情真是這樣；但我們希望它就表現出這等模樣。因

為知識是自覺意識的力量；心靈在此不再容易受騙上當，雖然它可能是邪惡或愚昧底下的犧牲品。

對於依阿高，哈慈里特寫道：「他對他自己的命運和對別人的命運幾乎是同樣地漠不關心；他為了一種微瑣的、且很成問題的益處甘冒萬險；同時本身也是其特殊激情的受騙者與犧牲品」——這所有的描述對賣贖罪券者也同樣適用。依阿高和賣贖罪券者漬染了我們，莎士比亞與喬賽想必很清楚這一點。我們對賣贖罪券者的發明——「神聖遺物」——頗覺興味：裝滿了碎布和骨頭的玻璃匣以及神奇的手套。我們對他急於拋開他傳教的道德意涵也是心有戚戚：

我的雙手和我的舌頭都快捷靈光，
看我表現實在是樂事一樁。
我的傳教都與貪婪及相關罪愆有關，
我要讓他們慷慨解囊，
尤其對我愈發大方。
我只想要謀取利益，
改過向善那一套我則毫不在意：
我一點也不在乎，當他們被埋進泥土，

他們的靈魂是否要墮入黑暗之中受苦。

聽到這一席話誠為樂事一樁。閱讀賣贖罪券者的精彩故事則更是樂透了：三個在客棧飲宴作樂的人——宛若現代的地獄天使騎士（Hell's Angels bikers）——動身要去殺掉死神，當時瘟疫肆虐，死神活躍得很。他們遇見一個非常非常老的可憐人，他唯一的心願便是回到他的母親——大地——的身邊：

在地上，我母親門前，
早晚晨昏我拿著拐杖敲了又敲，
說著，「親愛的母親，讓我進去！」

這個詭異的老人受到三個兇神惡煞的威脅，便指引他們去到死神所在之處，那是一棵橡樹下的一堆金幣。其中兩個人共謀刺殺最年少者，但他早已在這兩人的酒裡下了毒。老人的預言得到了應驗，而我們則對他是誰深感茫然。他顯然是喬賽自己的發明，也就是說，在《坎特伯里故事集》之中，他是賣贖罪券者天才下的產物。一個流浪的老人，和死亡顯然有盟友之誼，雖然他想死也死不了；他指引別人去找那些他鄙夷或拋棄的錢財——學者曾敏銳地將這麼一個人物視為流浪猶太人（Wandering Jew）的傳奇。自知面臨詛咒的賣贖罪券者，是否害怕成為另一個這樣的流浪者？奇怪的老人是賣贖罪券者的分身，賣贖罪券者宣稱貪財是他行騙四方的唯一動機，老人則暴露出此一說詞的虛空。他真正的動機是自我暴露、自我毀滅、自我責罰。他渴求宿命，或者必須在其他朝聖者面前被粗鄙的客棧老闆羞辱一番來維持小小的死亡，以便延遲絕望和自我獻祭。

賣贖罪券者從渴求宿命的情狀跨越到了自我毀滅的行動，這是因為他竊聞自己說話，並據此做出負面的企求。此刻特別令人興奮，因為我覺得這正是莎士比亞使出轉接修訂大法的關鍵時刻，從這兒衍生出來的是許多呈現人類特質、認知、性格的原創方式。喬賽之《慈洛勒斯與柯蕊希德》裡面詭計多端的中介者潘朵如思（Pandarus），說不上是依阿高和哀德蒙的先驅；狡黠的潘朵如思太過好心，他的用意太過良善。而這裡的賣贖罪券者在講完他那肅殺的故事之後，正鼓起如簧之舌，要向同行的朝聖者們提供他的專業服務：

「或許會有一兩個人意外跌
下馬來，把脖子摔成兩截。
請看你們各位因此得到了多好的保障，
有我正巧與你們同往，
你們將得到赦免，不論貧富貴賤，
當靈魂自肉身出走時。
我勸我們的客棧老闆一馬當先，

因為他最是滿載罪愆。

來吧，大老闆，現在就先來獻禮，

你可以親吻所有聖物，

只要一個四便士銀幣：請趕快解開你的錢袋吧。」

這段話的狂妄口氣，在賣贖罪劵者提及所有朝聖者之中最有可能把他捏碎的旅館主人時引起了激烈的反應，事實上也需要有這種反應。此時賣贖罪劵者飆忽烈烈、不能自已，隨著自己的召喚力量恍惚陷入了無可抑遏的受懲需求。兇悍的旅館主人想要割下並帶走賣贖罪劵者的睪丸，這時，尖牙利齒的俗家傳道者沉默了：「他氣得很，一句話也不說。」我沒辦法將此景和依阿高最後的誓言沉默分開來：「從此以後，我一字不說。」這兩個出色的負向人物都懷有一種恐懼的心念，而我們為其所漬染，即使他們自己並未意識到這份恐懼。依阿高的天才在一個只知戰爭的心靈中顯得格格不入，而賣贖罪劵者也是一個錯置的心靈，即使他渾然不覺自己那喚起永恆悚懼的天才，也不減其欺詐矇騙的喜悅。就像哀德蒙或杜斯托也夫斯基的史威德里該洛夫的非凡認知力量一樣，賣贖罪劵者和依阿高的傷害力，在於其唯願背叛信任的絕頂聰明。喬賽是唯一有實力傳授莎士比亞呈現手法之奧秘的人，其特出的正典性，終究要歸於對賣贖罪劵者這位陰鬱先知的描繪，他的後代仍在生命與文學中與我們為伴。

5 賽萬提斯：戲耍世界
Cervantes: The Play of the World

賽萬提斯的成功之作：《唐吉訶德》

我們對賽萬提斯這個人知道的比莎士比亞多，而有關他的一切顯然還有很多有待發掘，因為他的一生鮮活、艱辛、具英雄氣質。莎士比亞是一個非常成功的劇作家，收入豐厚，去世時頗為富裕，他的社會野心（如果有的話）得到了滿足。雖然《唐吉訶德》很受歡迎，但賽萬提斯拿不到版稅，和贊助者的關係也不是很好。除了養活自己和家人以外，他沒有什麼實際的野心，還是個失敗的劇作家。詩不是他的才能所在；《唐吉訶德》才是。他和莎士比亞是同時代的人（有人說他們在同一天死去），在其天才的普遍性上，他與莎士比亞可說是一致的；在西方正典中，他是唯一可與但丁和莎士比亞匹敵的人。

人們經常把他和莎士比亞、蒙田聯想在一起，因為三位都是智慧型作家；除了莫里哀以外，大概找不到第四位如此明智、溫婉、和善的作者了，而在某方面看來，他就好像蒙田再世，不過已換了一種文類。從某個角度來看，唯賽萬提斯與莎士比亞居於巔峰；你趕不過他們，因為他們總是在前面等著你。

讀者在《唐吉訶德》的力量之下從不會有所損抑，只會獲得昇揚。如果讀的是但丁或米爾頓或史威弗特，情形就常常不是這個樣子；史威弗特的《木桶的故事》（*Tale of a Tub*, 1704）總教我覺得是英語世界繼莎士比亞之後最好的文字，但它老是不停數落著我。閱讀卡夫卡這位當今混亂時期的核心作家也得不到這樣的經驗。莎士比亞仍然和賽萬提斯最為類似；這位戲劇作家的冷漠與淡然，幾乎是無窮無盡地包納圍繞著我們。雖然賽萬提斯總是小心翼翼地當一個忠實的天主教徒，我們並不把《唐吉訶德》當作一部表達虔誠敬意的作品來看。賽萬提斯或許是一個舊基督教徒，而不是被迫改宗的猶太教徒或新基督教徒的後代，但我們無法確定他的身世，正如我們無法期望能精確測知他的態度一樣。要評定他的譏諷是不可能的任務；錯過它也是不可能的。

雖然曾經英勇參戰（在對抗土耳其人的勒邦投〔Lepanto〕大海戰中，他受了傷導致左手終生殘廢），賽萬提斯仍必須小心提防宗教法庭與反制宗教改革的勢力。吉訶德式的瘋癲給了他和賽萬提斯某種屬於傻子（fool）的自由，好比《李爾王》裡的弄臣（Fool）一般；《李爾王》恰於《唐吉訶德》第一部分出版時搬上舞台。賽萬提斯幾乎可以確定是伊瑞茲摩斯（Erasmus, 1466?-1536）的門徒，這位荷蘭的人文學者討論基督教內向性的文字，對那些被迫改宗的西班牙猶太人（converso）非常具有吸引力，這些人夾在他們被迫放棄的猶太教，和使他們成為次等公民的基督教體系之間進退失據。賽萬提斯的家族中有許多人是醫師，西班牙的猶太人在一四九二年遭到驅逐和被迫改宗之前有很多以此為業。一個世紀之後，賽萬提斯似乎仍為那可怕的一年所纏擾，當時猶太人與摩爾人曾受到很大的傷害，西班牙的經濟與社會也遭到不小的衝擊。

另一個卡夫卡之前的卡夫卡

似乎沒有兩個人可以讀到一樣的《唐吉訶德》，最優秀的批評家們對此書基本面向的看法也大多莫衷一是。艾里希・奧爾巴赫認為這部作品將日常現實以連綿不斷之愉悅喜感呈現出來的手法實無有匹敵。我剛剛重讀了《唐吉訶德》，卻怎麼也找不到奧爾巴赫所謂「如此普遍寬廣和層出不窮、如此不加思索和理所當然的愉悅喜感」。「象徵與悲劇意涵」對奧爾巴赫而言即使拿來形容主角的瘋狂也是不恰當的。巴斯克（Basque，按：西班牙北部一地區）文人米格・德・烏拿姆諾（Miguel de Unamuno, 1864-1936）這位最敏銳、最吉訶德的批評家正可提供另一種看法；烏拿姆諾「生命的悲劇感」乃植基於他和賽萬提斯此一傑作的親密關係，在他眼裡，這部作品取代了聖經，成為真正的西班牙聖典。「吾主唐吉訶德」，烏拿姆諾這麼稱呼，那是一個卡夫卡之前的卡夫卡，因為他的瘋狂源於對卡夫卡所謂「不可毀滅性」（indestructibility）的信仰。烏拿姆諾的愁容騎士（Knight of the Sorrowful Countenance）是一個探求存活之道的人，他唯一的瘋狂便是抵抗死亡的聖戰：「唐吉訶德之瘋狂何其偉大，它所以偉大係因其根源之偉大：無法抑遏的生存渴望，這是最誇張的愚行和最英勇的行動的起源。」

準此觀之，老唐的瘋狂便是拒絕接受弗洛依德所謂的「檢驗現實」（reality testing）或現實原則。當唐吉訶德與死亡交好的時候，他很快就死了，於是便回歸到被視為死亡崇拜的基督教——在西班牙的夢想家之中，烏拿姆諾不是唯一如此看待基督教的。對烏拿姆諾而言，本書的愉悅喜感全在桑秋．潘札身上，他滌淨了他的保護神（daimon）唐吉訶德，就這麼快快樂樂地跟著悲傷騎士經歷每一次狂狷謬誤的冒險。此一解讀和卡夫卡非常出色的寓言〈有關桑秋．潘札的真相〉（"The Truth about Sancho Panza"）同樣非常接近，在這一則寓言中，是桑秋讀遍了所有的騎士冒險傳奇故事，直到桑秋想像中的保護神——化身為老唐——帶著他踏上冒險之旅。或許卡夫卡是要讓《唐吉訶德》成為一則綿長且至為苦澀的猶太笑話，但這比奧爾巴赫視其為百分之百的愉悅喜感可能更貼近原書一些。

《唐吉訶德》之引起許許多多各種不同的解釋或許只有《哈姆雷特》可以比擬。沒有人能把哈姆雷特的浪漫派詮釋者踢開，唐吉訶德也招來了同樣聲勢浩大與堅定不移的浪漫批評學派，以及許多反對將賽萬提斯的主角染上如許理想化色彩的著作與文章。浪漫派人士（包括我自己在內）視吉訶德為英雄，不是傻子；不願從諷刺文學的角度看待此書；在書中老唐的探求中找到了一種形上或夢想的姿態，使得賽萬提斯對《白鯨記》的影響看起來是那麼自然。從一八〇二年的德國哲學家／批評家謝林（Schelling）一直到一九六六年的百老匯音樂劇《拉曼查人》（*Man of La Mancha*），對那蠻不可能的夢想探求的讚頌稱揚不斷持續著。

小說家是唐吉訶德的主要謳歌者，熱情的崇拜者包括英國的菲爾丁（Fielding, 1707-54）、史摩雷特（Smollett, 1721-71）、史坦（Sterne, 1713-68），德國的歌德和湯瑪斯・曼（Thomas Mann, 1875-1955），法國的史湯達爾和福樓拜，美國的梅爾維爾和馬克・吐溫，事實上還包括所有的現代拉丁美洲作家。看起來可能最不像賽萬提斯的作家杜斯托也夫斯基強調《白癡》（*The Idiot*, 1869）裡的米須金王子（Prince Myshkin）係以唐吉訶德為藍本。賽萬提斯了不起的實驗被許多人視為小說──相對於歹徒故事（picaresque narrative）──的起始，所以後來會有這麼多小說家的衷心讚佩是很可以想像的，但是這本書所引發的熱情回應──史湯達爾和福樓拜尤其顯著──就是對此一成就的絕妙讚詞了。

吉訶德與桑秋

我個人讀《唐吉訶德》時，自然而然便傾向烏拿姆諾的看法，因為在我看來，此書的核心在於它對老唐和桑秋英雄般的個人氣質的呈顯與張揚。烏拿姆諾偏愛老唐甚於賽萬提斯，這點我不能同意，因為沒有一個作家像賽萬提斯一樣和他的主角建立了如此親密的關係；我們希望能夠知道莎士比亞自己對哈姆雷特有什麼看法；而我們對唐吉訶德如何影響了賽萬提斯知道得恐怕是太多了，即使我們常常是間接得知的。賽萬提斯創造了無數的方法來打斷自己的敘述，以迫使讀者代替機警的作者說故事。那老是打擊著百折不撓的唐吉訶德的狡詐邪惡的施魔咒者，也是要讓我們成為積極讀者的手段。老唐相信魔法師的存在，賽萬提斯將他們實際化為其語言的關鍵要素。一切都在魔咒底下變了樣，一切都成了吉訶德的悲嘆，而邪惡的魔法師就是賽萬提斯自己。他的人物已經讀過彼此的所有故事，小說的第二部分大多都和他們讀了第一部分之後的反應有關。讀者的反應逐漸被訓練得愈發世故，唐吉訶德則拒絕學習，不過此一拒絕和他自己的「瘋狂」較有關聯，和那些教他發狂的騎士傳奇故事的虛構成份比較沒有關係。老唐和賽萬提斯共同發展出了一種新型態的文學辯證關係，它交替宣示著語言敘述在面對真實事件時，所顯現出來的強大力量和虛幻縹緲。當老唐在第一部分裡逐漸瞭解到虛構故事的局限時，賽萬提斯在自己的作者身份之中也愈感驕傲，也愈來愈為自己創造了老唐和桑秋感到欣喜。

吉訶德與桑秋之間親愛深摯和經常怒氣騰騰的互動關係，是本書精髓所在，甚至較其呈現自然和社會現實的方式與風情更有看頭。將老唐與其隨從連成一體的，是兩人的相互浸淫於所謂的「戲耍之道」中，以及他們彼此之間相互的感情，雖然這份感情有時是很火爆的。在西方文學中我還找不到其他可與之比擬的友誼，尤其是這麼一份由如此喧囂喜鬧的對話維繫著的細緻友誼。安格斯・弗雷切（Angus Fletcher, b. 1930）在他的《心靈的顏色》（*Colors of the Mind*, 1991）中抓到了這些對話的氣氛：

吉訶德和桑秋交會於一種活潑的氣氛之中，亦即兩人對話的鮮活與生動之中。在他們説話、而且經常是激烈爭辯的同時，他們擴大了彼此思想的空間。兩方的思想都得接受對方的檢驗與批評。透過禮貌謙恭的不同意見——愈是針鋒相對愈是禮貌謙恭——他們逐漸建立起一個自由戲耍的領域，在那裡，自由翻飛的思想可任由讀者尋思。

在吉訶德與桑秋之間的許多對話中，我個人最喜歡的一段出現在第二部分第二十八章，騎士在稍早實習了約翰・孚斯塔夫爵士的智慧：臨機應變乃最佳勇氣。不幸的是，此一決定卻拋下了驚嚇不已的桑秋獨自面對憤怒的村民。這件事過後，可憐的桑秋抱怨他渾身上下都痛得很，騎士給了他相當冬烘式的安慰：

「你會這麼痛，」唐吉訶德説道，「不用説，準是他們拿的棍子長得很，把你背上發疼的部位都給打著了；要是那根棍子再多打上幾回，你還要痛得更厲害呢。」

「老天，」桑秋叫道，「您真是一語驚醒夢中人！您説話著實一針見血！我的老天！凡是那一棍子打著的没有一個地方不痛的，這還需要您勞神解釋，好像那是什麼高深的奥秘嗎？」

這段對話隱含著兩人之間的繫結，他們事實上正享受著彼此間平等而親密的關係。哪個角色較富原創性且容後再問，值得注意的是，兩人合為一角共同演出比哪一方唱獨腳戲都要更富原創性。這是一對親愛深摯但爭吵不休的雙人組，而桑秋和老唐之間的連結，不僅僅建立在彼此真誠的互愛互敬上。就最高的境界而言，他們在戲耍之道中相知相伴，那是一個自有其法則與現實觀的領域：在這一點上，烏拿姆諾依然是有用的賽萬提斯批評家，但理論家則是約韓•何辛佳（Johan Huizinga, 1872-1945），他那細膩的《戲耍人間》（*Homo Ludens*, 1944）絶少論及賽萬提斯。何辛佳開頭便主張他的主題——戲耍——必須和喜劇與癡傻分開來：「喜劇的範疇和癡傻的最高階與最低階意涵皆有所關聯。然而，戲耍不是癡傻。它自外於智慧與癡傻的對立。」

唯有流亡才能成就其自由

唐吉訶德不是瘋子，也非傻瓜，他是一個戲耍四方的遊俠騎士。戲耍是自發性的行為，與瘋狂和癡傻不同。根據何辛佳的看法，戲耍有四個主要特點：自由、冷漠淡然、排除或設限、道理（order）。這些特質都可以在老唐的遊俠騎士歷險中檢驗出來，但桑秋忠誠的隨侍服務可就不盡然了，因為桑秋比較上不是那麼快就能融入戲耍之道中。老唐把自己提拔到理想的時空之中，忠於自己的自由與這份自由的冷漠淡然、孤隔、限制，直到最後他敗下陣來、放棄遊戲、回歸基督教的「清明」，然後死去。烏拿姆諾說唐吉訶德要到外面尋找他真正的故鄉，然後在流亡時找到了。烏拿姆諾總是能看到這部傑作最深的內在。老唐、猶太人、摩爾人都是流亡者，不過他是和「改宗的西班牙猶太人」與「西班牙摩爾人」（moriscos）一樣的內部流亡者。唐吉訶德離開他的村莊，在流亡中尋找他精神的家園，因為唯有流亡才能成全他的自由。

賽萬提斯從未明白告訴我們阿龍叟・吉哈諾（Alonso Quijano）（這名字在書中有幾個不同的拼法）當初為什麼會在讀了騎士冒險故事之後發狂，以至於動身上路成了唐吉訶德。阿龍叟這位拉曼查的貧窮士紳只有一個缺點：他迷上了當時的流行文學，他的現實感因此被完全打散。賽萬提斯將阿龍叟描述為無聊生活的標準案例。他單身，年近五十，想必沒有性經驗，陪伴他的只有四十來歲的女管家、十九歲的姪女、農事幫手、以及兩個朋友：村裡的牧師與理髮師尼可拉斯（Nicholas）。隔不多遠住了一個農家女，健壯的阿東茶・羅倫綢，在不知不覺間她成了他幻想中的理想對象，名為答西尼亞・德・托柏沙的偉大女子於焉出現。

我們不太清楚她是否真的是這個老好人追尋的目標。有一個批評家甚至表示，吉哈諾是因為對自己的姪女難以壓抑的欲望，才不得不變成唐吉訶德的，在賽萬提斯的作品中我們找不到支持此一看法的證據，只是讓我們見識了賽萬提斯是怎樣教他的學者抓狂的。賽萬提斯只告訴我們他的主角發了瘋，除此之外沒有交待任何醫學方面的細節。我覺得烏拿姆諾對吉訶德的失去理智有最獨到的理解：「他是為了我們失去理智，是為了讓我們得到好處，以便留給我們一個寬大包容的永恆精神典範。」也就是說，發瘋的唐吉訶德要來替我們的單調沉悶與不甚寬大包容的貧乏想像做點補償。

貧農桑秋在騎士二度出擊時答應當他的隨從，這次任務後來便成為輝煌的風車之役。預計要給善良而且腦筋顯然不太靈光的桑秋的獎賞是，他將會統治一個騎士為他征服的島嶼。賽萬提斯首次向我們介紹桑秋的時候，帶著不可避免的反諷口吻：他有非凡的才智，真正想要的不是財富，而是島主的名聲。更根本的是，桑秋心中的某個角落懷抱著對戲耍之道的想望，雖然桑秋心中的其他地方對吉訶德式戲耍的一些後果是頗為掛慮的。桑秋和老唐一樣尋找著新的自我，古巴小說家阿列侯·卡本提（Alejo Carpentier, 1904–80）相信是賽萬提斯首先創造了這個概念。我則以為莎士比亞和賽萬提斯同時發展出了這個觀念，兩人的差異在於其主要人物的改變模式。

聆聽彼此的聲音

唐吉訶德和桑秋・潘札彼此互為對方的理想談話對象；他們的改變源自聆聽對方說話。在莎士比亞的作品中，改變源於自我竊聞以及思索從中聽到的暗示。老唐與桑秋都沒辦法竊聞自己的聲音；吉訶德式的理想和潘札式的現實在當事人的心目中是那麼牢固厚實，絕無一絲懷疑之餘地，這使得他們容不下從自己的準據跳脫開來的可能。他們可能會口出不敬之語，但卻渾然不覺。莎士比亞主角的傑出悲劇意涵延伸到了喜劇、歷史劇、傳奇劇；殘存者只有在最高潮的認知場景（recognition scenes）中，才有可能完完整整地聽到其他人在說些什麼。莎士比亞的影響——不只在講英語的國家——超越了賽萬提斯。現代的唯我主義（solipsism）源於莎士比亞（以及他之前的佩脫拉克）。但丁、賽萬提斯、莫里哀訴諸人物之間的互動，這似乎比莎士比亞炫目華麗的唯我主義不自然一些，或許他們真的不是那麼自然。

在莎士比亞的作品中，類似老唐和桑秋之間的互動模式可說是絕無僅有，因為他筆下的朋友和情人們從未真正去聆聽彼此的聲音。試想安東尼的死亡之景，克利歐佩特拉聽見的與竊聞的大多都是她自己；或是在王子不斷攻擊而促使孚斯塔夫為自己辯護的時候兩人的各有所思。較輕微的例外情況是有的，比如《如願》（*As You Like It*）裡的羅薩蘭和西利亞（Celia），但這並非常態。莎士比亞式的個人性是無與倫比的，但這也付出了極大的代價。烏拿姆諾所頌揚的賽萬提斯式個人主義，總能在桑秋和老唐之間自由自在的關係中獲得疏解，他們倆給了彼此戲耍的空間。賽萬提斯和莎士比亞在性格的創造上皆屬頂尖，但是莎士比亞最出色的性格——哈姆雷特、李爾、依阿高、夏洛克、孚斯塔夫、克利歐佩特拉、普洛斯帕羅——最後都在內向的孤獨氛圍中轟轟烈烈地凋萎。桑秋救了唐吉訶德，唐吉訶德救了桑秋。他們的友誼誠屬正典，也部分改變了往後正典的性質。

如果瘋狂者不曾為其他男女所矇騙，瘋狂之涵義若何？沒有人可以利用唐吉訶德，連他自己也一樣。他把風車當成巨人，將傀儡戲視同真實，但他不受愚弄，因為他會讓你／妳智窮。他的瘋狂是文學性的瘋狂，可以和羅伯・布朗寧（Robert Browning, 1812-89）傑出的騎士傳奇故事〈羅蘭騎士來到了妖靈的塔〉（"Childe Roland to the Dark Tower Came", 1855）之中不全然屬文學性瘋狂的說話者互相對照。唐吉訶德發了瘋，因為他的偉大原型——阿里歐斯托《癡狂歐蘭多》（*Orlando Furioso*, 1532）裡的歐蘭多（即 Roland）——陷入了情愛的狂亂中。老唐向桑秋說過，另一位英雄先驅高盧的阿瑪迪斯也是如此。布朗寧的羅蘭騎士只想要「被擊倒」，即使來到妖靈之塔的詩人／騎士們一個接著一個在他面前倒下。唐吉訶德則健康得多；他想要贏，不管他承受了多少次被打倒的痛苦。他表現得很清楚：他的瘋狂是前人籌謀出來的詩的策略，而他正是不折不扣的傳統固守者。

唐吉訶德是英雄不是傻瓜

賽萬提斯心裡提防著一個和他極為近似的西班牙先人：他和改宗猶太人佛南多‧德‧羅哈斯最為近似，後者是傑出的敘述劇《賽利斯提娜》（*Celestina*）的作者，這部劇作不全然屬天主教作品，因其非道德傾向濃烈，也缺乏神學的思考。賽萬提斯說它「在我看來將會是一部聖書，如果它多隱藏一些人性的話。」這顯然是指人的性慾拒絕接受任何道德框限。唐吉訶德顯然將他的性慾套上了重重的道德框限，使得他像個僧侶一樣，而烏拿姆諾認為他的確是個僧侶：真正的西班牙教會——吉訶德教——的僧侶。老唐總是不顧一切地渴望作戰，這很明顯是性慾的昇華。其欲望的朦朧標的——著了魔咒的答西尼亞——象徵著必須透過暴力並在暴力之中獲取的榮耀，而這總是被賽萬提斯描繪得突梯而荒謬。賽萬提斯經歷了勒邦投戰役和其他戰事，也曾在摩爾人和西班牙的監牢中（《唐吉訶德》可能是從這裡開始的）被囚禁多年，他對戰爭和監禁有第一手的認識。我們對唐吉訶德驚人的英雄行徑，不禁要報以高度的崇敬，同時也不難看出相當的反諷，賽萬提斯所營造的這類情境不太容易析釋得清。老唐的勇氣誠然表現得烈烈忽忽，但實在勝過了西方文學裡其他所有英雄的演出。

欲直接面對《唐吉訶德》的卓偉不群，必得拿出批評家的勇氣，否則難收宏效。賽萬提斯在盡情反諷之餘，仍由衷喜愛著唐吉訶德和桑秋・潘札，而每一個喜愛閱讀的讀者莫不如是。在生命之中，欲知愛為何物誠屬徒勞，「愛」這個字在生命中什麼都是，也什麼都不是，但在面對最偉大的文學時卻大可以納入理性的範疇。在這裡，賽萬提斯可能比莎士比亞更確切地觸及了普遍性，因為我很懷疑我的學生——更不用提我的教授同事了——是不是全都像我一樣熱愛著唯一可與唐吉訶德相比的遊俠騎士約翰・孚斯塔夫爵士。不會有人到處嚷嚷唐吉訶德是「昏愚、可憎的老怪物」，這是蕭伯納給孚斯塔夫的惡評，但總會有賽萬提斯批評家堅稱老唐是瘋子和傻瓜，並告訴我們賽萬提斯是在對主角「漫無章法的自我中心行徑」加以諷刺。果真如此，書就不成書了，因為還有誰想要知道有關好好先生阿龍叟・吉哈諾的一切呢？最後他被解除了魔咒，在宗教的氛圍中清明地死去，這總是讓我想起那些年輕時候的朋友，他們歷經了數十年漫無止境的精神分析，終而枯槁乾涸，所有熱情已然用罄，宜乎於分析的氛圍中清明地死去。即使是這部鉅著的上半部也絕不是在諷刺主角，而一般都公認下半部是要讓讀者進一步認同老唐和桑秋。

擁有真正美國品味的梅爾維爾稱唐吉訶德為「有史以來最賢明的賢者」，將這位英雄的虛構性欣然拋開。在梅爾維爾眼中，最具原創性的文學角色有三：哈姆雷特、唐吉訶德以及《失樂園》中的撒旦。而阿哈船長卻不像是第四個——可能是因為他融混了三者——但是他的船員培養出了一種賽萬提斯的氛圍，梅爾維爾在一段奇妙的熱切祝禱中，直接祈求著這種氛圍，令人難忘地、瘋狂地將賽萬提斯擺在《天路歷程》的夢想家和所有美國民主黨員的英雄安祖魯・傑克生總統（President Andrew Jackson, 1829-37）兩人的中間：

> 挺身助我吧，你這偉大的民主之神！你不吝惜地給了那黑不隆咚的囚徒班揚珍珠般幽白的詩才；你用費心鎚煉的純金葉片去包裹老賽萬提斯那隻殘萎的斷臂；你將安祖魯・傑克生從石卵堆中撿起，把他拋上戰馬、震上了十三層天！你施用俗世全能從那些王者氣概的老百姓之中挑出菁英勇將；挺身助我吧，神啊！

這是一種美式宗教的激情，和賽萬提斯拘謹的天主教信仰頗有出入，不過和烏拿姆諾所闡述的西班牙吉訶德教（Spanish religion of Quixotism）倒是有不少近似之處。烏拿姆諾在《唐吉訶德》之中發現的生命悲劇意識也是《白鯨記》的信念。阿哈是個偏執狂；比較親切的吉訶德也是，兩人都是備受折磨的理想主義者，在世間尋求人類的公理，他們不是敬神者，而是不信神、卻如神一般的人。阿哈只企求白鯨的毀滅；名聲對這位貴格教派（Quaker）的船長而言，是沒有任何價值的，復仇便是一切（按：貴格教派即兄弟會[Society of Friends]，信奉內在的光）。

除了那許多幻想中的魔法師之外，沒有一個人曾傷害到唐吉訶德，而他也以無比的冷靜與執著吸納了所有的打擊。烏拿姆諾指出，不朽的名聲是老唐的原動力，其內涵為「時間和空間裡的人格擴展」。我視其為耶威者所呈現的神聖祝福的世俗版：為無邊無界的時間注入更多生命。寬大包容和單純善良是吉訶德的美德。如果他有缺點的話，那便是西班牙黃金時期的信條：憑藉武力贏得的勝利就是一切；但是因為他老是吃癟，這個缺點再壞也壞不到哪裡去。

烏拿姆諾和我一樣極為重視老唐對阿東茶・羅倫綢昇華的欲望，以及他後來對這位天使一般、但不幸著了魔咒的答西尼亞所做的碧翠思般的頌揚，這讓我們看到了也許是這位騎士最深沉複雜的一面。他憑著信念而活，而正如他的突發感觸所清楚顯示的，他也明白自己相信的是一則虛構，也知道——至少在靈光偶現之間——那只不過是虛構而已。答西尼亞是一則頂尖的虛構，而唐吉訶德這位執迷不悟的讀者，則是一個創造偉麗神話的行動詩人。烏拿姆諾的吉訶德是一個充滿矛盾的競賽者，是卡夫卡與貝克特筆下浪跡渾沌虛空的渺小探求者的先祖。賽萬提斯也許無意創造一個具有世俗之「不可毀滅性」的英雄，但是這位英雄在烏拿姆諾的熱切評論中達到了神的位階。這位吉訶德先生是一位形而上的表演者，寧受訕笑也要讓理想存活。

吉內斯・德・帕撒蒙特

相對於這位懷著本質上屬於情愛信仰的騎士理想主義者，賽萬提斯引進了一個狡詐的人物，一個頗具莎士比亞色彩的非凡角色：吉內斯・德・帕撒蒙特（Ginés de Pasamonte）。

他首度出現於第一部分第二十二章，是正前往奴隸船途中的囚犯之一，然後於第二部分第二十五至二十七章再次以幻象家裴德婁師傅（Master Pedro）的身份出現，他用一隻神秘的猴子占卜，接著搬演了一齣傀儡戲，結果，將這場生動的演出誤以為真的唐吉訶德攻擊並搗毀了傀儡。賽萬提斯藉著吉內斯給了我們一個在伊利莎白底層社會和西班牙黃金時期的低下階層同樣都會如魚得水的想像人物。唐吉訶德和桑秋第一次遇見他的時候，他正和其他若干囚犯一起在一條路上被押送著，準備依照國王的判決前往奴隸船服刑。其他罪犯戴著手銬，脖子上的鐵鍊把他們全部串連在一起。最危險的吉內斯則被五花大綁（除非另有註明，此處及其他地方皆使用山謬・普南〔Samuel Putnam〕的翻譯）：

這隊囚犯的末尾有一人三十歲左右，相貌堂堂，不過他在看人的時候眼睛有點斜視。他受縛的方式和別人不同，因為他腳上拖著巨大的鏈條纏住全身，喉嚨上套著兩個環圈，其中一個與鏈條相連，另一個扣在所謂護身枷（keep-friend）或叉形護身枷（friend's foot）上，底下懸著兩條齊腰的鐵棍，一直延伸到用大鎖鎖上的手銬，這就使他不能把手舉到嘴邊，也不能把頭垂到手邊。

守衛解釋說，吉內斯的危險是出了名的，其大膽與狡猾使得他們不免要擔心，即使如此五花大綁，他仍然會想辦法逃跑的。他被判在奴隸船上服十年苦刑，等於是被褫奪了公權。羅柏托·宮札列茲·艾且瓦里亞（Roberto Gonzãlez Echevarria）指出，吉內斯頭碰不到手、手構不到頭的慘狀，是對歹徒小說作者的譏諷，因為歹徒吉內斯正在撰寫自己的故事，他誇言道：

「你如果想知道我的生平，我告訴你，我是吉內斯·德·帕撒蒙特，我一生的故事已經由你眼前的這雙巧手寫下來了。」

「這是真的，」差人說，「他寫下了自己的故事，隨你怎麼想像它有多大來頭，他把這本自傳留在牢裡，押了兩百里爾（real）。」

「我一定會把它贖回來，」吉內斯說，「即使要花兩百杜加（ducat）。」

「它有那麼好嗎？」唐吉訶德問道。

「好得不得了！」吉內斯答道，「像《拉札里洛·德·托米斯》（*Lazarillo de Tormes*）那類的書，不管是既存的或尚未寫成的和我的自傳一比就不值一顧了。我可以告訴你，它寫的全是事實，謊話不可能編得如此妙趣橫生的。」

「書名叫什麼呢？」唐吉訶德問道。

「《吉內斯·德·帕撒蒙特傳》。」

「寫完了嗎？」

「怎麼寫得完？」吉內斯說，「我的一生都還沒結束呢！」

桀驁不馴的吉內斯說出了歹徒故事的一個大原則，此原則不適用於《唐吉訶德》，即使這部作品也是以主角之死作結。但是唐吉訶德在好好先生阿龍叟・吉哈諾實際死去之前就已象徵性地宣告死亡了。作者不詳的《拉札里洛・德・托米斯》乃西班牙歹徒故事之原型，於一五五三年首次出版，可讀性仍舊很高，且已由詩人莫溫（W. S. Merwin）於一九六二年翻譯成美妙的英文。倘使大言不慚的吉內斯所寫的故事猶勝一籌，那麼這篇故事就真的是精彩無比了；不過這實在是理所當然，因為它是《唐吉訶德》的一部分。吉內斯先前已在奴隸船服過四年刑期，由於瘋狂而崇偉的吉訶德的介入，使得他不用再服十年的刑。吉內斯與其他罪犯逃跑了，雖然可憐的桑秋強烈地向他的主人警告說這種行為已直接冒犯了國王。賽萬提斯自己曾被摩爾人囚禁五年，在西班牙又因為被控收稅不力而下獄，在這裡他借唐吉訶德之口大聲表達了非反諷的個人強烈感受：「還有很多人可以在更適當的環境底下為國王服務；對我而言，奴役那些生而自由的人是不公義的。」

守衛們在一場混戰之後跑掉了，騎士授意恢復自由之身的罪犯們前往謁見答西尼亞，好向她描述這場歷險。吉內斯試著向吉訶德講道理，而後者很快就被激怒，吉內斯在帶領罪犯們跑掉之前向他們的救星和桑秋丟石頭並剝下兩人的衣服，直到

> 只留下他們在那兒——驢子和羅西南提（Rocinante），桑秋和唐吉訶德：驢子垂著

腦袋若有所思，不時甩著耳朵，以為剛剛那陣狂暴的石子雨尚未停歇；羅西南提被一塊石頭擊倒，僵直地躺在他主人身邊；桑秋全身赤裸，想著神聖教友團（Holy Brotherhood）而恐懼不已，而唐吉訶德則對那干囚犯如此恩將仇報直皺眉頭。

我覺得這一段的傷感情懷頗為細膩；這是賽萬提斯所營造的縈迴不去的效果之一。與其主上唐吉訶德同樣陷入崇高的瘋狂的烏拿姆諾欣然評曰，「這一切都在教導我們，正因為苦刑犯不會有感激之心，我們更要去解救他們。」悲憤不已的吉訶德可不同意他的巴斯克籍解說員，他向桑秋保證他已經學到了教訓，對此這位睿智的隨從回嘴道，「如果閣下竟能有所覺悟，那我就是個土耳其人。」有所覺悟的是賽萬提斯，因為他對自己創造出來的次要但精彩非常的人物吉內斯・德・帕撒蒙特——「名聲昭著的惡棍與竊賊」——懷有感情。吉內斯這位欺詐者與巫師般的狡黠頑童，可說是文學上的正典罪犯角色之一，就像莎士比亞《惡有惡報》裡的巴拿丁（Barnardine）或巴爾札克《高老頭》（*Le Père Goriot*, 1835）裡的傑出角色渥廷（Vautrin）。如果渥廷可以再次現身為卡羅・艾雷拉神父（Abbé Carlos Herréra），吉內斯就可以再度現身為傀儡戲師傅裴德婁。有一個重要的問題是，除了作者本身的傲然自得之外，是什麼原因促使賽萬提斯在《唐吉訶德》的第二部分讓吉內斯・德・帕撒蒙特再度上場的？

批評家大都同意，吉內斯和老唐、歹徒詐術師與遊俠夢想家的差異在某個程度上代表著兩種文類的對比——歹徒故事與小說，賽萬提斯實為後者的發明人，就好像莎士比亞（他不識希臘悲劇，充其量只識其於羅馬希尼卡的劇作之中零落的殘餘）發明了現代悲劇以及現代悲喜劇一樣。如同莎士比亞的主要角色一般，真正的內向性（inwardness）具體表露在唐吉訶德身上，而壞傢伙帕撒蒙特則滿載外向性（outwardness），雖然他擁有極高明的欺狡才能。吉內斯是易容高手；除了外表容貌以外，他無法做任何改變。老唐和莎士比亞的偉大角色一樣無法停止改變：這是他和忠僕桑秋之間經常怒氣沖沖但最後總洋溢親愛情意的對話其目的所在。他們在戲耍之道中彼此相繫，同時也在不斷互為增益的人情教化之中結合在一起。他們的危機無以數計；在吉訶德的世界中，若此危機四伏豈非合宜？桑秋或有猶疑，有時幾乎要棄絕這份關係，但是他力有未逮；他部分是著了迷，然而終究是為愛所繫，老唐亦然。這份愛於戲耍之道裡或許難以彰顯（或許兩者並無分別），但情形合當如斯。吉內斯・德・帕撒蒙特所以會再次現身於第二部分的原因之一，顯然是他從未加入戲耍，即使身為傀儡戲師傅亦然。

裴德婁師傅

每一位讀者都看得出來，《唐吉訶德》兩個部分的差異是，第二部分裡所有最具份量的角色，不是被挑明了已讀過第一部分，就是曉得自己乃其中之一角。這為歹徒吉內斯的重出江湖提供了一個不一樣的框架，那是第二部分第二十五章，我們碰見一位男子，身著羚羊皮、長襪、短褲、緊身上衣，一塊綠色亮光織布蓋住一隻眼睛以及整個同一側的半邊臉。他自稱裴德婁師傅，帶著一隻占卜猴，並搬演一齣著名俠義騎士唐蓋菲婁斯（Don Gaiferos），解救妻子梅里仙德拉（Melisendra）的戲碼，她是沙勒曼大帝（Charlemagne）的女兒，遭摩爾人擄為人質，而他係沙勒曼大帝之重臣。

裴德婁師傅在一間客棧遇著唐吉訶德和桑秋・潘札，那兒的老闆提起傀儡戲師傅時說「他說話比六個人說的還多，酒量比一打人的總和還大。」吉內斯／裴德婁在占卜猴（其占卜能力只可前溯，從今至古）的提示下說出了老唐和桑秋的身份，之後便搬演傀儡戲，這自然是賽萬提斯這部傑作裡的一個絕妙的隱喻。歐提佳的《論吉訶德》（*Meditations on Quixote*）提供了古典的解釋：他將裴德婁師傅的傀儡戲比擬為維拉奎茲（Velázquez, 1599-1660, 按・西班牙畫家）的《宮女》（*Maids of Honor*），為國王與王后畫像的藝術家與其工作室同時出現於這幅畫作之中。唐吉訶德無法好好觀看這幅畫，而他顯然也是這齣傀儡戲最糟糕的的觀眾：

> 唐吉訶德看見那麼多的摩爾人，聽到如此吵雜的聲響，覺得該為逃亡者出點力，就站起來大喝道：「像唐蓋菲婁斯這樣有名的騎士和多情的英雄，只要我還有一口氣在，我絕不能眼睜睜看他遭了毒手。站住，你們這群混蛋；停止追趕，不要

逼人太甚，否則我就要和你們打上一仗！」

他說了這些話拔出劍來，一跳就跳到戲台旁邊；急急忙、惡狠狠地向摩爾人的傀儡揮劍亂砍。有些被碰翻了，有些斷了腦袋，這個瘸了腿，那個被整得七零八落。其中有一劍直直劈將下來，裴德婁師傅要不是及時縮頭趴下，他那腦袋瓜子早已被劈成了兩半，比劈開一團杏仁糊還要乾淨俐落。

那絕非無心的向下一劈也許正是此一有趣插曲的核心。裴德婁師傅闖進了戲耍之道，而此地並無其容身之所，於是這個惡徒便遭到報復。唐吉訶德稍早曾對桑秋說，這位傀儡戲師傅必定是和魔鬼做了交易，因為那隻占卜猴「只回答有關過去和現在的問題，因為這是魔鬼的見識所能及的範圍。」當騎士批評裴德婁師傅將教堂鐘聲錯置於摩爾人的清真寺時，他對這位詐術師的疑慮持續增強。吉內斯／裴德婁的辯解進一步為老唐大鬧戲台種下了因由：

「唐吉訶德先生，請別雞蛋裡挑骨頭，也不要期待不可能的完美。許許多多錯謬百出的戲不是幾乎每天都在上演嗎？還演得頂順利，觀眾看了不但鼓掌叫好，還讚嘆不已呢！孩子，你繼續演下去，隨他怎麼說；儘管戲裡的錯誤像陽光裡的灰塵那麼多，我只要塞飽錢袋就行了。」

唐吉訶德的回答冷峻而簡潔：「你說得對。」裴德婁師傅在這裡成了賽萬提斯文學上的重要對手，亦即極端多產且非常成功的詩人兼劇作家洛培・德・維加，他的財源滾滾使得賽萬提斯在戲劇票房上的失敗經驗愈形深刻。騎士後來對紙上幻象的攻擊不僅批判了大眾品味，同時也是吉訶德或夢想的意志形而上的呈顯，使得藝術與自然的分野更為曚曨。文學的諷刺把兩方之隔給淡化了，即使後來冷靜下來的老唐為自己所鑄下的大錯做了金錢賠償，並歸咎於邪惡的魔法師一貫的矇騙技倆仍然未被強化。吉內斯・德・帕撒蒙特接著便從故事中消失了，因為他做為陪襯夢想騎士的歹徒業已功成，理當身退。我們不只感到趣味繞樑，在這一則概括了吉訶德事功的美學寓言中，也看到了此一事功的界域，以及它對打破文學呈現的標準模式的英雄式堅持。歹徒故事的原型人物吉內斯無法與老唐競爭，後者已為小說的勝利奏出了先聲。

賽萬提斯與莎士比亞同樣意涵博大

讀者對《唐吉訶德》的第一和第二部分各有偏好，可能是因為兩者非但差異頗大，彼此更是若即若離，這和語氣和態度牽連較小，應是老唐和桑秋與其世界的關係有以致之。

賽萬提斯在第二部分未露半點疲態（我較喜愛這部分），但騎士與隨從都必須保持一份新的自我意識，兩人有時似乎並以此為絕大的負擔。知道自己是一部正在進行中的作品裡面的一個角色，對將來的歷險不一定會有幫助的。雖然四周都是讀過他們先前挫敗經歷的人，唐吉訶德和桑秋卻仍舊不受束縛。桑秋甚且更顯熱衷，兩人之間的友誼並愈見密切。最好不過的是，我們看到桑秋自立門戶，當了十天多所苦惱的睿智島主，直到他明快引退並回到唐吉訶德和他自己身邊。賽萬提斯在這個部分表現出來的給了我最深的感動，因為他和自己作品的關係起了變化。他正面臨死亡，他的一部分（他心裡清楚）將和唐吉訶德一同死去，而另外那或許是更深沉的部分，將在桑秋・潘札之中繼續活下去。

賽萬提斯與其大作之間的關係難有定論。里歐・史比策認為，它給予文學藝術家一種新的、然亦謹慎設限的權威：

在他所創造的開闊世界的高空上……賽萬提斯的藝術性自我登上了王座，那是無所不包的創造性自我，如自然一般，如上帝一般，全能、全知、全善——且仁厚……這位藝術家如上帝一般，但並未神格化……賽萬提斯總在上帝的高絕智慧跟前屈膝臣服，此一智慧在天主教會的訓誨與國家社會的既成體系之中具體表現出來。

不管賽萬提斯是不是被迫改宗的猶太人的後代，如果他不屈膝臣服便無異於自殺，史比策當然知道這一點。無論《唐吉訶德》是什麼或不是什麼，都難以指其為敬信的天主教小說或是對「無上智能」的禮讚，如史比策所暗示的。本書持續的笑聲經常是憂鬱的，甚至是痛苦的，而唐吉訶德不僅是人性悍將，同時也是悲情男子。「賽萬提斯的獨特性」說得清楚嗎？艾里希・奧爾巴赫說它「無以言詮」，但還是勇於一試：

它不是哲學；它不具說教意味；它甚至不是由人類生存的不確定性或由命運的力量所激發，如蒙田與莎士比亞一般。它是一種態度——看待世界的態度，因此也就是看待其藝術主題的態度——勇氣與鎮靜是其中要素。他在對其五花八門的感官戲耍甚覺興味之外，同時也夾雜著些許南方的拘謹與尊傲。這使他並不是很認真地來看待此一戲耍。

我必須表明，這段流暢的話無法言詮我所讀的《唐吉訶德》，只一個理由便足夠：賽萬提斯似乎是非常認真、同時也非常反諷地來看待戲耍世界以及唐吉訶德和桑秋・潘札的反戲耍（counterplay）。賽萬提斯與莎士比亞同樣意涵博大：他將我們一體包容，儘管我們各人之間多麼天差地別。智慧是老唐與桑秋的稟賦，特別是當他們兩人成雙之時，正如同聰明及對語言的掌握是約翰・孚斯塔夫爵士、哈姆雷特、羅薩蘭的特質一般。賽萬提斯的兩個主角實為整個西方正典中最宏大的文學人物，可堪匹敵者幾希，唯莎士比亞之三（至多）而已。其愚憨與智慧之融會及其冷漠與淡然，只有莎士比亞最教人懷念的男人與女子可與之比擬。賽萬提斯和莎士比亞一樣：我們再也看不出來為何《唐吉訶德》的原創性如此亙古彌新、其疏異性如此精細深邃。假使戲耍世界仍可在最偉大的文學中保有一席之地，想必就是在這裡了。

6 蒙田與莫里哀：真理之飄忽虛渺

Montaigne and Molière: The Canonical Elusiveness of the Truth

法國文學國族正典的中心

在法國文學中似乎沒有任何一位作者單獨居於國族正典的中心：沒有莎士比亞，沒有但丁、歌德、賽萬提斯、普希金、惠特曼。大家薈萃之餘，每個人都有資格擔此名號：哈伯來、蒙田、莫里哀、哈辛、盧梭、雨果、波特萊爾、福樓拜、普魯斯特。或許我們可以指稱一個複合作者：蒙田-莫里哀，因為最偉大的文論家蒙田，實乃唯一可與莎士比亞較量的喜劇作家莫里哀的精神之父。

莫里哀視其職司——為文人雅士提供娛樂——為一樁怪異的事業，莎士比亞此一最博大精深的意識體可能不會這麼想。莎士比亞所有的不文不雅，他的觀眾都很歡迎。伊利莎白女王當然不比太陽王路易十四（Sun King, Louis XIV）；即使是最具才智的英王詹姆斯一世（James I）也從來不是莎士比亞的主要捧場者，如路易十四之於莫里哀一般。或許前述的想法限制了莫里哀，但顯然影響不大，因為他幾乎是和莎士比亞一樣具有普遍性的劇作家。他和莎士比亞極為近似，這可能和兩人與蒙田的關係有關。莫里哀的哈姆雷特是《恨世生》（*The Misanthrope*, 1666）的主角阿西斯特（Alceste）。兩個角色皆可溯至蒙田，也都闡明了尼采那則永遠撩人心弦的狂烈格諺：「我們說話是為了心裡面已經死去的東西；說話這種行為總是帶著點輕蔑的意味。」哈姆雷特僅在第五幕中得以超越此一輕蔑，阿西斯特則未曾跨越之。尼采激切的洞見適用於說話，不適用於寫作，因此和文論家蒙田的藝術並不吻合。

和尼采一樣是蒙田信徒的愛默生曾對《文論集》（*Essays*）做過如下著名的評語，「這些字一經切割便要流血；它們滿佈血管，是活生生的。」蒙田的成就是，他把他自己和他的書揉合成了一種清清楚楚、明明白白的原創性；原創性這個詞的英文意義要比其法文意義正面一些，在法文中原創就等於怪異。蒙田最不似法國的地方可能是他那根本而原創的疏異性，然而正是此一疏異性讓他進入了正典，不只是在法蘭西，同時也是整個西方。我總會備感新奇地不斷回到有關西方正典的一個無人理解的事實：作品係因其獨特性方可為正典所用，而不是因為它們合乎既存的體系。如同每一位主要的正典作者一般，和蒙田的每一次邂逅無不讓一般讀者驚異不已，或許只因為他不像是我們為他貼上的任何標籤。他可以是懷疑論者、人文主義者、天主教徒、禁欲主義者，甚至是享樂主義者，以及幾乎所有你想得到的名號。

蒙田的寬廣度直逼莎士比亞

他的寬廣度時而逼近莎士比亞；雖然他不識莎士比亞，而莎士比亞對他則略知一二，看待他的方式之一，是以其為莎士比亞所有角色的最大尺量，較哈姆雷特此一不斷追尋的自我更為恢宏博大。蒙田在重讀和修改他自己的書時持續改變著；或許這是書即人、人即書的最佳範例。沒有一個作家像蒙田一樣永遠如此敏銳地竊聞自己的聲音；沒有一本書是這麼一個不停演進的過程。我無法熟識它，雖然我不斷重讀它，因為它是變動的奇蹟。唯有在不停重讀美國的蒙田，也就是愛默生的札記和日記時才能獲得相同的閱讀經驗。但是愛默生的日記難免是一團蕪雜，不是一本書，而蒙田的自我試驗 (self-assays) 是一本書。對一個像我這樣的悲情文學批評家而言，蒙田的《文論集》擁有聖典的位階，和聖經、可蘭經、但丁、莎士比亞平起平坐。在包括哈伯來和莫里哀的所有法國作者之中，蒙田似乎最不受某一國族文化所拘限，雖然他對法國心靈的形塑有其頗為弔詭的重要影響。

蒙田鮮少提及他的母親，她來自西班牙改宗猶太人的家庭，這些西班牙的猶太人拋棄了他們在西班牙次等公民的地位定居波爾多(Bordeaux，按：法國西南部一海港)。蒙田一直是天主教徒，他的手足們有些則成了喀爾文教徒，然而不管蒙田是什麼樣的作家，指其為宗教作家毋寧是相當怪異的。在蒙田的書頁上，基督出現的次數大概只有提及或引述蘇格拉底之處的十二分之一。即便堅持蒙田是自由派天主教宗教作家的學者史可里齊（M. A. Screech, b. 1926）所下的結論也要強調，對蒙田而言，「神聖的事物一觸及人類的生活就不免要擾亂人們於其中最感自在的自然體系。」在他長成以後，法國的宗教內戰幾乎無時不在他身邊進行著，做為一個公眾人物（大多非其所願），蒙田拒絕傾向其中任何一方。他個人效忠的對象是他的加斯坎尼（Gascony，按：法國西南部一地區）同鄉拿瓦爾的亨利（Henry of Navarre, 1553-1610），這位新教擁護者在即位為亨利四世（Henry IV）之後改宗天主教以保全巴黎與王國。蒙田的健康情況如果好一些，可能會接受亨利四世之邀成為他的顧問；但命運另有安排，這位《文論集》的作者於五十九歲時去世，當時未擔任任何公職。

他的書已然名震全歐，其受歡迎的程度和影響力未曾稍減。如果我所做的不幸預言是正確的，而新的神制時期就要在十年或更短的時間之後開始，蒙田將至少消失一陣子。他的力量全然來自男性讀者的無法不與作者認同。女性主義者絕不會原諒蒙田的，他比弗洛依德還要沙豬得多；弗洛依德宣稱女人是一團解不開的謎，然而，在蒙田心目中是沒有什麼謎不謎的。她們不太像人，因為她們不甚符合他定義人的最終準則；他全然視之為自然。然而，即便在他的年代，他的智慧也不會讓他看不出來誰該擔此罪責。這是他那篇具高度性別意識的晚期文論〈論魏吉爾之若干詩作〉（"On Some Verses of Virgil"）隱含的結論：

我說男人和女人都是同一種樣式；除了教育和習俗以外，兩者的差別並不大。柏拉圖一視同仁地邀請兩方共同參與他的共和國裡所有的學習、活動、運作，以及動態與靜態的事務。希臘哲學家安提希尼斯（Antisthenes, 444-366B.C.，按：蘇格拉底追隨者）抹消了她們和我們的優劣之別。指控其中一種性別要比為另一種性別辯護容易多了。俗諺道：龜笑鱉無尾。

此處及本章其他地方所引用的是已故的唐納德·符瑞（Donald M. Frame, b. 1911）流暢的翻譯，我覺得他也是蒙田的最佳詮釋者。符瑞認為蒙田變動的核心在於，他逐漸體認到我們每一個人——包括男性人文主義者——皆屬同一族類，這在我們步履蹣跚地走向民主制時期的盡頭時並不是什麼驚人的發現。「但是對一五九〇年的智識作家而言，這可是相當基進且不符合人文主義原則的，」符瑞補充說。

蒙田和巴斯卡的比較

為了找出一五九〇年的蒙田除此之外有何基進之處，我建議把他和三分之一個世紀之後——一六二三年——出生的法國科學家和宗教作家伯來斯·巴斯卡（Blaise Pascal）放在一起比較比較。蒙田於巴斯卡乃焦慮與憤懣之源，他不願意瞭解蒙田的天主教信仰實乃立基於其一貫的懷疑論上。因為蒙田只遭逢了柏拉圖的表象世界中的變動性，他很容易就會相信天主教的上帝是無可變動的，是我們無法認識的。他的上帝並未隱身潛藏，但卻是不可及的，所以我們只好永久耐心守候，等待上帝的贈禮。同時，我們以自然人的身份活著，對我們所居住的世界欣然持疑。巴斯卡的上帝則隱身潛藏，同時也是可及的，此一弔詭為哈辛等作者開創了悲劇的空間，但卻不適合莫里哀等作者的喜劇世界。蒙田之於莫里哀正如巴斯卡之於哈辛：戲劇觀的誘發因子。蒙田的懷疑論可能誘發了《哈姆雷特》的悲喜劇，但他更可能啟發了《恨世生》的反諷喜劇。事實證明，巴斯卡與哈辛所代表的法國悲劇觀並不如蒙田和莫里哀的法國喜劇觀那麼容易外銷。

艾略特的新基督教信仰教條使得他喜好巴斯卡甚於蒙田，這或許是基於精神信念的選擇，但卻是毫無根據的文學判斷。艾略特曾引介巴斯卡的《沉思集》(*Pensées*)，這是一項難堪的記錄；那本書是對蒙田消化不良的結果，很多人可能會說這簡直是明顯的剽竊。有人臆測，巴斯卡在寫《沉思集》的時候面前正擺著一本翻開著的蒙田《文論集》。無論是真是假，這不啻為巴斯卡將蒙田的作品生吞活剝時所夾帶的憤懣之情與消化不良提供了一個適切的隱喻。這幾乎就像是波赫士的早期故事〈皮耶・摩納，《吉訶德》的作者〉("Pierre Menard, Author of the *Quixote*") 的情境，其中巴斯卡是摩納，蒙田是賽萬提斯。以下是我最喜歡的並列範例之一，首先是巴斯卡的三五八號沉思，接著是蒙田的壓軸文論〈論經驗〉("Of Experience") 的精彩片段：

人非天使，亦非禽獸，不幸的是，行為應如天使的人卻行為如獸。

他們想要離棄自我，從人的範疇逃開。此誠屬瘋狂：他們沒變成天使，反倒成了禽獸；他們沒得到提昇，反倒是墮落了。

× × ×

蒙田自有所本，並透過他堅實的自我予以修訂和超越。巴斯卡只擁有蒙田，他並不想要，卻又深深沈迷於他。結果帶來了雙重的不幸：巴斯卡一味申斥我們每一個人；蒙田指我們其中有些人帶有追求理想的瘋狂。巴斯卡把我們簡化成我們的行為；蒙田關切的是我們根本的存在。巴斯卡為何對蒙田執迷若此？艾略特堅持巴斯卡鑽研蒙田是為了要摧毀他，但卻力有未逮，因為那就像是把手榴彈丟進一團霧裡去。艾略特直指蒙田為「霧、氣、流，陰險滑溜的東西」，這想必是對蒙田最怪異的評語。當《大教堂裡的謀殺》（*Murder in the Cathedral*, 1935）的作者強調蒙田「成功地表現出每一個人的懷疑觀」時，艾略特做此惱人隱喻的意圖便昭然若揭了；那每一個人顯然包括巴斯卡和艾略特在內。

我想這完全錯了，同時也低估了蒙田，他的原創性和力量並非源自他那有其局限的懷疑論，那畢竟不脫拘謹的天主教懷疑觀。蒙田筆端帶著淡淡的反諷，然而他卻擁有類似哈姆雷特的強大魅力。漬染我們的並非蒙田自別處取得的懷疑論，而是他那極具原創性的人格，這是作家第一次把自己的性格拿出來當作品的材料。惠特曼和諾曼・梅勒是蒙田的旁系子孫，愛默生和尼采則是他的直系後代。自詡為蒙田摧毀者的巴斯卡是蒙田無意中的犧牲者之一。非霧、非氣、非流，蒙田是完整、自然的人，也因此成了巴斯卡和艾略特等惶惶渴盼恩寵的乞求者的眼中釘，他們倆都不是喜劇作家，雖然皆為具份量的反諷家。

蒙田對人的追尋

符瑞對蒙田的研究有一個適切的標題：《蒙田尋人記》（*Montaigne's Discovery of Man*, 1955），雖然要到十六世紀末才有如此的搜尋成果可能顯得有點晚，為蒙田提名一個真正的先驅卻要比為弗洛依德尋找先人來得困難。蒙田把一切欣然歸諸希尼卡和普魯塔齊；而他也的確掠奪了他們倆，但只拿走了材料而已。蒙田當然是一個原創者；以前從來沒有這麼一份表達得如此完滿、如此完美的自我意識。蒙田的奇蹟是他幾乎不曾像我們如今所說帶有貶抑意味的「自覺」。我們不會讚美一個人說「她是一個自覺的人。」蒙田談自己足足談了八百五十頁，而我們仍然希望再聽他談下去，因為他所代表的——不是每一個人，當然也不是女人——是幾乎每一個有意願、有能力、有機會去思考和閱讀的人。

這是他的才情或魅力，想要加以解釋是相當困難的。愛默生對此有深刻的體會，但無法解釋清楚，蒙田的學者亦然。我所知道的最佳線索是柏拉圖的蘇格拉底，蒙田深為所繫。

瑞士歷史學者何伯特‧呂希（Herbert Lüthy, b. 1918）認為蒙田盡在他最隨興的一句話中：「當我和貓咪玩耍時，誰曉得她玩我會不會比我玩她還來得盡興？」這是跳脫觀點論（perspectivism）的一步，更好的是，這是戲耍的一步，蘇格拉底的一步。然而柏拉圖的蘇格拉底是二元論者，頌揚靈魂，貶抑身體，而蒙田是一元論者，不願為了承歡靈魂而來撻伐身體。蘇格拉底這個線索也還不夠，是什麼讓蒙田能夠如此透徹地觀視與書寫有關他自己的真理呢？讀者大都同意，蒙田最出色的一篇文論是他小心地擺在書的最後的〈論經驗〉。我要到其中尋找蒙田的祕密，如果我能找到的話。

愛默生自己最好的一篇文章很自然地是以〈經驗〉（"Experience"）為名，其中有一段我非常喜愛的文字明白顯示出他從他的大師蒙田身上學到了什麼：「我們有一種天性上的需求，即在看待事物時由私人層面出發，或使之浸滿自己的氣質，對於這種需求，我們必須不斷予以強調。然而上帝本居於這些荒岩之中。這份欠缺使自我依恃成為首要美德。我們必須好好抓住這份匱乏，不論它是多麼不體面，我們也必須以更旺盛的自我恢復能力，在受到各式活動的沖刷襲擊之後，更堅定地把持住我們的中軸。」

蒙田的憂鬱

「匱乏」在此是想像的欠缺，就像在瓦里斯‧史帝文斯的詩裡一樣。蒙田的「匱乏」

是什麼?對《文論集》的讀者而言，他想像的欠缺為何?欠缺和魅力是一致的，也說明了他對我們的圖謀。他懼怕他自己和我們的憂鬱，並提供其智慧以為兩者之藥方。他的憂鬱本就具有正典性，而他的智慧則是逐漸演變為正典的。關於正典的憂鬱，我最喜歡梅吉·齊格（Maggie Kilgour, b. 1957）於其論著《從聖體到食人》（*From Communion to Cannibalism*, 1990）中所做的綜述：

> 就像星相學以外在力量注入身體的影響理論一樣，憂鬱期盼著詩的影響理論，而且從一開始就與藝術人格合而為一，此一人格被視為本是矛盾衝突的。在人們心目中，憂鬱既是一種氣質也是一種疾病，且經由嘉冷（Galen, 130-200, 按：希臘醫學家與哲學家）與亞里斯多德兩人原本相對立的理論的融合成了詛咒與祝福的結合。就以前所謂好與壞的主導氣質以及現代所謂的內在特質而言，它都是天才與邪惡魔鬼的雙重象徵。

憂鬱或藝術的矛盾，和苦於無從自我創生的美學傷痛有很大的關係，如同米爾頓之撒且這位於沉墜之前喚為魯西弗（Lucifer）的大詩人及墮落天使的情況一般。在蒙田早期的第一冊二號和三號文論——〈論悲傷〉（"Of Sadness"）和〈我們的感情延伸至我們之外〉（"Our Feelings Reach out Beyond Us"）——憂鬱是核心議題，但這些嘗試並沒有告訴我們多少東西。

蒙田真實的或成熟的憂鬱超越了作者的意識矛盾，而映照在痛苦與死亡的巨大陰影上。蒙田一生中主要的，且幾乎是唯一的友誼來自大他兩歲的愛田・德・拉伯艾提（Étienne de La Boétie）。在六年的密切交往之後，拉伯艾提突然去世，得年三十二。或許因為蒙田不想再承受如此深刻的痛楚，此後他便不再接受真正的友誼。基督宗教或聖保羅對死亡的看法——視其為人類的墮落所招致的不正常現象——與蒙田不同。正如雨果・符利德里希（Hugo Friedrich, b. 1904）所指出的，蒙田並未費心批駁基督宗教的立場，只是予以忽略，當它和自己沒有關係。蒙田雖是蘇格拉底的信徒，但他對蘇格拉底的靈魂不朽觀並不認同，基督宗教的來生論就更不用說了。沒有比蒙田在第三冊十二號文論〈論面相〉（"Of Physiognomy"）之中就如何為死亡做準備所做的建議更不似基督教（或更有趣）的了：

> 如果你不知道要怎麼死，別煩惱；到時大自然就會告訴你怎麼做，你將得到詳盡而充分的指示。她會替你安排得盡善盡美，別在這上面費神了。
>
> 我們拿死亡之思來煩擾我們的生命，拿生命之思來煩擾死亡。一個折磨我們，另一個驚嚇我們。我們並非準備著死亡；這件事太過短促。一刻鐘的痛苦，沒有後續、沒有傷害，它並不需要任何特別的法則。説真的，我們所準備著的是準備死

亡。

對蒙田而言，說真的終究便是要說〈論經驗〉——在拒斥基督宗教死亡觀之後緊接著的、也是最後一篇的文論。自然的知識取代了自然的懷疑論，然後順勢轉回可知之識（the knowable）的極致，轉回蘇格拉底：「我的經驗使我確信人的無知，我認為這是整個世界學校裡最堅定不移的事實。那些無法從我的或他們自己的空幻經驗裡得出自身無知的人，且讓他們經由大師中的大師蘇格拉底來認識它吧。」

那跨過無知的便是覺察到弗洛依德所謂的：自我總是身體的自我，蒙田以較具藝術性的手法將此一道理陳述出來：

> 總之，我在這裡的塗鴉只不過是我的生活散記而已，如果將其中的訓誨倒過來看，很可以做為精神健康的範例。但是在談到身體健康時，沒有人可以比我貢獻出更有用的經驗，我以完整純粹的面貌將之呈現出來，完全不受藝術或理論的污染或影響。在理智主導一切的醫藥領域中，經驗的確是自成一格的。

蒙田的變遷論

「存在」想來是理智所關注的，而正如蒙田所強調的，他述說的並非存在；他述說變遷（passage），我們的身體健康只是一則變遷的故事。經驗即為變遷；這將在蒙田之後成為從莎士比亞和莫里哀一直到普魯斯特與貝克特的所有文學的哲理。蒙田起先著力於呈現自己的存在，結果卻發現一個事實：自我即是變遷、推移、過渡。如果自我變動不居，那麼自我的記錄者便不可能老是記著他「本來想說的」。智慧非知識，因為本為虛幻的知識即屬「本來想說的」。智者言變遷，雖然蒙田一直擁有一個自我，自我卻一直在過渡為自我，如同音調轉化成音調：

我們必須學著承受我們無法規避的事物。我們的生命如調和的世界一般由對立的事物組成，由甜美的與粗澀的、尖銳的與低平的、輕柔的與高亢的不同聲調所組成。如果一個音樂家只喜歡其中一種，那他還能說什麼？他必得知道如何統籌運用與交錯融混。我們也當如此看待善與惡，在我們的生命中兩者都是要角。沒有此一融混，我們的存在便不可能，沒有任何一方會比另一方更不重要。試圖踢開自然需求便是在仿傚提希逢（Ctesiphon）人的愚昧，這人竟和他的騾子比賽踢東西。

（按：提希逢是古代位於現今伊拉克境內底格里斯河岸的城市）

我不能說我輕鬆愉快地接受了此一建言，雖然我知道此為智慧之語。但是，即使我想要踢開自然需求並且和騾子進行我必輸無疑的踢東西比賽，我其實也沒什麼損失。這是蒙田在坦誠討論他因腎結石所承受的無盡痛楚，以及討論他自己的心靈給他的反諷慰藉之前所做的序語：「但是你並不是因為生病而死，而是因為你有生命而死。死亡殺人乾淨俐落得很，用不著疾病的幫助。倒是疾病為某些人拖延了死亡，這些人因為老是想著自己要死了而延長了壽命。」

我們無法確定此一反諷會延伸到什麼程度，但是當此文接近末尾時，反諷的經驗便躍然紙上：

我老愛吹噓自己是如何勤勉懇切且獨樹一幟地享受著人生，可是當我仔細察看時，我發現這些享受不過如風。但這有什麼關係？我們都是風。風甚至比我們聰明，它喜歡製造聲響、來往徘徊，滿足於自己的能耐，不求取安穩與堅實等不屬於它的特質。

在這裡，蒙田同時宣示了局限與自由：於生命之樂，於自我，於其《文論集》。不要固執於我們不曾擁有的特質，如此我們便可睿智如風。無論如何譏諷，這篇文章仍然是對自我、對自然的樂趣以及對蒙田作品的辯護，同時也認知到這一切皆屬變遷之象。然而，本文接著強調，在此一變遷的歷程中好好活著便已足夠：

我們真是大傻瓜。「他虛度了一生，」我們這麼說；「我今天一事無成。」什麼，你不是活著嗎？這非但是最根本的事情，而且也是你最顯著的工作……我們的責任不是寫書，而是寫出我們的性格；不是贏得戰役攻城掠地，而是贏得行為舉止的條理和安寧。我們最大最光榮的成就便是好好活著。

好好活著便是成就

這段話對蒙田和當時的讀者而言特別尖銳而深刻，因為在他們身邊正如火如荼地進行著三角內戰：基茲家族（Guises）領導的天主教聯盟（Catholic League）；拿瓦爾的亨利領導的新教徒；法瓦王朝（Valois）最後一位君主亨利三世（Henry III）領導的保皇派。而如今條理和安寧既已永難得致，這段話仍是深刻而尖銳的。當〈論經驗〉臻於高潮時，智慧與譏諷爭鋒，競逐修辭主控權。蘇格拉底再度出現，接受蒙田全心的禮讚，之前並有一段曼妙的導言：「蘇格拉底最了不起的是他在垂垂老矣時還能找時間學習跳舞和玩樂器，並樂此不疲。」在生命的最後關頭，蒙田以此箴言仿傚蘇格拉底：「生命於我愈是短促，我愈是得令其更深刻、更完滿。」我們正要加入對凡常生活的禮讚，這是巴斯卡所憎惡的，並以剽竊的方式予以修改，但我們將傾倒於其完整的面貌，同時將巴斯卡忘得一乾二淨：

他們想要離棄自我，從人的範疇逃開。此誠屬瘋狂：他們沒變成天使，反倒成了禽獸；他們沒得到提昇，反倒是墮落了。這種追求超越的習性有如那些高不可攀的地方令我生畏；在蘇格拉底的一生中，沒有什麼比他的狂喜與著魔更讓我難以理解，也沒有什麼比柏拉圖因之被奉為神聖的諸般特質更通人情。在我們的學問之中，那些我認為最通俗平凡的卻昇上了最高位。在亞歷山大的一生中，我覺得再也沒有什麼比他那長生不朽的遐想更謙和及合乎人性。菲妻塔斯（Philotas）以機智的回答大大譏刺了他一番。他寫信向他道賀，說天帝朱比得的神喻已將他列為神祇：「我很替你感到高興；至於那些得和一個不滿足於人類能力的優越者一起生活且服從之的人，則蠻教人同情的。」

這段話對我而言似乎已經觸及這位文論家的藝術極致；它的力量於其峻拒最好的人——蘇格拉底與亞歷山大——的最壞一面時顯得無比崇偉。我們已看不到作家的憂鬱與矛盾；晚來後到的感覺在蒙田面對古人時並不存在，他推崇這些古人，但同時也拿人類的智慧標準予以評判。就像符瑞所指出的，蒙田已將其人文觀念予以人性化，而智慧則端賴我們唯一確定可以獲得的知識：如何生活。但是，如此陳述便是沒有抓住蒙田，如果想要重新發揚別的地方找不到的正典智慧，我們必須不斷回到他自己寫的東西。充滿智慧的〈論經驗〉最重要的一面是，它的主張係植基於一種他處無從聽聞的認知樂曲：

知道怎麼好好享受我們的存在，此乃絕對的完美，事實上也非常神聖。我們找尋別的情境，因為我們不知道如何運用我們自己的；我們走出自身之外，因為我們不知道自身之中是何等風光。踩高蹺並沒有什麼好處，因為在高蹺上我們仍必須用自己的腳走路。而在世上最崇高的王座上，我們仍然只是坐著自己的屁股。

此一喜劇觀必定讓巴斯卡憤懣不平，它容不下超越之思、孤注一擲的信仰，以及隱身上帝的悲劇。當我們蹣跚走向新的神制時期時，蒙田這四句話可以當我們伏妖的護身符，以防制言必稱神意神啟之徒。蒙田的正典地位在於讀者可以透過蒙田的指引為自我——無論已是多麼皺痕滿佈——找到定位。一直到弗洛依德出現之前，沒有一個世俗道德家能給我們這麼多的東西，而我覺得對弗洛依德最正確的讚譽便是將他視為現今混亂時期的蒙田。

以喜劇見長的莫里哀

維多利亞時期詩人兼小說家喬治・梅若迪斯（George Meredith, 1828-1909）在他最好的小說《自我中心者》（*The Egoists*）裡寫了一齣莫里哀風格的上流社會喜劇，他也寫了一本《喜劇論》（*Essay on Comedy*），其中的莫里哀在他的上層階級觀眾與中層階級觀眾之間穿梭游移、搖擺不定，同時為了宮廷與市井搬演戲碼，但私底下是傾向市井的。這可能是一種理想化的看法，因為像俱裝套業者的兒子莫里哀，甚至比手套業者的兒子莎士比亞更像是貴族制時期的喜劇作家。蒙田在晚期將他的生命觀與一般大眾結合起來。但莫里哀和莎士比亞一樣讓我們很難看得出他內心最深處的情感認同。他和蒙田一樣是個自然主義者，或許還是一個懷疑論者，並且顯然和莎士比亞一樣地世俗取向。

訴諸常識的莫里哀具有阿里斯多法尼斯的實際取向，而除此之外莫里哀壓抑了勢難見容於路易十四宮廷的阿里斯多法尼斯情調。他那宅心仁厚的大王路易十四事實上就是莫里哀的上帝，沒有他的知遇與經常的支持，莫里哀的敵人——巴黎的老頑固們——就會把他給吞噬了。太陽王是莫里哀成熟偉業的一根支柱；另一根支柱是他對戲劇的宗教式奉獻與投入，他那劇作家、演員、劇目公司主管的工作最後耗盡了他的生命。莫里哀在他自編、自導，並抱著重病扮演主角的鬧劇《想像的病人》（*The Imaginary Invalid*, 1673）的第四次演出之後傳奇性地死去。當年他五十歲，已在劇場中度過了三十年的時光。

在我們垂死的學術界裡，驅逐正典是再容易不過的事情，但在舞台的實際領域裡則較難執行，莫里哀在這裡和莎士比亞一樣不受威脅，因為劇場觀眾和學術界人士不同，他們隨時可以用腳來投票。莫里哀因此比蒙田更容易在美國生存，即使莫里哀在展示真理的飄忽虛渺上是追隨蒙田的，而這種展示並不受那些以社會公義之名攫奪學術名位的理想主義者和意識形態人士的歡迎。新起的清教徒和以前的清教徒一樣是不會接受蒙田或莫里哀的；但是這對莫里哀來講實在無關緊要。在我們逐漸漂往另一個神制時期的當兒，他或許仍會好好守住蒙田的懷疑精神；到了那個時候，很少人會覺得真理是飄忽虛渺的，而蒙田自己可能會和弗洛依德一起消失。

如同蒙田的文論一般，在莫里哀的喜劇中，真理總是飄忽虛渺的，總是相對的，總是在立場互異的個人或陣營或學派之間輾轉征戰。撇開他那顯然不太愉快的家務事不談，就莫里哀自己的意識而言，對戲劇的堅定信念可能給了他某種程度的超然或清明，而這也是莎士比亞的特質。但是我們實在摸不清這兩位頂尖劇作家本身的意識，而事情可能本來就應該是這個樣子。當高超的喜劇觀統攝一切而無所遺漏時（如莫里哀），驚擾不安甚至狼狽困窘都是難免的。每當我讀著莫里哀或看著《偽善者》（*Tartuffe*, 1664）或《恨世生》上演的時候，我都無法不思省自己最壞的特質，以及我的敵人的可怕特質。我在莫里哀的劇作中面對的是執迷者；但是莫里哀的狂熱份子和班．強生的強勢怪人不同，他們不是以諷擬的形式出現的。莫里哀那幾乎獨一無二的天才寫出了我所說的「標準鬧劇」(normative farce),這個詞看來矛盾得很,但或許是一種可以讓人信服的矛盾。

賈可・基沙諾 (Jacques Guicharnaud) 對莫里哀劇作的評語令人印象深刻:「展現出每個人的生命都是一則煽情故事、一齣鬧劇、一件不名譽之事,」因此觀眾「便可以非常阿Q地不去質疑自己。」接著他以適切的口吻進一步表示,莫里哀最傑出的劇作證明了靈魂「本質上是邪惡的,並帶著一種自由的幻覺。」此說或許太過嚴苛,因為莫里哀身上帶有不少蒙田的氣息而足以讓我們感覺到,靈魂之中另外還有些東西既非邪惡也不是虛幻的自由。不管這種較溫和的質素為何,它和蒙田最大的差異在於那份瀰漫《文論集》字裡行間的「變動」感,已由莫里哀代之以重複 (repetition) 的力量。蒙田有所改變,莫里哀的人物則否。他們必得一如往昔。蒙田竊聞自我,如哈姆雷特與依阿高一般;而這正是莫里哀的主角們所做不到的。

莫里哀的傑作:《恨世生》

一般都同意莫里哀最傑出的作品是《恨世生》、《偽善者》,以及《唐璜》(*Don Juan*, 1665) 這一部矛盾曖昧的劇作,此劇非以詩體寫成,且不易納入喜劇的範疇,至少現在是如此。我看過一些《唐璜》的演出演得好像莫里哀全心全意喜愛主人翁似的,這可行不通,有的演得好像他全盤否定他似的，這也一樣行不通。《恨世生》和《偽善者》比較沒有爭議，不過也是夠複雜的了。在莎士比亞的所有劇作中，他和《哈姆雷特》是否有特別親密的關係，我們不得而知，雖然批評家們做此臆測已經有數世紀之久了。恨世生阿西斯特和莫里哀之間有某種連結，後者創造、指導，以及扮演了他最有趣的一個角色；但此一連結無論如何算不上是一種身份認同。《恨世生》的真理在哪裡？我們對阿西斯特會有什麼看法、什麼感覺？莫里哀之中真理的飄忽虛渺部分來自蒙田對莫里哀的精神感召，但多半得自於莫里哀自己極為獨特的性情。

首先，《恨世生》是一部活力驚人的劇作；莫里哀在寫作時想必是依附了某種魔力。我每看一次或每重讀一次，我都會再次為其速度與量能所震懾；它從頭到尾就像一首激烈的諧謔曲（scherzo）。理查・偉伯（Richard Wilbur）的翻譯從一開始即顯露出此一特質：

菲林特：

咦，你怎麼啦？

阿西斯特（坐著）：

行行好別煩我。

菲林特：

別這樣，怎麼啦？這語氣聽起來怪悲慘的……

阿西斯特：
走開，我說過了；你壞了我的孤獨。
菲林特：
噢，聽我說好嗎，別這麼粗魯。
阿西斯特：
我有意粗魯，先生，而且耳朵也有意不太靈光。

阿西斯特因為他的朋友先前和一位點頭之交熱絡酬酢而悍然拒其於千里之外，當下便將他貫穿全劇的盈溢喜感建立了起來。他在劇中隨處而發的活躍反應可形容為「英雄般的」或「狂亂的」，因其兩者皆是；但如指其為「吉訶德似的」就無關宏旨了。阿西斯特和偽善者大杜夫與唐璜一樣太過強勢，他周遭的情境只是個小展覽場，如此小廟是供不起大菩薩的。大杜夫和喬賽的賣贖罪劵者一樣是個崇偉的宗教偽善者，但是他的熱情太過澎湃，有些批評家便比之為聲名狼藉的活力論者：巴斯婦人和孚斯塔夫。唐璜的活力型式和依阿高有著奇異的類同，是現代虛無主義的另一個先聲。

莫里哀有一種奇特的辯證模式，類似莎士比亞藉由個人與他人之疏隔，以豐富個人內涵的傾向。阿西斯特、大杜夫、唐璜和哈姆雷特、依阿高、哀德蒙一樣為其靈動活躍的衝突轉折付出了和其他所有人疏遠隔離的代價。菲林特是阿西斯特的何瑞修（Horatio），而大杜夫和依阿高只有他們的犧牲品而已。唐璜有他那備受考驗的侍僕史嘉納雷（Sganarelle），哀德蒙只有他和剛乃綺與瑞干兩人的死亡約會。自雅典大家以來的兩個最重要戲劇家都暗示著，我們那愈見旺盛飽滿的活力——無論其負向性如何顯著——實係與他人分隔疏離而非共體存在況味之效應，這令我覺得有點不安；然而我不認為莎士比亞和莫里哀之間的這點相似之處純屬偶然。

有關阿西斯特的真理如何？或者，其飄忽虛渺是否會讓我們永遠對他抱持一種矛盾混雜的看法？讓阿西斯特說得一口美語詩的奇蹟創造者理查·偉伯做了一番巧妙的平衡觀察，但我覺得似乎太嚴厲了一些：

如果阿西斯特渴求真實，而他真是如此，真實卻很不幸地被他那碩大的、不自覺的自我主義所折損與剝削……和許多缺乏幽默感與憤恨不平的人一樣，他嚴以律人、寬以待己，當自己的理想挫敗時也渾然不覺……和身邊所有的人一樣受累於當時道德風氣的衰微頹唐，無法貫徹始終地做一個「榮譽之人」——單純、寬宏、熱情、果斷、率真。他的特點是他能意識到這份理想，而他也能有一陣、沒一陣地予以實現；他的喜劇謬失在於他和吉訶德一樣混淆了自我與理想，總會為了配合自己那自我蒙蔽與戲劇性的目的而扭曲現實世界。於是，非常弔詭地，強烈主張率真感情與坦誠交誼的人卻是最造作、最難以交通、最是受此劇多話而空洞的世界避之唯恐不及的虛空與孤獨的威脅。他必須持續不斷地演出，以便相信他自己的存在。

此論擲地有聲，同時頗為具體而明確，對阿西斯特也未太過苛求，但絕非全然為真，因為在劇裡所有的角色之中，莫里哀和偉伯的觀眾與讀者將持續偏愛驟狂不歇的阿西斯特。請試著將以上偉伯所說的一段話第一句裡的「阿西斯特」換成「哈姆雷特」，然後視之為哈姆雷特評論繼續讀完此段。有些地方是不太適用的：哈姆雷特有幽默感，待己極為嚴苛，大致上沒有吉訶德的調調。但是偉伯論阿西斯特仍不失為偉伯論哈姆雷特。我們不知道莫里哀是不是要讓阿西斯特來批判莫里哀自己，就像我們不知道莎士比亞是否在哈姆雷特身上表現出了自己的特質一樣。但是在我看來，阿西斯特這個莫里哀的角色確實擁有可以讓他寫出莫里哀劇作的道德才智（雖然不是幽默感），而我們老早也聽說過，身為劇中劇主要作者的哈姆雷特也很可以寫出《哈姆雷特》的。

最尖刻的諷刺家之一：阿西斯特

約翰・何蘭德（John Hollander）指出了當一齣劇作以諷刺家為主角時可能產生的奇特效果。偽善者大杜夫與浪子唐璜也算得上是諷刺家，阿西斯特則是最尖刻的諷刺家之一。莫里哀非凡出眾的才情一部分在於他的喜劇比起他的諷刺要宏大得多，於是阿西斯特必得成為社會的批評者，而這位批評者則必須接受《恨世生》的批評。何蘭德的見解是，當劇作面對習於諷刺的主角時必須保護自己，於是莎士比亞為了讓《羅密歐與朱麗葉》成其悲劇，必須在墨枯修佔去我們太多注意力之前把他處理掉。面對著於阿西斯特相關批評傳統中堪稱最佳典範的偉伯，我力主在某個程度上將《恨世生》視為面對阿西斯特所做的自我防衛，正如《哈姆雷特》在某個程度上係面對哈姆雷特之凌厲智能所做的防禦一般。阿西斯特具有偉伯所指出的一切喜劇謬失，而且還不只那些，但是他也展現出了一個真正的社會諷刺家與獨樹一幟的道德心理學家的美學尊嚴。

阿西斯特縱使有許多喜劇謬失，卻仍博得了我們的同情甚至讚嘆，因為莫里哀和莎士比亞一樣，他知道如何呈現出一個人因難以忍受的刺激而陷於暴烈狂怒的狀態。觀眾與讀者無法不認同於這樣一個人物的呈現，或許是因為我們最終都要被死亡的必要給刺激得暴烈而狂怒。阿西斯特不管有沒有受到刺激都是一樣地暴烈而狂怒，他是喜劇的一大勝利。然而，他持續不斷的演出——和哈姆雷特一樣——並不只是如偉伯所說拼命地想要「相信他自己的存在」而已。阿西斯特濃烈的演出欲望是對充滿妥協的人類生存狀況的狂烈諷刺，而阿西斯特的心靈也和哈姆雷特一樣不只是騷動難安而且是永不安歇的。兩人都想得太深，而不是想得太多，也都沒辦法在他們身陷其中的環境裡生存。哈姆雷特消極地冀求死亡；阿西斯特則躲進絕對的孤獨之中。他們還有一個共同點：他們都拒絕了所愛的女子。

妖嬈的席莉明（Celimene）和溫柔的奧菲里亞不同，但兩人同遭拒絕，因為阿西斯特和哈姆雷特這兩位狂烈的諷刺家為愛情、為整個世界都立下了不可能達到的標準，因此他們所堅持的便是他們自己永遠做不到的要求。這在莫里哀的喜劇和莎士比亞的悲劇之中都是關鍵的要素，而兩者皆以諷刺家為主角。

摩爾（W. G. Moore）和賈可・基沙諾是我心目中最有用的莫里哀批評家，前者對著重阿西斯特而輕忽戲劇結構的分析模式提出警告，這再一次暗示了喜劇吸納了諷刺家：

這裡所顯現出來的絕不只是阿西斯特的性格而已；這是一項議題，在險阻重重的世界裡各種原則如何自處的議題。把這麼一部傑出的劇作當成性格研究不免限制了其中戲劇的格局。牽涉到虛榮、風尚、惡意、成規的整個有關誠懇的本質的問題——這些問題的糾葛叢結才是整齣劇的道理與結構的決定性因素。

然而摩爾也看出阿西斯特的確是一個極為複雜的人物，他是劇中的丑角，但也是劇裡的哈姆雷特，一個我們永遠無法完全理解的人物：

阿西斯特真的非常可笑，原因並非他斥責他那時的社會不真誠。他的反社會在於他以堅守原則為理由，來推舉對他自己有利的行為程序……阿西斯特象徵著某種更有趣、更複雜的東西。

為了展現出莫里哀人格特質的廣度與深度，我們可以來看看這飄忽虛渺的東西是什麼。我們也許可以稱之為一般事務與個人事務的混淆。訴諸一個自身以外的標準以便掩護個人的行為乃是人類的自然傾向。反過來看，我們往往沒有發覺我們固守此一共通標準乃源於自私與虛榮。……而阿西斯特其實是不自覺地想要被認可且渴望著優越性和與人不同的顯耀特質……在表現此一恨世愛人（misanthropic lover）之戲劇主題的過程中，莫里哀的強大創造力引領著他刻畫出一個難以想像的人物，在其個人、社會、道德、政治，甚至神學的廣闊意涵上真可與哈姆雷特媲美。

但我們每一個人不是也都混淆了一般事務與個人事務嗎？而演員兼劇作家莫里哀不是也想要被認可且渴望著優越性和與人不同的顯耀特質嗎？連摩爾也犯了以道德眼光來看待阿西斯特的錯誤。莫里哀未犯此錯。雷曼・弗南德茲（Ramon Fernandez, 1894-1944）告訴我們：「阿西斯特是已失去喜劇意識的莫里哀。」弗南德茲指出，阿西斯特因超載而受苦；他太高風亮節、太過理性、太有力量、太積極捍衛真理，甚至太過機智，任誰也無法承受。阿西斯特與其詩人恰相對照：身為戲子的莫里哀沒有特別的地位，連一場端莊的葬禮也不可得。身為其保護者與贊助者路易十四的廷臣，莫里哀必須有所掩飾，必須隱藏他真正的看法，而且總是意在言外。

當莫里哀扮演阿西斯特一角時，這位老經驗的職業劇目經理想必已注意到劇裡的三個女性角色竟分別由他那貌合神離的妻子、他的情婦，以及不斷拒絕他的女演員扮演的奇異之處。阿西斯特和莫里哀之間的關係令人迷惘，提醒我們應該提防每一個準備做道德評斷的批評家。我很訝異文學批評家竟然不喜歡阿西斯特（不像我喜歡他），因為他是如此犀利地為天天窮於應付氾濫成災的拙劣詩作的批評家們打抱不平：

先生，這些是很敏感的事情；我們都期待
人家說自己擁有真正的詩才。
但是有一次，我曾對一個人說，此人之名我且略過，
在看過他所寫的一些詩句以後我對他說，
人們應該嚴格駕馭
那份不時襲擾靈魂的創作欲；
人們應該緊勒住欲公諸大眾
自己那小小消遣之作的衝動；
賣弄自己的藝術作品
往往是小丑行徑。

在我看來，阿西斯特唯一可議之處是他與迷人且神秘莫測的席莉明的失敗戀情，但諷刺家傳統上都是對婚姻敬謝不敏的。在這裡我也要奮力為阿西斯特辯護；具道德意識的批評家們把他和唐璜當做同一類人物，因為阿西斯特和唐璜都自命為所有領域中的最高裁判，包括情愛領域在內。我有時不免要懷疑，莫里哀的現代批評家是不是把他和哈辛給融混了，而這就和混合蒙田和巴斯卡一樣奇怪。於是馬汀・特紐（Martin Turnell）在《古典時刻》（*The Classical Moment*, 1971）裡將莫里哀融入他的時代之中，而那是哈辛的時代，很快地，《恨世生》就成了一部主角老是處於歇斯底里狀態的劇作。我們在特紐的責備中聽到了道德性評論的極致化約之聲：「假裝秩序重新建立了起來、假裝經過試煉的小丑又回復到了神智健全的標準是沒有用的。」「什麼鬼標準？」阿西斯特想必會爆發的，而神智健全的觀眾或讀者想必也會站在他這一邊。如果我們真有一個健全的社會而只有阿西斯特一個人不正常的話，《恨世生》便不值一顧了。為了把阿西斯特從批評家手中搶救過來，我必須向蒙田求援。

我們已習於就哈姆雷特的某些特質尋找類似蒙田的懷疑精神，但批評家們不會說哈姆雷特是個小丑。觀看一個不能（也不應）觸及崇偉境界的演員飾演哈姆雷特是很可怕的經驗，但是我們一般會期待一個有實力和悟性高的演員來扮演此角。觀看一個能力不足的演員把阿西斯特演成了一個自我蒙蔽的傻瓜是讓人很不舒服的劇場經驗。眾批評家一波波的道德熱潮已經為此劇造成了無可否認的傷害，至少在英語系國家是如此。阿西斯特需要一位傑出的演員，莫里哀首次成功地扮演此一角色時顯然正適合擔此重任。相傳，由莫里哀親自指導與飾演的阿西斯特遠非自我毀滅的小丑所能形容。此劇的導演與演員必須能想像出一個道德諷刺家的形象，他在成為犧牲品的同時也能保持力量與尊嚴，但他並不是被亟欲報復的社會所吞噬，而是為喜劇的精神所犧牲。

只有盧梭會愛上阿西斯特

阿伯特・伯梅爾（Albert Bermel）的《莫里哀的戲劇饗宴》（*Molière's Theatrical Bounty*, 1990），別的都好，就是對阿西斯特非常苛刻，他不是根據一般的道德標準，而是基於阿西斯特是一個追求孤獨的人，不是慷慨激昂的民主人士（Jacobin）或改革者，也因為他在席莉明終於願意結婚的時候無心接納她。如果按照同樣的邏輯，哈姆雷特也會讓人挑剔不完的。阿西斯特不像哈姆雷特那麼聰明，但是兩人的文學性格是再相像不過的了，而伯梅爾也說阿西斯特「具有難以估量的智識與道德技能」，但他的個性較不討喜。除了盧梭以外，無人曾愛上阿西斯特；盧梭在席莉明的追求者身上發現了和他自己一樣高風亮節的性格。就我們所知，席莉明與阿西斯特並未彼此相愛，正契合此劇的喜劇精神。阿西斯特和盧梭一樣只愛他自己，這點無疑增加了他對盧梭的吸引力。

迂迴而深沉的莫里哀並不想藉阿西斯特來頌揚自己的反面性格，但他如果知道他的貴族恨世生在當今混亂的世紀中招來了這許多道德詰難或許會感到很有趣。蒙田讓莫里哀學習到真理的飄忽虛渺，這是一個演員的最佳課程，如果阿西斯特對此有所體認的話也會受益良多，但他是體認不來的。我們總說莫里哀的適才之所是喜劇，而非悲劇，然而我們看得出來，他最傑出的喜劇是非常陰鬱的，即使它們從未變成非屬法國文類的悲喜劇。蒙田和莫里哀兩人都不具魯西恩·勾曼（Lucien Goldmann）於《隱身上帝》（*The Hidden God*, 1976）之中歸給巴斯卡與哈辛的悲劇觀。宗教情操和宗教信仰完全是兩回事，特別是在宗教信仰仍屬強制性質的時代，而缺乏宗教情操可能正是寫下〈論經驗〉的文論家和《恨世生》、《偽善者》、《唐璜》的劇作家之間最主要的連結點。

此一連結為了安全起見必須隱而不顯，然而兩位作家對醫藥業共同的厭惡感喻示了替代品。莫里哀對醫師的諷刺機巧地指向醫事與神學之間的類比，蒙田則溫和地傳達出此一隱義。符瑞所追蹤的蒙田從人文主義到禮讚凡常生活的轉移完全為莫里哀所吸收，後者的理想觀眾將會是那些蒙田拿來取代人文理想的老實人。蒙田的原創性在於自我描繪，對一位喜劇作家而言這絕非創作的好題材。莫里哀的原創性在於從鬧劇到一種批判喜劇的進展，而此一進展需要來自劇場以外的觸發。我的推測是，莫里哀拾取了蒙田的暗示，但他將自我描繪之術翻轉過來，或是把它整個倒過來處理。

在這些相對翻轉之中，阿西斯特是最突出的，不過還有其他類似的例子，所遵循的仍是蒙田對完人（the whole man）的描繪，但卻刻意呈現出有顯著缺陷的殘人（truncated figures）。蒙田所教導的是意志的節制，以擁有自我為依歸；莫里哀所展示的是放縱意志的陰鬱喜劇，以棄絕自我與毀滅性的激情為依歸。阿西斯特雖是我心目中的一個強而有力且教人讚嘆的角色，他和蒙田〈論經驗〉最終的勸諫卻恰恰反其道而行。如果你想要離棄自我，從人的範疇逃開，你就陷入了瘋狂。你沒自我提昇為天使，反倒自我墮落而成了禽獸。到最後，在企盼避走荒僻孤所之餘（不管這只是比喻之辭），阿西斯特所追求的正是蒙田最感恐懼的東西。

7 米爾頓的撒旦與莎士比亞

Milton's Satan and Shakespeare

女性主義文學批評家最憎惡的詩人

米爾頓在正典中擁有無可撼動的地位，即使他似乎是目前女性主義文學批評家最憎惡的重要詩人。在和約翰・卓來登的一次談話中，他不假思索地表白說史賓賽是他的「偉大源頭」，而我已能瞭解這種說法是面對莎士比亞所做的防衛。莎士比亞既是米爾頓真正的，但或許是隱藏的詩的焦慮的來源，同時——很弔詭地——也是米爾頓得以躋身正典的依憑。在所有的後莎士比亞作家之中，最能夠呈現出莎士比亞人物及其改變的要數米爾頓，而不是歌德或托爾斯泰或易卜生，雖然米爾頓奮力想要擺脫莎士比亞的陰影。米爾頓的撒旦是繼莎士比亞自己的創作之後，最具莎士比亞風格的文學人物，是依阿高、哀德蒙、馬克白等反派英雄的繼承人，也延續了哈姆雷特較陰沉的一面。米爾頓和弗洛依德（後者極為推崇米爾頓）同樣都受惠於莎士比亞，也同樣都在躲避這份恩惠。然而，能夠承載莎士比亞的力量並轉為己用，這可能是在米爾頓式與弗洛依德式的矛盾衝突之間、在撒旦的反叛上帝與精神領域的內戰之間最真切的聯繫。

反派英雄大抵是由馬婁創造出來的：崛起成為世界征服者的西吉爾（Scythian）牧羊人帖木兒，尤其是馬爾它猶太人巴拉巴斯這位悠然自得的邪惡幽默家。從馬婁的虛無主義者到莎士比亞早期的惡魔只是一步之隔：悲慘的屠宰場《泰特斯・安莊尼克斯》裡的摩爾人亞倫及駝背的李查三世。這些人物都太過粗糙，不足以影響約翰・米爾頓的意識感知。《失樂園》裡撒旦的智識虛無主義，當是源自哈姆雷特寬廣意識之內的無底深淵；但米爾頓墮落天使的虛無之聲，我們首先是在依阿高身上聽到的，他是第一個因感懷才不遇而受苦的人，因為他被他那神一般的將軍給忽略了。

《失樂園》受《奧賽羅》與《馬克白》影響

米爾頓明訂的神話是，莎士比亞代表「自然」，意謂博大的野性或自然的自由，而米爾頓自己則代表較純粹的或者較好的超越自然之道，以便及於天堂，或至少及於天堂所呈現的形象。不過米爾頓的天堂是沒辦法讓人一次承受太久的；米爾頓自己——他是政治黨派的成員——恐怕也難以消受。《失樂園》的光彩來自它既是悲劇也是史詩，兩者同樣教人信服；它是魯西弗墮落成為撒旦的悲劇，雖然我們看不到在墮落之前身為載光者、晨之子和眾星之首的魯西弗。我們只見到沉墜之後的撒旦，雖然我們可以看到墮落之前、之中、之後的亞當和夏娃。以「悲劇性」的另一種意義而言，《失樂園》是夏娃和亞當的悲劇，他們倆和撒旦一樣具有明顯的莎士比亞特質，但似乎不像撒旦那麼有說服力，莎士比亞那成長的內在自我，在後者身上有較為深刻的呈現。這可能是米爾頓和《奧賽羅》與《馬克白》的作者之間騷動關係的一個層面，這兩部劇作似乎是漬染《失樂園》最深的。米爾頓在抗拒莎士比亞的廣涵博納的同時，仍能將之應用於他的反派角色身上，對他的男女英雄則較為保留，在描繪上帝和基督時就完全嗅不出這種味道了，後兩者不具莎士比亞色彩，也許正因此成了較扁平的戲劇角色。你只能說米爾頓的上帝趾高氣昂、疑神疑鬼、自以為是，而米爾頓的基督——像我曾說過的——只是一個帶領武裝攻擊的頭頭，像是天庭的陸美爾將軍（Rommel, 1891–1944）或巴頓將軍（Patton, 1885–1945）。

莎士比亞去世時，米爾頓是一個七歲的男孩。當米爾頓的詩作〈論莎士比亞〉（"On Shakespeare"）於一六三二年出版時，莎士比亞已經死了十六年了。在思考米爾頓和英語世界——或許是任何語言——最偉大的詩人之間的焦躁關係時，我們絕不能忘記此一時間脈絡。瓦里斯・史帝文斯死了（一九五五年）已經快四十年了，但是他的身影仍然在當今美國詩壇縈迴不去。莎士比亞和米爾頓在時間上有一種危險的親近關係，後者的讚辭事實上是一種防衛的姿態，特別是：

記憶的愛子，偉大的聲名承繼者，
汝之大名何需如此薄弱的見證？
在我們的驚奇與詫異中
汝早已為自己立起了永恆的紀念碑。

莎士比亞是記憶——繆思之母——的兒子，而他自己也是啟發米爾頓的男繆思，但米爾頓得到的啟發並不是一種超越的想像。「驚奇與詫異」在當時與現在就莎士比亞對其他任何一位詩人所可能產生的影響而言並無不妥，但是這些特質在米爾頓的願望裡僅屬次要。米爾頓和但丁一樣，他想要寫的是神聖的詩，或者就是第三約。驚奇與詫異和真理與崇敬是很不一樣的，莎士比亞的「自然」和聖典的或米爾頓的「揭示」也很有一段距離。馬克白和撒旦皆為自己的想像所犧牲；前者可能代表了莎士比亞隱伏的焦慮，或許莎士比亞便藉此滌清了自己的想像力，但是後者顯然反映了米爾頓對幻想奇思的不信任與不滿。

《失樂園》如今讀來像是一本劇力萬鈞的科幻小說，米爾頓這位新教先知——事實上就是新教詩人——對此一定相當不悅。我不斷地重讀這部詩作，心裡充溢著驚奇與詫異，為米爾頓傑出成就的疏異性震動不已。《失樂園》的驚人與獨特之處在於它融合了莎士比亞的悲劇、魏吉爾的史詩、聖經的預言。《馬克白》的可怕情致混合了《伊尼德》的夢魘感以及希伯來聖經的權威獨斷。此一組合會讓任何一部文學作品慘遭滅頂，但眼盲且遭受政治失敗打擊的約翰・米爾頓是不會滅頂的。在《參孫大力士》（*Samson Agonistes*, 1671）和《樂園復得》（*Paradise Regained*, 1671）中我們可以感覺到米爾頓對自己失去的東西甚表憤慨，但是他的《失樂園》壓倒了每一個對手，除了隱而不顯的大力士莎士比亞以外。

《失樂園》的中心：撒旦

《失樂園》的讀者當以撒旦為中心，他是幾乎所有學院派詮釋者鞭笞的對象，但他顯然是這部詩作最耀眼的光芒，只有米爾頓在卷七對希伯來版開天闢地的精彩延伸差可比擬。撒旦當然是被擊倒了，但依阿高和馬克白最終也是如此下場，而反派英雄該做的事已經做完，歌德的梅弗斯托菲里斯（Mephistopheles）也被浮士德的昇天所擊垮。這種挫敗是可辯證的，我們得看看是誰控制了讀者的觀感。依阿高不瞭解伊米利亞（Emilia）為何要捨命維護德斯底蒙娜（Desdemona）的名譽，他寧願被折磨至死也不願——甚至是對自己——透露他的動機：「從此以後，我一字不說。」而我們最後一次見到撒旦時，他是一條在地獄的地上嘶嘶吐信的蛇。

我們並不樂於見到此一情景，這是米爾頓評議之筆最冷酷無情的地方，同時他也傷到了自己。米爾頓因而像是個壞心眼的人，因為他似乎是要對撒旦施行報復，因為他篡奪了太多詩人的精力和想望的力量。莎士比亞並沒有對依阿高或馬克白施行報復，對三十八部劇作中的每一個人物也是如此。

在這裡，讓莎士比亞如此與眾不同的不單單是戲劇這種文類而已。莎士比亞是冷漠與淡然的奇蹟，他既不相信什麼，也沒有不相信什麼，既不訴諸道德，也不為虛無主義背書。依阿高使我們感到快意，即使他令我們渾身打冷顫。米爾頓公開強調信仰和明確的道德觀，使得我們從撒旦身上獲得的快感彷彿是項罪惡一般。我很懷疑後來寫《參孫大力士》的米爾頓是不是還相信什麼；無論如何，米爾頓詩裡的基督實在是教我費解的人物。米爾頓的基督和美國宗教家的耶穌一樣並沒有遭受多少十字架的磨難，並且極為迅速快捷地從十字架上走了下來。美國的耶穌復活之後在世上停留的時間遠遠超過了四十天，他未受磨難，亦未升天，比起歐洲的耶穌，這樣的耶穌想必更適合米爾頓。

米爾頓那登極顯榮的撒旦在《失樂園》裡是如魚得水，和《奧賽羅》裡的設計大師依阿高同樣擁有自己堅實的角色與身份，直到兩人終於被擊垮為止。我們記得依阿高在他對所有人物的控制程度上循序漸進，直到他能夠以被毀滅了的奧賽羅為其負向創作成就而雀躍不已，正如我們憶起撒旦挺身反抗的雄姿以及一手造就人類墮落的奸詭巧計。他們共同的傲氣源自馬婁，由莎士比亞予以改良，並由莎士比亞的門徒約翰・韋伯斯特於《白魔》（*White Devil*, 1607-12）一劇中做了最佳的陳述：躺在最後一景橫屍遍地的舞台上的其中一個奄奄待斃的反派英雄欣喜莫名地大喊：「我描繪此一夜景，這是我最得意的作品！」一夜景描繪者撒旦完全是承襲自依阿高和馬克白、哈姆雷特和哀德蒙。

撒旦和依阿高的相仿

我們必須假設米爾頓並未意識到這份傳承，雖然這實在令人十分困惑。米爾頓呈現出來的撒旦對上帝的矛盾情感就像弗洛依德所陳述的原初矛盾一樣完全是得自莎士比亞，係植基於依阿高對奧賽羅的矛盾情感、馬克白對他自己的伊底帕斯野心的矛盾情感，以及哈姆雷特對每一件事、每一個人，尤其是對他自己的矛盾情感。按照弗洛依德的定義，矛盾情感乃是「我」之上的超我，和「我」之下的原我（id）或「它」兩者之間一切關係的精髓。愛與恨交織且均等的情感效應同時在這些精神媒介或虛擬機制之間來回流動著，退潮與漲潮之間輪流炙乾與淹沒了不幸的「我」。依阿高、馬克白、撒旦被此一矛盾情感牢牢控制著，使得他們和這份情感幾乎分不開來。

對依阿高而言，戰爭和公共生活之間是沒有分界的，在《奧賽羅》裡他早已將自我認同於他的將軍戰神奧賽羅，正如魯西弗已認同於米爾頓的上帝一般。撒旦為其所謂的「懷才不遇感」所苦，因他被基督搶了權位，而依阿高也是心有戚戚，因為他被卡希歐（Cassio）搶了權位，後者是個外地人，奧賽羅捨依阿高而選派他為副官，依阿高則任旗手或旗官，負責掌管奧賽羅的旗幟，因此也就是掌管著他的長官的榮譽。老經驗的奧賽羅高明之處在於他識得戰爭與和平的分界，或許他知道不能放任他那忠心的旗手去跨越此一界線。撒旦的情形歷來為神學多重決定著，所以問題要比依阿高多一些。米爾頓的上帝為什麼捨天使之首魯西弗而宣告基督為子？魯西弗當初究竟是怎麼墮落成撒旦的？如果魯西弗一開始就失掉了權位，為什麼他在上帝下詔宣告基督的優勢地位之前對此一無所知？

米爾頓對這些問題可是交代得不清不楚：

汝等諸天使，光明之所生，
尊位、權勢、威儀、德行、大能，
悉聽我這永不撤廢的詔令。
我所命為獨子的已於今日
誕生，我已在這聖山
將他塗膏，你們可見他此刻在我右旁；
我命他做你們的首領；
我誓令在天之眾
都對他屈膝受命，認他為上主：
依從他崇隆的攝政權威，
團結無間，好似一體，

永享幸福：違抗他
即是違抗我，即是破壞團結，當即日
逐出神旁，逐出福景，使墮入
全黑的幽冥，深深纏陷，
永不得贖罪超生，如此永無止盡。

這當然合乎傳統基督教義，但是它合乎詩的規律嗎？此一尖刻專橫的宣告每每讓我想起以故的威廉·安普生所說上帝就這樣帶頭引發了一切的紛擾，如同他在「約伯記」（Book of Job）中向撒旦吹噓他的僕人約伯的順從與正直一般。此處有一個想像的誤失：唯因上帝的威嚇力量才教我們聽不出他的威脅實在是虛張聲勢。在任何違抗之舉出現之前就先設想有人會起而違抗，這似乎是希伯來上帝丟不開的懸念。無法完整重建的上帝耶威早期歷史暗示著，對可能出現的違抗行為的焦慮和一個孤單的戰神——顯然是眾多小神祇裡的一個——如何崛起成為無上至尊的隱秘故事頗有關聯。但是對詩人米爾頓而言，此一早期歷史是不存在的，它就好像戰神奧賽羅當初藉以贏得他的新娘德斯底蒙娜芳心，他自己早年的傳奇故事一樣。

我們覺得米爾頓的上帝說話聽來頗有暴君的味道，主張共和政制的他想必不會接受這種感覺，因為新教的上帝對《失樂園》的詩人而言是唯一合法的君王。不過，米爾頓的上帝聽來還是比較像詹姆斯一世和查理一世（Charles I），而不像大衛和所羅門，更不像是作者J的上帝耶威。米爾頓的上帝非常不對勁，他那在父神之車（Chariot of Paternal Deity）上率領天軍的好戰的彌賽亞也是一樣。奧賽羅的權威聽起來要比米爾頓的上帝有說服力：「把你們光亮的劍收起來罷，沾了露水要生銹的。」這是依阿高所起而反抗的，同時也讓他的勝利更漂亮、更具毀滅性，和撒旦曖昧得多的勝利正相對照。

我不是在暗示悲劇性的撒旦是「小一號的依阿高」，或是他比較像《辛伯林》裡的義阿基摩（Iachimo）而不像依阿高或馬克白。撒旦的瑕疵（這顯然是瑕不掩瑜的）頗教人吃驚地是源自於米爾頓不願或不能把詩中的基督教論證適切地呈現出來。他大可以和非基督教徒歌德和雪萊一樣從西班牙黃金時期，特別是考得隆的戲劇之中獲益，雖然其中的天主教成份無疑是阻隔的因素。上帝和基督——至少在《失樂園》中——阻滯了米爾頓的天才，不做此一推測也難，而威廉．布雷克的《天堂與地獄的結合》（*The Marriage of Heaven and Hell*, 1790–93）已經在我之前做了此一推測。

撒旦的存在虛無主義

米爾頓的偉大詩作顯示的是，米爾頓仍然不由自主地投靠了莎士比亞。他的撒旦融合了依阿高的存在虛無主義、馬克白滿腦子的預想遐思，以及哈姆雷特對說話行為的輕蔑。

撒旦所說的每一個字都是為了他心裡面——就像在哈姆雷特心裡面——已經死去的東西。撒旦和設計悲劇的依阿高一樣為一種美學上的傲氣所驅使，另一方面又如馬克白一般愈發難忍地感覺到每一次篡奪，都不過是為那可憐的演員所做的遺漏的提示。撒旦困局的絕佳戲劇元素來自莎士比亞，而撒旦唯有先竊聞自己並思索自己的語言之後方才有所改變，此一傾向也是莎士比亞的發明。然而米爾頓並未為我們呈現出魯西弗之成為撒旦的關鍵性改變。如果我們到文本裡搜尋，最重要的變形時刻是付諸闕如的。我們只能找到拉菲爾（Raphael）這位不全然溫煦和藹的天使長奇異而簡略的說教：

……而這並未喚醒
撒旦，此為彼現今稱號，先前之名
在天庭已不復聽聞；
他雖不是首席大天使，其權力、
其蒙恩、其地位則皆為首善，
卻對上帝之子深懷妒恨，
那巍巍天父榮耀其子，
命為彌賽亞，遂致撒旦一念驕矜，
無法忍受此情此景，覺得自己受到了委屈。

此一閃躲完全不是莎士比亞的風格；我們想要觀賞完整的演出，正如我們希望見到衰敗之前的魯西弗一樣。逃離莎士比亞的米爾頓壓抑了其反派英雄變形時刻的戲劇呈現。畢竟，拉菲爾錯了；覺得自己受到委屈的是魯西弗，而那套告訴我們魯西弗如今已被貶為撒旦的官式說詞只會讓我們感到厭煩。莎士比亞將依阿高與馬克白展現在我們面前，米爾頓卻只當基督教徒讀者會無異議接受全然表達勝者觀感的故事。許多類似的情況讓《失樂園》也不免要有一蹶不振之虞，不過莎士比亞的撒旦很快就會回來使其重現生機，這時撒旦便得以抒發一己之思：

依你說，我們原是被造成，且係二手作品，
由那天父傳諸其子的工事？
此說何等新奇！
我們倒想知道此論何來：
誰曾見這創造工程的進行？
你還記得造物者如何賦予你生命？
我們不知我們曾有不似現在這般模樣之時；
也不知有何物先我們存在，自生，自養，

憑我們自己愈盛的活力，當命運途程

走滿一周巡，這原鄉天國的成熟產兒，

天界之子，

我等權威屬於我們自己。

這樣一份隱含著詩與人的實際現勢的觀感，不是那麼容易就能讓基督宗教的既定真理壓下去的。如果說撒旦沉湎於戲劇反諷之中，這些修辭性問句可不只是反諷而已。它們和依阿高同類型的兇悍問句頗為神似，使得《失樂園》的讀者一時間成了奧賽羅，被那難以抗拒的說辭——雖然立場鮮明——震撼不已。撒旦從依阿高、馬克白和哈姆雷特身上學到的是一種教人信服的負向活力，因其不只是單純的堅持而已，並且指向一種超越了享樂原則的恆久驅力。莎士比亞可能無法創造一切，但他顯然創造了我們（如我們現在的面貌），而他也創造了從哈姆雷特歷經依阿高、哀德蒙一直到馬克白一路走來的西方虛無主義。

撒旦雖是口若懸河、舌燦蓮花，卻是重複了莎士比亞所發現的生命的空無。哈姆雷特告訴我們他本身什麼都是，什麼也都不是，依阿高則更深入存在的深淵：「我非我所是（I am not what I am）」，刻意反轉了聖保羅所說的「蒙上帝恩寵，我是我所是（I am what I am）。」「我們不知我們曾有不似現在這般模樣之時」，但我們如今只是空無。就存在的意義而言，依阿高曉得自己已被掏空，因為唯一的存在賦予者戰神奧賽羅已將他輕忽。遭到輕忽的撒旦堅持他是自生自養的，並著手銷毀意圖取代他的世界。強勢得多的依阿高銷毀了他的神，將他唯一認可的現實與價值搞得一團糟。可憐的撒旦卻只能試圖激怒上帝，而非摧毀他。

《失樂園》的前身：《失去樂園的亞當》

依阿高硬是將撒旦的英勇給比了下去，這是顯而易見的，如果米爾頓真能直接面對莎士比亞的漬染力，想必他會相當沮喪。在《失樂園》八字還沒一撇的時候，米爾頓所構想的是一齣悲劇，而非一部史詩，標題為《失樂園》或《失去樂園的亞當》（*Adam Unparadised*）。如今這部詩作的卷四、三十二至四十一行本是悲劇的開頭。撒旦在底格里斯河（Tigris River）源頭的尼法提斯山（Mount Niphates）山巔遙望伊甸園並直接向耀眼的太陽說話，充滿詹姆斯一世時代反派英雄的口氣，馬婁的過激者彷彿又跳了出來：

啊，你這輝燦榮光，
穩居你那獨尊領域，儼然此一新世界之帝；
群星見你都將卑縮頭顱藏起；我今呼告你，
卻並無和你交歡意，且補上你的名啊，

太陽，你不知我如何恨你，
你的光輝教我憶起
當初墮落前的光景，
居你境域之上多麼榮耀璀璨；
直到傲氣和野心教我沉淪，
在天庭反抗那無敵的天帝。

在現存的《失去樂園的亞當》的綱要草稿中並沒有名為撒旦的角色：只有魯西弗。這段話可以讓我們一窺撒旦在沉墜之前是什麼樣的人物。就這十行詩句來看，魯西弗是馬婁式的角色，正如撒旦是莎士比亞式的人物一般；我們聽到的是帖木兒，不是依阿高或馬克白。魯西弗和帖木兒的用語是極為浮誇的：崇偉與否是衡量一切的標準，評定萬物皆是觀其增揚或消滅。太陽取代了晨星，魯西弗一開始不願道出篡位者之名。當他補上這個名字的時候，所激起的懷舊哀思令他憤恨不已。我們被帶回到米爾頓拒不呈現的絕大改變：魯西弗究竟是何時與如何變成撒旦的？往下大約三十五行——可能是原始演詞的補述——似乎是最有可能的解答：

我飛奔處總不離地獄；我自身便是地獄；

且那最深處尚有更深之處
正張開大口欲將我吞噬，
與之相比，教我受苦之地獄不啻天堂矣。

第一行顯然是改編了馬婁的梅弗斯托菲里斯：「這豈非地獄，而我就在其中，」但其餘三行則超越了馬婁。如果依阿高沒有使計讓奧賽羅遭受折磨與煎熬，如果馬克白未曾踏上深入其幻想奇思的負向旅程，米爾頓是無法創造出那真切的地獄大口的傑出意象的。若《失去樂園的亞當》得以完成，魯西弗將會是脫胎自馬婁的角色；撒旦則是莎士比亞於米爾頓的精神內在的勝利表現。馬婁是個諷擬家，而魯西弗和帖木兒、巴拉巴斯一樣將會是個精彩的卡通人物。莎士比亞創造了不停改變、不斷成長的內在自我，最深邃的自我，吞噬一切的自我，哈姆雷特是此一自我首次的完美呈現，而且仍然啃噬著撒旦。

荷蘭精神病醫師凡・登・伯格（J. H. Van den Berg, b. 1914）在《變動中的人類天性》（*The Changing Nature of Man*, 1961）裡稱馬丁・路德（Martin Luther）發現了成長的內在自我。路德當然表現出了一種新的內向性，但它和耶利米（Jeremiah）（按：西元前七至六世紀時的希伯來先知，其預言與生平事蹟請參閱聖經舊約「耶利米書」）所做的預言——上帝從此以後將在我們內裡寫下祂的法則——只有程度上的差別，本質上並無不同。我不打算把莎士比亞的識覺感知歸屬於新教或拒斥英國國教的天主教。按照慣例，莎士比亞兩者都是、兩者皆非，因此路德的內向性或許大略影響了莎士比亞對人類意識的感知。但是我覺得莎士比亞的內向自我和路德的內向性不只是程度上的差別，本質上也有所不同，和迄於路德的整個西方意識史則有根本的差異。哈姆雷特徹底的自我依恃躍過了數個世紀和尼采、愛默生相連結，接著又超越了他們的極限，並且仍然超越著我們的極限。

隨處可見莎翁的影子

愛默生對莎士比亞的評語仍然不假：「目前，在他心靈的視界之外我們是看不到任何東西的。」那些不斷提醒我們莎士比亞主要是一個職業劇作家的化約論者，正可收到愛默生的巧妙反諷：「他的這些魔幻奇技使得演員終將走下舞台的幻覺為之破滅。」愛默生會對當今的文化唯物論者和新歷史論者說些什麼我只能做個猜測，不過《代表人》(1850)裡的〈莎士比亞，詩人〉("Shakespeare; Or, The Poet") 已經有了恰當的指責：「莎士比亞是莎士比亞唯一的立傳者；而其實他也無話可說，除了向我們內裡的莎士比亞之外。」米爾頓內裡的莎士比亞是撒旦的最深處，是被他的自我之中的某些東西吞噬的焦慮。米爾頓是怎麼得來這個吞噬者的意象的？

其中複雜處在於撒旦既是依阿高也是被毀掉的奧賽羅，既是哀德蒙也是發狂的李爾，既是昂揚的哈姆雷特也是低抑的哈姆雷特，既是準備弒君的馬克白也是茫然沉陷於繼起的謀殺網絡的馬克白。拿掉魯西弗而只給我們撒旦的成熟作家米爾頓或許是在不知不覺間選取了超出自己所願的莎士比亞風格。不管魯西弗遭受了多大的挫折，他是不會有時間的焦慮和性的妒嫉的，而這些都是撒旦內在的濃烈情懷。撒旦對時間的懸念源於馬克白；莎士比亞之後沒有一個出色的性妒嫉者——不管是米爾頓、霍桑還是普魯斯特的人物——可以完全擺脫莎士比亞的影子。負向活力的呈現在莎士比亞之前幾乎是不存在的。在他之後，杜斯托也夫斯基的虛無主義者和《失樂園》的撒旦繼續散發著這種活力，但米爾頓的崇偉氣象則已成為絕響。

比較一下依阿高和撒旦的兩段話，他們操持著緬懷情思，兩者都是「我描繪此一夜景，這是我最得意的作品」的精巧改編。第一段是依阿高的精彩遐想，引自第三幕、第三景、三百二十一至三百三十三行，始於把德斯底蒙娜的手絹交給依阿高的伊米利亞下場以後，已經被摧毀的奧賽羅則於其間堂皇上場：

我要把這手絹遺在卡希歐房裡，
讓他得到這塊手絹；
像空氣一般輕的瑣事對於猜疑的人
會像是聖經上的證據一般確鑿有力；
這東西可以發生效力。

摩爾已經中了我的毒而變色了：
險惡的思想原是有毒的，
初入口時不覺怎樣可厭，
但在血裡發作一下之後，
就像硫磺礦一般的燃燒起來了。

（奧賽羅上）。

我已經說過。
你看，他來了！罌粟，曼陀羅，
以及世上所有的催眠藥汁
永遠不能使你
享受昨天你所有的安眠。

另一段是依阿高的門徒撒旦於卷四、三百六十六至三百八十五行的類似遐想，當時他正像個偷窺狂一樣盯著不知情的亞當和夏娃：

啊，溫婉的伉儷，你們想不到
你們的變化已是如何迫近，
居時這一切歡娛
都將煙消雲散，你們將陷入災厄，
你們此刻的歡娛愈是美味，
他日的災厄將更加辛酸；
今日幸福美滿，
但這份幸福難以久長，
汝等天堂之崇高居位
不足以禦防這樣一個仇敵此時闖入天堂；然而我來此並無惡意，
我垂憐你們這般寂寞孤伶
雖則我自己無人憐憫：我想要與你們互結情誼，
彼此親善，相依相契，沒有距離，
從今後，我必與你們同居，或則你們與我結伴為鄰；
我那居處或許不似這樂園佳境那麼討你們歡心，
但你們本當受領你們那造物主的作品，他將它贈給我，
我也慷慨將它贈給人；地獄將大開其門，

來招待你們兩人，
還把她的所有君王都喚來；那兒不似這些褊狹境域，
儘有充足空間容得你們繁多的子孫。

不管「內人」（the inner man）是不是於一五二〇年在路德的「基督徒的自由」的觀念中誕生的，依阿高的勝利是他讓奧賽羅的內人在劇情進展到一半時崩垮傾覆，撒旦則幸災樂禍地看著亞當和夏娃享有內在自由的最後時刻，品味著即將到來的勝利。如果沒有犧牲者內裡與外在的光彩，依阿高和撒旦的欣喜歡快就不會被襯托得如此教人驚嘆、如此卓絕輝煌。兩段文字都有力地表現出了崇偉和虛無，描繪出得意夜景的傲然美感，伴隨著對那已然被毀或即將被毀的完好性格的自虐虐人的緬懷情思。撒旦的先驅依阿高因為自己的成就而沉浸於純粹的喜悅之中，撒旦則似乎流了點鱷魚的眼淚。依阿高必然是佔上風的，因為他設計的作品更像是出自百分之百的唯美主義者之手。依阿高的淺唱低吟頗有濟慈和佩特的調調：

罌粟，曼陀羅，
以及世上所有的催眠藥汁，
永遠不能使你

享受你昨天所有的安眠。

撒旦卻是一副出於政治謀略的強迫結合的口吻：「彼此親善，相依相契，沒有距離，」從戲劇批評家到政客的轉變教人悲傷，也讓我們發覺，我們是多麼希望撒旦能擁有更多依阿高的天才與虛無特質。但是米爾頓能怎麼做呢？喬賽的賣贖罪券者具有真正的虛無主義精神，但此一特質只有在莎士比亞巧妙地賦予馬婁的反派英雄一種較具內向性的、狂烈的非道德模式之後才算發展完全。莎士比亞同時代的人和《奧賽羅》、《李爾王》、《馬克白》的劇作家都可取用一樣的社會和歷史能量，但他顯然也同時可以取用較豐沛的內在能量。莎士比亞全然知曉如何運用與轉化喬賽和馬婁，但是沒有人——包括米爾頓和弗洛依德——能夠全然知曉如何運用莎士比亞，而不是為莎士比亞所用，或者怎麼將如此宏大與普遍的東西完全轉為自己所用。

8 山謬・約翰生博士：正典批評家
Dr. Samuel Johnson, the Canonical Critic

空前絕後的批評家

西方文學批評可以往前回溯到好幾個源頭，包括亞里斯多德的《詩學》（*Poetics*）和柏拉圖在《共和國》裡對荷馬的攻擊。我個人則較為贊同卜魯諾・司內爾在《心靈成長》（*Growth of the Mind*）中將此一榮耀歸於阿里斯多法尼斯對尤里皮迪斯的猛烈撻伐。看著這種智識活動發端自有心的鬧劇，而如今就要終結於那許多正在蹂躪教育體制的當代「政治」與「文化」批評家所搬演的無心鬧劇之中，想來雖是沉重，卻蠻合情合理。想要把西方正典的輓歌唱全，就必定要對如假包換的正典批評家山謬・約翰生博士做一番賞析，放眼古今，沒有一個批評家比得上他。

本書討論的其他兩個文論家蒙田與弗洛依德兩人之間的共同點，比他們和約翰生之間的近似處要多。懷疑論的或享樂主義式的氣質激起了約翰生的惱怒；他是真正的保皇派、基督徒、古典主義者——不似艾略特欲得此三重身份而誠意明顯不濟。約翰生博士沒有誠意不濟的問題，他既善良又偉大，但同時也擁有最鮮活狂野的疏異性。我指的不只是他那獨特或怪異（但很堂皇）的性格，如我們在包斯威爾（Boswell, 1740-95）所撰，至今仍是最優秀的文學傳記《約翰生傳》（*Life of Johnson*, 1791）裡所看到的。約翰生是一位很有實力的詩人，曾寫過一篇很好的非詩體傳奇故事《羅賽拉》（*Rasselas*, 1759），但他的作品——特別是文學批評——主要是屬智慧文學。

文學與生命的經驗批評家

不管希伯來聖經的「傳道書」（Ecclesiastes）的作者是誰，這位約翰生真正的先驅和約翰生一樣，都是令人不安與脫離常規的，都是一個詭異非常的道德家。約翰生之於英國，正如愛默生之於美國、歌德之於德國、蒙田之於法國：國之賢士。而約翰生正如愛默生是一位富原創性的智慧作家，即使他強調其道德觀係恪遵基督教、古典、保守的意識形態。愛默生、尼采或法國傳統中的法國道德家都是傑出的格言家，如哈德加（M. J. C. Hodgart）所說的將倫理道德和精練勸戒冶於一爐。或許最適合約翰生的稱謂是：文學與生命的經驗批評家。約翰生比任何一位批評家都更明白：展現出自我是唯一的方法，批評因此是智慧文學的一支。它不是政治或社會科學或性別與種族的啦啦隊表演，而這正是文學批評在西方大學裡的現況。

所有大小批評家都會出錯，約翰生博士也不是沒栽過跟頭。「《崔斯全・宣狄》（*Tristram Shandy*, 1760-67, 按：英國小說家史坦的作品）不足以傳世」是約翰生所做過最不幸的宣告，且尚不只於此，譬如他曾大加讚揚康古里夫（Congreve, 1670-1729）《哀悼的新娘》（*Mourning Bride*, 1697）裡的一段詩文，指其優於莎士比亞所寫的任何東西。在我心目中，約翰生是英語世界中最好的莎士比亞詮釋者，比柯立芝、哈慈里特、布瑞德里（A. C. Bradley, 1851-1935）、哈洛・加答（Harold Goddard, 1878-1950）都要優秀，他會有此一閃失因此是相當奇怪的。不過康古里夫的詩實在太不高明，和他那出色的非詩體喜劇相差太多，這使得約翰生的失誤不是那麼難以理解。康古里夫描述一座祠寺墓地，這似乎引發了約翰生對死亡的敬畏之思，而這份思緒比之他對上帝的敬畏恐不遑多讓。在包斯威爾的《約翰生傳》裡有一段著名的話是瞭解約翰生的關鍵：

> 他對此一可怕變化的思忖大抵充滿了陰鬱的憂思。他的心靈像是巨大的羅馬圓形競技場。他的判斷與見解站在中央，宛如強壯的競技鬥士一般對抗著那些憂思，它們就像四周籠子裡準備破欄而出撲向他的野獸。經過一陣對抗，他把它們趕回了獸欄，但它們並沒有被殺死，而繼續襲擾著他。我問他我們是否得強化我們的

心靈以便應付死亡的到來，他激切地回答道，「不，先生，隨它去吧。要緊的不是如何死去，而是如何活著。死亡之舉無足輕重，它太過短促。」他又嚴正地補充說，「人們知道一定會是這個樣子，並順勢而為。發牢騷是沒有什麼好處的。」

實際上，約翰生的立場和蒙田頗有相通之處，但其中的情感糾結可就大不相同了：蒙田沒有約翰生的騷動焦躁或嚴肅沉重。約翰生是獨立自主的思想家（他給米爾頓的讚美之一），他避免神學的思辨，卻對人類理解最終之事的局限性無法釋懷。「希望與恐懼」在約翰生身上是哥倆好；很少作家像他一樣對每一種終結如此敏感：事業、文學作品、人類生命的終結。約翰生的終極焦慮和他的文學批評觀之間存有一種複雜的關係。和艾略特不同的是，他不會根據宗教立場來做美學評斷。約翰生對米爾頓的政治觀與精神傾向都非常不以為然，但《失樂園》的力量與原創性教他信服，雖然他們的意識形態並不相同。

論米爾頓、論莎士比亞、論波普的約翰生展現了一個睿智的批評家真實的風貌：他以全部的自我對傑出的特質做出直接而完整的回應。我想不出任何一位主要批評家如同約翰生一般意識到他所說的「人心的叛逆」（the treachery of the human heart），尤其是批評家的心。此語出自九十三期的《自由談》（*The Rambler*），約翰生在這裡首次正視到，「對活著的作家的確應當體貼一些」，但他接著警告說，這份體貼不是「隨時隨地都需要的；因為寫東西的人大抵可以被視為一個挑戰者，每個人都有權利攻擊他的。」約翰生的這種正典文學競賽觀是極為古典的，從而導引出一段精彩的陳述，此乃約翰生之批評家信條：

然而，不管對當代的人做出了什麼樣的決斷，那些知曉人心的叛逆，以及考慮到我們常常以爭取雅致與妥適之名行滿足自己的驕傲與嫉妒之實的人，都會發現那些人其實不太會受到打擾；他們當然沒有免於接受評論的特權，而他們也不會因為受到斥責而感到痛苦，因為他們如今所留下的只有他們的作品與名字而已。對於這些作者，批評家無疑擁有絕對的自由來進行最嚴苛的批評，因為他只威脅到自己的聲名而已；如同在幽冥之境揮劍的伊尼亞斯一樣，他所遭遇的是他傷害不了的幽靈。也許他確實會對既存的威望聊表敬意；但是他獻上這份敬意也只是顧及自己的安全而已，因為其他的動機如今都已不復存在。

在這裡，競技回到了它的源頭，那出色的反諷提醒批評家，他揮劍相向的是地獄裡的幽靈，那些他傷害不了的作者。但如果是莎士比亞、米爾頓、波普這些最偉大的幽靈呢？「從批評界到自然界總有交通之誼」，這裡的「自然」約翰生指的是莎士比亞，貝特（Walter Jackson Bate, b. 1918）視其為約翰生所有批評作品的座右銘或起點，這便強調了約翰生是一個經驗批評家。評鑑想像文學的終極標準是智慧，而非形式；莎士比亞給了約翰生批評家的最終試煉：如何對西方正典的核心作家做出適足的回應？

約翰生論莎士比亞

約翰生論莎士比亞可說是從早先的〈莎士比亞作品集序言〉（1765）裡一句有名的話開始的：「除了普遍自然的呈現之外，沒有任何事物能夠常久地取悅許多人。」為莎士比亞的模仿自然說公道話是約翰生的執著，在這一點上沒有人比他做得更好：「在其他詩人的作品中，人物通常都是以個人的姿態出現；莎士比亞的人物則通常代表一個族群。」約翰生當然不是在說哈姆雷特和依阿高不是個人的呈現；他指的是，他們的個人性因凝塑了一種生活體系而得以確立並提昇，這種延展的構圖使得我們在生活或文學中很難找到一個不帶點哈姆雷特風味的魅力型智識人物，也讓我們很難發現一個不用和依阿高較量壞名聲的邪惡天才，或喜歡設計人而非設計文字的唯美主義者。莫里哀顯然對莎士比亞一無所知，但是《恨世生》裡的阿西斯特卻令人想起哈姆雷特。易卜生想當然是知道莎士比亞的，海達・嘉柏樂便堪稱依阿高的子孫。莎士比亞對人類自然天性的掌握是如此確實，使得所有後莎士比亞人物或多或少都帶有莎士比亞的色彩。約翰生敏銳地感受到，其他作家都傾向於讓愛成為普遍的行為因，莎士比亞則不然：

> 但愛只是眾多激情裡的一種，因為它對生命總體的影響不大，在詩人的戲劇中，

它也就沒有多少運作空間，詩人從活生生的世界中捕捉意念，只把在他跟前所看到的事物展示出來。他知道，其他的任何一種激情，不管是常態的還是過度的，都會是幸福或災難的因由。

驅力（drive）在莎士比亞作品中的定位如何，有關這個問題，約翰生和弗洛依德的看法哪個比較正確？在弗洛依德對《哈姆雷特》、《李爾王》、《馬克白》的評語中，滿足性慾的掙扎——無論多麼壓抑——在這些劇作裡和權力欲望至少是兩相對等的。約翰生和莎士比亞不會同意弗洛依德的看法；莎士比亞的驅力或激情是眾多過度激情的綜合體，比弗洛依德所能想像的要廣闊得多，在三大悲劇裡尤其如此。我們可以看到，約翰生自己的驅力雖然和大肆壓抑的性慾有關，和莎士比亞的驅力卻是完全吻合，充塞著一股企求永生的詩的意志，在約翰生寫給包斯威爾的一封信裡（一七六三年十二月八日）教人難忘地、負面地、反諷地含蓄托出：

也許，在每一顆已知的心中都潛伏著一份冀求差異的想望，使得每一個人先是企盼，繼而相信大自然已經給了他某種只有他自己才有的東西。此一虛榮使得某個心靈滋養著嫌惡感，另一個心靈則啟動了欲望，一直到這些嫌惡感和欲望運用技藝壯大力量，而提昇到比當初高出許多的地位，然後，隨著刻意的作為終於發展成了習慣，它們最後便完全掌控了那當初激勵它們現身的人。

這段話顯然是在自我批判：莎士比亞的人物如馬克白不也是這樣嗎？冀求差異的想望顯然是追求隱喻的原動力，成就詩人的驅力。它不是也讓莎士比亞的男英雄、女英雄、反派、反派英雄顯得活力十足嗎？約翰生在〈莎士比亞作品集序言〉裡說：「如此眾多與普遍的角色是很難區分與保存的，或許沒有一個詩人能把他的人物彼此**區隔**得那麼清楚」（**強調**處為另加）。台詞的個人化以及台詞合乎角色的適切性是莎士比亞的奇蹟之一，約翰生對其渴求差異的想望所做的自我分析便巧妙運用了此一奇蹟。教我稱奇的是，約翰生認為莎士比亞本屬喜劇作家，他撰寫悲劇則屬強制性質，或許是為了追尋更多的差異：

> 在悲劇裡他總在費心製造喜劇的場合，但在喜劇裡他似乎就閑逸輕鬆多了，而盡情悠遊在與其自然天性同相契合的思考型式之中。他的悲劇場景總會有某些欠缺、某些需求；他的喜劇則經常凌駕了期待或想望。他的喜劇以思想和語言取勝，他的悲劇則大都以事件或行為取勝。他的悲劇似屬巧技，他的喜劇似為本能。

莎士比亞從喜劇、歷史劇經悲劇到傳奇劇（就我們的分類而言）的大略發展過程對約翰生的看法是既予駁斥，亦予支持的。《李爾王》屬巧技，《如願》為本能嗎？我們或許可以說，約翰生在這裡所透露的約翰生和他所透露的莎士比亞是一樣多的，但是因為約翰生已然強調莎士比亞是「自然之鏡」，所以這並無不妥。比較有趣的是，約翰生對孚斯塔夫的喜愛顯然勝過李爾王，這必定和約翰生因感覺莎士比亞「寫的東西似乎完全沒有道德目的」而懷抱的焦慮有所關聯，這份焦慮如今已難留駐心頭了。然而，貝特表示，約翰生的焦慮擁有真正的批評力量。莎士比亞不肯投入「詩的公義」令約翰生甚感悲傷，因為約翰生本身善意十足且真切地害怕著悲劇和瘋狂。莎士比亞和史威弗特一樣令約翰生不安，也許他很可以在李爾王的瘋狂中讀到自己發狂的可能預言。約翰生天生是一位傑出的諷刺家，不過約翰生大抵是不寫諷刺作品的，這可能損傷了他的詩才，而我們是鮮少能看到他的詩才展演的。李爾之怒讓約翰生不由自主地沉陷其中，他對此劇的概述是激切騷動的：

在莎士比亞的戲劇中，李爾的悲劇是不枉盛名的。或許沒有一部劇作能如此牢牢地扣緊注意力；如此震盪我們的情緒，引發我們的好奇。不同興致的藝術性糾葛、對立人物的突出對比、命運的驟然轉變、事件的快速遞嬗，這些都讓心靈充滿憤慨、憐憫、希望的永恆騷動。沒有一景不加劇了痛楚或推展了劇情，鮮有一行不提供場景的發展。詩人的想像洪流如此強而有力，心靈一旦涉入，便無可抗拒地浮沉其中。

我們聽見一個強而有力的心靈在抗拒著那最強而有力的心靈，但終究是徒勞，因為約翰生已被捲進了莎士比亞的想像洪流之中。當約翰生最是自相糾結紛擾時，他最能顯現出一位真正的批評家的強大力量。在這裡，「不同」此一隱喻再次於「不同興致的藝術性糾葛」中出現。對約翰生而言，與人不同既是成就也是虛榮，在莎士比亞的戲劇世界裡則純屬成就，超越了詩的公義，超越了善惡，超越了瘋狂與虛榮。在約翰生之前沒有人能像他一樣表達出莎士比亞呈現手法的獨特與動人心魄的力量，他以其高妙的語言敏感度直指莎士比亞的精髓實係區分的藝術、突顯不同的藝術、創造差異的藝術。悲劇和此一藝術絕無衝突，約翰生當然知道這一點。莎士比亞這個最寬容博大的靈魂，在約翰生的靈魂中覓得了最寬容博大的批評之鏡，一面有聲之鏡。「差異」在〈序言〉的一段話裡再次成為連結批評家與詩人的關鍵隱喻，我認為其中包含了約翰生論莎士比亞，正典批評家詮釋正典詩人的核心元素：

雖然他遭遇了那麼多的困難，而能幫助他克服困難的資源是那麼少，他仍獲取了眾多生活型態和各式天賦性情的精確知識；以多樣性使之變化多端，以絕佳的差異性予以突顯，以適當的組合使其得以完整的面貌展現出來。在這種成就上，他沒有人可以模仿，而他自己則成為所有後起作家模仿的對象；我們不免要懷疑，所有後起作家所能提供的理論知識準則或實際精練法則，能否超過他一個人所給予的。

這段話裝載了太多的東西，我們必須退後一步才能看清楚約翰生所看到的，也才能聽明白他獻給莎士比亞的響亮讚辭。「理論知識」我們或許可以稱為「認知意識」；「實際精練」便是智慧。如果莎士比亞已獲取「精確的知識」，並且讓它以完整的面貌展現出來，他的成就實在已超越了哲學家。莎士比亞的成就沒有任何傳承相屬的關係，他以開創者之姿，建立了一種在他之後的所有作家都必須予以維繫的相屬關係。約翰生知道，也告訴了我們，莎士比亞建立了往後呈現手法的衡量標準。知悉眾多生活型態和各式天賦性情便是知悉呈現藝術的根本內涵。莎士比亞以多樣性力求變化，以絕佳的差異性創造突顯的效果，以完整的面貌展現事物。變化、突顯、展現便是知，所知者便是我們稱為心理學的東西，誠如約翰生所暗示的，莎士比亞實為心理學的始祖。如果這是向自然舉起一面鏡子的話，那一定是一面非常活躍的鏡子。

約翰生的懷疑主義

四十一期《閒嗑牙》（*The Idler*）裡的〈論朋友之死〉（"On the Death of a Friend"）是約翰生的小小傑作之一，標示日期為一七五九年一月二十七日，他的母親剛去世沒幾天。身為基督徒的約翰生談著重聚的希望，然而語氣和字裡行間的陰鬱情懷，使得現實原則以及與死亡交好的心境躍然紙上，而這份思緒對視宗教為幻象的蒙田與弗洛依德等懷疑論者而言，毋寧是比較自然的。在殘存者心理學上，約翰生實難以匹敵：

> 這些是神意要讓我們逐漸遠離生命所愛的災難。其他的災厄可以讓毅力來抵擋，或者讓希望來緩和，但無法回復的失落卻使得決心蕩然，前景無光。死者無法回返，留給我們的只有苦澀與悲傷。

與這段非凡的文字對照之下，約翰生的信仰宣示與其說是薄弱，不如說是矛盾重重，甚至是勉強得很。約翰生這個經驗主義者與自然主義者擁有不容妥協的常識感知，不會輕易陷入信仰之中。沒有任何事物可以平息約翰生對意識本身的熱切渴望；他想要更多的生命，執著不悔。就算包斯威爾沒寫《約翰生傳》，我們也會記得約翰生的性格，因為它隱含在他所寫和所說的每一個字之中。批評家的性格很受到當今各種形式主義或文化唯物論者的排斥。然而，當我想起我最喜愛的文學批評家——威爾生・奈特（Wilson Knight, 1897-1985）、安普生、諾斯洛普・孚萊、肯尼斯・柏可（Kenneth Burke, b. 1897）——的時候，首先浮現腦海的不是批評理論或方法，更不是他們的作品，我首先憶起的是他們那熱烈激切且多采多姿的性格：威爾生・奈特直接了當交代他自己的靈性經驗；安普生宣示《失樂園》

裡幾如阿茲特克族（Aztec）和班寧族（Benin）（按：前於墨西哥，後於西非）一般的原始狂野氣息；孚萊欣然指稱艾略特從基督教觀點來記錄文明的衰敗是「偉大的西方奶油盒傾倒的神話」；柏可於愛默生喜用的透明眼球意象中哀嘆自我（I）與眼（eye）的困惑。約翰生博士比其他所有的批評家都更有力量，這不只表現在其認知力、學識與智慧上，他的文學性格更是展現出無比光彩。

約翰生的傑作：《詩人傳》

在那陰鬱的死亡沈思者的另一頭，有批評幽默家約翰生在平衡著，他叮囑批評家不要太過一本正經、自鳴得意、自視優越。約翰生於其主要批評著作《詩人傳》（*The Lives of the Poets*, 1779, 1781）裡介紹了五十個詩人，其中大多是由書商（出版商）挑選的，包括無緣躋身正典的彭弗瑞特（Pomfret）、史培瑞特（Sprat）、葉爾登（Yalden）、多賽特（Dorset）、羅斯卡門（Roscommon）、史代普尼（Stepney）、費騰（Felton）等等，這些人實堪為當今許多尚未成熟便被奉為正典的二流詩人與狂熱作家的先驅，葉爾登可權充代表，古今皆宜。約翰生表示，葉爾登以艾伯拉罕・考利（Abraham Cowley, 1618-67）（除了研究專家之外，如今也已遭人遺忘）的手法撰寫品達風格的頌詩：「他集中注意力在考利身上，視其為模範，並試圖與之爭輝；他寫下了《黑暗頌》（*Hymn to Darkness*），顯然是考利《光明頌》（*Hymn to Light*）的姐妹作。」

無論如何，不幸的葉爾登是注定要被遺忘的，除了約翰生在《葉爾登傳》裡的一句精彩結論之外：「至於他所寫的其他詩作，可以說都值得細細品嚐，雖然它們不是都很洗練，雖然押韻有時非常彆腳，雖然他的謬誤較像是懶散所引起的過失，而非狂熱導致的疏忽。」

這句話幾乎要把不幸的葉爾登給說盡了，不過這還不是大批評家對小詩人所下的最佳評語。葉爾登也試著寫出了自己的《生命頌》（*Hymn to Life*），在新造的光突然出現時，他的上帝顯得有點茫然：「全能的主詫異地站了好一會兒」。約翰生的評語是：「他應該記住，無限之知是絕不會詫異的。一切的詫異都是新奇事物作用於無知心靈所顯現的效應。」

傑作《詩人傳》最有力量的部分是：波普，約翰生自己的先驅：理查．賽維居（Richard Savage），差勁的詩人，卻是出色的談話者，約翰生早年曾和他在倫敦共同渡過寒士街的波希米亞時光（Grub Street Bohemian）；米爾頓，約翰生既不喜歡他，又極為讚賞他；卓來登，就某方面而言，他是約翰生的批評家先驅。而他在談論考利、瓦勒（Waller, 1606-87）、艾迪生（Addison, 1672-1719）、普來爾（Prior, 1664-1721）、史威弗特、楊（Young, 1683-1765）、葛雷（Gray, 1716-1771），甚至論及約翰生的朋友瘋狂詩人威廉．柯林斯的寥寥數頁中，都有重要且著名的字句。在英語世界中，這部詩評與文學傳記是無有匹敵的。就像約翰生其他的批評文字一樣——《自由談》和《閒嗑牙》裡的許多文章、《羅賽拉》的觀點、莎士比亞作品的序言和註解，以及包斯威爾的《約翰生傳》裡的許多引言——詮釋與傳記已是水乳交融，很難區分得開來。約翰生可能不相信（我相信）愛默生所說的「老實說，沒有歷史，只有傳記。」但事實上，約翰生所寫的卻是傳記評論。當任何傳記幾乎皆不可得的時候——如莎士比亞——約翰生展現出真正的傳記史可以成為一種多麼精巧的型式。對約翰生而言，傳記永遠應該把重點擺在個人性上，因此最重要的議題乃是原創性、創造力，以及對自然與其他詩人的模仿。像我一樣著眼於影響的批評家必然要向約翰生學習，而他也能隱約瞭解為何他只寫出了《倫敦》（*London*, 1738）和《志業徒勞》（*The Vanity of Human Wishes*, 1749）等重要詩作；它們雖然都是很好的作品，但他的潛能顯然尚未充分發揮。波普給他的完美感阻撓了他進一步的成就；他頌揚波普卻不去對這位高雅的詩父予以創造性誤讀，而波普和約翰生的氣質顯有差別。

有詩人的才分卻不願成為詩人

批評家艾略特比不上批評家約翰生，但他在《荒原》（*The Waste Land*, 1922）中修改了丁尼生與惠特曼之後，成了一個強有力的詩人。約翰生就是不願意讓班・強生、卓來登、波普建立起來的新古典傳統，得到比他所支持的歐里佛・勾茲密斯（Oliver Goldsmith, 1728-74）和喬治・柯雷柏（George Crabbe, 1754-1832）等人更有力量的延續者。我想不透好鬥的約翰生為何拒絕和波普一決高下，他會是最佳對手的。比起貝克特和曾經是他老闆的喬哀思兩人之間的關係，約翰生和波普的關係較像是安東尼・柏吉斯（Anthony Burgess, 1917-93）和喬哀思的關係。我很喜歡柏吉斯的《無如太陽》（*Nothing Like the Sun*, 1964），但它巧妙地重覆了《尤利西斯》而未做修改。而貝克特在早期歡鬧的小說《墨菲》（*Murphy*, 1938）裡就已經對《尤利西斯》做了高度創造性的誤讀，從《尤利西斯》逸離了出來，轉向自己的用意，自此開啟了他長久的演進歷程：經由《哇特》（*Watt*, 1953）和傑出的三部曲——《莫洛伊》（*Molloy*, 1951），《馬龍死了》（*Malone Dies*, 1952），《無名者》（*The Unnameable*, 1953）——一直到鮮少喬哀思色彩的傑作《真相大白》（*How It Is*, 1961）以及他的三部主要劇作。約翰生不願成為傑出的詩人，雖然他的詩才在《志業徒勞》中已見端倪。批評家約翰生則比較放得開，且勝過了之前的每一個人。包斯威爾並沒有替我們解開這個謎題。重要的不是《志業徒勞》的力量，而是其獨特性；約翰生知道它有多好。他為什麼不繼續寫下去呢？

像約翰生一樣擁有如此強大的力量卻執意不肯成為主要詩人的，在英語世界中我還想不出有第二個例子。愛默生和渥茲華斯的詩作，就像約翰生和波普詩作的關係一樣，而愛默生和約翰生都選擇了另一種文體。但是，愛默生最好的詩作——〈酒神〉（"Bacchus"），〈日〉（"Days"），〈獻給全寧的頌詩〉（the "Channing" ode），以及〈尤里兒〉（"Uriel"）等——亦不及《志業徒勞》的份量與光彩。在《志業徒勞》之後，約翰生的天才離開了詩，而走向批評與談話。約翰生不由自主地喜愛著莎士比亞，這和他對「詩的公義」與提昇人類道德的深切渴望有點衝突。但約翰生是全心全意愛著波普——猶勝卓來登；他把他的心給了波普，甚至宣稱波普所翻譯的《伊里亞德》是「任何年代或國家皆不可妄自媲美的成就」，此一成就「可以說調教了英國的語言」，包括約翰生自己的英語。

波普最得約翰生鍾愛

此一譯本如今已幾乎沒有人會去看了，而在約翰生教人難堪的過度讚美之外，我們也看到他對波普最大的成就之一《蠢人國》（*The Dunciad*, 1743）的喜愛，遠超過浪得虛名的《人論》（*Essay on Man*, 1734），約翰生如此痛貶後者：「知識的貧乏和感覺的粗糙從來沒能掩飾得這麼好。讀者覺得心靈非常充實，雖然他什麼也沒學到；它只不過是換穿了新裝，就讓讀者認不出媽媽和奶娘說過的話。」

約翰生知道他的智慧、學識、才能都在波普之上，那麼到底是什麼牽絆了他，使得他不願專心而持續地投入詩人之業呢？他所指出波普詩的力量所在提供了部分的解答：

波普擁有天才的每一項特質，這些特質彼此融合無間。他擁有創造力，新的事件系列因之生成，新的意象景觀因之展現，如《秀髮劫》（*Rape of the Lock*）；再者，外加或偶然的裝飾與例證因之和已知的主題連結起來，如《批評論》（*Essay on Criticism*）。他擁有想像力，這使得種種的自然形貌、生活事件、激情熱能在作家的

> 心靈上留下了強烈的印象，也使得他能夠將之傳達給讀者，如《艾洛伊莎》（*Eloisa*）、《溫莎森林》（*Windsor Forest*）、《道德信札》（*Ethick Epistles*）。他擁有判斷力，它從生活或自然之中挑選此時此刻所需要的，並且將事物的本質與其附屬物隔離開來，使得所呈現出來的往往比現實更有力量；他總有語言的色彩供他運用，隨時準備以每一種優美雅麗的表達方式，為他的題材著色上彩，如同他將其語言風格融入荷馬美妙而多樣的觀感與描述一般。

我唯一質疑的是最後一項特質——判斷力，以及它在波普《伊里亞德》上的表現，但我衷心贊同對《秀髮劫》的創造力和《信札》的想像力的讚美。約翰生對波普的熱情擁戴，在他對詩人做總評時頗有誇大之嫌：

> 別的人儘可製造新的觀感和新的意象；但是如果想要再對寫詩方法做任何改良就很危險了。藝術與勤勉如今已經盡其所能，接下來所能努力的也不過是沉悶的差事和不必要的好奇而已。

最後，波普是不是詩人顯然是一個膚淺的老問題，我們應該回過頭來問：如果波普不是詩人，詩欲何處尋？為詩下定義只會表現出定義者的窄狹，而排除了波普的定義想必是不太好下的。讓我們環視現在，回顧過去；讓我們探究那些佩戴詩的花環的聲音；讓我們檢視他們的作品，聆聽他們的聲明，波普的地位就不會再有任何爭議了。如果他獻給世界的唯有此一譯本，詩人之名他亦當之無愧：如果《伊里亞德》的作者要為他的後繼者評定等級，他會給他的翻譯者很高的評價，且毋須其他方面的天才來證明。

這裡教人有點困惑。我們看到約翰生獨斷的一面；他以新古典時期的對句（couplet）為詩體的最終完美典範。這麼一個具懷疑精神的經驗批評家，這麼一個學識豐富的學者竟會如此崇拜波普公認的美技演出，這實在教我無法理解。約翰生真把波普和卓來登的千百詩行記在腦子裡，所記誦的米爾頓詩句則少得多，但他知道（的確是如此）前者較米爾頓遜色，較諸莎士比亞更是望塵莫及。約翰生提昇了米爾頓的詩名，對其道德價值觀則多所保留，而他對莎士比亞的觀感並沒有染上這種矛盾的色彩。約翰生顯然未曾將自我認同於荷馬／波普的阿基里斯，如同他對約翰・孚斯塔夫爵士的美妙認同一般。我們甚至不能確定《志業徒勞》在技術上沒有超越波普。約翰生對米爾頓的讚美的確是他自己的寫照：一個獨立自主的思想家，而他那慷慨大方的過度讚美並非基於波普本身的才華。波普是傑出的詩人，但是他不能和莎士比亞與但丁相提並論，你不能說讀他的詩就如同讀了詩的本身；認為荷馬會欣賞波普的《伊里亞德》也是很奇怪的看法。這幾乎惹來威廉・布雷克的強烈反彈，他攻擊他那崇尚波普的贊助者——差勁的詩人威廉・黑里（William Hayley），也攻擊了波普：

於是黑里在他的浴室瞧見肥皂，
大呼波普讓荷馬得到了多好的改造。

波普的技藝最能吸引約翰生，他說波普具有詩的精練（poetical prudence），此一奇特的稱謂羅伯・葛里芬（Robert Griffin）定義為「波普的先天才能與勤勉性格的奇妙結合。」約翰生為自己創造的神話之一就是他很懶散，波普則很勤奮；但他指的是自己心靈的騷動與不耐迥異於波普的審慎與從容。約翰生無可自拔地害怕著自己的心靈，彷彿他將為自己的想像所吞噬，就像莎士比亞在馬克白身上所深刻呈現的：想像的危險蔓延。約翰生是他的詩父波普的一個好得過份的兒子，而在詩人的家庭羅曼史中，繆思是要靠矛盾衝突來召喚的。瀰漫於《詩人傳》字裡行間卻鮮少言明的哀傷基調，正是羅拉・昆尼（Laura Quinney）所謂的追求「文學空間的伊底帕斯化」（the Oedipalization of literary space）。約翰生在面對他的萊歐斯（Laius）（按：伊底帕斯之父，在一處十字路口遭不知情的伊底帕斯殺害），也就是在面對波普時逃離了十字路口而不願冒不敬之險。或許約翰生人太好了，無法成為偉大的詩人，但我們不必為他的顧忌感到遺憾，因為如今我們知道他是一個偉大的人以及最偉大的文學批評家。

約翰生論米爾頓

約翰生自覺地寫著的正典評論，自有其宗教政治與社會經濟上的動機，但是看到這位批評家在《米爾頓傳》裡擱下他自己的意識形態，著實令我著迷。當今「批評與社會變革」的信徒們應該按照順序讀一讀約翰生和哈慈里特論及米爾頓的文字。在一切有關宗教、政治、社會、經濟的議題上，保皇黨的約翰生和基進異議人士哈慈里特是完全相左的，但是他們同時看到了米爾頓的美好特質而加以讚揚，在這一點上哈慈里特與約翰生同樣教人印象深刻，尤其是這裡：

> 米爾頓比其他任何一個作家借用了更多的東西，他窮盡了所有可以模仿的對象，不管是神聖的或褻瀆的；然而他和其他每一個作家都有極大的差異。他是史詩作家，在原創性上卻一點也不輸給荷馬。他心靈的力量在每一行詩句上烙下了痕跡……讀他的作品時，我們覺得為一股強大的智能所籠罩，覺得它和別的智能愈靠近，就愈和它們不同……米爾頓的學識具有直覺的效果。

莎士比亞是此處唯一的例外，正如我在探查莎士比亞於米爾頓的撒旦之中持續的影響力時所試圖說明的。哈慈里特這位我認為僅次於約翰生的英國批評家並不喜歡約翰生。但是約翰生對米爾頓的評語是哈慈里特的先聲：

原創性是對天才的最高讚譽……在所有向荷馬取經的作家當中，米爾頓也許是負債最少的。他本是獨立自主的思想家，對自己的能力充滿自信，對任何援助或阻礙嗤之以鼻：他不排斥先人的思想或意象，但他不會主動去尋找它們。

兩位批評家都正確無誤地發現到，米爾頓擁有一種能將學識轉化為直覺的力量：創造力，約翰生認為這是詩的本質。約翰生的憂鬱氣質讓哈慈里特頗感不快，而此一氣質使得約翰生對創造力更為看重，因為憂鬱的療方包括了不斷發現和再發現生命的可能。約翰生比我所讀過的任何一個作者都更清楚我們是多麼難以承受一點點死亡的預期，特別是我們自己的死亡。縱使說他的評論是以此一意識為根基也不為過。對約翰生而言，人類生存的基本法則不外是：人類生來不願直接面對死亡。當約翰生發現莎士比亞人物的行為和話語，是受到那全體人類皆為之牽動的普遍情懷所影響並因此讚許莎士比亞時，這位批評家心裡所想的首先就是亟欲躲避死亡之思的情懷。包斯威爾曾記下一七七八年四月十五日的一段精彩而陰鬱的對話，約翰生時年六十九：

包斯威爾：「那麼，先生，我們得乖乖承認死亡是一件可怕的事情了。」

約翰生：「是的，先生。我並不打算把它弄成一副不可怕的樣子。」

諾斯（Knowles）太太（似乎在良善的神聖光輝中歡享著愉悅的安詳）：「聖保羅不是說過，『我已經打過美好的信仰之戰，我已經做完了我該做的；從今以後，一頂生命的榮冠已然為我留存！』」

約翰生：「是的，夫人；但妳說的是一個得到神啟的人，他的變化來自超自然力量的介入。」

包斯威爾：「想起來，死亡的確很可怕；然而事實上，我們會發現人們死得很容易。很少人相信自己必會於某刻死去；而那些相信的人則像是一個快被吊死的人一樣，擺出一副果決堅定的神氣。他其實不是那麼甘心引頸就死的。」

賽瓦德小姐（Seward）：「恐懼死亡還有一層因由，這當然是很荒謬的；就是害怕絕滅，而那只是一場無夢的酣暢睡眠。」

約翰生：「它既不酣暢，也非睡眠；它什麼都不是。僅僅活著也比什麼都不是好得多，一個人寧願痛苦地活著也不願死去。」

約翰生如此結束這段對話：「賽瓦德小姐把什麼都不是的絕滅和對絕滅的可怕掛慮搞混了。絕滅的恐怖在於對絕滅的掛慮。」批評家的現實觀將此一恐怖和對瘋狂的恐懼以及得救的希望連結起來，但恐怖本身超越了恐懼與希望。為了繼續活下去，我們便得從那引發恐怖的意識撤離。

約翰生論孚斯塔夫

約翰生論莎士比亞在他對《惡有惡報》第三幕第一景公爵以「要確信死亡」為首的一段話的評語最見巧思：「你沒有青春，也沒有年老；只好像是飯後（after-dinner）小睡，同時夢見這兩段經驗。」約翰生評道：

這真是精巧的想像。在我們年輕的時候，我們忙於為將來打算，忽略了眼前的喜悅與滿足；當我們年老時，我們回憶著青春年華的快樂情事來打發老年的無聊時光；我們的一生沒有任何一個階段擁有完足的當下時光，如同飯後（after dinner）之夢，混合著早上發生的事情和午後預定的計畫。

莎士比亞和約翰生所說的 dinner 是我們在中午用的 lunch。約翰生指出，莎士比亞精巧的想像，揭露了我們完全無法活在當下的事實；我們不是在前瞻，就是在回想。約翰生不願明說，但予以暗示的是，我們棄絕了現在是因為我們必將死於現在的某一刻。滅絕的恐怖是追求隱喻的動力；尼采所謂「求取差異的欲望、置身他方的欲望」因拒絕死亡而啟動。約翰生認為心中那份想要贏得獨特性——包括文學的獨特性——的欲望也有相同的驅動力：躲避因感覺死亡而陷於暈眩的意識。

貝特曾做過一次就我所知最具洞見的約翰生論評，他強調沒有任何作家比約翰生更念茲在茲於心靈具有活動性的特質，除非將此活動性疏導開來，否則它便將摧毀自我與他人。心中對生存的渴求化成各色各樣的形式出現，約翰生直指其為去理想化的文學正典形塑驅動力。約翰生的陰鬱被哈慈里特斥為不自然，我們或許可以說，約翰生的負向經驗主義和哈慈里特的正向自然主義正是個對比。兩位批評家對孚斯塔夫都非常讚賞，指其為莎士比亞的喜劇精神的最佳呈現，但約翰生需要幽默來提供更多的撫慰，這使得他和孚斯塔夫產生了高度的認同，和他的道德意向完全相左。哈慈里特全心喜歡著孚斯塔夫，而我們每一個人都應如此；約翰生和從古至今的小道德家們一樣不贊同孚斯塔夫，但他卻不能自已。雖然約翰生在道德上有所顧忌，孚斯塔夫仍然深深感動了他，使他意亂情迷，直到他克制住自己：

> 然而未曾模仿的孚斯塔夫，無法模仿的孚斯塔夫，我該怎麼描述你？你是見識與惡習的綜合體；你的見識或許令人讚嘆，卻不會受到尊敬，你的惡習或許讓人瞧不起，但不會遭到憎厭。孚斯塔夫是一個滿載謬誤的人物，這些謬誤自然而然便

會招致輕蔑。他是個小偷、老饕、膽小鬼、吹牛大王，總是欺凌弱小，總是趁人之危；總會嚇唬膽怯者，總會羞辱毫無招架之力的人。他既阿諛諂媚且不懷好意，在那些他平時逢迎拍馬的人背後，極盡諷刺譏嘲之能事。他和王子非常親近，雖然這份關係只因他是惡習的代表才得以留存，他卻因此感到無比驕傲，使得他不僅自覺高人一等，並且自忖蘭卡斯特公爵（Duke of Lancaster）也少不了他的關照。然而，這麼一個腐化與卑劣的人，卻成了王子身邊不可或缺的人，雖然王子鄙視他；此乃因為他擁有最討人喜歡的特質，亦即永無休止的愉悅喜感，他也擁有不曾消退的搞笑力量，而他招來的笑聲是毫無負擔、無拘無束的，因為他的機智不含任何璀璨光彩或不凡壯志，而不過是簡單的遁辭和輕薄的詼諧，活力十足卻不致教人嫉妒。我們一定看得出來，他並未犯下什麼重大或血腥的罪行，所以他的放蕩不羈不是太惹人厭，為了他的歡娛喜感儘可不予追究。

如此呈現的人物給我們的教訓是，沒有人比自甘墮落而能討人喜歡的人更加危險；再者，當孚斯塔夫引誘著亨利的時候，機智和誠實面對這麼一個同伴皆不可自以為高枕無憂。

做為孚斯塔夫的強烈擁護者，這段話有很多地方我不能同意；我較能接受和約翰生同時代的莫里斯·摩根（Maurice Morgann）的看法，他在《論約翰·孚斯塔夫爵士的戲劇性格》

（*An Essay on the Dramatic Character of Sir John Falstaff*, 1777）裡為這個所有文學中最好的喜劇人物辯護。據包斯威爾所說，約翰生對摩根此論的反應是喃喃叨唸著：或許摩根接下來就要展示依阿高的美好德行了。但是我們並不以此為忤，因為約翰生那令人動容的觀察：孚斯塔夫表現出「最討人喜歡的特質，亦即永無休止的愉悅喜感」。

約翰生一直都很需要此一特質，他在談話與寫作之中常常提到孚斯塔夫。他喜歡把自己描繪成孚斯塔夫，年老但心情愉悅，擁有無可壓抑的活力，雖然迫近的失落已使其色調逐漸轉暗。約翰生其人其作於包斯威爾之內之外都會保有這份活力。這股生命力能否長伴我們左右，我不得而知。如果正典的價值被徹底逐出文學研究的領域，約翰生還會有讀者嗎？

如果不受意識形態牽制的通識讀者（common readers）即將絕種的話，約翰生就將消失，其他許多正典之作也在劫難逃。但是智慧不會這麼容易就銷聲匿跡的。如果批評在大學或學院裡宣告壽終正寢，它自會轉移陣地，因為它是現代版的智慧文學。約翰生博士在我還小的時候便是我的英雄，我實在不忍心為他唱輓歌，因此在這一章結束前我要引述〈莎士比亞作品集序言〉裡的一段話，好讓我們再來聽聽最偉大的批評家對最偉大的詩人有什麼話要說：

奇幻發明的隨興組合可能會有一時的吸引力，因為凡常平淡的生活使我們大家都在尋求新鮮感；但是突發的妙趣轉瞬即逝，而心靈只合停靠在真理的穩固上頭。

9 歌德的《浮士德，第二部》：反正典詩作

Goethe's *Faust, Part Two*: The Countercanonical Poem

如今，在所有西方最具實力的作家當中，歌德似乎是離我們最遙遠的。我覺得此一距離與其詩作的英文翻譯有多麼拙劣沒有太大的關係。何德林詩作的譯本也不甚高明，但我們許多人對他的喜愛程度超出歌德甚多。這位堪稱德語世界裡的但丁的詩人與智慧作家可以克服差勁的翻譯，但卻無法克服生活與文學裡的變化，這些改變使得他的基本態度和我們顯得如此遙遠，好似陳年古董一般。歌德是愛默生和卡萊爾（Carlyle, 1795-1881）的祖先，但不再是我們的。他的智慧仍在，但卻像是來自另一個太陽系。

歌德是終點，而非起點

詩人歌德在德國沒有任何一個可與之比擬的先驅；何德林在他之後崛起，而歌德從此無有敵手，即便海涅、摩里可（Mörike, 1804-74）、史提分．喬治、里爾克（Rilke, 1875-1926）、

赫夫曼斯達（Hofmannsthal, 1874-1929），或是驚人的特拉可（Trakl, 1887-1914）和賽朗（Celan, 1920-70）也無法媲美。然而，雖然歌德是德國想像文學真正的開端，從西方的角度來看，歌德是終點，而非起點。恩斯特·羅伯·柯鐵斯是我心目中最優秀的現代德國文學批評家，他認為歐洲文學從荷馬到歌德是一個連續的傳統，渥茲華斯踏出了跨越的一步，他是現代詩的創始者，也開啟了從魯希金（Ruskin, 1819-1900）經由普魯斯特至貝克特一直到最近主要現代作家一脈相承的內視自省的風格。歌德生於一七四九年，卒於一八三二年，而渥茲華斯生於一七七〇年，卒於一八五〇年，英國浪漫派詩人是為德國賢士同一個時代中的後輩。但是英美兩地的詩人仍繼續不由自主地重寫著渥茲華斯，而如今歌德在德國詩壇卻不具實質的影響力。

然而要注意的是，在此刻，歌德的遙不可及是其崇高價值的一部分，特別是在法國理論家宣示作者之死和文本霸權的時候。歌德所有的作品無論彼此之間有多大的差異，都帶有他那獨特而撼人的性格標記，我們無從躲避，也無法予以解構。閱讀歌德讓我們再次知曉，作者之死只不過是過了時的法式譬喻。歌德的神魔或神魔們——他似乎隨心所欲地統領著眾多的神魔——總存在於他的作品當中，強化了此一永恆的弔詭：其詩與其文皆同時彰顯出一種古典的、幾乎是共通而普遍的群質（ethos），以及一種浪漫的、高度個人性的情致（pathos）。歌德作品的理念（logos）或亞里斯多德所謂的「思想內容」（dianoia）是唯一的弱點，因為特立獨行的所謂歌德式自然科學，在今天看來並不足以呈現出他對現實的神魔式驚人見解。但這無關緊要，因為歌德的文學力量和智慧，在他的理性思維消散之後仍繼續存在著。

柯鐵斯靈巧地指出「光亮壓倒黑暗是最適合歌德的情境」，並提醒我們歌德對此一情境的用語是heiter，這個字不必做「歡欣」解，視為拉丁字serenus——無論日夜清明無雲的天空——的同義語更為恰當。歌德和其後的雪萊都把晨星當作自己個人的徵象，但他不像雪萊一樣著眼於其逐漸沒入晨光的細密時分。歌德的清明氣質如今是我們難以倚重的；我們和我們的作家們都難享平靜安寧。歌德的浮士德活到了一百歲，歌德也熱切地想要活到相同的歲數。尼采教給我們一套痛楚詩學；他漂亮地強調，只有痛楚才真是難以忘懷。柯鐵斯將歌德歸於古老傳統中的愉悅詩學，但是清明、無雲天際的詩學更接近歌德的視見。

「關乎生命的錯誤乃生命所必需」，尼采的這個重要洞見是尼采（坦承）得自歌德的眾多傳承之一，後者的中心詩想建立在一份繁複的意識上頭：詩的本質是譬喻，而譬喻是一種創造性的錯誤。柯鐵斯於其大作《歐洲文學與拉丁中古世紀》（*European Literature and the Latin Middle Ages*〔1948; 1953英文版〕）之中，結合了歌德的兩個關於譬喻的精彩論點。在附加於《西東詩集》（*West-Östlicher Divan*）的〈釋論〉（"Notes and Essays"）中，歌德對阿拉伯詩作裡的隱喻，做了如下的評語：

> 對東方人而言，萬物隱含著萬物，因此，他習慣於將天差地別的事物連成一氣，

且毫不客氣地利用字母與音節的細微變動，衍生出彼此相反的事物。在這裡，我們看到語言本身已然具備自己的生產力，而語言——在和想像彼此一致的情形下——便是詩。於是，如果我們從最初、必要、基本的譬喻開始，接著留意比較自由和大膽的譬喻，直到我們最後來到那些最大膽、最隨興，甚至愚鈍、傳統、陳腐的譬喻時，我們就能得到東方詩作的粗略概觀。

這顯然構成了一個粗略的詩的隱喻，在詩的領域裡，「萬物隱含著萬物」。歌德在《箴言與省思》（*Maxims and Reflections*）裡談到他真正的先驅（他唯一能接受的先驅，因為他用的是另一種不同的現代語言）：「莎士比亞擁有眾多源自擬人化觀念的美妙譬喻，這些譬喻完全不適合我們，但對他而言卻適得其所，因為在他的時代中，所有藝術皆以寓意（allegory）為最高指導原則。」

這段話反映出歌德對「寓意」和「象徵」（symbol）所做的不幸區分：以前者言，「特定的東西不過是要做為一般事物的實例」，後者或可稱為「詩的本質，它表達出某些特定的意涵，無視於也不指向一般的事物。」歌德注意到莎士比亞「在我們不會去蒐羅意象的地方找尋之，例如仍被視若神聖的書籍。」按照歌德所做的相當無趣的定義來看，將一本書比喻為神聖之物絕不是寓意式的比喻法，但卻是具有真正的象徵意味的寓意，我們在其中又見到了萬物是如何隱含著萬物。此一書的隱喻開展出歌德自己作為一個詩人的最大雄心：

具體表現並延伸擴展歐洲的文學傳統，不屈從其偶然的從屬性，亦即不失去個人自我的形象。

湯瑪斯・曼，是歌德二十世紀的主要傳人

歌德二十世紀的主要傳人湯瑪斯・曼把他的這一面展現得最清楚。曼以愛的反諷（或者是反諷的愛）描繪出一系列傑出的歌德畫像，從一九二二年的〈歌德與托爾斯泰〉（"Goethe and Tolstoy"）歷經一九三〇年代的三部曲（論文人、論「布爾喬亞時代的代表人物」、論《浮士德》）一直到一九三九年的小說《洛提在威瑪》（*Lotte in Weimar*），迄於一九五〇年代的〈歌德遐想〉（"Fantasy on Goethe"）。除了《洛提在威瑪》之外，在這些歌德秀之中最精彩的要數詩人逝世一百週年紀念會上的演說，即〈歌德是布爾喬亞時代的代表人物〉（"Goethe as Representative of the Bourgeois Age"）。對曼而言，歌德是「身為詩人的偉大人物」，是德國文化與理想論個人主義（idealistic individualism）的先知，更是「人性的奇蹟」和卡萊爾所謂的「神一般的人」。做為布爾喬亞的「代表人」，歌德自己談著「觀念和感覺的自由交易」，曼解釋為「自由經濟原則轉移至智識生活的典型案例」。

曼強調，歌德的清明是一項美學的成就，不是自然的天賦。在後期的〈歌德遐想〉之中，曼讚美歌德，因為他那「輝燦的自戀癖，這種對自我的滿意感非常嚴肅，極度執著於

自我要求和個人天賦的啟發與淬煉，『虛榮』這個小家子氣的字眼對它是不適用的。」此一性格描寫的迷人處在於曼對哥德的描繪正是他自己的寫照，一九三六年出色的文論〈弗洛依德與未來〉("Freud and the Future") 亦然：

> 範本 (imitatio) 歌德擁有維特 (Werther) 和威廉・麥司特 (Wilhelm Meister) 的階段以及《浮士德》和《西東詩集》的老年時期，它仍舊可以形塑和如同創造神話般鑄造一個藝術家的生命——從他的潛意識中昇起，接著輾轉循藝術家之路，成為笑盈盈的、童稚的、深沈的意識。

曼的範本歌德給了我們托紐・柯洛格 (Tonio Kröger) (按：曼的短篇小說《托紐・柯洛格》[1903] 的主人翁) 為維特，漢斯・卡斯投 (Hans Castorp) 為威廉・麥司特，《浮士德斯博士》(*Dr. Faustus*, 1947) 為《浮士德》，《菲里斯・柯魯》(*Felix Krull*, 1954) 為《西東詩集》。歌德說「即便完美的模範也有擾人的效應，因為他們領著我們跳過成長發展 (Bildung) 的必要階段，於是我們多半會遠離標的，被引入無限制的錯誤。」曼的說法顯然有歌德的影子。曼在好幾個地方引述了歌德的重要核心問題，後者在暮年時問道：「一個人活著時，其他人也活著嗎？」這個問題隱含著兩則傑出的歌德箴言，其間形成了晚來後到者的辯證理性：「唯有將別人的資產轉為我們自己的東西，方能創造出偉大的事物」以及「除了精神、力量、意志以外，還有什麼真能稱之為我們自己的東西呢！」

詭奇的偉大詩作：《浮士德》

柯鐵斯的歌德是從荷馬經魏吉爾至但丁，接著於莎士比亞、賽萬提斯、米爾頓、哈辛達到高峰的文學文化的完成者和最後的代表。唯有具備歌德那神魔般力量的作家，才有可能集合了這麼多東西而未落得撐死的結局。如今教我們不解的是，儘管歌德擁有無窮的活力與智慧，在他最好的抒情詩之中，我們面對的是一份太過完整單一的意識，我們無法相信在這些詩裡可以找到我們自己，它們顯然和渥茲華斯的詩同樣力量強大，但感人的程度卻遠遠不及。《激情三部曲》(*Trilogies der Leidenschaft*) 雖然擁有非凡的語言強度，卻不似〈汀藤寺〉("Tintern Abbey") 和〈喻示〉("Intimations") 頌詩一般是立於我們存在核心的詩作。《序曲》(*Prelude*) 並沒有比《浮士德》高一等，然而其典範性卻顯著得多。有關歌德的美學之謎不是他的抒情與敘事成就，兩者皆無可置疑，真正的世紀謎題是《浮士德》，在戲劇型式的西方主要詩作之中，它是最詭異、最教人難以吸融的。

艾里奇・海勒 (Erich Heller, 1911-90) 機巧地寫道，「浮士德該當何罪？精神的騷亂不安。浮士德如何得救？精神的騷亂不安。」這是一種歌德式的混淆，或是神祕論知者因罪得救此一理念的歌德版，稱其為混淆似乎並不為過。海勒則視之為一種不合法的曖昧：

他寫不出來的是人類精神的悲劇。在這裡，浮士德悲劇失效了，而成為一種不合法的曖昧，因為對歌德而言，到頭來並沒有所謂的人類精神。它基本上是和自然精神合一的。

赫曼・維根（Hermann Weigand, b. 1892）雖然承認「浮士德的得救是非常不合乎正統的」，但他將這份異端的救贖，歸因於主角「不停地努力擴展自己的人格」，而這正是歌德自己所追求的。然而海勒恐怕說得沒錯，浮士德並沒有人格或所謂的人類精神，這是我們讀這部詩作的難處之一。歌德和荷馬最相似的地方（或者對荷馬所做的最詭奇的諷擬）是，在自然力量與驅力之外獨立存在的人類精神此一觀念是完全付諸闕如的。浮士德和荷馬的英雄們一樣都是各種力量相互衝撞的戰場。這是他和哈姆雷特最大的差異，後者屬於聖經傳統裡的**人類**精神。浮士德沒辦法和哈姆雷特一樣，訴說在他的心中正進行著一場爭戰。他的心、靈、知彼此截然分隔，而我們大抵可以說，他恰巧是三者互相衝激的場域。

然而，歌德寫的終究不是荷馬史詩，而是德國悲劇，雖然「悲劇」對《浮士德》而言有其特殊的涵義。海勒說浮士德的悲劇是他無法製造悲劇。荷馬的阿基里斯是悲劇英雄嗎？卜魯諾・司內爾、達茲（E. R. Dodds, 1893–1979）、漢斯・法蘭可（Hans Fraenkel, b. 1888）告訴我們，阿基里斯這位最優秀的希臘戰士亦不脫童稚氣息，因為他的智能、情緒、感官印象並沒有統合起來。歌德本人具有正面的荷馬式特質，但浮士德似乎只有在童稚氣息上類似荷馬的人物。伊底帕斯和哈姆雷特在他們的悲劇裡長大成熟；相較之下，浮士德宛如嬰孩。

這絕非美學的缺憾。它強化了一種非凡的疏異性，使得《浮士德》成為西方最詭奇的偉大詩作，這部可稱為恢宏的宇宙系統式滑稽劇（satyr-play）的作品，實為古典傳統的終結。《第一部》已夠瘋狂，《第二部》更是讓布朗寧和葉慈顯得溫馴，讓喬哀思顯得直截了當。莎士比亞是英國人對歌德而言很幸運，因為語言的隔閡使得他在吸融與模仿莎士比亞時，不致夾帶磨人的焦慮。《浮士德》或許不具真正的莎士比亞風格，但是卻幾乎不停地諷擬著莎士比亞。

班雅明・班奈特（Benjamin Bennett, b. 1939）認為這部詩作的圖謀不下於「語言的更新」，我將之簡化為「如莎士比亞更新英文一般更新德文的意圖」。班奈特指稱《浮士德》這部無法納入某一文類的奇特作品是「反詩作」（antipoetic），它試圖讓詩的語言超脫譏諷，回復一種先見之明的風情。班奈特以批評上的一種（刻意的）非寫實語調宣稱《浮士德》「是無限大的，因為你要它多大它就有多大。」在我讀《浮士德》的時候，有時我倒希望這部詩作能和我一起嚴格控制食量，但班奈特的論點還是很有啟發性的。

不可能的批評問題是：可以為歌德《浮士德》的美學成就——其範圍與局限——做出任何定評嗎？班奈特或許已經解決了有關範圍的問題，但我們無法閃躲有關局限的議題，特別是在《浮士德》活脫像是一個怪誕的累贅，好似詩的核心傳統中的一頭雪白大象（按：即大而無用之物）的時代與國家裡。就像我說過的，我們會覺得渥茲華斯的《序曲》或甚至布雷克的史詩都要比《浮士德》來得親切。歌德他詩的人格的清朗澄明和《浮士德》的高度稠濁是不是讓我們感到困惑？或者我們只是無法和歌德的世界劇場建立關係，因此我們搞不清楚狀況，而不禁要質疑為何我們要來蹚這池渾水？

《浮士德》的抒情表現、語言力量或甚至神話一般的創造氣勢，已不足以論證這部作品的偉大。歌德的《羅馬哀歌》（*Roman Elegies*）、《西東詩集》，有時甚至《威尼斯小品》（*Venetian Epigrams*）都比《浮士德》討人喜歡。我聽過一種很無情的論調，說《浮士德》對歌德而言就像《查拉圖斯特拉如是說》（*Thus Spake Zarathustra*, 1883-92）對尼采（和所有的尼采迷）一樣是個大災難。《浮士德》的劇情摘要誠然和《查拉圖斯特拉》的摘要一樣不知所云。細讀《浮士德》卻是另一番風光。它成了感官的盛宴，雖然其中無疑擺滿了絕不健康的食物。此一性的夢魘或情慾幻想曲實無與倫比，我們可以理解受到驚嚇的柯立芝為什麼會拒絕翻譯這部詩作。這顯然是一部探討擁有什麼——如果真有這東西的話——方無缺憾的作品，歌德以各種方式告訴我們，光是性慾本身是不夠的。而《浮士德》給我們上的最執迷的一課是，如果沒有積極活躍的性慾，任何東西都無法叫人了無缺憾的。

班奈特提醒我們，《浮士德》獨特之處在於，它把讀者可能採用的所有觀點皆有系統地予以平衡相抵。唯有刻意的曖昧才能容納多元觀點，而歌德似乎發明了七十七種類似的曖味。尼采的歌德所具體呈現的是酒神狄歐尼修斯（Dionysus），不是阿波羅，正如弗洛依德的歌德具體表現出愛神，而非死神（Thanatos）。我覺得《浮士德》裡唯一的大小神祇便是歌德自己，因為這位不凡的詩人既不是基督徒，亦非享樂主義者，他不屬柏拉圖門派，也不是經驗論者。或許歌德的喉舌是大自然的精神，而非梅弗斯托菲里斯，但是如今歌德的精神令我們深感厭煩與不快，因此梅弗斯托菲里斯就成了《浮士德》裡最有說服力的人物，艾里奇・海勒推崇他堪稱是尼采虛無觀的先驅。海勒認為尼采終究是浮士德式的人物；但這種說法迴避了尼采自己的反諷。

荒謬英雄梅弗斯托菲里斯最後像個後衛一樣，獨自力抗天上飄來的許多玫瑰和天使們的香臀，以便順利攫取浮士德抵押給他的靈魂，他在這時所說的詭異而荒誕偉麗的話語，是我所見過最令人吃驚的詩篇。我們如何看待這麼一個不可思議的驚人場景？浮士德直率地大喊，「我現在享受著我最崇高的時刻」，然後倒地死去，接下來的是文學批評既不能也不願正視的。低級鬧劇引發了由莊至諧的可怕轉折，讓我們不知所以，梅弗斯托菲里斯領著由他那些頭上長著短而直的角的肥鬼，和長著長而彎曲的角的瘦鬼所組成的膽小聯軍，眼看他們在甜美的天使男孩們出現時逃之夭夭。雖然梅弗斯托菲里斯被這些魅力十足的男童所深深吸引，他仍然奮勇抗戰，並高聲自比為約伯，最後他承認失敗，在表白自己充滿人性的欲望時，贏得了我們最終的憐惜。

「可憐的老鬼」，我們會這麼想，但他也是「堅強的老鬼」，他給了自己正確的罪名。

這是歌德永遠令人吃驚的成就的奧妙之一：浮士德不具人類精神或人格，但梅弗斯托菲里斯則欣然有之。歌德在描寫梅弗斯托菲里斯時是一個真正的詩人，而他也知道他寫的是惡魔一族，因為歌德似乎無所不知。

《浮士德，第二部》比《浮士德，第一部》傑出

雖然《浮士德》不像舞台劇，而比較像是一齣歌劇，它在德國仍然被搬上了舞台。我沒看過，也不太想看，除非能找到一位優秀的導演投入製作電影的所有資源。《浮士德，第二部》實為一部難以想像的電影，讀者在奇異詭譎的字句間掙扎前進時，也同時在腦海裡導演著這部電影。《第一部》當然非常特殊，但《第二部》才是西方文學中最奇特的正典作品。

歌德於一七七二年開始撰寫《浮士德》，當時他大約二十三歲，於六十年後完成，就在他於一八三二年死去之前。寫了六十個年頭的詩劇不成為一頭怪獸也難，而歌德還頗為費心地把《第二部》盡可能弄得畸形怪狀。批評家們不停地尋找劇中的「一致性」，認為《第二部》至少已隱含於《第一部》之中。除了一些機械式的連結以外，兩部《浮士德》所共有的唯有浮士德本人和充滿喜感的惡魔梅弗斯托菲里斯而已；後者不太像是撒旦一類的人物，不管是通俗傳統裡的撒旦還是米爾頓《失樂園》裡的反派英雄。因為浮士德沒有人格，

而梅弗斯托菲里斯沒有單一的人格，他們倆實在無法為此劇的兩個部分提供多少連繫。

這實在無關緊要，因為《第二部》的詩人樂得跟謎團一樣解也解不開。歌德幾乎從一開始就被視為文學的彌賽亞，聰明的他便不停地做各種實驗以避免變得僵化愚鈍，而《浮士德，第二部》與其說是一首詩，不如說是一項實驗。《浮士德》各個版本常附有撰寫日期和詩體的分析圖表，就像是研究聖經的學術著作中，為摩西五書（Pentateuch）所製作的圖表一樣，而歌德自己尚且同時身兼耶威者、埃洛者（Elohist）（按：稱上帝為Elohim的希伯來聖經作者）、「申命記」作者（Deuteronomist）、僧侶作者（Priestly Writer）、編校者（grand Redactor）。和莎士比亞的劇作、但丁的《神曲》、賽萬提斯的《唐吉訶德》一樣，《浮士德》是另一部世俗聖典，一本具有絕對野心的大書。莎士比亞和賽萬提斯的興趣不在整個宇宙系統，歌德則不然，從諷擬的角度來看，他和但丁與米爾頓一樣都在追求一個全然的視象。對歌德而言，視象應該是複數。《第二部》裡神話、歷史、臆想和詩人早先想像的混合甚至不能名之為「調和折衷」。不管是什麼，歌德都會採用，因為一切都可以納入「偉大告白的片斷」，亦即歌德的文學作品，尤其是《浮士德》。

被歌德友善地（務實地）置於自己之上的莎士比亞對《第二部》的影響，比不上他對《第一部》的影響，這無疑有助於解釋《第二部》之中所出現的無數古典人物、故事、型式。歌德向古代取經或多或少是在面對莎士比亞時所做的防衛動作，不過它並未成功地擺脫莎士比亞。怎麼會成功呢？一八一五年的文章〈無止盡的莎士比亞〉（"Schäkespear und kein

Ende!")——由朗多夫・柏恩（Randolph S. Bourne, 1886-1918）譯成英文，標題為"Shakespeare ad Infinitum"——是歌德對莎士比亞的重要宣示。雖然歌德對這位最偉大的作家一直懷有矛盾的情感，他的美學感受克服了他自己的脆弱：

或許沒有人比他更能呈現出個別人物之中「必然」與「意志」的連結。一個人——被視為一個角色——身繫某種必然性；他受到限制，行為活動有其特定的規約；但是他擁有作為一個人的意志，而意志本是不受限制且具有共通性的。一種內在的衝突便因之而起，而莎士比亞所賦予它的意義比其他所有作家都更高超。然而一種外在的衝突正蓄勢待發，一個人很可能因之受到絕大的激動，使得一份不充分的意志，因時就勢被提昇到無可避免的必然性的層級。這些因緣我先前在討論哈姆雷特時已然提及。

歌德在一七九六年的《威廉・麥司特的修業時期》（*Wilhelm Meister's Apprenticeship*）裡提出了對哈姆雷特的詮釋；對這一個莎士比亞所創造的最博大精深的人物，威廉給了我們他那著名的，但卻表錯情的理想化評斷。他講的是哈姆雷特嗎？

一個不具英雄般堅毅氣質的可愛、純淨、高貴、最道德的人格在它無法承擔且不能拋棄的負荷之下沉陷了。一切責任對他而言都是神聖的；現在太過沉重。他被要求做不可能的事；並非本就不可能，而是對他而言不可能。他擰轉、翻弄、折磨著自己；他往前一步，又倒退一步；總是警醒得很，總是警醒著自己；最後他的意圖幾乎就在他的思緒中失落了；但是仍然尋不回內心的安寧。

很難想像歌德／威廉・麥司特讀的是哪一部劇作；當然不會是那部哈姆雷特偶然間殺死了普羅尼烏斯（Polonius），欣然送羅森柯藍茲（Rosencrantz）和基爾丹斯登（Guildenstern）去見閻羅，並以不可原諒粗暴不文的方式對待奧菲里亞的莎士比亞悲劇。然而，對歌德的《浮士德》而言——不管是《第一部》還是《第二部》——沒有什麼比把它比擬為《哈姆雷特》或任何一部莎士比亞的主要悲劇更有失厚道的了。丹麥王子這一位戲劇人物的性格總是那麼驚心懾人與博大寬廣。在所有的虛構人物中，唯有哈姆雷特具有**作者意識**（authorial consciousness），此非意指哈姆雷特係莎士比亞的自我呈現。實則，哈姆雷特是內向性的奇蹟；莎士比亞以各種方式來傳達出心理層面的豐厚深廣，使我們不能自已，於是我們想要傾聽哈姆雷特講述在那教我們困惑不已的世界裡的所有事情。雖然這齣戲很長，沉迷其中的讀者（而非劇場觀眾）卻希望它再長一些；我們希望盡可能得到哈姆雷特的所有觀感。

在此一不可能的標準之下，歌德的浮士德，甚至梅弗斯托菲里斯根本就不像個人物。懔於挑戰莎士比亞的歌德，轉向西班牙黃金時期的巴洛克戲劇——尤其是考得隆——尋求典範。在考得隆較傑出的劇作和《浮士德》之中，主角都是在人物與意念之間的某個不確定的領域裡生存與活動著；他們是主題綜合意旨的延伸隱喻。在考得隆和洛培・德・維加的作品中，此一模式運作得很好，但是歌德想要在人格和主題隱喻之間來回參較與對照，於是便捨棄了考得隆的模式，幾乎是隨心所欲地再度進入了莎士比亞的世界之中。

奇幻大師歌德不常行使奇幻，但也有例外；他那宇宙系統式的劇作在莎士比亞悠悠現身時最是不堪。讀者的奇異體驗是，這部恢宏的劇作，尤其是詭異的第二部分真是如紀德(Gide, 1869-1951)晚年所說的擁有「飽滿的生命」，除了其中所謂的悲劇英雄之外。狂野的神話和不斷設計圈套的梅弗斯托菲里斯，總在我們身旁活靈活現，但是浮士德本人則可以是被動的、缺乏色彩的、沉悶的，或者根本就在睡大頭覺。問題不在這位搖身一變成為德國人的文藝復興式探求者包含了太多擁有多重自我的歌德，而是在於歌德的這位主要人物包含了太少的彌賽亞。歌德把他的旺盛活力投注在《第二部》奇妙的妖怪上頭，可憐的浮士德則沒這個福氣。這絕非偶然，但仍然是美學上的不幸。歌德顯然絕不願意別人把浮士德錯看成他自己，這使得他忘記了他最強大的超自然力量，也就是他本身性格的非凡特質。《威廉・麥司特的修業時期》(卡萊爾認為它是歌德最好的小說)也有類似的問題，其中幾乎每一個人物都教我著迷，除了像木頭一樣的威廉・麥司特本人以外。

歌德對他自己和他所面對的每一個人都有絕大的魅惑力，因此他所創造的人物沒有一個能夠及得上他們的創造者。莎士比亞鮮有個人的喜惡，和馬婁與班・強生比起來，其個人光彩顯然也遜色許多，甚至比不上喬治·查普曼和約翰·馬斯騰（John Marston, 1575?-1634）等成就較小的作家。歌德的著作，尤其是《浮士德，第二部》的謎團與榮耀在於，其中字字句句皆徹底為詩人的魅力性格所浸染，使得最具價值的實為詩人自己，而非他所呈現的東西。歌德將拜倫的情況做了更大規模的展現，《浮士德》靈敏的作者當然知道這一點。

魅力型人物成為傑出作家的並不多；歌德是整個西方文學界的主要範例。有關他最重要的事情便是他的性格：他之於作者，正如哈姆雷特之於文學人物。他的權威立傳者尼可拉斯·波爾（Nicholas Boyle）的《歌德：詩人與年代》（*Goethe: The Poet and the Age*, 1991）的第一卷，以這麼一個無可辯駁的論斷做開頭：「比起對其他任何一個人，我們對歌德必須知道得更多，無論如何，我們也必定將知道得更多。」即便與歌德同時代的拿破崙也不能挑戰這個說法，拜倫、奧斯卡·王爾德，以及其他所有的美學名家亦然。我們對莎士比亞所知甚少，同時也非常懷疑這個人在他的劇作之外，還有什麼可以讓我們知道的。波爾似乎知道有關歌德的所有事情，而這些事情似乎都是很有份量的。

正如尼采和柯鐵斯以極為不同的方式所觀察到的，歌德自身便是一整個文化，此一文學人文主義的文化具有悠長的傳統，從但丁一直延伸到《浮士德，第二部》這個維科的貴族制時期的正典標竿。神制時期的經典——荷馬、雅典悲劇、聖經——在歌德的記憶中與但丁、莎士比亞、考得隆、米爾頓相互交錯，此一交錯衍生出一套文化，而在歌德的年代與國家裡，此一文化只屬於歌德一個人。從此以後，這種融混再也沒有於任何一位傑出的詩人身上開花結果。歌德是結尾，不是全新的開始，他似乎也知道這一點。賢士們會在他死後將近一世紀的時間內追隨著他相繼崛起，但是他也將和他們一同死去，在我們這個時代，任何一位詩人身上都找不到他的影子，他只活在死者和宴饗死者的學者身上。

歌德之謎在於他的性格奧秘，其氛圍歷經民主制時期而終於消褪為現今的一片混亂。湯瑪斯・曼是承襲歌德的最後一位大作家；如今曼已經失去光彩，令人不勝唏噓，而他的大師歌德也已褪色，雖然不會永遠如此。人文主義式的譏諷在一九九〇年代早期並不流行，在九〇年代晚期的天啟預言裡也不會有什麼搞頭。歌德從來不是基督徒，他在年輕的時候就被當成彌賽亞看待，於是他便以絕大規模的譏諷，來防止自己被神格化。《浮士德，第二部》裡唯一信神的人是梅弗斯托菲里斯；浮士德自己則預示了尼采的立場，他要我們思索的是俗世事務，而非超越性的權威。

莎士比亞在維可多・雨果與其後許多人（包括我自己）心目中是一個人間的神祇，歌德則在同時代的德國審美家之間，達到了神聖的地位，這是一種百味雜陳的成就。而莎士比亞和歌德兩人之間的絕大對比，或可歸諸作品與作者的無窮魅力。歌德同時代的人幾乎都（格言家李登柏〔Lichtenberg〕是我能想到的唯一例外）在歌德身上看到了一份極不尋常的天性，以及一種似乎不只是天性的超卓光輝。然而歌德拒絕成為先知，更不願成為神祇，他喜歡稱自己為Weltmensch，這世界的小孩。歌德是一個徹頭徹尾的破除偶像者，他繼承了西方美學文化中所有最狂野、最特異的東西，雖然今天我們似乎已不太明白這一點。他那激越的自我中心的姿態，正是愛默生據以改造成美國自我依恃之宗教的模範，而就某種複雜但很真實的意義而言，如今的美國（不自知的）比現代德國更具有歌德的風味。歌德那充滿魅力的心靈本是一種騷動不安的自我觀視，而《浮士德》只有在它被視為無所局限的自我史詩戲劇時，才稱得上是一部宗教詩作。

《浮士德，第二部》是自我宗教（religion of the self）最崇偉的殿堂。《第一部》也很不錯，但只是第二部分澎湃盛筵之前的小點心而已。浮士德的形象可回溯至基督教異端的明顯起源：人稱第一位神祕論知者撒馬里亞（Samaria，按：在今天的巴勒斯坦一帶）的魔法師西門，他在羅馬時化名為浮士德斯，意為「受寵者」。在他那相當驚世駭俗的生涯早期，西門在泰雷發現了一個名為海倫的妓女，並宣稱她是掉落人間的上帝之思；其前世之一是特洛伊的海倫。此一異端奇說是浮士德傳奇的遠祖，這個傳奇後來和一個名為喬或約漢・浮士德（Georg or Johann Faust）的人連結起來，此人是十六世紀早期的流浪騙徒與占星術士，於大約一五四〇年死去。

浮士德和浪子唐璜間有明顯的共通點

最早的浮士德故事集（1587）所包含的一些基本事件，首先由馬婁在《浮士德斯博士》（1593）之中予以鋪陳，接下來有許多人也使用了相同的題材，歌德便是其中之一。浮士德的故事在早期不管是通俗或文藝的版本，都傾向於將浮士德類比於浪子唐璜。這兩則傳奇有明顯的共通點：兩個反派英雄都在探求隱秘的知識——玄奧的或和性有關的；兩人都有一個又一個的情慾幻想；兩人都在慾望和放肆不羈之中逐漸步向毀滅。詩人與魅力名人拜倫在他自己身上表演了這兩則傳奇的高潮戲，如聰明的歌德所感受到的。浮士德和唐璜的聯合傳奇於《浮士德，第二部》宣告式微與終結，當浮士德與海倫之子尤夫里恩（Euphorion）（拜倫的化身）面臨與伊卡魯斯（Icarus）同樣的命運之時（按：伊卡魯斯係希臘神話人物，在穿戴其父所製作的蠟翼飛天之後，因蠟熔化而墜海死亡）。

《第一部》的主角是一個很不稱職的唐璜，他和純真的瑪格里特（Margaret）的悲慘戀情，直接促成了她於人世間的毀滅以及她於天界很不能教人信服的得救。然而歌德所盤算的是想要盡可能給我們一個最稱職的浮士德，不過歌德的浮士德其抒情風采壓倒了戲劇的成就。在我們的記憶中，這位最偉大的浮士德所呈現的不是可能的個人，而是一份與行動、熱情全然隔絕的意識的歷史，不管他是多麼渴望行動與熱情。歌德自己的心靈是永不安歇的；他的浮士德的心靈只是一直騷動難安。歌德顯然明白其間的差異，並且欣然投下美學的賭注。沒有人重讀《浮士德》——不管是哪一部——是因為她或他迷上了浮士德，像我們許多人著迷於哈姆雷特一樣。我重讀《浮士德》是想要見識歌德如何處置他那不太像歌德的主角。當我重讀《哈姆雷特》時，我掛念的是哈姆雷特如何處置哈姆雷特。

這又來到了艾里奇・海勒的論點：歌德規避悲劇，莎士比亞則是此一文類永遠的大師，或者如海勒所嚴正總結的：「如果我們說歌德的局限源起於他那顯然無所局限的天才，那麼這裡所指的就是他的**天才**，而非他的才能；事實上，在面對自己的天才時，他總是運用自己的才能來保護自己。」

我只想做一點更動：《第一部》是歌德面對自己的天才所做的防衛，但力量大得多的《第二部》則是歌德面對其他的天才所做的比較有趣的防衛，這些天才包括希臘悲劇、荷馬、但丁、考得隆、莎士比亞、米爾頓。《第二部》也和《第一部》一樣沒有正面處理邪魔的問題，但喜好悲劇的讀者已毫不在意，而且也無法在意，因為漫天襲來的歌德神話狂潮，需要我們以無比的精力做出回應。《浮士德，第二部》是為我們上演的最堂皇的妖怪電影。誘使我去看每一集新的《吸血鬼德瑞庫拉伯爵》(*Dracula*)的本能衝動，總會把我拉回到《第二部》來，其中的梅弗斯托菲里斯是最有看頭的吸血鬼。像是棄絕了慾望的歌德卻讓梅弗斯托菲里斯執筆寫了一大半的《第二部》，效果還極為可觀呢！

《第一部》結束於一只融合了罪惡、謬誤、悔恨的大鍋爐，只合浮士德沉溺其中；《第二部》的第一景則把這些全部拋開。歌德從莎士比亞那兒得來的最深沉的實際體會是，神格化在戲劇的領域中是可以很有說服力的。第五幕的哈姆雷特已經超越了他在前四幕所引發的一切，而浮士德從《第二部》的第二景開始已完全脫離了瑪格里特的悲劇。哈姆雷特儘可誓言他曾深愛已故的奧菲里亞，但我們就是不相信他，而浮士德對他的奧菲里亞甚至連表達懷念之情都省了。歌德顯然不熱中悔恨那一套，對情愛之事尤其如此。一個失落的女子是一首完好的詩，瑪格里特即為《第一部》，而海倫便是《第二部》。我一想到歌德或但丁或葉慈的女性主義解讀法便悚懼不已，因為這些詩人將女人理想化，因此也將女人妖魔化，其程度較米爾頓尤甚。當神秘的唱詩隊（Chorus Mysticus）唱著「女人，永恆地，指引我們的路」而結束《第二部》時，現代女子會問，「此路通往何處？」

歌德追隨著但丁，但這已不屬防衛的姿態。不管表面上的目標是瑪格里特還是海倫，浮士德這位探求者終究也是他自己所探求的目標，因為歌德自始至終只在探求他自己。歌德和《空愛一場》的白朗尼（Berowne）一樣，都在女人的眼睛裡尋找真正的普羅米修斯之火（Promethean fire），以為他本身創造之火的映照。莎士比亞在這個主題上採取高度且刻意的幽默姿態，但是歌德和白朗尼一樣自戀。我們可以理解女性主義評論為何在莎士比亞的作品中表現最佳；他的立場屬於所有性別，也不屬於任何性別。歌德面對女性主義批評實不堪一擊，其結果也無足可觀，除非此一批評著眼於歌德慘烈的神話裡各種詭奇事物的陰性化之上。

歌德的創作意在收編傳統

在同時代的詩人中，可以和歌德分庭抗禮的神話製造者唯有威廉・布雷克一人，他並不是大眾作家，他所鐫刻的「小史詩」（米爾頓的觀念）仍然只及於一小撮已入門，且幾近入迷的讀者。我從小就讀過布雷克比較玄奧的詩作，年輕時也出版過許多這些詩作的評論文字，因此我自然會拿布雷克來和《浮士德，第二部》做一個對照。布雷克的神話創造詩學很有系統，且大半是為了他和正典傳統的天啟式論辯而存在的。歌德的創作是自由不羈的，很有戲耍的意味，而且意在收編傳統。我二話不說便將《浮士德，第二部》置於布雷克的《四活物》(*The Four Zoas*)、《米爾頓》(*Milton*)、《耶路撒冷》(*Jerusalem*)之上。

當雪萊、濟慈、拜倫與《第二部》並列時，以上的評斷仍然成立，如果雪萊和拜倫有生之年得以拜讀歌德最偉大的詩作，這些歌德的景仰者也不會有任何異議的。雪萊所翻譯的一部分《第一部》仍然是最好的英譯，而拜倫-歌德的關係在《第二部》裡是關鍵的、偶或隱匿的核心之一。拜倫的精神以馭車男童(Boy Charioteer)或不幸的尤夫里恩的角色出現，後者是浮士德和海倫結合後所生之子。更詭異的是，在歌德心目中與神魔同義的拜倫精神進入了小人侯蒙古魯斯(Homunculus)的形象之中，此一小人比馭車男童或尤夫里恩都要生動活潑得多。歌德和拜倫從來沒有見過面，拜倫在希臘去世之前歌德只和他有過短暫的魚雁往返，但我們可以說歌德對拜倫有某種程度的迷戀，他將拜倫置於米爾頓之上，只在莎士比亞之下。歌德那有點不太靈光的英語無疑影響了這些奇異的評斷，而在浪漫時期的歐洲這種看法並不稀罕。雖然歌德對古典事物頗有熱情，《浮士德，第二部》仍屬歐洲浪漫主義的核心鉅著，而在這齣不是悲劇的德國悲劇之中，拜倫主義必得鞠躬盡瘁，死而後已。

莎士比亞、但丁、歌德、賽萬提斯、托爾斯泰的作品摧毀了所有文類的區別。歌德擺明了在嘲弄文類，這是一種賭注，和哈姆雷特的譏諷模式頗為相似。像《浮士德》這樣悍然拒絕提供它的讀者任何清晰觀點的重量級作品，我想不出第二部。或許這就是歌德對習於游移觀點的尼采具有如此強大吸引力的原因，然而面對這樣一部在任何時候都無法以全然嚴肅或完全反諷的角度來看待的詩作，任何讀者（包括我在內）都會深感不安的。歌德這位作者似乎欠缺十足的誠意，雖然這份欠缺從另外一個角度來看是非常（自在）迷人的。和《浮士德》一樣是一頭文學大白象的《芬尼根守靈》是一本非常幽默的書，只要你知道怎麼讀它，而它也充滿了喬哀思的誠意。如果你為《芬尼根守靈》付出一生中無數的時光，你的努力將得到回報：這是它的設計。《浮士德，第二部》是為激越的讀者所製造的危險快感，但它也是一處陷阱，一個你永遠搆不到底的梅弗斯托菲里斯式的深淵。

喬哀思以衷心而溫和的嚴肅態度寫就《守靈》：它的讀者不會遭到嘲弄或利用。歌德也是野心勃勃地想要成就世界文學與重塑語言，但讀者不免要有所犧牲。喬哀思雖然是維科混亂時期的詩人英雄，他的文學菁英氣息屬於民主制時期，之前的布雷克也是一樣。越過重重險阻之後必有甜蜜的報償。自知為貴族制時期最後一位詩人的歌德，非常樂於把我們丟進極端的矛盾與迷惑之中。這不會減損《第二部》的美學成就，但是它的確讓我們有點憤慨，特別是在當今這個時候。或許這只是意味著浮士德一類的人，在女性主義和相關意識形態的年代已經過時了。但也可能意味著歌德在指責我們，因為我們想要從詩那兒得到它毋須給予的東西。此一問題仍然成立：除了作者的強烈意識和語言的無窮活力之外，《第二部》還有些什麼？抒情上的輝煌成績和創造神話的原創性是否足以支撐一個如此險奇瑰麗，長度為《浮士德，第一部》二倍的巴洛克狂想曲呢？如果我們還想從德語世界中最有力量的作家身上得到更多，我們是不是在追逐幻影？

歌德試圖同時頌揚慾望與自制

歌德試圖在單一詩劇裡同時頌揚慾望與自制，這實在不是普通的大膽之舉，即使它長達一萬兩千一百一十一行，撰寫時間也延續了六十年之久。雖然歌德成了國之賢士，他和正規宗教與中產階級道德觀卻沒什麼牽扯，社會高尚品味的講求也不足以脅迫他。《浮士德》裡幾乎無事不行，第二部分尤其如此。受過教育的讀者大都讀過《第一部》的某個版本，因此在這裡我只對它和《第二部》有關的地方予以評論。我曾經說過，這兩個部分差異極大，很可以分開來各自成詩，但是因為歌德不這麼想，作者的意願就必須擺第一。

《浮士德》兩個部分的完整演出將耗時二十一或二十二個鐘頭，計算方式是以未刪節的《哈姆雷特》為準再乘以四。想到可能會這麼冗長，我會和哀悼鬥牛士之死的羅卡（Federico García Lorca, 1899-1936，按：西班牙詩人和劇作家）一樣大喊，「我不想看！」歌德有一個奇怪的想法，他認為莎士比亞的創作並不是為了舞台演出，而《浮士德》的完整演出最好是等待來世吧（雖然已在德國做過）！歌德雖是來自狂風疾雨的年代——或者說是英國感知時代（Age of Sensibility）的德國翻版——他很自然地將崇偉的戲劇和心靈的劇場融合起來，但這絕不是指《浮士德》是一齣哲理劇。這部執迷於性慾的戲劇詩作和任何社會脈絡下的愛情都沒有什麼實際的關聯，儘管有名的喬治．盧卡奇（Georg Lukacs, 1885-1971）曾以馬克思主義的方法來分析浮士德-瑪格里特的戀情。《浮士德》是一首巨大的幻想曲，它居於弗洛依德的驅力、愛欲、死亡的領域之中，浮士德本人是不安的愛神，梅弗斯托菲里斯則是於不安中安然自在的死神。

讓我們直接切入《浮士德，第一部》的「花菩吉斯之夜」（Walpurgis Night），浮士德先前對可憐的瑪格里特頗費周折地施以毀滅性的誘惑，那些奇妙場景且略而不提。每一位讀者都能馬上看出，歌德的花菩吉斯之夜並不能被當作是在哈茲山脈（Harz）的勃洛肯山（Brocken）上所舉行的邪惡妖魔狂歡宴（witches' sabbath）。這畢竟不能算是基督教詩作，而且和一座大教堂比起來，歌德的靈魂是比較喜歡勃洛肯山的。我們也會跟歌德一樣，只要我們把花菩吉斯之夜和前一景做個對比，當時瑪格里特（讓我們稱她為葛萊卿〔Gretchen〕，歌德現在開始這麼叫她）在大教堂裡遇上了她的惡靈（Evil Spirit），並在這一團和活潑的梅弗斯托菲里斯一點都不像且深具基督教氣質的飄渺迷霧對她的嚴厲指控中昏了過去。花菩吉斯之夜和稍早的一景「森林和洞穴」（Forest and Cave）之間存有更重要的對比，後者打斷了浮士德對葛萊卿的追求。

歌德和華特・惠特曼（這兩人似乎湊不到一塊）有一個奇異的共通點：他們是二十世紀之前唯一公然論說自慰的重要詩人：惠特曼禮讚之，歌德則持反諷的態度。在「森林和洞穴」一景中，浮士德自己一個人於遐想之際感受到「漸漸趨近神的」喜樂福惠，並任性地責備梅弗斯托菲里斯煽起了他這位學者對葛萊卿的情慾，梅弗斯托菲里斯突然於此時現身，打斷了浮士德的思緒。惡魔的回答一語道破個中癥結（我在此和爾後所引用的是司徒爾・阿金斯〔Stuart Atkins, b. 1914〕的翻譯，我認為這是最精確的英譯版本）：

真是超塵絕俗的喜悅——
在山之巔於露水和暗色中安宿，
將天地欣喜擁抱，
使自己膨大，以為能和神相彷彿，
憑著迫切的喻示探索大地，
自覺與六天的創造神工合而為一，
在那莫知所由的傲慢驕氣中洋洋得意，
如今，不再是凡夫俗子，
飄飄然融於萬物——
然後便讓你那崇高的喻示

（比劃了一下）
以我不便說出的方式嘎然中止。

浮士德是否因此得到提醒而不致沉迷於自慰快感之中，事實上並沒有什麼猜想的餘地。自我滿足的暗示可以在《第一部》的其他地方找到，在《第二部》裡更是俯拾即是。「花菩吉斯之夜」——在拒絕情欲昇華和接著的誘惑瑪格里特，以及稍後她那基督教式的自我折磨之後——讓我們大大鬆了一口氣。浮士德迎向春之歡躍，體驗到無比的輕鬆適意，他進到了夢幻國度，情慾奔放，自由自在，和許許多多裸身的年輕女巫共聚一堂，包括亞當的元配李利特（Lilith）。接下來的跳舞狂歡的高潮是，浮士德和梅弗斯托菲里斯看到了同一個人，對她的身分卻有不同的意見，惡魔說她是美杜莎，浮士德則指其為他那可憐的葛萊卿。葛萊卿的命運悲情是《浮士德，第一部》剩餘部分的主調，而《第一部》從頭到尾皆為妖魔狂歡宴與其對情慾的實際禮讚所漬染。葛萊卿或許會昇天得救，但是讀者從她面對浮士德與梅弗斯托菲里斯的悲痛場景跑了開去，恨不得趕緊跳脫奧菲里亞似的痛苦，好奔向《第二部》的想像世界。

本書探討有關正典的問題，我對《浮士德，第二部》的興趣因此僅限於：是什麼讓這麼一部奇特的詩作得以如此恆久與普遍？限於篇幅和專業知識，我無法評論整部作品。浮士德和梅弗斯托菲里斯的賭注是這齣戲兩個部分的傳統評論重心，但我覺得它沒那麼重要。浮士德沒有人格，他是否得致一個美麗的時刻並祈求這時刻留駐些時，我一點也不關心。縱使他努力不懈，此一主題我也覺得沒有什麼重要性，不管它是惡魔訂定契約的因由或是得救的依憑都無所謂。這些陳腔濫調不是歌德作品的力量所在，如果它們真的那麼舉足輕重的話，《浮士德》恐怕早已無法成其偉大了。《第二部》創造神話的力量集聚於很不一樣的發明上：浮士德的沉降至母親之境（Mothers），以及後來海倫的出現；侯蒙古魯斯的創生與經歷；古典的花菩吉斯之夜；浮士德、海倫、尤夫里恩的鄉野傳奇；最後，浮士德死後的靈魂爭奪戰，以及詩作末尾對天堂相當曖昧的描述。憑著這些詭奇的想像，歌德塑造出一則層次繁複的神話；這樣一部艱澀而又狂野不馴的詩作對一個願意且能夠試著予以玩味的讀者而言，毋寧是最獨特的饗宴。

在令人難忘的母親一景中，歌德那了不得的怪癖又來了，其中梅弗斯托菲里斯交給浮士德的「鑰匙」顯然是陽具的意象：

梅弗斯托菲里斯：拿這鑰匙去吧！
浮士德：這麼一個小東西！
梅弗斯托菲里斯：好好拿著，別小看它！
浮士德：它在我的手裡大了起來——還閃閃發亮哩！
梅弗斯托菲里斯：你很快就會明白，它有特別的效能。

它知道你想去的地方。你跟它下去，它會帶著你到母親那裡。

此一沉降顯然帶有和一個人的女性先祖遇合的近似亂倫與陰沉的多重意涵。梅弗斯托菲里斯告訴浮士德他在下面會見到許多奇怪的形體，並要這位不停探求的學者務必「揮動鑰匙，以便和它們保持距離。」浮士德興奮地答道，「我緊握著它，感覺到新的力量和新的勇氣。」此一神祕沉降的「大事業」顯然是指自慰，其歷時甚久，結果也甚具詩意：見到巴里斯（Paris）當初搶奪海倫的景象。浮士德對這位古典的美豔女子懷有熾烈的欲望，妒火中燒的他大叫他的手裡仍握著鑰匙。他把鑰匙指向巴里斯，直到它觸及那個靈體，然後他抓住海倫。接著是一陣性高潮般的爆炸，浮士德暈了過去，精靈們都化作一陣霧氣消散無蹤。

這便結束了第一幕；班雅明．班奈特表示，《第二部》其餘四幕皆以愈益精巧的自慰快感的暗示做結。在第二幕的末尾，侯蒙古魯斯於佳拉提亞（Galatea）的腳邊進行俄南（Onan）式（按：參閱聖經創世紀三八9）的自殺。尤夫里恩於第三幕末尾捨棄了女人溫柔鄉，懷著奔放的情慾躍入空中。第四幕和第五幕的結尾夾雜著歌德對基督教的嘲諷，其間自慰的相關暗示仍然清晰可見。第四幕裡，顧盼自得的大主教想像著一座高聳的大教堂從「已遭罪惡如此玷污的地方」豎立起來，而整部詩作的結尾是近似但丁式的顯現，葛萊卿成了碧翠思，浮士德則成了但丁。然而，在這一場原初天主教的喜慶感奮中，歌德仍是靜靜傳達著狂野的訊息。最後一景激盪著「神聖喜樂的巨浪狂潮」，一位神父被箭矢射穿，另一位神父在樹幹向天空的挺直伸展中見到全能的愛。在這些天界的狂喜中，「較成熟的天使」(more Perfect Angels) 相當不爽快地拒絕搬運——「即使燒焦了」也一樣——地上任何不潔的遺物，好像他們堅持靈肉分離似的。正如班奈特提醒我們的，整部詩作的精神情懷都帶有情慾的成分，但這種情慾被限定在自我亢奮和自我滿足的領域。

沒有那陽具一般的鑰匙，心存敬畏的浮士德就無法下去母親之境，而此番沉降在《第二部》裡事實上是為了召喚神話的繆思。梅弗斯托菲里斯藉著可憐的葛萊卿，將浮士德從自我滿足之中給揪了出來；而浮士德和空靈飄渺的海倫的幻妙結合使得他在整齣《第二部》裡再度浸淫於自我情慾之中，這全然是一種反諷的進展與人類的挫敗。歌德又拋給了我們一個觀點上的難題，此一難題在《第二部》中從未獲得解決。一場妖魔狂歡宴——這次是古典的而非日耳曼式的——再一次給了我們比孤獨的浪漫式求索，或集體的基督教訓令所能提供的更有活力的愛慾形象。歌德進一步予以譏諷：基督教的惡魔梅弗斯托菲里斯在面對古典的花菩吉斯之夜的現實景觀時，總覺得不舒服。「到處都是赤身裸體」，他喃喃叨唸著不識羞恥的史芬可斯 (Sphinxes) 和無所顧忌的半鷹半獅的葛里芬 (Griffins) 以及各種「前前後後讓人看個精光」的生物。

當惡魔想要拿一兩片無花果樹葉來做「現代裝飾」時，氣氛顯得有點笑鬧而滑稽。浮士德企盼著他那古典的海倫，在古代的怪獸之間顯得比較自在，侯蒙古魯斯則是三人之中最富冒險精神的。此一奇特的生命體是《第二部》最精彩的發明之一，由曾是浮士德忠心助手的煉金術士華格納（Wagner）所創造。這個魅力十足的小人或迷你大人必須待在一個玻璃瓶裡，那是他被創造出來的地方；侯蒙古魯斯和梅弗斯托菲里斯一點都不相像，後者在華格納的實驗室裡現身，其惡魔的能量有助於將火燄轉化成比人類心智更高級的東西。侯蒙古魯斯既不犬儒也不虛無，也不是如有些批評家所說的小一號的浮士德。密閉的侯蒙古魯斯太過和善，難擔歌德嘲諷之名，其知識與理解能力超越了我們每一個人。此一意識的火燄顯現——而非化身——為一份心智，歌德在他身上所投注的情感似乎比詩中其他所有人都要多。非常幽默和有趣的侯蒙古魯斯有一個悲劇性弱點，就是渴望愛情，這將導致他在遇見佳拉提亞時轟轟烈烈的自我毀滅。

雖然侯蒙古魯斯只在第二幕出現，他的性格卻讓人留下非常深刻的印象，因為《第二部》的浮士德很不幸是沒有性格的，至少歌德有意如此。《第一部》的浮士德不能和哈姆雷特相比，但他有強烈的情感、詭異而剽悍，做起壞事來毫不含糊。在《第二部》裡，他總是那麼高貴與抽象，完全沒有基本的反應能力。歌德有意將這個浮士德理想化，教他承載詩的古典氣質，因此即便他對海倫的熱情都是在表現歌德自己對希臘詩歌與雕塑的熱愛。無可避免地，浮士德的這種冰冷高貴的形象使得梅弗斯托菲里斯也產生了同樣的變化，他幾乎不再是個惡魔了，只見他不由自主地努力在做一個典型浪漫派基督徒，自以為是地貶損著古典的榮光，或者至少是在試圖調和希臘與德國。可憐的梅弗斯托！他成了一個說理家和比較者，甚至是歷史學者，而不是一個想要把我們抛回到原初黑暗深淵的陰謀家。

這就是為什麼把浮士德送到古典的花菩吉斯之夜的主意是由侯蒙古魯斯——而非惡魔——提出的原因。這個小人明白表示這趟行程的目的是要讓浮士德接近海倫一些，以便提供治療，而他個人的動機在佳拉提亞的腳邊便見分曉。這些細節全都拜歌德的動機所賜，他想要好好秀一下他的精彩力作，也就是有關古希臘妖魔狂歡夜的一千五百行詩句，這場聚會保證前所未見，如今全靠歌德一人的意願才得以出現在讀者眼前。

對疏異性與異質性的把握

如果詩的本質如約翰生博士所說是創造發明的話，那麼古典的花菩吉斯之夜便能表現出詩的本質為何：操控得宜的狂野氣息，涵納了先前力量的根本原創性，以及——最重要的——新神話的創立。歌德比之前任何一位西方詩人為美感添加了更多的疏異性（佩特給浪漫主義的定義），因而奠定了他在文學正典中的地位。歌德崇偉的詭異氣氛延伸得比我所能想像的還要深遠。此一成就是如此奇特與不可思議，任何評論都沒辦法消化它，特別是德國的評論，因為對歌德的敬仰已經成為無比崇隆的世俗宗教。

歌德幾乎把我們預期會在一般的古典場景中見到的東西全都排除了：奧林匹斯諸神（Olympian gods）、荷馬戰士、斬妖英雄。歌德諸神本身便是妖怪：佛基亞茲（Phorkyads），潛伏於原始黑夜的無定形生物。牠們變化多端、生氣勃勃，在我們心裡引發了某種不安，而這正是歌德的目的。奇怪的是，在現代作品中，就我所知唯一可與之比擬的是諾曼・梅勒的《古夜》開頭長長的夢魘，我們被帶回到了埃及《亡者書》的世界。梅勒在那些陰鬱的字句間展現了他最渾厚的功力，將古夜的**異質性**生動地傳達了出來。這部埃及小說後面的部分或許稍見遜色，然而死亡——就像騙術——從未停止激發梅勒的想像力。

死中之生是歌德的拿手好戲，他的黑暗之旅自然比梅勒的精彩。我們首先來到泰瑟里（Thessaly，按：在希臘東部）的法撒路斯（Pharsalus），凱撒（Caesar, 100?-44B.C., 按：羅馬將軍與皇帝）曾在這裡擊潰龐貝（Pompey, 106-48B.C., 按：羅馬將軍）。詩人魯肯（Lucan, 39-65A.D., 按：羅馬詩人）所創造的巫女愛里希多（Erichto）在歌德手裡從屍骸掠奪者變成了無謂戰爭的記錄者。她見到侯蒙古魯斯、浮士德、梅弗斯托菲里斯三人逐漸接近便跑了開去，留下他們隨心所欲地探察那些無以數計的營火，火燄四周聚集著在每年的這一夜復生的原始神祇與妖怪。歌德在他的神話世界裡搬弄了許許多多的古典模特兒，如果真要挑一個天才來當他的嚮導，想必也只是虛晃一招罷了。但阿里斯多法尼斯的《青蛙》（*The Frogs,* 405B.C.）的確最像他的先驅。阿里斯多法尼斯是嚴酷的諷擬家，特別是針對尤里皮迪斯，但是在文學史上沒有比《浮士德，第二部》的歌德更犀利而靈活的諷擬家了。當梅弗斯托菲里斯遇見我絕不願碰上的葛里芬時，獨特的氛圍開始成形。這些守護寶藏的兇悍猛獸有著鷹頭、鷹翼、獅身及獅腳。牠們顏色花俏、眼光銳利、靈活敏捷、烈性十足，是守護者中的極品，但是歌德讓牠們成了陳腐的守財佬；當梅弗斯托菲里斯稱呼牠們是「賢明的老人」時，它們溜轉著r的喉頭音，像是迂腐的字典編輯者回答道：

> 不是老人！是葛里芬！——誰也不願意聽到
> 別人叫他老人。字的發音指向
> 其意義的源頭：
> 灰暗，愁苦，污穢，陰森，墳墓，呻吟，（gray, grieving, grungy, gruesome, graves, and groaning）
> 都有同一個字源，
> 都讓我們感到不快。

一頭說出下面這樣一行字的傳令獸是不會讓任何一個讀者感到害怕的：

> Grau, grämlich, griesgram, greulich, Gräber, grimmig.

歌德的妖怪們一開始講話，即使是他們的拗脾氣也不會比《穿越視鏡》（*Through the Looking Glass*, 1871）裡的奇幻傢伙們講起話來的怪腔怪調更讓人害怕。古典的花菩吉斯之夜孩子氣得很，所有的妖魔鬼怪都改頭換面成了奇怪的東西。史芬可斯不再是雄踞花崗岩的女面獅體獸，而是饒舌的說書老人和仍然問著機巧謎題的迷信好事者。傳奇的賽倫（Sirens）沒有迷惑任何一個人，唱歌也不怎麼高明，而本是瘋狂吸血鬼的拉米亞（Lamiae）則只是束緊腰身、濃妝艷抹的鄉下妓女，不過她們倒是還能在別人懷裡變成極為醜惡的東西。

歌德的妖怪並沒有被他糟蹋；他們的古里古怪仍然活力四射、英氣不減，然而我們在那兒終究只像是一心掛念失蹤海倫的浮士德，或是比他自己所遇到的所有東西都還要陳腐的梅弗斯托菲里斯。梅弗斯托菲里斯所見即為我們所見，因為三人中只有他不是在尋求某種實踐，而只是在盡可能體驗各種感受。他當然什麼也體驗不到，只是四處游走而迷失了方向，直到他碰見侯蒙古魯斯並跟著他去聽了一場前蘇格拉底哲學家泰勒斯（Thales）和阿納可撒勾拉斯（Anaxagoras）的辯論。

泰勒斯沉穩而睿智，主張水是第一要素，對花菩吉斯之夜的大災禍視而不見。阿納可撒勾拉斯是火的信徒，和布雷克的歐可（Orc）或現實世界中促成法國大革命的夢想者一樣，是革命性的啟示預言家。因為阿納可撒勾拉斯最後俯伏在地，敬拜著女神赫卡提（Hecate），同時指責自己招來了災難，所以好脾氣但或許像潘格婁斯（Pangloss）（按：伏爾泰《憨第德》〔Candide〕裡的人物）一樣太過樂觀的泰勒斯顯然是贏了。

當古典的花菩吉斯之夜幾經波折而接近尾聲時，我們的三位飛行員已各有不同的遭遇。梅弗斯托菲里斯這位最倒楣的德國旅客，在希臘妖魔狂歡夜裡恣意玩樂了一番。這個可憐的惡魔被詭詐的拉米亞戲弄了之後，步履蹣跚地走著，直到他遇見真正嚇人的法基亞茲（Pharkyads）——三個彼此之間只有一眼一齒的巫女。她們實在太可怕，教梅弗斯托菲里斯無法逼視，後來他發覺她們原來是他的姐妹，和他自己一樣都是黑夜和渾沌的孩子。他認出她們三人之後便和其中之一合為一體，於是他便以希臘渾沌女神的無形之相離開了法撒路斯，前往斯巴達（Sparta）等待海倫的歸來。

浮士德則遇見了仙駝族的奇隆（Chiron the Centurion），這位善良的懷疑論者想要治療浮士德的海倫相思病，便帶他到醫神愛斯庫拉皮烏斯（Aesculapius）的女兒曼多（Manto）那裡。然而她是奧菲思（Orpheus）風格的浪漫派人士，而非講求理性的化約論者，她在浮士德身上看到了另一個奧菲思，於是她便帶他下去見冥后普西孚尼（Persephone），就像她曾經帶奧菲思下去一樣，而這一次要領回來的並不是奧菲斯之妻尤里迪其（Eurydice），而是海倫。歌德相當機巧地跳過了浮士德和普西孚尼相見的場景，我們只能自己去想像。

歌德選擇了把他的創造能量投注於侯蒙古魯斯的故事，這個小人注定活不過古典的花菩吉斯之夜。他想要在玻璃瓶之外求取新生，於是他不厭其煩地聆聽泰勒斯和阿納可撒勾拉斯的辯論，但是並沒有得到什麼實際的幫助。不過他倒是與和善的泰勒斯一起參觀了一場巴洛克情調的水上嘉年華，這是歌德最美麗的創作，其中人物有賽倫（現在已被救贖的）、尼里絲（Nereids）、特里東（Tritons）。我們已經離開妖魔鬼怪集聚一堂的法撒路斯，來到了愛琴海諸島的月光世界。

我們來到了撒摩希拉斯島（Samothrace）上卡比里（Cabiri）的國度，這些奇異的矮小神祇「不停地創造自己，卻不知道自己是誰。」歌德並未明白指出這些無知的侏儒究竟只是無知學者所讚頌的土缽泥壺，還是救助遭難船伕的強勢神祇。但是不管他們是誰，我們看到海中生物為他們舉行了盛大的慶祝遊行，此一美景才是重點所在。其中最耀眼的要數海中佳麗佳拉提亞，她從帕佛斯（Paphos）——阿夫洛黛提聖地——的家被海豚拉來這裡。對侯蒙古魯斯而言，佳拉提亞既是自我超越之因，也是自我毀滅之由，是歌德筆下一個完全屬於正面的人物。

普羅泰烏斯（Proteus）則比較曖昧，他是欺瞞與矇騙的大師，但也是盡知時間及其奧秘的真實預言者。這個笑看人類雄心大志的海中老者稚氣未脫、個性爽朗，歌德在他身上使出了最好的一記反諷：他教導侯蒙古魯斯生存與行為之道，而同時成為最好的與最危險的哲學家。普羅泰烏斯建議侯蒙古魯斯投入大海，經歷永不停息的易態變形，但不可期盼昇起而成為人類。阿基里斯、黑可特（Hector）等最優秀的人類最後都要進入幽冥之境。還不如像大海一樣循環迴轉，擁抱生命，擺脫糾纏人類的死亡宿命。

由於歌德自己在精神上本就是變幻莫測，普羅泰烏斯是不是多少說出了老詩人的心聲呢？或者歌德的代言人是下一個哲學家先知尼魯斯（Nereus）？他宣揚自制，用的卻是愛神的語氣。當他那些由佳拉提亞領頭的女兒們——多里絲（Dorides）——請求他賜給為她們所救起並喜愛的年輕船伕永恆的生命時，他拒絕了，所說的似乎就是歌德自己一生的情愛智慧之言：「當感情的魔咒消散，請輕柔地送他們回返地上。」尼魯斯與佳拉提亞——如同李爾與考地利亞共享浩瀚父女情一般——在海豚又要拉著她失蹤一年之前只互相看了一眼，打了一聲熱情的招呼，這同樣是對自制的禮讚。

對自制的讚頌——此為老年歌德之一大要務——為侯蒙古魯斯的熱情提供了曖昧而分歧的意涵。這個出自煉金術的小神魔已厭倦瓶中閉塞的生活，他決定要在他的本質元素——火——和水的異質性之間做一個選擇。尼魯斯拒絕給他明確的指引，於是他騎在普羅泰烏斯背上來到了佳拉提亞的行列。這場情慾探求的自慰快感充滿了歌德的譏諷：侯蒙古魯斯跳起來命盡於佳拉提亞腳邊，「一會兒舉得高又壯，一會兒燒得妙又長，好似愛的脈動震盪難安。」佳拉提亞是目標，而可憐的侯蒙古魯斯是唯一的愛人，直到他的瓶子終於在她的玉座上破碎。他生命的火燄散落於波浪之間，瞬間讓波浪改變了形態。賽倫帶著全體海中生物吟唱頌歌，宣示勝利屬於愛神。歌德當然是同意的，而古典的花菩吉斯之夜的結束絕非自制一語所能涵括。那人類智能的神秘、疏隔的形象是對愛神的又一次禮讚。對於此一死亡事件，歌德典型的曖昧姿態拒絕給我們任何絕對穩定的觀點，《浮士德，第二部》其餘的部分便繼續強化著老詩人對自己的自制原則所抱持的曖昧立場。

他和上帝都賭輸了

在此我要跳過《第二部》三千多行大都很精彩的詩句，以便專注於浮士德的死亡場景，以及接下來梅弗斯托菲里斯與天使之間亦莊亦諧的浮士德靈魂爭奪戰。我笨拙但奮力的一跳，所跳過的最重要部分是歌德非凡的海倫狂想曲，一場把德國轉換成希臘的絕妙移置好戲。歌德以其慣常的大膽作風對荷馬與雅典悲劇予以諷擬，以便獻給我們一部前所未見的奇特詩作：特洛伊的海倫的復活，她與浮士德的結合，兩人之子尤夫里恩的誕生與死亡，海倫的重返幽冥。歌德給我們的海倫和古典的花菩吉斯之夜以及《第二部》結尾的天庭合唱一樣都是反正典詩篇，是無法想像的荷馬、艾斯可魯斯（Aeschylus, 525-456B.C.）、尤里皮迪斯修訂版，如同古典的花菩吉斯之夜把原本的希臘神話反轉過來，結尾的合唱則是以巧妙的狂野情調諷擬了但丁的《天堂》。

對歌德而言，這些都不新鮮；《浮士德，第一部》持續諷擬著莎士比亞，另外並添加考得隆和米爾頓的色彩。我想不出還有別的詩人像歌德一樣繼承了這麼多的西方正典。從荷馬到拜倫一整排綿長的隊伍走進了《浮士德》，在被掏空之後重新裝塡，其中難免夾帶著諷擬——不管多麼嚴肅——必然會引發的絕大差異。我在本書中一再強調，任何一部想要成為正典的新進作品都必須擁有反正典的質素，但絕不是像歌德那麼激烈與徹底。易卜生或多或少重拾了歌德的立場，《培爾・甘特》諷擬了《浮士德》與莎士比亞。民主制時期其他傑出的作家如惠特曼、狄津生、托爾斯泰等並不像易卜生——無論態度多麼冷酷——一樣想要集結西方的傳統。在我們的混亂年代之中，易卜生的身形是有的，喬哀思是其中犖犖大者，但是在和歌德實力相當的作家中，卻再也尋不著他對諷擬對象的虔敬情懷。貝克特和莎士比亞的關係很像喬哀思和莎士比亞的關係，也有點像易卜生和莎士比亞的關係，卻完全不像歌德和莎士比亞的關係。柯鐵斯於其《歐洲文學論集》（*Essays on European Literature*）（麥可・柯華〔Michael Koval〕英譯，1973）引述一封歌德於一八一七年寫的信：「我們這些學步的詩人，必當尊崇祖先的遺產——荷馬、赫希歐德等等——視之為真實的正典作品；我們在這些聖靈所開示的人跟前誠心敬拜，不問何時、不問何處。」

這不是易卜生或喬哀思的語氣。柯鐵斯於一九四九年所寫的誠然不假：歌德代表了傳統的某個面向的終結。我所借用的維科史觀在此或許並不適用，然而，如果「貴族制」指稱的是精神菁英主義以及靈知觀感的話，那麼歌德的確是但丁所開啟的時代中最後一位偉大的作家。如果想要寫出類似《浮士德，第二部》的反正典史詩或宇宙系統觀劇作，你和正典之間必須要有一種親密的關係，而歌德以降的任何一個作家都再也沒有承受（或享受）過這種關係。這使得浮士德之死更加深刻，因為死去的不只是浮士德這個人物而已。

如果易卜生任紐扣製模匠（Button-Molder）帶走培爾・甘特的話，他會是怎麼個死法呢？我們能夠想像喬哀思的波迪・布魯姆（Poldy Bloom）之死嗎？我們將會看到，浮士德的死很有古典風格，因為和傳統的連結尚未斷裂，不管此一連結具有多麼濃厚的嘲諷性質。在歌德之後，可以斷的東西都斷了。愛默生、卡萊爾、尼采都很推崇歌德，而他們也都知道他實在是一個句點。浮士德的死為此一終結做了彩排。弗洛依德想要為他的治療術找尋一個意象，於是他說「它曾在哪裡，我就會在哪裡。」這份野心正是浮士德最後的計劃，他要重建流失的海岸，造出一個荷蘭一般的新的低地國。

弗洛依德這一位歌德派的譏諷家雖然也像歌德一樣大搞科學的噱頭，但他看得出來浮士德到最後還在打什麼主意，此即反轉的心態：「我在哪裡，它就會在哪裡。」在此一反轉中，梅弗斯托菲里斯和他的刺客們為了配合浮士德改造環境的計畫犯下了謀殺，使得浮士德在伊底帕斯式的過失中悔恨不已，一直到他斥退「憂慮」(Care) 時仍是如此。一隻腳已經踏入棺材的浮士德（雖然他不知道自己就要死了）捨棄了魔術、決心起來抗拒魔術、決心起來獨力面對自然、拒絕所有超越塵俗的可能，於是他開始和弗洛依德一樣擁抱現實原則。此一擁抱帶來了最後的理想幻象，亦即將最後一個沼澤的污水排乾，因此，它曾在哪裡，浮士德就會在哪裡。

梅弗斯托菲里斯帶來最後的羞辱：陰森的死靈們 (Lemures) 替代了工人，眼盲的浮士德聽見鋤鏟的聲音，以為他們正在為他做改造自然的工作，而不知道他們正替他挖墳墓。死靈是魏吉爾的夜晚與死者的鬼魂，他們只是一具骷髏，活像個木乃伊，還盜用了《哈姆雷特》裡掘墓人在挖奧菲里亞的墳墓時所唱的歌。在這些個陰森的音樂、鋤鏟的聲音、哈姆雷特的憂鬱氣氛當中，浮士德卻冒出了他最後的囈語：「我現在享受著我最崇高的時刻。」此話一出，他便往後倒向死靈的懷裡，死靈把他放在地上埋葬了他。以浮士德自己的話說，他的靈魂理當被沒收，他和上帝都賭輸了。

接下來是可怕的、著名的喜劇，老歌德刻意展現出他個人的怪癖，教人難以招架。當焦慮不已的梅弗斯托菲里斯悲嘆著協議和約定在今天已經不具價值的時候，他和他那些膽小的妖怪們受到了天使玫瑰的襲擊。那些較低等的妖魔跑掉之後，這位不幸的惡魔獨自奮戰，隨即無法把持住自己，在神聖的氛圍當中迷上了天使男孩的小屁股。浮士德的靈魂被這些迷人的孩童們帶往天庭，留下梅弗斯托菲里斯哀嘆著自己是如何上當受騙。這是絕佳的促狹趣味，或許歌德應該就此打住。然而，他掠奪並諷擬了但丁的《天堂》，留給世世代代的讀者一個永恆的觀點問題。一齣完全與基督教無關的詩劇竟以大剌剌的天主教場面做結，我們該如何看待它呢？得救的孩童（Blessed Boys）和各等級的天使還不難理解，但讀者該怎樣看待天庭中尊崇瑪利亞的博士（Doctor Marianus）和那些服侍耶穌的悔悟之女（Penitent women）呢？浮士德真要在但丁式的天堂中定居並擔任一群得救孩童的良師嗎？是不是奧斯卡・王爾德先來寫下了這個結局呢？或者這是歌德最後的冒瀆，他最終的反悖正規觀感的驚人之舉呢？

如果我們讀得夠仔細，我們應該不會將歌德最後的視象當成某種基督教的宣示。它是奇幻的、個人化的，是最不符合正統的作品；然而但丁的視見在教會承認其優越性並將之納入正典以前也是如此。歌德非常狡黠地模仿並消遣了但丁，在天堂裡被他推上王座的可不止碧翠思一個人。尊崇瑪利亞的博士亦非全然合乎正統，他向聖母致敬道：「妳與眾神同等，是我們選定的女王！」而不管在人間和天堂都在懺悔的可憐的葛萊卿，之所以被光榮聖母（Mater Gloriosa）接納是因為她可以教導浮士德，讓他跟著他的愛人往更高的領域飛昇。

然而，我們可曾聽聞浮士德的懺悔？不錯，浮士德是死了，但是一世紀的生命也夠長了。浮士德不曾懺悔，也不曾受到寬恕，和惡魔一起混了一輩子之後就這麼獲得了立即的救贖，和他那意思是「受寵者」的名字倒是很相稱。這有欠公允，顯然不符天主教或任何基督教的正統觀念。歌德大膽地將天主教神話和但丁的體系融入他自己的神話創作系統之中，和布雷克的系統一樣極富個人色彩，但愉悅動人得多，其中自相矛盾的地方所在多有。如果浮士德飛昇到了較高的領域，我想那是因為他在玄秘的歌德教（Goetheism）裡得到了救贖。當《浮士德，第二部》完滿結束時，基督教與基督只不過是創造神話的過程中的某個對應物而已。

本劇最後是全然歌德風格的典型情慾浪漫主義，由阿金斯巧手譯為：「女人，永恆地，指引我們的路。」是什麼路呢？浮士德的路不是聖母所指引的，指引他的是瑪格里特和海倫。指引歌德的是他先前的偉大繆思，他們在他的抒情詩裡已得永生。《第二部》末尾的天主教色彩為歌德一生的語言與人格事功又添了一個反正典的記錄——如此而已，必做如是觀。

〈第三部〉

民主制時期
The Democratic Age

10 早期渥茲華斯與珍・奧斯汀《勸說》的正典記憶

Canonical Memory in Early Wordsworth and Jane Austen's *Persuasion*

現代詩由渥茲華斯所開創

有些音樂學者認為蒙台威爾第（Monteverdi, 1567-1643）、巴哈、史特拉文斯基（Stravinsky, 1882-1971）是音樂史上三大改革者，此一主張仍有爭議。就西方正典抒情詩而言，這種人物在我心目中僅得其二：佩脫拉克始創文藝復興詩風，而渥茲華斯所開創的現代詩至今已經延續了整整兩個世紀。以我拿來作為本書架構的維科歷史詞彙來講，佩脫拉克創造了貴族制時期的抒情詩，至歌德臻於高峰。渥茲華斯則創造了民主制和混亂時期詩的福澤與災殃，亦即詩是不必談論任何事情的。這些詩以主角自己為主題，不管主角在場或者缺席。

佩脫拉克創造了約翰・弗瑞伽洛所謂的偶像崇拜詩；如威廉・哈慈里特所說的，渥茲華斯在詩的白紙上重新下筆，並以自我或——更精確地說——自我的記憶填寫白紙。我在維科的預言中不安地看著第二個神制時期逐漸逼近，這時期的詩會把貴族制的偶像崇拜和民主制的記憶都丟到一邊去，而回復比較拘限的、敬獻式的功能，雖然我不確定敬獻的對象會不會只有上帝一個稱號。無論如何，渥茲華斯是一個起點，不過他和所有偉大作家一樣都被先驅英雄們糾纏著，尤其是米爾頓和莎士比亞。

〈康柏藍的老乞丐〉

珍・奧斯汀和渥茲華斯於同一章出現可能有點奇怪，但她和他是同時代的人，比他晚五年出生；雖然他比她多活了三分之一個世紀，不過他最有活力的詩作都是在她開始出版作品以前寫的。奧斯汀的文學世界以山謬・理查生（Samuel Richardson, 1689-1761）和亨利・菲爾丁這兩位小說先驅以及約翰生博士為中心。我們無法證明她讀過渥茲華斯，而我們也無從證明艾蜜利・狄津生曾經讀過華特・惠特曼；但奧斯汀晚期的小說，特別是她去世後出版的《勸說》（1818）和渥茲華斯有共同的關注，因此我便將晚期的奧斯汀和早期的渥茲華斯並列，特別是渥茲華斯的三首詩作：一七九七年的〈康柏藍的老乞丐〉（"The Old Cumberland Beggar"）、一七九八年的《荒屋》（*The Ruined Cottage*）、一八〇〇年的〈麥可〉（"Michael"）。渥茲華斯比較有影響力，甚至是比較崇偉的詩作要數他的史詩《序曲》和傑出的危機抒情詩三部曲〈永生的喻示〉（"Intimations of Immortality", 1802-04）頌詩、〈汀藤寺〉、〈決心與自立〉（"Resolution and Independence", 1802）。但我所挑選的三首詩具有一種即使渥茲華斯自己都未曾再達到的深刻強度，而當我步入老年，這三首詩巧妙拿捏的情致以及呈現個人痛苦的美學尊嚴，使得它們比其他任何一首詩都更能打動我。早期的渥茲華斯於其中散發的氛圍唯有晚期的托爾斯泰和莎士比亞的某些個地方可以比擬，此即完全不具意識形態色彩、素樸、純粹、共通而普遍的哀傷。進入十九世紀之後，渥茲華斯轉而成為米爾頓風格的詩人，但他在接近三十歲時是非常莎士比亞的，他以《邊緣人》（*The Borderers*）改寫《奧賽羅》，在乞丐、小販、孩童、瘋子身上捕捉到類似《李爾王》的約伯特質。以下是〈康柏藍的老乞丐〉的開頭：

我散步時看見一個年老的乞丐；
他坐在公路旁
一個簡陋的低矮石樁上，
石樁立於大山山腳下，
好讓那些牽著馬走下陡峭險路的人
可以在那裡輕鬆上馬。老人
把他的拐杖放在矮樁上頭的
寬大石塊上；他從

村婦們施捨的一個沾滿白麵粉的袋子裡
一塊一塊掏出他的碎屑與破片；
並以固定而嚴肅的渙散眼神
盯著它們。陽光下，
小石樁的第二階上，
四周環繞著那些無人荒山，
他坐著，一個人吃著他的食物：
他顫抖的手正在
努力避免浪費，但麵包屑
還是如陣陣小雨從手裡
灑落地上；小山鳥
還不敢來啄食牠們命定的餐點，
已來到與他間隔半根拐杖的近旁。

記得我曾在一本於三分之一個世紀以前（1961）出版的書上《想像的伙伴》（*The Visionary Company*）討論到這一段，我說康柏藍的老乞丐和渥茲華斯其他的貧困孤獨者不同，因為他並未帶來啟示，他沒有讓詩人驚豔，未曾引領他走入神妙感悟的一刻。如今看來我似乎是太年輕了，雖然當時的我比渥茲華斯寫下這些詩句時的年紀還要大一些。這一整首將近二百行的詩講的都是世俗的啟示，是最終之事的揭曉。如果真有神啟性卻也是自然的虔敬情懷（revealed yet natural piety）此一矛盾詞語的話，那一定就是這個了：老乞丐和小山鳥，石椿上的陽光，從顫抖的手上灑落的麵包屑。這是一種顯現，因為它向渥茲華斯和我們喻示了一種至高的價值，亦即在最不堪的情境底下的人類尊嚴，而那不知有多老的乞丐鮮能察覺自己的景況。在重複「他繼續走著，孤伶伶一個人」之餘，此詩描述一個乞丐如此年老與虛弱以至於「他的視線落在地上，當他移動身子時，**視線**在地上跟著移動。」

在這兒和後來的地方，渥茲華斯幾乎是盡興地強調了乞丐身體的衰竭與無助，以便強化這首詩反對把這個老人關在屋子裡的強烈訴求，此一主張預告了狄更斯對收容所的攻擊。老人「爬」過一戶又一戶，構成了「一份集合了過去的慈善行為與措施的記錄，否則沒有人會記得的。」渥茲華斯讓我們選擇自己的觀點：我們視之為奇談，還是愛的表露，或兩者都是？詩人自己的觀點令人難以想像，卻也令人不得不讚歎（帶著點哆嗦）：

那麼讓他去吧，他頭上頂著一片天！
在世事浪潮所帶給他
的巨大孤獨當中，他似乎
只是自己一個人呼吸著，自己一個人活著，

不受指責、不受傷害，且讓他承載著
仁厚天理展佈在他身旁的
美好良善：雖然他過著自己的生活，
還是讓他來促使不識字的村民們
做善事、細思量。
——那麼讓他去吧，他頭上頂著一片天！
只要他還能四處走動，且讓他呼吸
山谷新鮮的空氣；讓他的血液
與霜寒冬雪掙扎；
讓橫掃石南樹叢的放肆狂風
吹襲他萎靡容顏上的灰白垂髮。

對我們許多人而言，這是可以接受的，只是老人現在不僅僅是一個人，也是一個過程。渥茲華斯還不放鬆，盡興地營造老人必須委身自然的詭論，不管老人自己能不能領會：

讓他自由自在於山野孤寂；
不管聽不聽得到，且讓他身旁放送著

林鳥的宜人樂曲。
他的樂事少之又少：如果他的視線
長久以來已習於落在地上，
不使點力還看不到
地平線上的太陽昇起
落下是什麼模樣，那麼至少讓亮光
進到他呆滯的眼球裡，
且讓他隨時隨地順其所願
在樹下或公路旁的
草坡上坐下來，和小鳥一起
享用他碰運氣得來的一餐；最後
如同他於自然之眼中活著，
就讓他於自然之眼中死去。

這段崇偉而奇異的文字在從「讓他自由」到「讓他死去」的段落中進行著，而實際上這份自由不過是受苦和曝屍荒野的自由。此一結論想起來是會嚇壞人的，除非我們願意讓「自然之眼」的隱喻充分展現其規模與力道。它不會只是太陽，也不會只能靠感官來感受，因為老人聽不見，能看見的也只有他腳底下的地面。讚頌老人的意志好像有點不可思議，但這正是渥茲華斯在這裡所做的，即使這份意志的行使僅及於乞丐歇憩和吃東西的地點與時間。然而，早期的渥茲華斯對此是相當明確的：人的尊嚴是無法毀滅的，意志長存，自然之眼從生到死都在看著你。在探求一份幾至不可思議的自然的虔誠情懷時，這一首絕不煽情的詩顯得有點殘忍。在這裡，渥茲華斯的原創性極為突出；詩人心靈的**異質性**是詩中最突出的造像，過去三十三年來每當我的記憶飄回到〈康柏藍的老乞丐〉時，這種異質性便會浮現我的腦海。羅伯・佛洛斯特和瓦里斯・史帝文斯所寫的有關老年的比較詭異的詩作，如佛洛斯特的〈一個老人的冬夜〉（"An Old Man's Winter Night"）和史帝文斯的〈冗長遲緩的詩行〉（"Long and Sluggish Lines"）重現了幾許渥茲華斯的異質性，但效果沒有那麼突出。

《荒屋》

讀過渥茲華斯的瑪格里特故事《荒屋》的人讀的大都是《出遊》（*The Excursion*, 1815）第一卷裡最終的冗長修訂版。渥茲華斯於一七九七年開始撰寫《荒屋》，最好的版本顯然是學者所謂的「D」手稿（1798），如今在牛津和諾登（Norton）英國文學選集裡都找得到，而這也是我採用的版本。讚賞這首詩的人最有名堂的要數它最早的知音山謬・泰勒・柯立芝，他想要把它從《出遊》分離出來，讓它回復獨立狀態而成為英語世界裡最美的一首詩。經過了兩百年，《荒屋》仍舊是一首最美麗，幾乎教人難以承受的詩。如今，英美的唯物主義與新歷史主義批評——馬克思和傅柯的奇怪組合——盛行指責渥茲華斯在放棄早期對法國大革命的支持之後便不再堅守其政治立場。一七九七年，渥茲華斯已經克服了一段長期的政治上與精神上的危機，他的詩不再為社會苦難尋求政治解決方案。〈康柏藍的老乞丐〉、《荒屋》、〈麥可〉以及渥茲華斯其他描寫英國下層階級苦難的詩，都是深厚情感與同情的傑作，只有膚淺的意識形態者才會以政治的理由貶抑之。新一代的學院道德家們應該思考一下雪萊——在政治立場上堪稱當時的里昂・托洛斯基（Leon Trotsky, 1879-1940, 按：列寧手下的俄國革命領導者）——或哈慈里特、濟慈等激進分子為何能夠接受渥茲華斯的詩。雪萊、哈慈里特、濟慈非常了解，渥茲華斯有一種了不起的天才，也就是教導我們怎麼和那些遭受各種苦難的人感同身受。如果我們的學術委員們知道如何閱讀的話，渥茲華斯便可以讓他們人性化，而這正是《荒屋》這類詩作的偉大計畫。

瑪格里特的故事是由詩人的朋友，一個年老的流浪小販在一間荒屋的所在地講給渥茲華斯聽的：「四面禿牆，彼此瞪著對方」，還有「一塊園地，如今已然荒蕪」。這裡曾是瑪格里特、丈夫羅伯和兩個小孩的家，如今已成廢墟。

流浪者（他在《出遊》裡的稱謂，在此我亦援用之）在荒廢的景象中感受到一種非常私密的哀傷，因為他和瑪格里特情同父女。流浪者在本是瑪格里特所屬的泉水旁邊駐足喝水時，一股失落感迎面襲來：

當我駐足喝水，
一張蜘蛛網懸垂在水旁，
在潮濕滑溜的踏腳石上有
一塊無用的木杯破片。
它深深打動了我的心。

這份強烈但冷靜的悲傷引領出父親連綿的哀悼，宛如聖經一般地莊嚴與深刻，這對流浪者這麼一個父權的形象毋寧是很合宜的（「父權」在現在的大學裡是如此的惡名昭彰，因此我必須立即加以說明：我用的這個字其背景是猶太傳統所謂的「父親的德行」，尤其是指亞伯拉罕和雅各）。我們所聽到的是對瑪格里特的悼念與禮讚：

過去，
當我走過這條路時，
住在這幾道牆裡面的她總會
像女兒一樣地歡迎我，我也愛她，

好像自己的孩子一樣。先生啊，好人死得早，
而那些內心如夏日塵土般乾枯的人
卻能燒到最後一根骨頭。許多路人
都曾讚賞可憐的瑪格里特溫婉的面容，
當她捧著從那廢棄的泉水
汲來的涼爽甘泉；來這裡的人
沒有一個不受到歡迎，沒有一個人
離開時不覺得她愛他。她死了，
蟲子爬上她的臉頰，此一寒傖小屋，
卸除了家花的外衣，
玫瑰與薔薇不再，在風中，
一堵冷冷的禿牆頂著
雜草和燕蔓的矛草。她死了，
蕁麻已枯萎，蝮蛇曬著太陽，
在那她給嬰孩餵奶時我們
一起坐著的地方。未釘鐵蹄的小公馬、
四處跑跳的小母牛和陶工的驢兒，

如今壁爐處是牠們的歇憩所，
我曾在那兒看著她的爐火於夜間閃亮，
和樂的火光透過窗戶
照到路上。請原諒我，先生，
我常常想著這間小屋，
如同想著一張圖畫，直到我的理智
消沉，從而陷入無謂的悲傷。

渥茲華斯鮮少如此疾言厲色，雖然他經常都是火力十足與尖刻銳利的：

先生啊，好人死得早，
而那些內心如夏日塵土般乾枯的人
卻能燒到最後一根骨頭。

這些詩句烙印在雪萊的記憶之中而成為他的一首長詩《阿拉斯特》(*Alastor*, 1816)的題詞，在那裡，它們似乎是衝著雪萊的詩父渥茲華斯來的。它們在《荒屋》之中則是瑪格里特的墓誌銘，她因為她的善良，因為她希望的力量而死去，而希望是她最好的特質，由她善良的記憶以及災難來臨前她和丈夫小孩一起生活的記憶所滋養。

收成不好、貧窮、絕望迫使瑪格里特的丈夫離開家園，而她日日夜夜期盼他回來的這一份希望，卻成了摧毀她自己和家園的毀滅性情感。我在西方文學的其他任何地方都找不到渥茲華斯的這份領會：良善的記憶挹注希望，而希望的天啟式力量卻比絕望還要危險。或許殺死李爾的是期盼考地利亞還活著的瘋狂希望，而不是知道她已死去的現實的絕望；但莎士比亞似乎不在乎讓情況顯得曖昧不明。《第十二夜》裡遭到惡作劇戲弄的可憐的馬孚利歐，因他對情慾和社會抱有荒謬的希望而成了一個大笑話。這些和渥茲華斯的《荒屋》及其他詩作都不是很好的類比。渥茲華斯知道，希望足以摧毀一切，具有高度的危險性，這份領會實令人不寒而慄，他藉此創造出獨特的記憶神話，並使之成為正典。瑪格里特的希望比她自己來得大，也比我們許多人都來得大。

你可以說瑪格里特的希望是世俗化的新教式希望，後者是新教意志的作用之一。這關聯到個人靈魂的自尊，以及在精神領域中私人想法所佔有的地位，這些想法包括主張人擁有內在的光，每一個男人和女人都可透過它，以自己的方式來閱讀和詮釋聖經。我不知道世俗化這檔事有沒有在高級文學的領域中發生過。為一部優秀的文學作品貼上宗教或世俗的標籤是政治性的行為，而非美學上的抉擇。瑪格里特具有悲劇性，因為她被她最好的特質所摧毀：希望、記憶、信念、愛。她的新教氣質和珍・奧斯汀的女主角新教意志的行使，都可以是宗教的或世俗的，但是你這樣的稱呼所描述的是你自己，而非《荒屋》或《勸說》。

我們被渥茲華斯所面對的康柏藍乞丐所打動，也被〈麥可〉裡老牧羊人莊嚴的苦難所感動，其個中緣由也正是瑪格里特的重要性所在。

渥茲華斯在他那莎士比亞風格的劇作《邊緣人》裡，藉依阿高似的人物歐斯瓦德（Oswald）之口，講出了渥茲華斯本人早期所有詩作的信條。向本劇主角——像奧賽羅一樣的受騙者——說出這段話的歐斯瓦德，超越了劇中情境、整齣戲劇和他自己的觀感，這種詹姆斯一世時代的活力風格，莎士比亞想來也是樂於使用的：

動作是短暫的——一步、一擊、
肌肉的抽動——如此或這般——
做完了，在緊接著的空虛裡，
我們像是遭到背叛似地愣在那裡：
痛苦是永久的，晦暗而陰沉，
恆常無極自在其中。

莎士比亞可能會覺得這段話由馬克白——而非依阿高——來講比較恰當，但是其中的虛無意涵，對兩位反派英雄而言都是很適合的。渥茲華斯可能不同意我把這段話和他對無辜受苦者的描繪擺在一起，然而他早期詩作的力量和慰藉或悲傷的意義並沒有什麼關係。

《荒屋》撼人處在於它避開了撫慰，如下面這一段瑪格里特故事的高潮：

她那寒傖的小屋逐漸
傾頹毀壞；因為他走了，他的手
在十月寒霜初降時
修補了每一處裂隙，並用新鮮的稻草束
整治發青的屋頂。她就這麼
過了長冬，漠然而孤單，
直到這間失落的屋子在寒霜、融雪、雨水之中
衰頹凋敝；當她睡覺時，夜晚的濕氣
凍著她的心窩，在風大的日子，
風吹拂著她襤褸的衣裳，
即使她就在火旁也不放過。然而
她還是愛著這殘破的地方，從不想
離開這兒前往他方；而那一段路、
這把簡陋的椅子，和一份磨人的親密希望
已在她心中深深紮根。就在這兒，我的朋友，

她生著病；就在這兒她死了，
是這些殘垣斷壁的最後一位人類住客。

瑪格里特和康柏藍的老乞丐一樣都在自然之眼的注視下死去，只見凜冽的冷風自由地進入屋子吹襲著她。流浪者講完瑪格里特的故事之後，渥茲華斯的強烈反應是這首詩的力量所在：

老人停了下來：他看得出來我深受感動。
我從那把低矮的椅子上本能地站起來，
虛弱地背過臉去，也沒有力氣
謝謝他為我講的故事。
我站著，倚在院門上
回想那個女人的痛苦；而我似乎
得到了安慰，當我以兄弟之愛
在悲傷的無助中祝福著她。

這種祝福不是聖經式的祝福，因為後者會帶來更多生命和世代接續的承諾，而我們實在看不出來「悲傷的無助」是什麼樣的一種祝福。詩人渥茲華斯豐沛的創造力使得他敢於使用無助的祝福這麼一個矛盾的詞彙。《邊緣人》有莎士比亞之風，而《序曲》有米爾頓的影子，但是在渥茲華斯的詩作中，卻沒有任何詩作像〈康柏藍的老乞丐〉和《荒屋》這麼奇特與直接。為希望所摧毀是渥茲華斯主要的焦慮，而當我們必須對如此矛盾糾葛的毀滅做一番詮釋時，我們仍不免要有所猶疑的。

渥茲華斯創造了現代或民主制時期的詩，正如佩脫拉克創造了文藝復興時期的詩。而陰影無所不在，即便是最有實力、最富原創性的詩人也不例外；但丁糾纏著佩脫拉克，渥茲華斯於其主要創作期也未曾擺脫米爾頓。在這裡，維科的預言又再次迴響：神制時期歌頌神祇，貴族制時期禮讚英雄，民主制時期所哀悼和崇揚的則是人類。維科並未列出混亂時期，僅指出在時序開始向神制時期移動之際會有混亂的現象發生。在我看來，我們的世紀在新的神制期遲遲不來的長久延宕期中（希望繼續延宕下去！）已經將混亂奉為上尊了。神祇、英雄、人類都過去了之後，剩下來的也只有機器人了，於是我張大眼睛看著肌肉發達的終結者們推擠著人類。《荒屋》是一首非常陰鬱的詩，但是在一九〇年代的今天它卻是祝福撫慰之聲，是人類面對混亂與即將到來的神制時期所發出的吶喊。

作為一個詩人，渥茲華斯寫出《荒屋》這麼一首詩是想要為自己做些什麼？此一問題是肯尼斯・柏可提出來的，我在此稍做修改；他教我們要隨時問道：作為一個人，這位作家寫出這麼一首詩、一部劇作或一個故事是想要為她／他自己做些什麼？詩人渥茲華斯試圖創造出能為別人所欣賞的風味，沒有一位核心作家——包括但丁在內——如此堅決地要把自己高度個人化的氣質予以普遍化。渥茲華斯的精神可通達人世間與自然界的異質性，在古往今來其他所有的詩人之間或許都是獨一無二的。哈慈里特於一八二八年在對渥茲華斯與拜倫所做的比較之中，非常清楚地體會到這一點，當時拜倫已於四年前去世，渥茲華斯也早已進入冗長的創作昏聵期（自一八〇七年一直延續到一八五〇年，是有史以來最長的一段天才詩人淪亡記）。哈慈里特在問了一個有關拜倫的狡黠問題之後（「以其對先代血統的自負，他難道對智識的系譜沒有半點好奇心嗎？」），將渥茲華斯和喜歡波普甚於渥茲華斯的拜倫做了一個對比：「《抒情歌謠》（*Lyrical Ballads*）的作者描寫岩石上的青苔、枯萎的羊齒以及他從中獲得的奇異感受；《哈洛德公子》（*Childe Harold*）的作者描寫英挺的絲柏、傾塌的圓柱以及每一個學童從中獲得的感受。」

〈康柏藍的老乞丐〉和《荒屋》源自非常奇異的感受，欲以規範性詞語轉譯之實屬不易。渥茲華斯以其獨特的才藝，將這些奇特的感受化為人人可讀的詩篇，所採用的是類似於晚期的托爾斯泰喜歡的模式。讓那不知有多老的乞丐正正當當地在自然之眼底下活著並死去；瑪格里特的凜冽悲情，一個親切可愛的農婦被自身記憶與希望的力量所摧毀；這些是每一個時代不管是屬於哪一種性別、種族、社會階級或意識形態的人類意識都可以感覺到的。譴責渥茲華斯不寫有關政治與社會主張的詩，或指責他放棄了對革命的支持便是跨越了學術的傲慢與道德大頭症之間的最終分水嶺。在此一分水嶺之外，我們需要另一個狄更斯來描寫虛矯與偽善，和另一個尼采來記述憎恨一族的男男女女，這些男女的靈魂正「瞇著眼瞧人」呢！

〈麥可〉

〈麥可〉（1800）是渥茲華斯傑出的田園詩，也是最好、最典型的羅伯・佛洛斯特風格詩作的原型。就呈現原初的人類情致而言，〈雇工之死〉（"The Death of the Hired Man", 1914）的詩人自有他的能耐，不過和渥茲華斯卻是屬於不同的等級，後者的力道甚至直逼耶威者觸探藝術極限的能力。渥茲華斯的麥可於八十高齡仍舊像聖經裡的長老一樣力量無窮、活力充沛，是一個「聽得出各種風聲的涵義」的牧羊人。暴風雨把他送上山去拯救羊群，他的孤獨頌揚著他：「他獨自一人，於千百迷霧之間，霧聚還散，於高地之上。」

他的老來子路可（Luke）是他唯一的小孩，這個小牧羊人是他父親生活的重心。經濟情況迫使他必須暫時把男孩送到城市的一個親戚那裡工作維生。這首詩的故事讓我想起了我最喜歡的電影作品，即菲爾茲（W. C. Fields, 1879-1946）主演的《致命的一杯啤酒》（*Fatal Glass of Beer*），菲爾茲的兒子——可怕的柴斯特（Chester）——去到大城市裡，在幾個大學生的引誘之下喝了那杯致命的啤酒。馬上酒醉不支的柴斯特打破了一個救世軍（Salvation Army）女孩的小手鼓，這女孩曾是跳康康舞的舞孃。她憤怒不已，像過去跳康康舞時一樣抬起腳來給柴斯特一記高踢，當場讓柴斯特昏死過去。此一事件注定要將柴斯特帶往他的犯罪生涯，也使得他最後要死在爸爸媽媽也就是菲爾茲夫婦的手裡。崇偉的麥可在路可離開之前，要求他擺下新羊舍的第一塊石頭作為兩人之間的約定，男孩的父親會在他離家時期蓋好這座羊舍。在男孩墮落沉淪並逃到一個遙遠的國家之後，留給我們的是一份揮之不去的哀傷，而濃烈的斥責之意也含藏其中。

愛的力量帶來撫慰；
它讓一件事變得可以忍受，否則
腦袋就會翻攪，心兒便要破碎：
我和不只一個對老人還很有印象的人
聊過，從中得知他在知道
此一沉重消息之後，如何度過漫漫年歲。
他的體格從年少到年老
都健壯得很。他來到
岩石間，仍舊抬頭看著太陽和雲彩，
聆聽風聲；並且和以前一樣
做各式各樣的工作，為了他的羊群，

也為了他所繼承的一小塊土地。
他不時會到那空疏的
溪谷，去建造他的羊群
所需要的羊舍。人們還没有忘記
當時的每一顆心是如何為老人
感到惋惜——人們都相信
他日復一日去到那裡，
從來没有將那一塊石頭抬起。

這最後一行很得到馬修•阿諾德（Matthew Arnold, 1822-88）以至於那些沒有被時下學術爛潮沖刷掉的渥茲華斯迷的讚賞；不過，雖然這一行很精彩，我還是比較喜歡詩的最後一段，它以一棵橡樹訴諸我們的記憶：

羊舍旁，有時人們看見他
一個人坐著，或是和他的忠狗一起，
老狗趴在他的腳邊。
整整過了七年，他不時

會去建造他的羊舍，
死去時留下了未完成的工作。
再過三年，或稍長一些，伊沙貝兒（Isabel）
也追隨丈夫而去：她死後地產
被賣掉，到了一個陌生人手裡。
名為「夜星」的小屋
就此消失——犁頭已經踏遍了屋子腳下
的土地；鄰近四周都
起了很大的變化：——但他們門邊的
橡樹留了下來；而未完成的
羊舍的遺跡還在
綠頂溪谷（Green-head Ghyll）的潺潺溪流旁。

在我比較年輕的時候，我相信記憶是平均分佈於快樂與痛苦兩邊的，我也認為那些逐字烙印在我記憶裡的詩都是用詞遣字最恰到好處，其魔咒般的特質最讓人有快感的作品。在初跨入老年時，我發覺尼采是對的，他認為付諸記憶的皆為痛苦之事。一份比較艱辛的快感可以是痛苦的，如今我相信渥茲華斯非常清楚這一點。新教的意志和渥茲華斯的共鳴想像有其共通的地方，本章所探討的渥茲華斯與奧斯汀的《勸說》之間一些奇異的近似處正是源自於此。麥可和自然的約定仍舊，他和路可的約定卻毀了；麥可的盟約是新教意志的行使，它試圖留駐於記憶之中，〈麥可〉末尾那棵孤獨的橡樹和未完成羊舍的那些尚未切割的石頭便是它的象徵。

渥茲華斯和奧斯汀（她比較古典）不同，他不喜歡快樂的結局，因為婚配的隱喻在他心目中主要並不是指男女的結合，而是指向他所謂的「自然」和他自己的「觀照」（adverting mind）之間的和諧關係。渥茲華斯的自然是一個高明的勸說者，在這份勸說當中，經驗的損失換來了想像的收益。〈康柏藍的老乞丐〉的收益是一種難以消受的幸喜，但要忘掉它也不太容易。《荒屋》末尾的祝福只是全然的失落，但卻教人難以忘懷，而〈麥可〉也是以徹底的失落作結。

《勸說》

渥茲華斯陰鬱但崇偉的田園詩所給我們的不外是正典的記憶，之所以「正典」是因為渥茲華斯為我們做了選擇。他如同神的差使赫米斯（Hermes）一樣現身在我們面前，告訴我們該記憶什麼、如何記憶，這不是為了要讓我們得救或變得聰明一些，而是因為只有記憶的神話能夠補償我們經驗的損失。一旦心領神會，他的教導是深具正典性的：喬治・艾略特、普魯斯特（透過魯希金此一中介人物）、貝克特將它保存了下來，貝克特的《克拉普的最後一卷錄音帶》（*Krapp's Last Tape*）可以說是渥茲華斯的最後一個驛站。而它仍將存留，即使在如今險惡的年代裡，正典記憶正遭受咄咄逼人的道德訴求和飽學的無知之士的威脅。

「勸說」（persuasion）一字拉丁字源意為「建議」或「主張」，也就是對該不該做某件事提供建言。這個字可回溯至意為「甜美」（sweet）或「愉悅」的字根，因此做不做某件事的好處和個人喜好有關，而與道德判斷沒有關係。珍・奧斯汀以這個字作為她最後一本完整小說的書名。此一書名讓人聯想到的是《理性與感性》（*Sense and Sensibility*）或《傲慢與偏見》（*Pride and Prejudice*），而非《愛瑪》（*Emma*）或《曼斯菲德莊園》（*Mansfield Park*）。我們看到的不是一個人、一間屋子或一塊土地的名字，而是單單一個抽象名詞。書名主要是指女主角安・伊略特（Anne Elliot）在十九歲時接納了她的教母羅素女士（Lady Russell）不要嫁給年輕的海軍軍官孚雷德里可・溫渥斯上校（Captain Frederick Wentworth）的勸說。這後來證明是一個非常差勁的建議，在八年之後才由安與溫渥斯上校做了補救。和奧斯汀所有的反諷喜劇一樣，女主角的結局是快樂的。然而，每次當我重讀完這部完美的小說之後，我總覺得很悲傷。

這不只是我一個人的感覺；當我詢問我的朋友和學生們讀這本書的經驗時，他們也常常提到《勸說》的一種悲傷的氣息，甚至較《曼斯菲德莊園》更為濃烈。安・伊略特口才便給，個性獨立且絕不孤單，其自我意識未曾動搖。我們讀完這本書以後感覺到的不是她的悲傷：打動我們的是這部小說的陰鬱氛圍。這份悲傷強化了這本小說裡我所謂的正典說服力，也就是小說顯現其非凡美學價值的方式。

《勸說》在小說之間的地位就像安・伊略特在小說人物之間的形象一樣——強悍但不起眼的先鋒。這本書和這個人物都不怎麼多采多姿或生動活潑；《傲慢與偏見》的伊利莎白・班尼特（Elizabeth Bennett）和《愛瑪》的愛瑪・伍德浩斯（Emma Woodhouse）所擁有的活力和氣韻在安・伊略特身上乍看之下是付諸闕如的，這可能是奧斯汀所說安「對我而言似乎是太溫和了」的意思。的確，安對我們而言似乎是太難以捉摸了，對溫渥斯則不然，他們倆似乎擁有一個專屬的頻道。朱麗葉・麥梅斯特（Juliet McMaster）注意到「一直在安・伊略特和溫渥斯上校兩人之間進行的斜向溝通，雖然他們彼此很少講話，雙方卻總是比其他的談話對象，更能領會對方所說的話的完整意涵。」

《勸說》裡的這一種溝通繫於深摯的「情誼」（affection），奧斯汀將之置於「愛情」（love）之上。對奧斯汀而言，男女之間的「情誼」是一種比較深刻與持久的情感。如果說安・伊略特這個人物——雖然不起眼——讓奧斯汀自己感受到最深厚的情誼也不為過，因為她在安身上盡情發揮了自己的才華。

亨利・詹姆斯強調小說家必須是一個絕無半點遺漏的感應器；以此標準（顯然是一個有限的標準）來看，在所有的英語作家之中，只有奧斯汀、喬治・艾略特和詹姆斯自己可以和史湯達爾、福樓拜、托爾斯泰共組小小的名人堂。安・伊略特這個人物可能是所有的散文故事之中唯一沒有半點遺漏的感應器，雖然她並沒有變成小說家的危險。我所見過對安・伊略特最精確的評語來自司徒爾・泰夫(Stuart Tave)：

> 沒有人聽見安，沒有人看見她，但她卻一直位居核心。我們的所有感知都要透過她的耳朵、眼睛與心靈。或許沒有什麼人在意她，她卻非常在意其他每一個人，當他們還茫然不知自己身上發生了什麼事情的時候，她就已經覺察到了……她善解溫渥斯的內心，她知道他就要為別人和自己惹出哪些麻煩，而他還要等到麻煩上身了以後才曉得。

這樣一尊大菩薩顯然不太好供奉：小說家如何能讓這號人物具有說服力？喬哀思《尤利西斯》裡的波迪非常具有說服力，因為他是一個極為完整的人，堪稱喬哀思最宏大的意識體。奧斯汀的反諷模式不允許完整的呈現：我們並沒有跟著她的人物一起到臥室、廚房、廁所裡去。奧斯汀將她在《理性與感性》裡所諷擬的東西於《勸說》中予以神格化：一份獨特、內向、孤隔的感知。

安・伊略特絕非奧斯汀筆下唯一一個善體人意的人物。她特別的地方在於她對別人與自我那幾近不可思議的知覺敏感度，而這正是奧斯汀作為一個小說家最卓越的特質。安・

伊略特之於奧斯汀正如《如願》的羅薩蘭之於莎士比亞：這兩個人物幾乎練就了只有——否則小說或劇作的戲劇性將消失殆盡——小說家或劇作家才有的全知觀點。巴柏（C. L. Barber）點出了此一局限：

> 戲劇家通常一次給我們一個東西，並於其當令時節盡力突顯其風貌；他的人物遊走偏鋒，莊諧互見；沒有一個人物——包括羅薩蘭一類的角色在內——可以居高臨下，綜觀全劇，完全保持不偏不倚的姿態，因為如果真是這樣的話，戲劇就不再成其為戲劇了。

在此我且將巴柏的論點轉個彎：羅薩蘭和安．伊略特甚至比哈姆雷特或孚斯塔夫、伊利莎白．班尼特或《曼斯菲德莊園》的芬尼．普萊斯（Fanny Price）更能完全保持不偏不倚的姿態，她們幾乎可以綜觀全劇和整部小說。她們所保持的姿態或許無法完全超越某個觀點的限制，然而，羅薩蘭的智巧和安的感知——兩者皆平穩均衡，既不過份咄咄逼人也不過份自我防衛——讓她們比我們都更能夠保持接近創作者的姿態。

奧斯汀從未失掉其深厚的戲劇性；我們一直到小說末尾，都能感受到安對溫渥斯的意向的焦慮。但是，我們倚賴安，如同我們應倚賴羅薩蘭一般；如果批評家們更加信賴羅薩蘭對劇中其他每一個人和她自己所做的回應，試金石（Touchstone）的陳腐在他們眼裡就會和傑克（Jacques）的虛榮一樣地清楚明白。安·伊略特的回應也具有同樣的權威；除了溫渥斯之外，我們必須比小說裡其他的人更注意她所說的話。

奧斯汀的譏諷很有莎士比亞的風格

司徒爾·泰夫的論點和巴柏的一樣都可以轉個彎：奧斯汀的譏諷很有莎士比亞的風格。讀者在一開始也要低估了安·伊略特。伊利莎白·班尼特或羅薩蘭的智巧比安·伊略特精細的感知要容易欣賞一些。她性格上的奧秘在於它結合了奧斯汀的譏諷和渥茲華斯的希望延滯感。奧斯汀頗有莎士比亞的大將之風：她筆下大大小小的人物完全以她或他自己個別的說話模式一以貫之，但各個人物彼此之間卻又完全不同。安·伊略特是奧斯汀的最後一個——我想我們必須如此稱呼——新教意志的代表，但是這份意志在她身上已被它的子嗣，亦即浪漫的共鳴想像所變更或改良，而我們知道渥茲華斯是此一想像的代言人。這或許可以解釋安這個人物為何會如此複雜與敏銳。

珍·奧斯汀早期的主要女性角色以伊利莎白·班尼特為代表，這些女主角以山謬·理查生的可雷里莎·哈羅（Clarissa Harlowe）的直系子孫之姿——另有道德權威山謬·約翰生博士在旁指導——顯現其新教意志。新教意志在馬克思主義批評家眼裡，自然與商業脫不了干係，即使是文學性的表現也不例外，在今天，談論珍·奧斯汀所排除的社會經濟現實已成時尚，例如西印度群島奴隸制，這是她的許多人物能安享經濟資源的一部分根本原因所在。然而，所有優秀的文學作品皆植基於排除之上，而且也還沒有人可以證明：認識文化與帝國主義之間的關係對閱讀《曼斯菲德莊園》會有任何一絲一毫的好處。《勸說》最後向溫渥斯於其中享有崇高地位的英國海軍致意。在海上剛執行過鞭刑的溫渥斯當然不像在陸上細細品味著與安・伊略特的可喜情誼的溫渥斯那麼討人喜歡。然而我要再次強調，奧斯汀所創造的是植基於排他性之上的偉大藝術，英國海上勢力的沉重現實和《勸說》之間，就如同西印度群島的奴隸和《曼斯菲德莊園》之間一樣沒有什麼關係。奧斯汀倒是很關心新教意志的實際與世俗的樣貌，而我覺得此等樣貌對我們了解與欣賞她小說裡的女主角有莫大的幫助。

奧斯汀那莎士比亞式的內向性——安・伊略特為最佳典範——修訂了可雷里莎・哈羅世俗化的新教殉教行為的強烈道德意涵，她在被勒里斯（Lovelace）強暴之後慢慢地走向死亡。可雷里莎的生存意志被她那份保持生命尊嚴的更強大的意志所取代。和勒里斯結婚並接受他的懺悔會傷害她生命的本質，她那遭到侵犯的意志必須不斷予以崇揚。《可雷里莎》的悲劇由奧斯汀轉換成了反諷喜劇，但是在轉換的過程中，維持一份自我意志的企圖卻完全沒有改變。《勸說》強調的是出自個人意志的互敬互愛，男女雙方皆極為看重彼此的價值。在這裡，財富、產業、社會地位等外在考量當然是重要的因素，然而常識、親和力、文化、智巧、情誼等內在考量也是舉足輕重。愛默生可以說（我很不願意這麼說，因為我是無可自拔的愛默生迷）預告了當今馬克思主義者對奧斯汀的批判，他抨擊她只是個接受既定規範的人，因為她不允許女主角們的靈魂真正跳脫社會成規的束縛。但這是誤解了珍・奧斯汀，她了解成規的功用是解放意志，即使成規傾向於抑遏個人性，而如果沒有個人性的話，意志也就無關緊要了。

伊利莎白、愛瑪、芬尼、安等奧斯汀的主要女性角色所擁有的內在自由，使得她們的個人性不會受到壓抑。奧斯汀的小說藝術不會太過關注此一內在自由的社會經濟基礎，雖然相關的焦慮在《曼斯菲德莊園》和《勸說》中是可以見到的。在奧斯汀的作品中，譏諷成了創造的工具，而在約翰生博士心目中，創造便是詩的精髓。除了對其有好感的人之外，拒絕接受其他人致上的好感，這種內在自由的概念實為最高程度的譏諷。奧斯汀最極致的喜劇場景想必是伊利莎白拒絕達西（Darcy）的第一次求婚，在這裡，意志與好感的辯證反諷幾乎到了驚心動魄的地步。此一於《愛瑪》中持續著的高度喜劇意涵在《曼斯菲德莊園》裡略有緩和，在《勸說》之中則變成了別的東西，確實存在卻難以命名，在這兒，奧斯汀已經成為充分自覺的大師，她像是改變了意志行為的本質，使得意志行為彷彿也能接受勸說而成為一種比較罕見和比較不具私心的自我行徑。

珍・奧斯汀在《勸說》裡絕未成為典型的浪漫派作家；她的詩人是威廉・庫波，不是渥茲華斯，而她最喜歡的論述作家一直是約翰生博士。然而，在她早期的小說裡隨處可見的對想像和「浪漫愛情」的極度不信任於《勸說》中卻不顯著。安和溫渥斯在八年希望渺茫的分隔期間，一直維繫著兩人彼此之間的情誼，雙方也都有足夠的想像力來演練成功的復合。這是浪漫愛情故事的題材，和諷刺小說搭不上邊。《勸說》的諷刺經常辛辣得很，但是這些譏諷幾乎不曾以安・伊略特為對象，也很少衝著溫渥斯上校而來。

奧斯汀壓下了她對她的主角們一貫的譏諷態度，某種前所未聞的沉鬱之聲也浸潤著《勸說》全書，這兩者之間的關係實難以釐清。安的自信無法讓她免於她未曾表達出來的一種對無聊生活的焦慮，過這種生活可能有的損失包含了性的不滿，雖然不僅此一端而已。在我的記憶中，澳洲的安・莫蘭（Ann Molan）是唯一注意到奧斯汀此一強烈暗示的批評家：「安……是一個熱情的女子。她的心一直違拗著她的意志，不斷地要求完成與實踐。」安因為在八年前拒絕向溫渥斯表示好感，使她覺得必須壓制自己的意志，因而成為奧斯汀的第一個意志與想像互相衝突的女主角。

雖然奧斯汀的氣質和貴族制時期較為貼近，她真實的創造力卻讓她的《勸說》往新興的民主制時期、也就是我們過去所說的浪漫主義跨近了一大步。安・伊略特或奧斯汀的精神領域並沒有內戰發生；但自我的分裂帶來了某種哀傷，記憶和想像聯手共同與意志形成對峙。金・羅夫（Gene Ruoff, b. 1939）在安與溫渥斯身上注意到了那幾近渥茲華斯式的記憶的力量。奧斯汀絕不是糊里糊塗成了小說家的，因此我們要問，她為什麼會選擇兩人彼此的緬懷情思作為《勸說》的基礎？畢竟，碰了釘子的溫渥斯是不會比安更想要恢復兩人情誼的，但記憶與想像的融合同樣也壓倒了他的意志。這是不是珍・奧斯汀自身意志的鬆懈呢？因為她在《珊地頓》(*Sanditon*) 這一本於《勸說》完成之後所寫的未完成小說裡回到了她早期的模式，所以安・伊略特的故事可能是小說家隨興揮灑之作。渥茲華斯和《勸說》之間的近似處有限但非常確切。英國的典型浪漫派小說，不管是拜倫風格的《簡愛》(*Jane Eyre*) 與《咆哮山莊》(*Wuthering Heights*) 還是渥茲華斯風格的《亞當・畢德》都是稍後發展出來的很不一樣的作品。奧斯汀式的女主角性格在《勸說》中並沒有什麼改變，但安顯然是一個比較實際的存在，帶著一種關乎生命局限的新的哀傷。或許《勸說》時而散發的細緻悲情和珍・奧斯汀自己不佳的健康狀況有關，彷彿是她英年早逝的喻示。

奧斯汀和渥茲華斯之間有若干共同點

司徒爾・泰夫在渥茲華斯和奧斯汀之間做了一個比較，他敏銳地指出兩人都是「結合詩人」(poets of marriage)，兩人也都擁有「那些認為自身生命的完整與安詳和他人的生命實乃密不可分且以超脫社會架構的眼光觀視一切生命的人，所了解和深深感受到的一種責任感」。蘇珊・摩根 (Susan Morgan, b. 1943) 延伸泰夫的論點，指出了奧斯汀的《愛瑪》和渥茲華斯的〈詠詩：童年回憶的永生喻示〉("Ode: Intimations of Immortality from Recollections of Earliest Childhood") 之間特別的近似處。對渥茲華斯而言有得有失，對奧斯汀則是有得無失的個人意識成長是共同的主題。愛瑪的意識當然是有所發展的，從享受近似唯我主義的樂趣直到領會與人同感的較艱辛的樂趣，她經歷了類似渥茲華斯的轉變。一開始便成熟得多的安・伊略特並不需要在意識上有所成長。她因拒絕溫渥斯而長期懷抱的哀思讓她免於希望的毀滅性，我們已經在渥茲華斯早期的詩作，特別是瑪格里特的故事中看到這種可怕的毀滅性。奧斯汀運用其一貫的技巧所表現出來的是一種情感的糾結，而非希望：

安・伊略特可以表達得多麼妥切——至少表達出，在那些似乎折損了行動力和對神恩有所質疑的過於憂心的思慮之外，她那蘊涵著早先的溫暖情意和眺望未來的愉悅信念的祈望與心願。她年輕時便得小心謹慎。年紀大一點以後才學到浪漫——一個不自然起頭的自然發展。

學習浪漫在這裡完全是回溯式的，安已不再覺得她有浪漫的可能。溫渥斯的確回來了，八年之後仍舊憤憤不平，以為安和他之間再也迸不出任何火花。果斷與信心讓他成為一個頂尖的海軍指揮官，而他正是指責她缺乏這些特質。奧斯汀以精巧無比的手法追蹤他逐漸捨棄這種態度的過程：記憶的力量對他的影響力愈見擴大，他漸漸體會到，帶著被拋棄的感覺而認定她沒有行動力是誤會了她。此乃美麗的反諷：他必須在安等候的時候經歷自我勸說的過程，即使他並不知道安在等候、不知道她是否能重燃希望。這樣的喜劇飄盪著一股淡淡的哀傷，讀者也在等候，感覺到這一切是多麼地偶然。

前蘇格拉底學者和弗洛依德認為世上沒有意外，奧斯汀則不這麼想。在她心目中，性格也是一種命運，但是在奧斯汀的世界這麼一個被多重決定著的社會環境裡，命運一旦啟動以後，便不太去理會性格了。在重讀《勸說》時，雖然我記得快樂的結局，當溫渥斯和安不由自主地彼此疏隔時，我仍然焦慮不已。讀者並沒有完全接受勸說而相信會有一場令人滿意的會面，直到安讀了溫渥斯寫給她的一封頗為激動的信：

「我無法再靜默地聆聽了。我必須想法子對妳說話。妳刺穿了我的靈魂。我既苦惱不安又懷著希望。別跟我說我已太遲，別說這些珍貴的情感已消逝無蹤。我再次把自己呈獻給妳，我的心比八年半之前妳差點敲碎它的時候還要赤誠。別說男人遺忘得比女人快，別說他的愛死得比較早。我只愛妳一個人。我或許是個粗人，我或許很笨拙、很暴躁，但我從不善變。我為了妳一個人來到了巴斯（Bath）。我的思量與計畫只為了妳一個人。——妳看不出來嗎？妳不了解我的心願嗎？——如果我能解讀妳的心思，如妳摸透了我的心思一樣，我連這十天都等不及的。我幾乎無法動筆。我隨時都會聽到讓我不能自已的事情。妳壓低了妳的聲音，但我能辨認出這聲音的音調，其他人聽不出來的。——太好、太棒的一個人！妳真是讓我們如沐春風。妳真的相信人與人之間有真正的繫結與堅貞。請相信我不變的熱情。

F. W.

「我要走了，我還不確定自己的命運；但我會儘快回來這裡或者去找妳的。一個字、一個眼神就會決定我是在今夜還是永遠不再進到妳父親的屋子。」

我無法想像在《傲慢與偏見》、《愛瑪》或《曼斯菲德莊園》裡會出現這樣一封信。敏銳的讀者想必看得出來，安幾乎從小說一開始就是那麼地熱情，但是於此之前我們在溫渥斯身上看不到同樣的熱情。他的這封不太像奧斯汀風格的信寫得實在不怎麼樣，就像是出自一個海軍中校的手筆，但也正因此更顯效力。我們終於發現，我們之所以一直相信著他完全是因為安對他的愛牽引著我們。奧斯汀巧妙地不讓他獨自顯露他本身吸引人的趣味。然而這本書的效果之一是勸說讀者，讓讀者相信自己的判斷力與自我說服的能力；安・伊略特對讀者和奧斯汀自己都幾乎是太溫和了，但專注的讀者有充分把握以適切的方式來看待她。這部最微妙的小說，最微妙的地方在於它召喚讀者本身記憶的力量，以便能和沉靜自制的安・伊略特無以直接表達的恆久而強烈的渴望相互輝映。

這份渴望瀰漫全書，感染了安和我們自己的認知。我們感受到安的存在正如同我們意識到自己失落的愛，不管這是虛構的還是理想化的愛。八年前遭到破壞的關係得以重新恢復似乎有點牽強，這和奧斯汀這部最「寫實」的小說可能不太搭軋，但她很細心地處理掉了其中突兀之處。讀者和作者一樣接受了勸說而一起為安祈求著她為自己祈求的東西。安・

莫蘭說得好：奧斯汀「在安最不滿意自己的時候對安最感到滿意」。讀者跟著奧斯汀走著，而安也逐漸接受了勸說，她跟上了讀者的腳步，把自己的渴望較完滿地表達出來。

約翰生博士在二十九期《自由談》上的文章〈預期不幸的愚昧〉（"The folly of anticipating misfortunes"）對任何渴切的預期提出警告，不管是充滿恐懼還是滿載希望的預期：

因為恐懼和希望的目標都還不確定，所以我們不應偏好某一種懷想的形象，因為它們同樣都是謬誤的；希望將快樂放大，恐懼則強化了災難。一般都同意，獲得的快樂從來比不上那份引發欲望、鼓舞追求行動的預期；現實生活的苦難也從來不如想像中那麼令人害怕。

這是約翰生一系列指陳想像蔓延的危險的文章之一，他的門徒奧斯汀想必看過其中幾篇。如果遵從這位大批評家的建議去除了此種形象，渥茲華斯將一個字也寫不出來，而奧斯汀也寫不出《勸說》的。然而，這位西方文學中最高明的排除藝術家，所寫出來的是一本很奇異的書。珍・奧斯汀所寫的每一本小說都可以稱之為完好的疏漏，那些會擾亂她筆下反諷但快樂的結局的東西都已悉數去除。在她的四部正典小說中，《勸說》最不討喜，因為它是其中最奇異的，然而，在奧斯汀的同代作家渥茲華斯所創始的文學民主制時期逐漸接近尾聲的今天，她所有的作品正顯得愈發奇異。奧斯汀雖然端坐於貴族制時期最終的界域，她和渥茲華斯的藝術，卻都繫於逐漸式微的新教意志和逐漸興起的共鳴想像之間的裂隙，記憶則於其中擔任穿針引線的工作。如果本書的論證有任何正當性的話，奧斯汀將可以度過未來的險惡歲月，因為原創性和個人視象的疏異性是我們永恆的需求，而在朝我們蹣跚走來的神制時期中，只有文學能滿足這份需求。

11 美國正典核心：華特・惠特曼

Walt Whitman as Center of the American Canon

如果在西方傳統的背景底下談美國的藝術成就，我們在音樂、繪畫、雕刻、建築上的成就是相形見絀的。這不是因為巴哈、莫札特（Mozart, 1756-91）、貝多芬等超級大家仰之彌高；史特拉文斯基、荀伯格（Schoenberg, 1874-1951）、巴托克（Bartók, 1881-1945）就很足以讓我們的作曲家黯然失色。而且不管現代的美國繪畫和雕刻多麼耀眼，我們的馬蒂斯（Matisse, 1869-1954, 按：法國藝術家）仍不曾現身。唯一的例外是文學。在過去的一個半世紀裡，沒有一個西方詩人能教華特・惠特曼或艾蜜利・狄津生黯然失色，布朗寧、雷歐帕迪或波特萊爾也不例外。而我們這個世紀的主要詩人——佛洛斯特、史帝文斯、艾略特、哈特・柯瑞恩、伊利莎白・畢舍等等——也絕不遜於聶魯達、羅卡、梵雷希（Valéry, 1871-1945, 按：法國詩人）、蒙塔爾（Montale, 1896-1981, 按：義大利詩人，一九七五年諾貝爾文學獎得主）、里爾克、葉慈。我們的主要小說家——霍桑、梅爾維爾、詹姆斯、福克納——也能在西方同儕間顧盼自得。

惠特曼的代表作：《草葉集》

或許只有詹姆斯能和福樓拜、托爾斯泰、喬治・艾略特、普魯斯特、喬哀思平起平坐，但是我們有世界級的個別作品：《紅字》（*The Scarlet Letter*, 1850）、《白鯨記》、《哈可貝里・菲恩》（*Huckleberry Finn*, 1884）、《我之將死》。最有份量的書要數於一八五五年初版的《草葉集》（*Leaves of Grass*）。惠特曼在這些當時沒有標題，後來定名為《自我之歌》（*Song of Myself*）和〈睡人〉（"The Sleepers"）的長詩中光芒四射，而他當然不只是一八五五年的詩人而已。一八五六年第二版的《草葉集》引介了〈日沉之詩〉（"Sun-Down Poem"），如今名喚〈越過布魯克林渡口〉（"Crossing Brooklyn Ferry"）。一八六〇年的第三版給了我們〈我與生命之海一同退潮〉（"As I Ebb'd with the Ocean of Life"）和〈從那不停搖動的搖籃〉（"Out of the Cradle Endlessly Rocking"），一八六五年則悲劇性地加上了可與米爾頓的〈李西達斯〉（"Lycidas", 1637）和雪萊的〈阿多乃斯〉（"Adonais", 1821）並列的美國輓詩，亦即悼念殉道者亞伯拉罕・林肯（Abraham Lincoln）的〈當紫丁香最後一次於前庭綻放〉。

《自我之歌》和其他五篇較次要但仍然精彩萬分的冥想錄，是惠特曼最有份量的六首詩作。要在西方尋找美學價值可與之匹配的作品必須回到歌德、布雷克、渥茲華斯、何德林、雪萊、濟慈。在十九世紀後半或在我們這個就要結束的世紀裡，惠特曼作品的力量與崇偉是無有匹敵的，狄津生或許是唯一的例外。我們從未真正看清惠特曼，這是一個不幸的弔詭，因為他是一位非常艱深且極為細緻的詩人，他所從事的通常都和他所聲稱在做的幾乎完全相反。

對時下的許多讀者而言，惠特曼是一位熱情的大眾詩人，是艾倫・金斯伯格（Allen Ginsberg, 1926–97）和其他專業反叛者的先驅。他的正宗子孫是兩個想要躲開他卻徒勞無功的傑出美國詩人：艾略特和瓦里斯・史帝文斯。還有出色的哈特・柯瑞恩，他以艾略特和史帝文斯的修辭風格寫詩，但啟發與立足點則得自惠特曼。英國的詩人與先知勞倫斯是英語世界第四位真正有惠特曼之風的詩人；龐德和威廉・卡羅斯・威廉斯（William Carlos Williams, 1883–1963）及其他被提名人則是另一番風貌；我覺得約翰・艾虛貝里可名列第五，在那些真正從《自我之歌》學到東西並予以延展的人當中，他是最具惠特曼特色的。以聶魯達為首的拉丁美洲詩人將惠特曼的影響做了不同方向的發展，華特・惠特曼在這裡主要是作為一個象徵性的人物，詩作本身的特質則屬次要。

惠特曼的原創性主要來自他創造神話的力量和對象徵語言的掌握，和他那看似不拘形式的自由詩體則比較沒有關係。他的隱喻和立論比他在格律上的創新更有效地闖出了新的路徑。即使只是短短一首輕描淡寫的詩，也能突顯出他那驚人的原創性：

這是你的時辰，噢靈魂，你遁入無言世界的自由飛航，遠離書本，遠離技藝，白日已逝，教誨已盡。
你的全貌浮顯，靜默，凝視，思索著你最喜愛的課題，
夜晚，睡眠，死亡，星子。

這首〈清朗夜半〉（"A Clear Midnight"）是晚期之作，在瓦里斯・史帝文斯的意識裡盤桓著。末尾的「星子」所替代的是不在場的海一般的母親或母親一般的海，在惠特曼召喚「夜晚，睡眠、死亡」時，它們必定是第四和第五個席次。史帝文斯很稱許這首小詩，因為它顯現出惠特曼的立足點和他的主題——他對自己的世界的清朗感受——之間強大的張力。深夜是惠特曼靈光閃現的時刻，在這個時候，啟發與揭示不會受到白天雜務的干擾。他描述此一時刻的詩是〈睡人〉，在他的六大詩作中這首詩可能是最不受重視的。它在一八五五年和《草葉集》裡的其他詩作一樣是沒有標題的；在一八五六年它是〈夜晚之詩〉（"Night Poem"），一八六〇年則是〈睡之追逐〉（"Sleep Chasings"）。惠特曼首先想到的通常都是最好的，此處亦然：這的確是他的「夜晚之詩」。進入夜晚的惠特曼自覺地化身為美國的耶穌，大膽地重現了《自我之歌》裡的一個死亡與重生的重要時刻，但我們最好還是從〈睡人〉開始，然後經由《自我之歌》的種種面貌走向抒發哀思的惠特曼。我們知道，做為美國的宗教先知，惠特曼所回應的是愛默生的激發和愛默生所代表的東方和西方異教思維的傳統。他似乎是在一八五四年從愛默生著名的文章〈詩人〉（"The Poet"）出發的，此文

聲稱詩人是「解放之神」（liberating gods）。出現於筆記本片斷中《自我之歌》最早的草稿比最終修訂版的第三十八節呈現出更清晰的美國耶穌的面貌：

釘子就這麼穿透我的手。
我記得我的十字架受難和血腥加冕禮
我記得嘲弄者與擊打之辱
墓窟與白麻布已捨下了我
我在紐約和三藩市活著，
兩千年之後我又踏上街路。
不是所有的傳統都能為教堂注入活力
它們沒有生命，它們是冰冷的泥與磚，
我很容易就能造一座一樣好的，你也可以：——
書本不是人——

美國宗教的耶穌既非十字架受難者也不是昇天之神，而是和門徒一起過了四十天的復活者，新約對這四十天可以說沒有任何交代。《自我之歌》最後十五節的詩人是我們最巨大的一幅復活者文學肖像。〈睡人〉為此一復活暖身，描繪出惠特曼版的化身秘蹟，人—神與詩的人格於其中合而為一。這首詩和大多數惠特曼最傑出的作品一樣，也講了許多其他的東西，因為其中彌賽亞式的選拔意涵並不連貫；但不管在這裡還是其他的地方，惠特曼的身影都不曾遠離。

惠特曼坦率的自我性慾

我想批評家們不太討論這首詩的原因是它教人不知所措，正如惠特曼坦率的自我性慾（autoeroticism）很難討論一樣。除了他自己以外，惠特曼似乎從來沒有和別人有過性關係，根據我對他的生平與詩作的了解，他只有在一八五九至一八六〇年的冬天做過一次想必是屬於同性戀關係的失敗的嘗試。或許惠特曼體會到，他和別人身體的接觸實在讓他難以承受。然而，不管他那類似自閉症的性傾向與精神狀態如何，他還是以他的天才與能耐寫出了半打的主要代表作。〈睡人〉確立了他詩人的地位，是惠特曼最具布雷克風格的一首詩，雖然惠特曼還沒有讀過布雷克的作品。惠特曼和布雷克一樣借用了希伯來先知的觀視立場：

我整夜在我的視界中遊走，
踏著輕忽的步伐，快速無聲地踏著並停下

睜著眼睛俯身朝向睡人閉著的眼睛，
惶惑遊走，不知所以，不適，矛盾，
暫停，凝視，俯身，停下。

他在這樣的情況下面對著睡人——死的、活的、痛苦的、安穩的，並對受苦者另眼相看：

我在黑暗中垂眼站在最痛苦、最不安的人身旁，
我在離他們幾吋遠的地方來回滑過我慰撫的雙手，
不安的人沉陷床中，他們間歇地睡著。

在一連串奇妙的身分認同之後——其中有些身分隱隱威脅著他——本詩的說話者開始重新自我整合，我不願意用弗洛依德的方法來解釋這個過程，榮格就更不用提了。那些在先知般的自我之外的力量將會強化此一自我，這股力量一開始來勢洶洶，彷彿要把自我淹沒一般，因此惠特曼害怕他自己也會像詩中第三節裡他的代理人一樣溺水而死：「一個在海水漩渦之間裸身游泳的美麗且巨大的游泳者」。在最初的詩稿中，這個大傢伙或「勇敢的巨人」還緊鄰著惠特曼後來割捨掉的兩段詩句，那是渾身赤裸的他不勝羞慚地被推擠到世

界中的夢幻插曲，以及成為擬似魯西弗的人物的夢魘，後者在和梅爾維爾的雪白巨鯨的奇異而陰鬱的類比中達到高潮：

現在那龐大幽暗的身軀、鯨魚的身軀就像是我的身體；
小心了，捕釣者！雖然我如此睏倦慵懶地臥著，我尾巴輕輕一拍就是死亡。

以化外之民自居的奇想間雜著殘酷的否定：此乃以神的選拔為得救依憑所伴隨而來的試煉與誘惑相兼的模式。惠特曼夜晚之詩最後一節美麗的詩句以一幅宛如威廉・布雷克的畫作開始：

睡人不著衣裳躺臥著實在非常美麗，
他們不著衣裳手連手由東到西流過整片大地。

惠特曼的夜晚秘語是「經過」(pass)，在他心目中，得救也會是個過客。悲苦的睡人都如同復活一般甦醒：「他們經過了夜晚的活力鼓舞和夜晚的化學作用，然後醒來。」最後，惠特曼在此一視象之中，給了他的詩和他自己一個堂皇的大融合：

我也經過了夜晚，
我離開了一會，噢夜晚，但我又回到妳身旁且愛著妳，
我為何要害怕把自己交給妳？
我不害怕，我本是由妳帶起，
我喜愛燦然疾行的白日，而我不會拋下她，我已在她懷裡躺臥多時，
我不知道我如何自妳而來，我不知道我和妳去哪裡，但我知道我已好好地來，
也將好好地去。
我將只和夜晚駐足一時，然後早早起身，
我將適時經過白日，噢我的母親，然後適時回到妳身旁。

這裡只提及母親和夜晚，但死亡的暗示瀰漫其間。仍然有所保留，仍然有所恐懼，但還能怎麼樣呢？在古老的神秘論知派的語彙中——惠特曼於此處極為接近這種語彙——夜晚的深處是原始的母親，出自此一深處的創造過程構成了墮落。惠特曼在這裡宣告的是極不完滿的知識，他自覺地下了一著循環之死與循環復生的險棋。他的靈知是，他已好好地來，也將好好地去，然後他將再起。惠特曼搖曳不定的信念，其陰鬱對比是李爾向格勞斯特所做的絕望聲明：「你得要忍耐；我們是哭著到這世上來的。你知道，我們初次見天日便是呱呱地哭，」以及「我們一生出來，我們便哭，因為我們來到了這個群丑的台上。」

惠特曼那尚未臻於完滿的靈知和李爾的悲情哭喊還不是那麼不同。《自我之歌》從三十八節開始試圖呈現較完善的知。四十一節本著惠特曼的精確識見——所有的神包括耶和華在內都曾經是凡人，是為絕大的冒瀆：

> 我狂妄欲有所為而來，
> 一開始開出的價錢便高過謹慎的老商販，
> 我自己已經仔細量過耶和華的尺寸，
> 拓印可羅諾斯（Kronos）、其子宙斯（Zeus）、其孫赫庫力茲，
> 買下歐西里斯（Osiris）、愛西斯（Isis）、貝魯斯（Belus）、梵天（Brahma）、佛陀的圖樣，
> 在我的包包裡散放著曼尼陀（Manito），把安拉（Allah）夾在書頁上，
> 還有歐丁（Odin）和面目猙獰的梅西里（Mexitli）以及每一尊偶像和每一個形象，
> 他們價值多少就是多少，一分錢也不會多，
> 承認他們曾經活著，並在他們的日子裡做了份內的事。

惠特曼向這些神祇挑戰，宣誓他要做的事：「無足輕重的超自然事物，我自己正待適時成為至高無上者之一。」四十三節接納了耶穌也接納了各式各樣的神祇，最後一節則拋

開了一切靈性的焦慮。筆記本上的片斷把惠特曼的野心說得更清楚：「我自己正待適時成為天神；我想我會是歷來做得最好的、最純粹的、最超凡卓絕的。」惠特曼的圖謀在後來成為第四十九節的筆記本草稿中，有最極致的陳述：「我無法想像還有比人更奇妙的事物。」約瑟夫・史密斯所宣示的凡人可以成神的摩門教義，已然顯現於惠特曼的秘教之中。

惠特曼的靈魂與兩個自我

惠特曼版的美國宗教繫於《自我之歌》最具原創性的一面，也就是我們每一個人的三種成分的精神圖像：靈魂、自我（self）、真我（real me）或己我（me myself）。我用的是惠特曼自己的語彙，它們不會落入弗洛依德學說或其他任何心理學的範疇。惠特曼首先區分出靈魂與自我；靈魂像身體一樣是自然——某個程度上有所疏隔的自然——的一部分。惠特曼所謂的靈魂是指性格或群質（character or ethos），相對於意指人格或情致的（personality or pathos）的自我。性格有所**行動**，人格則有所**承擔**，即使這種承擔屬於高昂或低抑的情緒快感。因此惠特曼所謂「我的靈魂」是指他本身陰暗的一面，是他的本質裡疏離或隔絕的成分。他所說的「我的自我」——如《自我之歌》標題中的自我——則是他所指稱的華特・惠特曼、一個美國人、一個草莽人物，顯然也是一個咄咄逼人的男性。

但是正如惠特曼坦承的，他的自我被一分為二。另有一個幽微的陰性自我，他稱之為

「真我」或「己我」，它滲入了夜晚、死亡、母親、大海此一強力四口組。惠特曼所說的靈魂是未知的自然，是一方空白，草莽自我則是一種身分或面具，是一連串不停變動的角色建構之舉。而真我或己我不只是一個已知的領域，也是知的才能，近似神秘論知派知的能力——其中的求知者同時也是已知者。

惠特曼的靈魂與兩個自我的神話非常一貫，即使它頗為複雜。他儘可以把他最重要的詩作稱為《靈魂之歌》，但他並沒有這種念頭，正如他不會叫它《真我之歌》一樣。惠特曼寫過很出色的真我之歌或己我之歌，其中包括〈睡人〉和〈我與生命之海一同退潮〉。〈紫丁香〉輓詩也很可以說是己我之歌，雖然它指向了它所謂的「我的靈魂的記錄」或我的未知本質的揭露。

惠特曼在他最具野心的詩作《自我之歌》中，才算對靈魂與兩個自我之間的關係做了最完整的，雖然還不是極盡完備的闡述。「我讚頌自己」，他如此開頭，意謂他的主角是華特·惠特曼，而他在一八五六年給這首詩的標題正是〈華特·惠特曼、一個美國人之詩〉(“Poem of Walt Whitman, an American”)。他在第四行邀請他的靈魂，此一邀約在第六節得到了回應，但那是在從未邀請靈魂的「己我」於第五節獲得一番美麗的描繪之後。我總覺得此處是《自我之歌》寫得最好的，或者至少是最具誘惑力的地方，預示了艾略特和約翰·艾虛貝里的詩人人格。惠特曼突然說，在這裡的是真我，而非草莽華特：

我從容站在那些個拉扯拖曳之外，
頗覺興味、自得、同感、閒散、單一地站著，
往下瞧瞧，挺直腰桿杵著，或是讓一隻臂膀倚著某個觸不著的靠台，
好奇地偏頭看著接下來會發生什麼，
同時在賽事之內與之外，觀看並感到驚奇。

真我不參加競技，也不輕易投入愛戀，保持距離但不孤隔，居於極其溫雅的位置，可立即感受但也做壁上觀，彷彿同時是選手與球迷。這一整段文字處處散發無比的魅力，令人印象深刻。惠特曼在這裡終於不再躲著我們，使得我們開始對他有了多一點的了解。但是他隨之送來有力的一記，讓我們的了解頓時黯淡了幾分：「我相信你，我的靈魂，另我（the other I am）不可向你卑躬屈膝，你也不可卑屈於另我。」

此處誠乃惠特曼天才之精髓，這是他和良師愛默生所共有的天才。草莽自我，亦即惠特曼其人可以和靈魂或未知的自然本質自由交通，但另我、即真我或秘我（Hermetic me）和靈魂之間卻傾向於單向的主奴關係。惠特曼的語言在此需要細密的解讀：詩人的人格在面對他那莫測高深的性格時，顯然有一股自虐的衝動，而性格也可能反過來被迫向疏隔的、背離的真實自我卑躬屈膝，雖然我們並不知道逼迫者是何方神聖。他的內我居於自由自適的位置，同時處於賽事之內與之外，會向未知或不可知的事物卑躬屈膝，而這疏離的自然

本質也會反過來遭受卑屈。

這兩種精神姿態都是美國詩人華特·惠特曼所拒斥的，詩中在其他兩段有關嚴酷危機和局部解危的地方談到了這二種卑屈。靈魂於二十八至三十節對己我霸王硬上弓，三十八節則表現出靈魂在另我跟前的卑屈。這兩個危機都是要和第五節裡，靈魂和外部草莽自我的象徵式結合構成對比。惠特曼幽默地描述了一次荒誕不經的擁抱，而許多一本正經的解說員還是將詩人的滑稽場景按字面照本宣科。且看那靈魂一手抓著自我的鬍鬚，一手握住自我的腳，這是一幅多麼奇妙的怪異景致。惠特曼將字面意義和象徵意義順手混成一團，其中最讓我們感到迷惑的地方是他召來了自我性慾。〈隨興的我〉（“Spontaneous Me”）這首奇異的歌詠有這麼一個驚人的結尾：

健康的舒解、歇憩、滿足，
這串從我自己身上隨手捻來的東西，
它已盡了它的本分——我漫不經心地甩開它，讓它自由落下。

《自我之歌》的第一次危機更加驚人，其中整個意象是一次成功但不太情願的自慰，或許表現出來的行為也可做如是觀。時下對惠特曼的看法中有著許多反諷，其中之一是他被視為同性戀詩人。在他的最深處毫無疑問含藏著同性情慾，他那些有關異性情愛的詩沒有一點說服力，連惠特曼自己都說服不了。然而不管是什麼理由，他詩中的情慾是傾向於自慰的，在他的生活中可能也是如此。他的詩常常會出現一個意象，就是在自我亢奮之後把精液灑在地上。自我情慾可能比SM（按：虐待狂與被虐狂）更可稱做是西方最後的禁忌，至少在文學表現上是如此，然而惠特曼卻在一些他最重要的詩作中公然宣揚之。

如果有人在一八五五年宣稱正典美國作家已經隨著一本印刷不甚高明，只談論作者自己，名為《草葉集》的詩集付梓而正式現身，我們可能會表示懷疑。我們的國家詩人竟是一個在一系列無題、無韻且明顯屬於散文型式的詩作裡大談自身神聖特質的自我中心自慰者，這難免會讓人感到些許遺憾。畢竟，年輕的亨利・詹姆斯，這個可能是我們所培養的最成熟的批評心靈，在整整十年之後評論《鼓聲》(*Drum Taps*) 時曾堅定地表示，屬於散文氣質的惠特曼只不過是當時的阿諾・史瓦辛格 (Arnold Schwarzenegger)，想要以一身發達的肌肉炫耀自己的崇高與偉大。

詹姆斯後來後悔了；但我們也不會表現得更好，我們也會感到後悔。愛默生是個顯著的例外，他讀了寄來的詩集並寫信給惠特曼，說他的詩是美國人迄今所寫過最傑出的智巧與智慧之作。愛默生的評價仍然不假。愛默生未老先衰，後來添加的幾次評語頗多保留，但是他早期的評斷仍是美國文學批評實務的最佳典範。愛默生已盡其所能，而他也的確表現得相當不錯，但他一眼就看出這是一位他所預言的詩人，是文學的彌賽亞，而他便是以利亞或施洗約翰 (John the Baptist)。

愛默生在寫給惠特曼的信中談到一八五五年的《草葉集》：「我讀得很高興，就像強大的力量會讓我們感到高興一樣。」五年之後，他在他的最後一部傑作《生活指導》（*The Conduct of Life*）裡為力量下了定義：

所有的力量皆屬一類，都擷取了世界的自然本質。與自然法則互相對應的心靈處於諸般事件的匯流之中，並汲取這些事件的能量來增強自身的能量。人和事件的結構成分是一樣的；他能感應並預測事物的流程。不管發生什麼都會先發生在他身上，所以他等同於將要發生的一切。

巫師惠特曼

我想，愛默生視惠特曼為美國巫師的第一印象是正確的。巫師必然是自相矛盾的，性傾向不明確的，和神聖之境難以區隔的。巫師惠特曼不停地變換形貌，能同時身處數地，知道小華特・惠特曼（Walter Whitman Jr.）那木匠之子絕不知道的事情。如果我們把惠特曼帶回到古代的西吉爾（Scythia），回溯到自知擁有魔幻自我的奇異治療師，我們便能多了解惠特曼一些。惠特曼之所以一直到今天還是美國宗教的詩人便是這個原因。當我讀著古老且頗有神秘論知派之風的「多馬福音」（Gospel of Thomas）時，我不由得便想起了惠特曼；當我讀著那些提到和耶穌一起行走和談話的南方浸信教會（Southern Baptist）讚美詩時，貴格教式的異議教徒惠特曼又浮現腦海。如理查・波希爾（Richard Poirier）所說的，這樣的惠特曼寫出了〈最後的祈求〉（"The Last Invocation"）此一彷彿出自聖十字約翰（St. John of the Cross, 1542–91, 按：西班牙神祕詩人）之手的美國詩篇，是另一曲「靈魂暗夜」（Obscure Night of the Soul，按：聖十字約翰著名的神祕詩作以此為名）的雄渾悲歌：

最後，輕輕地，
讓我從那堅固屋宇的牆壁，
從那密接之鎖的掌控，從那緊閉之門的監管
飄浮起來吧。
讓我無聲地向前滑行；
以輕柔之鑰將鎖打開——以輕聲細語，
開門吧，噢靈魂。

輕輕地——且稍安勿躁，

(你是夠強韌的,噢會朽的血肉,

你是夠強韌的,噢愛情。)

這是最後的祈求,因為即使是巫師也知道死亡是改變的最終形式。靈魂或一個人自身未知的自然本質把門打開,讓死亡擁抱真我。此處的詩意情調和聖十字約翰的暗夜一樣源自所羅門的「雅歌」(Song of Songs),此一情調在惠特曼先前的〈紫丁香〉輓詩裡也可以見到,特別是東鳥的死亡之歌。但是死亡與母親在那兒仍然是同義的;在惠特曼的視見裡,自我的情慾歷程最後返回了它自己的領域,回到了它和自己的靈魂的攜手冒險。這意謂著惠特曼的羅曼史最後還是要和惠特曼一起締造,而我們又回到了讓有些人感到迷惑的事情:美國國家詩人的自我情慾。

自慰的詩意在我們這裡並不討好,就我所知在其他任何地方也都不討好,但是在惠特曼極具爭議性的聲名之中,自我情慾的成分實屬舉足輕重。我認為惠特曼的普遍性,他那超越語言藩籬的卓越才能,並未因其寬廣的性傾向——包括此一成分在內——而有所減損。惠特曼的詩拒絕為性傾向分門別類,正如它拒不承認凡人與神界之間的明確界線一般。惠特曼在當時是反對黑奴制的紐約州民主黨人,和約翰・米爾頓一樣都屬於某個黨派;但他和米爾頓都知道怎麼將自己獨特的語彙化為普遍永恆的聲音。

惠特曼的正典性在於他永久改造了所謂的美國聲音的意象。我們可以在海明威身上清楚地聽見惠特曼的聲音意象——海明威自己可能並不自知——正如我們可以在彼此天差地別的詩人身上，聽見此一共同的意象一樣。在我們的想像文學中，那傷痕累累或沉靜自制的於孤獨之中昇起的聲音，如今都有了惠特曼的聲影。史帝文斯並沒有意思要讓在西極島（Key West）唱歌的女孩唱出惠特曼，但他的這首詩是這麼結束的：

> 創造者熱切地想要打理海的言語，
> 芳香門扉的言語，星光迷朦處，
> 我們自己的和我們的起源的言語，
> 以更詭譎的分類，更尖銳的聲音。

門扉的言語屬於濟慈，但海的言語、我們自己的言語、我們的起源的言語則屬於惠特曼，他的〈從那不停搖動的搖籃〉原本叫做〈海的言語〉（"A Word Out of the Sea"），此言此語實為死亡，清澄、神聖的死亡。有一點我還想不太通的是，對惠特曼的浪蕩形象，對美國草莽英雄華特頗為鄙夷的瓦里斯·史帝文斯竟寫出了美國文學中對惠特曼最漂亮的讚詞：

> 在遙遠的南方，秋天的太陽正走過，

如華特・惠特曼沿著通紅的海岸漫步一般。
他唱著歌，吟誦屬於他自己的東西，
過去和未來的世界，死亡與白日。
一切皆未底定，他唱道。沒有人看得到終局。
他的鬍鬚著了火，他的拐杖是一支跳躍的火焰。

惠特曼看到這首闡揚其愛默生般力量的詩會多麼高興啊！史帝文斯把什麼都點出來了：惠特曼是紅太陽，秋意深濃、沉吟哀歌，他是一個過客，拒絕底定，否認命運的終局。史帝文斯的惠特曼總是在太陽底下，看盡日出日落，唱誦著分裂的自我和不可知的靈魂，他不具神性，但是他燃起的火焰勝過了自然之火。史帝文斯雖不能說是在應和〈紫丁香〉輓詩最後那「一一保存」(each and all) 的交纏音聲，但後者激越的語調在他的詩裡迴響著，他的詩相信真的有「自夜晚留存下來的東西」。在史帝文斯的頌讚裡，我聽不到譏諷，聽不到任何意識形態，也聽不到那些殺進殺出的社會能量。我所聽到的是意象的顫響，那是一個聲音的意象，這聲音歌詠著、唱頌著、經歷著，它堅決相信：為了生命，起源和終局是可以分開的。

這世界終會聚集在《草葉集》的詩人身旁

年老時懷念著良師愛默生的惠特曼，說出了一段愛默生安慰他的話：這世界最後終會聚集在《草葉集》的詩人身旁，因為這是世界必須做的，因為這是世界欠他的。不管後來愛默生和惠特曼之間的許多誤解是怎麼回事，我們仍會記得那精確的預言，正如我們記得惠特曼於愛默生之墓所說的：「一個公正的人，沉著平穩，喜愛一切，涵納一切，清朗明晰如同太陽。」惠特曼與愛默生之間的共同點比兩人之間的差異要緊得多，惠特曼點出了「涵納一切」此一相似處，那太陽的意象代表的是一個自足自恃的個體。

那位沉靜含蓄的美國宗教的賢者在他的作品裡徹底表白了自我。這位美國宗教的詩人在呼喊他的信心時則幾乎隱藏了一切。愛默生和尼采、齊克果、弗洛依德及其先驅蒙田一樣是智慧作家。聰明的惠特曼沒有什麼智慧可以傳達，但我們不會錯過它。他給了我們他的苦痛磨難和矛盾糾葛，以及他那同時是求知者與已知者的奇異自我。在他最好的詩作裡，他的本體自我和經驗自我是分不開的。在歐陸的辯證標準底下，此一特質會讓他最優秀的詩作也要顯得前後不一，宛如龐德《詩集》(*Canto*)的先驅。惠特曼和龐德之間的關係頗為複雜，但是在《自我之歌》和〈紫丁香〉裡尋找《詩集》的蹤影，對我們了解這兩首詩是沒有什麼幫助的，而如果從艾略特的《荒原》和史帝文斯的《略論極致的創作》(*Notes Towards a Supreme Fiction*, 1942）回過頭來看惠特曼至少還有點助益。布雷克所說的「視見」（vision）頂替了他的智慧和哲學見解。具先知氣質的布雷克比較急切，他的「視見」指的是一項回復人性的計畫。惠特曼的視見比較平實，雖然他表現出了美國式的豪放與華麗：整合惠特曼的精神狀態已經是很了不得的計畫了。此項計畫並未完成，也完成不了；然而，就我所了解的美國宗教而言，美國的上帝也是未完成的，祂是另一項永遠在進行中的計畫。

如果我們想要了解惠特曼在美國文學正典中絕對的核心地位，我們就必須採取迂迴路線走向惠特曼的核心。我們擁有傑出的女詩人：狄津生、摩爾、畢舍、史文生。即使再來一打同樣優秀的女詩人也不會動搖華特的核心地位，因為這位詩人和莎士比亞、亨利・詹姆斯一樣無法專以男性視之。在我看來，莎士比亞是雙性的，詹姆斯是女性化的，惠特曼則是自我情慾性的，然而無論他們如何自處，這三人之中沒有一個是受制於性別或傾向於男性的。有些最傑出的作家確實有這種傾向：米爾頓、渥茲華斯、葉慈，尤其是但丁。這些詩人的特質不容易為當今較激烈的女性主義批評家所接受，而其中一些特質的確不怎麼友善。這些大詩人可能暫時會受到新的文化批評的無情批判，但他們最後還是會好好來修理這些批判的。

最有實力的作家靜靜地固守一隅，正典的力量就在其中顯現出來。他們的豐富內涵無窮無盡，因為他們所代表的部位是心和頭，不是腰和腹，同時他們也不代表階級或黨派或種族的特權。如果你真的那麼有抱負，你大可以抗議但丁或米爾頓的特質（ethos），但是他們的理性原則（logos）和情致（pathos）則幾乎是無法攻擊的。托洛斯基絕不是一個沒有個人政治立場的智識分子，但他拒絕將但丁的《神曲》只當成「歷史文件」，並主張俄國作家必須認清他們自己和但丁詩作之間「直接的美學關係」。托洛斯基認為，但丁作品的力量、強度、智性和感覺的深度使它成為馬克思主義作家的必讀作品。我們已深陷《神曲》和《失樂園》的美學網絡之中，它們或許是基督教作品，但它們各自散發出來的卻是文學上難得一見的疏異性和狂野美感（這是威廉·安普生給米爾頓的評語）。

正如勞倫斯所說的，惠特曼是十九世紀迄今最偉大的現代詩人，而他也擁有上述的疏異性，甚至狂野的力量，這是民主制時期最傑出的作家——惠特曼、托爾斯泰、易卜生——所表現出來的奇特古風。和喬哀思、普魯斯特、卡夫卡、貝克特、聶魯達等混亂時期的核心作家相比，惠特曼、托爾斯泰、易卜生可以說重現了些許古老情調。《自我之歌》、托爾斯泰的《哈吉·穆拉》、易卜生的《培爾·甘特》是如此濃烈激越與寬廣博大，因此我們可以理直氣壯地說，這三部作品真正繼承了荷馬傳統，和喬哀思的《尤利西斯》正成對比，後者即使配備了細心安排的荷馬橋段，還是比較接近福樓拜的作品。《自我之歌》、《哈吉·穆拉》、《甘特》和它們的創造者一樣擁有英雄的氣質，無論它們是多麼教人難以捉摸，多麼地孩子氣。畢竟，阿基里斯也是很孩子氣的，奧狄修斯當然是個大人，但他可不像是最老的希臘人，然而喬哀思的波迪雖然還談不上上了年紀卻好像比都柏林（Dublin）的其他每一個人都要老上兩千歲似的。

《自我之歌》的主角的確很像愛默生，而欣賞愛默生的尼采曾如此生動地描述他：「他不知道自己已經多老了，或者不知道自己還要表現得多麼年輕。」如果我們把《自我之歌》和《查拉圖斯特拉如是說》擺在一起看的話，尼采作品的美學價值顯然是比較遜色的。查拉圖斯特拉的狂熱語調和惠特曼不一樣的地方，就在尼采太清楚自己已經多老了，也太明白自己還要表現得多麼年輕。想要活在永遠的清晨裡是一種很危險的美學企圖，於是《查拉圖斯特拉如是說》便落得船過水無痕了。《自我之歌》的華特有時活像是清晨的亞當，但他也常常和渾沌與原初之夜一樣老邁。

惠特曼從愛默生那裡學到了一個艱深的概念：未來的美國詩人必須同時為他所遇到的一切事物命名和去名。面對此一兩難的情境，聰明的惠特曼選擇了遁走法：他不為任何東西命名，也不為其去名。和愛默生的關係更為微妙的艾蜜利·狄津生發展出一種去名和重新命名的藝術；就我的判斷，她的認知力在莎士比亞以降的西方想像文學中是找不到對手的。惠特曼心思敏銳、機靈慧黠，但他和丁尼生(他仰慕的對象)一樣在認知上沒有什麼原創性。他的原創性在別的地方：型式、立足點、風格、精神圖樣、觀視角度上的革新。丁尼生和惠特曼最值得重視的地方都在其痛感的特質，惠特曼詩作的力量大半都來自此一特質。這份痛感製造了《自我之歌》於二十八節和三十八節的兩次危機，第一次是有關性慾的，也就是自我情慾；第二次是宗教性的，如基督一般，但帶著美國的特殊風情。

岬角隱喻

《自我之歌》最早的筆記本草稿，也就是他發出個人詩聲的突破之作裡，有一段後來成了第二十八節的詩句。前後兩個版本裡都有「岬角」（headland）這個意象，我覺得它是惠特曼成為一個詩人的根本象徵。岬角是伸出水面之上的懸崖，讓人有失足墜落的威脅感。惠特曼在此同樣不為它命名或去名，而是讓岬角成為他與自身性慾的矛盾關係的隱喻。以下是筆記本的草稿，其中的「它」意指撫觸，他自己的撫觸：

它讓其他人靠攏過來，然後他們全都站在岬角上取笑我
他們任由撫觸處置我，自己則在岬角上據地佇立。
衛哨們已從我身上其他的每一個部分撤離
他們拋下無助的我，任由撫觸沖擊我
他們全都來到岬角看熱鬧，還幫著對付我。——
我醉眼迷朦，步履踉蹌
我被叛徒遺棄了，
我語無倫次我一定是昏了頭了，

我自己就是第一號大叛徒。
我自己最先上了岬角。

《自我之歌》最後還加上了「是我自己的手把我帶到了那兒。」我不明白為什麼惠特曼的手淫意象沒有得到詩評的青睞。理查・崔斯（Richard Chase）和肯尼斯・柏可在我之前曾經注意到它，而我則已反覆思索了幾次。惠特曼的感官除了撫觸之外全丟下他跑去站在岬角上取笑他，看他的熱鬧，甚至還幫著撫觸對付他。但這些叛逆的感官們不過是在模仿惠特曼，他是第一個上去岬角的。

這裡的「我自己」指的是哪一個惠特曼？為什麼是「岬角」呢？這一定是「己我」或「真我」正向那未知靈魂的異質性卑躬屈膝，而伸出母體／海水上的岬角指的是什麼就很明顯了。雖然惠特曼狂熱地禮讚男性性慾，但陽具在他眼中是一個危險的地方，隨時可能失足墜落，跌入死亡、母親、海洋、原初夜晚之中。

遠離了自己的同性情慾的傑羅・曼里・霍普金斯（Gerard Manley Hopkins, 1844-89）覺得自己和惠特曼的靈魂是很親近的，他很欣賞《自我之歌》裡一些段落的格律和用語；不管霍普金斯是刻意與否，他的詩〈自然乃赫拉可里圖斯之火，也有重生的撫慰〉（"That Nature Is a Heraclitean Fire and of the Comfort of the Resurrection"）開頭的「幾幫嬉鬧」的雲朵引用了〈睡人〉裡的「我們前進著！一幫嬉鬧的流氓」。

〈無言無語，什麼都沒有〉(“No Words, There Is None.”) 是霍普金斯最濃烈的十四行詩之一，其中「沉墜之崖」(cliffs of fall) 的隱喻懷有類似惠特曼「岬角」的約伯式痛感，但性慾的暗示則含蓄得多：「噢心靈，心靈多山；沉墜之崖，可怕、險峻、深不可測。」在惠特曼的詩作裡，心靈的沉墜之崖便是岬角，此乃惠特曼所禮讚且懼怕的精神活力的象徵。惠特曼的愛默生氣質把他個人的執迷轉換成了詩的力量，岬角的意象則將自慰的情致轉化成尊榮的美感。在這裡我們可以拿諾曼・梅勒來和惠特曼做一個對比，他和艾倫・金斯伯格一樣與亨利・米勒 (Henry Miller, 1891-1980) 的淵源比較深。梅勒的自慰意象是「引爆自己」，這個意象比從岬角上墜落的可能要差一些，和惠特曼所禮讚的功德圓滿的自我情慾行為也有所衝突。

惠特曼只有在高潮的一刻才會站上岬角；之後他便沉醉在他所發掘出來的盛美的男性景致之中。惠特曼像是古代埃及神祇一樣，經由自慰創造了一個世界，但我們會發現，他的岬角比他後來的收成還要令人印象深刻。

三十八節的危機比較尖銳，惠特曼因為和所有社會邊緣人的過份認同而感到痛楚，並針對他自己想要替每一個人贖罪的意圖發出不平之鳴：「夠了！夠了！夠了！我實在有點不知所措。退回去！給我一點時間」他隨後便以驚人的敏捷強勢之姿恢復過來，雖然他對自己的十字架受難仍深感驚悸，那是己我做為美國基督所承受的痛苦：「但願我能冷眼旁觀自己的十字架受難和血腥的加冕。」而當他再昂揚，當「枷鎖盡褪」時，呈現在我們面前的是一幅重要的文學圖像，其中表達出美國宗教對復活的執迷，這是惠特曼所有的詩作裡最奇異的段落之一：

> 我又充滿了至高無上的力量往前行去，凡常無止盡的行列裡的一員，
> 我們走向內陸和海岸，越過了所有的界線，
> 我們的諭令迅速行遍全世界，
> 我們帽子上戴的是生長了數千年的花朵。

惠特曼是一個非常熱切的人文主義者，所以我們不可輕忽此處的反諷，但它還是很難理解。《自我之歌》的吟唱者是基督一般的人物，也是「凡常無止盡的行列裡的一員」。這是普遍的美國復生的意象，其中那備用的花朵已經生長了好幾千年。「這是大大的失利，」愛默生如此描述耶穌受難地各各他（Golgotha），接著他說美國人要的是勝利，感官與靈魂的勝利。《自我之歌》所讚頌的復生正是由愛默生感召的美國一大勝利。愛默生在〈神校演說〉（"Divinity School Address", 1838）中宣稱耶穌「見上帝化身為人，並從新生出發，不斷地去開拓他的世界。」在惠特曼的詩裡，從新生出發被放大成了再度充滿至高無上的力量並往前行進，此乃美國宗教的模式：美利堅合眾國本身便是最偉大的詩篇，或者是普遍的復生。

惠特曼改變了美國自我與美國宗教

《自我之歌》驚人的結尾便是如此，這是一首不需要最後的審判或世界末日的復生之詩。摩門教、南方浸信教會、黑人浸信教會、聖靈教派（Pentecostal）等等，不管屬於哪一種信仰或宗派，或者是詩的俗家弟子——我們每一個人都可以把《自我之歌》最後兩組絕妙三聯句的惠特曼當成美國的耶穌，他和美國在復活與昇天之間那無限延續的四十天裡一起散步聊天：

你不會知道我是誰或我說了什麼，
但我仍有益於你的健康，
能過濾並活化你的血液。

一開始抓不住我請別灰心，
於某處錯過我請往別處找尋，
我就在某個地方等著你。

或許惠特曼和所有偉大的作家一樣都是歷史上的意外。或許這世上並沒有意外，或許一切的一切包括我們心目中最崇高的藝術品，都是被多重決定著的。但歷史不只是階級鬥爭或種族壓迫或性別宰制的歷史而已。在我看來，「莎士比亞創造了歷史」這個法則比「歷史創造了莎士比亞」有用得多。歷史不是神或造物主，語言也不是，但莎士比亞**作為一個作家**可真是個神。莎士比亞改變了認知的呈現方式，因而改變了認知，更因此成為西方正典的核心。惠特曼改變了我們的私人自我，和我們那足以令人信服但隱而未顯的後基督宗教的呈現方式，因而改變了美國自我與美國宗教，並因此成為美國正典的核心。

從政治看莎士比亞必定要比從莎士比亞看政治來得無趣，正如從莎士比亞看弗洛依德要比由弗洛依德擠壓莎士比亞來得有成效一般。惠特曼或許不比莎士比亞、但丁或米爾頓，但是惠特曼可以和歌德與渥茲華斯以降迄今的每一個西方作家並列而毫不遜色。

寫出足以代表我們的時代或任何一個時代的精神氛圍的詩作，這是什麼意思？歌德的作品於整個十九世紀都是輸出大宗，如今在德國以外的地方已鮮少有人閱讀。而他比任何一位德語詩人都更稱得上是寫出了代表其時代氛圍的詩作。惠特曼幾乎從一開始就可供輸出，如今他仍是世界性的人物，但他最後會不會和歌德一樣受限於語言的藩籬呢？惠特曼身為美國宗教代表詩人的獨特地位，似乎可以確保他在海外不致遭到遺忘，但我們也記得，年輕的歌德在許多當時的人眼裡，正是一個不折不扣的彌賽亞。我想，成為國家正典的核心可以確保在某一種語言之內永久的流傳，但是超越了某一種語言的名聲則難以得致永恆。國外的惠特曼或許會漸趨黯淡，但我想美國的惠特曼將會持續散發永遠的光芒。《草葉集》的詩人來自一個動盪不安的家庭，這個家充斥著陰鬱的鈍性與激情，邪魔與鬼魂盤桓其中。奇蹟式存活下來的惠特曼似乎很清楚，他的詩人志業端賴他正面去面對一切家庭的磨難。

一八五六年第二版的《草葉集》中有一首新添的詩，如今名為〈越過布魯克林渡口〉。這首原本稱為〈日沉之詩〉（"Sun-Down Poem"）的詩是梭羅（Thoreau, 1817–62）最喜愛的惠特曼詩作，它還啟發了哈特・柯瑞恩一九三〇年的《橋》（*The Bridge*），其中的布魯克林大橋取代了惠特曼那時候位於布魯克林和曼哈頓之間的渡口，此一取代既是現實事件也具有象徵意味。〈日沉之詩〉和《自我之歌》基本上一樣是屬於讚頌性質的，但其中的第六節卻是惠特曼最負面的自我禱詞之一：

> 黑暗的布幔並非只落在你一個人頭上，
> 黑暗也將其布幔拋在我的頭上，
> 我所做過最好的事似乎很空洞、很可疑，
> 我自以為想到了絕佳的主意，老實講它們不是很卑微嗎？
> 也不是只有你一個人曉得邪惡是什麼模樣，
> 　我也曾編織昔日的矛盾糾結。

在許多優秀詩人的作品中都可以看到讚頌與痛楚的並置，但自我讚頌與自我痛楚在惠特曼的詩作裡一直是並存的。從惠特曼以後，自我的哀歌便是一種典型的美國詩；其中值得探討之處不在惠特曼為何創造了這種類型的詩，而在此一類型為何在他之後得以如此廣泛地流傳。一八六〇年第三版的《草葉集》中最傑出的兩首「海上漂流」(Sea-Drift) 之詩〈從那不停搖動的搖籃〉和〈我與生命之海一同退潮〉已經生出了許許多多各式各樣的子孫，如艾略特的〈乾式挽救〉("Dry Salvages")、史帝文斯的〈西極島的理法概念〉("Idea of Order at Key West")、伊利莎白・畢舍的〈三月末〉("End of March")、約翰・艾虛貝里的〈波〉("A Wave")、阿蒙斯 (A. R. Ammons, b. 1926) 的〈可森小灣〉("Corsons Inlet")。正典性是我討論的焦點，所以此處最迫切的批評問題便是：是什麼讓這兩首詩成就了其核心的地位？

〈從那不停搖動的搖籃〉裡，海洋的「死亡」音響提供了部分的解答，因為如今美國文學中任何有關死亡的言說都必定要回溯到華特・惠特曼。夜晚、死亡、母親、海洋在〈從那不停搖動的搖籃〉裡完美地融合起來，在〈我與生命之海一同退潮〉——兩首詩中較有力量的一首——裡卻被推了開去，還差點分崩離析。〈從那不停搖動的搖籃〉追蹤惠特曼詩的人格具體成形的過程，〈我與生命之海一同退潮〉則間接呈現出惠特曼於一八五九年至一八六〇年的冬天，所經歷的一次似乎造成了創傷的個人危機。這次危機可能是情慾上的，因之產生的挫折感使得〈我與生命之海一同退潮〉充滿了一種嶄新的情調，其豐華超越了惠特曼的所有舊作。當他痛苦地仆倒在海灘上，並藉此創造出最強烈的與父同在的意象時，他描繪出了〈紫丁香〉輓詩之前最好的美國家庭羅曼史：

我撲向你的胸膛我的父親，
我將你抓住你是甩不掉我的，
我將你緊緊抱住你非回應我不可。
吻我我的父親，
用你的雙唇撫觸我如同我撫觸我愛的人，
當我緊緊挨著你時請向我吐露我所欣羨的喃喃低語的秘密。

海洋的喃喃低語和母親的沉吟輕嘆的秘密是，雖然潮水退得又急又快，水流總還是會再回來的。對惠特曼而言，這是宗教性的祕密，是靈知的一部分，那是一種自我本身亦為已知的知的行為。惠特曼深刻地領會到，他的國家需要它自己的宗教和它自己的文學。他之所以是美國正典的核心，至少有一部分的原因是他那尚未獲得認定的功能與地位：國家宗教詩人。美國宗教的賢士和神學家們是一個奇異而多樣的組合：愛默生、摩門教先知約瑟夫・史密斯、遲來的南方浸信教會先知愛德加・楊・穆林斯（Edgar Young Mullins）、威廉・詹姆斯（William James, 1842-1910）、創立「第七日再臨教派」（Seventh Day Adventists）的艾倫・哈蒙・懷特（Ellen Harmon White, 1827-1915）以及最細膩的美國神學家侯瑞斯・布許內爾（Horace Bushnell, 1802-76）。

美國宗教的詩人是一個獨行俠，即使他不斷宣稱自己身旁有一夥人。真有人陪他一起漫步時，他的伴侶不是耶穌就是死亡：

> 獨個兒於深夜在我家後院，我的思緒飄離了好一會兒，
> 走在古老的猶地亞（Judea）山陵上，美麗溫雅的神在我身旁。

那些猶地亞的古老山陵事實上是在美國，就像〈紫丁香〉輓詩裡惠特曼聽見柬鳥唱歌的那處蔭蔽的沼澤一樣。鳥兒唱著死亡與和解的頌歌，母親亂倫的禁忌在歌聲中已象徵性地消解。惠特曼是一位偉大的宗教詩人，不過這宗教指的是美國宗教而非基督教，正如愛默生的超越論（transcendentalism）是後基督的宗教一般。惠特曼和梭羅一樣帶有印度教聖典《聖者之歌》（*Bhagavad-gita*）的色彩，但這份印度教的視見少不了西方神秘主義裡的新柏拉圖主義和神秘論知教義作為中介。

在惠特曼的作品中，知被稱為「記錄」（tallying）或「做記錄」（keeping tallying），和自我情慾與寫詩有關。在惠特曼做記錄的時候，他會像愛默生一樣提醒自己，他不是開天闢

地的一部分，或者，他最好與最古老的部分必須回溯到開天闢地之前。「記錄」成了惠特曼對靈知所做的隱喻，那美國宗教無始無終的永恆之知。更進一步來看，惠特曼的記錄是他最主要的正典譬喻，是我們國家文學的核心。哈特・柯瑞恩知道這一點，他在《橋》的「哈特洛斯岬角」(Cape Hatteras) 一節中向惠特曼祈求道：「噢，從死者之間昇起，你帶來記錄和一份契約，熱烈的兄弟情誼的新約定！」在柯瑞恩的視象中，惠特曼的新盟約是奧菲思式的，而「記錄」便是奧菲思之妻尤里迪其的替代品。我覺得柯瑞恩對抒發哀思的惠特曼做了最好的詮釋，因為那份記錄的確是由〈當紫丁香最後一次於前庭綻放〉的詩人從他探訪死亡的沉降之旅帶回來的，但必須在向林肯的棺材獻上記錄的象徵物之後：

在這兒，棺材緩緩經過，
我把我的紫丁香花枝給了你。

古老的原始神秘論知派的「多馬福音」裡，耶穌的第四十二號格言是「當個過客。」或許耶穌是要他的門徒像犬儒 (Cynic) 賢士們一樣浪跡天涯，但是我比較喜歡惠特曼式的解讀法。「經過」(passing) 是〈紫丁香〉輓詩的動詞性隱喻，而「記錄」則是其名詞性的譬喻；是惠特曼詩作的天才讓詩之知成了一種經過的過程，去遊歷或探問內在性被完好記錄的所在：

要一一保存，自夜晚留存下來的東西，
這首歌，灰褐色鳥兒的奇妙吟詠，
和那記錄的吟詠，我的靈魂裡激起的回響，
隨著輝耀與沉墜的星子隨著滿佈哀戚的容顏，
隨著握住我的手的手走近鳥兒的召喚，
我的同伴和我在其中，永遠保存對他們的記憶，為了我如此深愛的死者，
為了我的日子裡和我的土地上最甜蜜、最睿智的靈魂——為了親愛的他，
紫丁香和星子和鳥兒交纏著我的靈魂的吟詠。
於彼處芳香的松樹與杉林間昏黃而幽黯。

此一不凡的結尾可能是惠特曼或甚至整個美國詩壇的最佳代表作，其中細密交織著組構成這首詩的連串意象。它所纏結起來的不只是這首輓詩裡的主要象徵而已。惠特曼所有重要詩作皆匯集於此，聽著詩人自信地吟詠出一份記錄，顯現其正典核心地位的記錄。

惠特曼位居美國正典核心

如果你在想美國有哪些主要作家，你可能會記得梅爾維爾、霍桑、吐溫、詹姆斯、凱瑟（Cather, 1873–1947）、卓來瑟、福克納、海明威、費茲傑羅等小說家。我會再加上奈瑟乃爾‧韋斯特、芮夫‧艾里生（Ralph Ellison, b. 1914）、湯瑪斯‧品瓊、弗蘭妮芮‧歐康納（Flannery O'Connor, 1925–64）、菲里普‧羅斯（Philip Roth, b. 1933）等人。最重要的詩人從惠特曼和狄津生開始，包括了佛洛斯特、史帝文斯、摩爾（Moore, 1887–1972）、艾略特、柯瑞恩，或許還有龐德和威廉‧卡羅斯‧威廉斯。最近的詩人則有羅伯‧潘‧渥倫（Robert Penn Warren, b. 1905）、席爾多‧羅斯奇（Theodore Roethke, 1908–63）、伊利莎白‧畢舍、詹姆斯‧梅里爾（James Merrill, b. 1926）、約翰‧艾盧貝里、阿蒙斯、梅‧史文生。劇作家則比較不出色：尤金‧歐尼爾（Eugene O'Neill, 1888–1953）如今愈讀愈沒有味道，或許只有田納西‧威廉斯（Tennessee Williams, 1911–83）會愈陳愈香。我們最主要的論述家仍是愛默生和梭羅；之後再也沒有人趕得上他們。全世界赫赫有名的愛倫‧坡（Poe, 1809–49）是無法排除的，雖然他的作品幾乎總是很冷酷的。

在這三十多個作家當中（你還想加上誰請自便），誰不管在國內國外都最具影響力是不問自明的。在對其他作家的影響方面，艾略特和福克納可能是惠特曼最強勁的對手，但他們還不及他世界級的重要性。就美學成就而言，狄津生和詹姆斯可能和他勢均力敵，但在普遍性方面則瞠乎其後。美國文學在國外的第一把交椅不消說是惠特曼，無論是在西班牙語系的美洲國家、日本、俄國、德國、非洲都是如此。這裡我只想提一下惠特曼對兩個詩人的影響——勞倫斯和聶魯達。

聶魯達堪稱是整個拉丁美洲文學的正典核心，而勞倫斯在如今社會教條大行其道的時代中，雖然已成明日黃花，但他仍然是永遠的小說家、論述家、詩人、先知，其榮耀與影響力總是會回來的。就像之前的雪萊和哈代（Hardy, 1840-1928）一樣，勞倫斯將會不斷地為他自己的送終者送終，如同惠特曼已經埋葬了好幾代反對他的殯儀業者一般。

勞倫斯在惠特曼身上看到了一些虔誠的摩門教徒歸給美國的摩西、即布里根•楊（Brigham Young, 1801-77）的特質。勞倫斯所描述的頗具象徵意味的摩西會讓惠特曼很開心的：

大詩人惠特曼對我的意義是如此重大。惠特曼，他向前闖出了一條路。惠特曼，一個急先鋒。且唯惠特曼一人。沒有英國急先鋒，法國也沒有。沒有歐洲先鋒詩人。在歐洲，所謂的先鋒不過是改革者而已。美國也一樣。惠特曼之前，啥也沒有。領先所有的詩人，帶頭闖入未知生命的洪荒，惠特曼。除了他之外，一個人也沒有。

勞倫斯幫忙培育出了一個美國的批評傳統：不停地重新發現真實的惠特曼，這是一位敏銳、細緻、靈巧飄忽、奧妙神秘以及——最重要的——極富正典原創性的偉大藝術家。惠特曼奠定了想像文學裡獨特的美國風格，儘管還有其他陣營的人也奉他為祖師爺。在我們這一代的詩人中，我比較欣賞的詹姆斯·賴特（James Wright, 1927-80）抓住了某個惠特曼，約翰·艾盧貝里抓到了另一個，阿蒙斯抓住的又是另一個惠特曼，而未來必然還會出現更多正牌的惠特曼。

記得有一年夏天我和一個沉迷於釣魚的朋友在南塔基島（Nantucket），當時內心惶惑不安的我大聲向我們倆朗誦惠特曼的詩，隨後我便重獲平靜。當我獨處時，當我亟需緩和內心的哀傷時，我會向自己大聲朗誦的幾乎總是惠特曼。不管你高聲朗誦的對象是自己還是別人，吟唱惠特曼的詩似乎特別合適。他是我們的時代詩人，從此無可取代，往後大概也無人能及。在英語世界中，只有少數幾個詩人能寫出比〈當紫丁香最後一次於前庭綻放〉更好的作品：莎士比亞、米爾頓，或許還有其他一兩個詩人。我甚至無法百分之百確定莎士比亞和米爾頓是否曾表現出比惠特曼的〈紫丁香〉更迫人的情致與更陰鬱的情懷。發狂的李爾和盲眼的格勞斯特的精彩對手戲；撒旦召集了他的墮落軍團之後所說的話——這些都彰顯出競賽中崇偉的勝利者。以下這段詩句亦然，但另外還帶著一種不可思議的寂靜情調：

在一幢老舊農舍前面的庭院靠近白漆籬笆的地方，
佇立著紫丁香花叢高高地長出濃綠色的心形葉片，
許多尖細的花朵纖巧綻放帶著我喜愛的濃郁花香，
一片葉一個奇蹟——從門庭裡的這一花叢，
長著色澤纖巧的花朵和濃綠色的心形葉片，
我折下一枝花。

內文簡介：

哈洛・卜倫討論了二十六位正典作者的作品，藉此一探西方文學傳統。他駁斥文學批評裡的意識形態；他哀悼智識與美學標準的淪亡；他悲嘆多元文化主義、馬克思主義、女性主義、新保守主義、非洲中心主義、新歷史主義正引領風騷。

堅持「美學自主權」的卜倫將莎士比亞置於西方正典的核心，在他之前和之後的所有作家，不管是劇作家、詩人，抑或小說家全都是以莎士比亞為依歸。卜倫強調，在人物的創造上，莎士比亞可說是前無古人，而來者無一不受到他的影響。米爾頓、約翰生博士、歌德、易卜生、喬哀思、貝克特全都受惠於他；托爾斯泰和弗洛依德反叛他；而但丁、渥茲華斯、奧斯汀、狄更斯、惠特曼、狄津生、普魯斯特以及波赫士、聶魯達、裴索等現代西葡語系作家都告訴了我們：正典作品源於傳統與原創的巧妙融合。

在這部聳動、尖刻之作的最後，卜倫羅列出重要作家與作品的完整清單，此即他所見之正典。而《西方正典》不只是必讀書單而已，其中包含了對學識的喜愛，威勢十足地護衛一個統整連貫的書寫文化，對文學的政治化不假辭色，為世世代代以來的作品和重要的作家——也就是「西方正典」——提供引導。哈洛・卜倫的書在《經濟學人》（*The Economist*）和《每週娛樂》（*Entertainment Weekly*）等種種性質互異的刊物上廣受討論與讚賞，學識與熱情交相輝映，令人目不暇給。在未來的年歲裡，它將引領我們重新拾回西方文學傳統所給予我們的閱讀之樂。

作者：

哈洛・卜倫(Harold Bloom)

美國耶魯大學人文學教授；紐約大學英文教授；曾任教於美國哈佛大學；美國學術院院士；著作有《葉慈》(一九七六)、《影響的焦慮》(一九七三)、《正典強光》(一九八七)、《影響詩學》(一九八八)、《J書》(一九九〇)、《美國宗教》(一九九二)等二十種，其他編著甚夥；得獎、獲頒榮譽學位不計其數。

校訂：

曾麗玲

台灣大學外國語文學研究所博士，台灣大學外文系副教授，專研現代文學理論、現代英美小說、愛爾蘭文學等，著作散見於中外各學術期刊。

譯者：

高志仁

台灣大學外國語文學研究所碩士；現於行政院新聞局資編處任外文編譯；譯有《一條簡單的道路》(一九九六)、《卡夫卡》(一九九六)、《教宗的智慧》(一九九六)、《簡單富足》(一九九七)等書(皆由立緒文化公司出版)。

校對：

刁筱華

文字、文化工作者，除曾發表多篇論述外，亦有多部譯著出版。

國家圖書館出版品預行編目(CIP)資料

西方正典／哈洛・卜倫(Harold Bloom)著；高志仁譯 --
二版 -- 新北市新店區：立緒文化, 民105.05
面； 公分. --(新世紀叢書；39)
譯自：The Western Canon: The Books and School of The Ages

ISBN 978-986-360-061-9 (全二冊)

1. 文學評論

812 105006172

西方正典（上）The Western Canon

出版——立緒文化事業有限公司（於中華民國 84 年元月由郝碧蓮、鍾惠民創辦）
作者——哈洛・卜倫（Harold Bloom）
譯者——高志仁

發行人——郝碧蓮
顧問——鍾惠民

地址——新北市新店區中央六街 62 號 1 樓
電話——(02) 2219-2173
傳真——(02) 2219-4998
E-mail Address —— service@ncp.com.tw
劃撥帳號—— 1839142-0 號 立緒文化事業有限公司帳戶
行政院新聞局局版臺業字第 6426 號

總經銷——大和書報圖書股份有限公司
電話——(02) 8990-2588
傳真——(02) 2290-1658
地址——新北市新莊區五工五路 2 號
排版——文盛電腦排版有限公司
印刷——祥新印刷股份有限公司

法律顧問——敦旭法律事務所吳展旭律師

分類號碼—— 812
ISBN —— 978-986-360-061-9
出版日期——中華民國 87 年 1 月～ 94 年 7 月初版 一～五刷（1 ～ 7,200）
中華民國 105 年 5 月～ 105 年 12 月二版 一～二刷（1 ～ 2,200）
中華民國 110 年 10 月二版 三刷（2,201 ～ 2,700）

定價◎ 720 元（全二冊）